Weihnachtssterne über Cornwall

Die Autorin

Scarlett Bailey schreibt schon seit ihrer Kindheit Geschichten. Aber bevor sie das Schreiben zum Beruf machte, hat sie als Kellnerin, Platzanweiserin im Kino und Buchhändlerin gearbeitet. Sie liebt alte Filme und genießt nichts so sehr wie einen regnerischen Sonntagnachmittag mit ihrem Lieblingsfilm und Massen von Schokolade. Scarlett Bailey lebt im englischen Hertfordshire – zusammen mit ihrem Hund und einem wirklich großen Schuhschrank.

Scarlett Bailey

Weihnachtssterne über Cornwall

Roman

Aus dem Englischen von Maria Mill

Weltbild

Die englische Originalausgabe erschien 2013 unter dem Titel *Just for christmas* bei Ebury Press, an imprint of Ebury Publishing A Random House Group Company

Besuchen Sie uns im Internet:
www.weltbild.de

Übersetzung: Maria Mill
Projektleitung und Redaktion: usb bücherbüro, Friedberg/Bay.
Umschlaggestaltung: Jarzina kommunikationsdesign, Holzkirchen
Umschlagmotiv: Getty Images, München (© Shin Tukinaga; John Miller Potographer; Nick Ridley; Generistock; Perry Mastrovito; Mychele Daniau)
Satz: Catherine Avak, Iphofen
Druck und Bindung: GGP Media GmbH, Pößneck

Printed in the EU
ISBN 978-3-95569-476-0

2018 2017 2016 2015
Die letzte Jahreszahl gibt die aktuelle Ausgabe an.

Für Adam. Immer.

1

14. Dezember

Nachdem Alex Munro Licht und Motor ausgeschaltet hatte, brauchte sie noch einige Sekunden, bis sich ihre Augen an die Dunkelheit gewöhnt hatten.

Anders als daheim in Grangemouth, wo die Straßen von orangegelben Laternen erhellt, die Landstraßen von Neonreklame gesäumt waren, wo sich an den Docks die hoch aufragenden Kräne drängten, und die Flutlichtanlage, die den 24-Stunden-Betrieb ermöglichte, sogar die Sterne verblassen ließ, wurde es hier richtig dunkel. Sodass Alex, als sie Licht und Motor ausgemacht hatte, einen Moment lang in stockdustrer Schwärze hinter ihrem Lenkrad saß und sich fragte, was in aller Welt sie hier eigentlich wollte wenige Wochen vor Weihnachten, an einem Ort, wo weder sie jemanden noch jemand sie kannte und so weit weg von ihrem Heimatland, wie es überhaupt möglich war, ohne einen Pass zu benötigen. Was nicht heißen sollte, dass sie sich keine Gedanken darüber gemacht hatte.

»Du läufst davon«, rief sie sich murmelnd in Erinnerung, ihre Stimme nur ein zartes Flüstern, da ihr jedes lautere Geräusch in dieser vollkommenen Stille ungehörig erschienen wäre. »So schaut es aus, Alex. Ein neues Jahr steht vor der Tür, und du fängst neu an. Nun steig schon aus und schau, dass du weiterkommst, dummes Huhn.«

Nachdem sich ihre Augen an die Dunkelheit gewöhnt

hatten, sah sie den schwachen orangegelben Schein im Fenster ihres neuen, künftigen Zu Hauses, eines winzigen, gedrungenen und eindeutig schief aussehenden Cottages, das unten wie oben höchstens je zwei Zimmer beherbergen konnte, und dessen geweißeltes Äußeres im Dunkeln gespenstisch dunkelgrau wirkte.

Der Bürgermeister von Poldore, Mr Godolphin, der zwar nicht ihr neuer Boss war, aber ihr Kontakt zum Städtchen, hatte gemeint, er werde da sein bei ihrer Ankunft, um sie zu begrüßen, obwohl sie ihm das nicht wirklich abgenommen hatte. In einer sehr ausführlichen E-Mail hatte sie ihm vorsichtig dargelegt, dass die Fahrt von Schottland nach Cornwall mehrere Stunden in Anspruch nahm, sie keine Ahnung hatte, zu welcher Tages- oder Nachtzeit sie eintreffen würde, und inzwischen war es fast zehn. Mr Godolphin wiederum hatte ihr mitgeteilt, in einem Blumentopf neben der Tür liege ein Schlüssel, nicht dass sie ihn benötigte, da er ja da sein werde, um sie zu begrüßen, und sowieso schloss in Poldore kein Mensch seine Türen ab. Könnte ebenso gut da liegen wie sonst wo, hatte er hinzugefügt. Auch das hatte Alex ihm nicht abgenommen. Denn das Umzugsziel, für das sie sich so spontan entschlossen hatte, war schließlich Cornwall und nicht das Mittelalter.

Nachdem sie ausgestiegen war, schnappte sie sich lediglich ihre Reisetasche und nahm sich vor, das restliche Zeug später zu holen, als ein ungeheuer fremdartiges, furchteinflößendes Geräusch sie jäh erstarren ließ.

Zwei weitere Sekunden verstrichen, bis Alex begriff, es war ein Fauchen, nein, eher ein bösartiges Knurren. Sie wurde von etwas angeknurrt, etwas ziemlich Großem, das

Augen besaß, die in der Dunkelheit glühten, und dessen schreckliche Zähne im Mondlicht schimmerten.

»Scheiße«, flüsterte Alex und erinnerte sich dunkel, dass man sich bei einer Bären-Attacke aufrichten und versuchen sollte, größer zu wirken als das Tier, aber das hier war kein Bär, schließlich war sie in Cornwall, doch was zum Teufel war es dann?

Das Ungeheuer von Bodmin, das musste es sein. Alex pochte das Herz bis zum Halse. Das Moor von Bodmin war ziemlich nah, wohl nur zehn Meilen von Poldore entfernt. Was für ein Glück sie aber auch wieder mal hatte, lief mit gebrochenem Herzen und vor einem verlogenen Vater aus Schottland davon, nur um hier auf das Ungeheuer von Bodmin zu stoßen.

So also sollte sie enden. Vielleicht würde ihre Leiche ja nie gefunden, ihr Verschwinden für immer ein Rätsel bleiben, und dann würde es Marcus leidtun. Er würde heulen vor Verzweiflung, während er den Mittelgang hinunterschritt, um die Andere zu heiraten mit all ihren Haaren und ihrem Push-up-BH und ihrer offensichtlichen Studiobräune. Alex hob verwundert die Augenbraue und erwärmte sich zusehends für ihr Ungeheuer-von-Bodmin-Szenario.

Und dann knurrte es wieder, leiser diesmal und durchaus absichtsvoll, voll einer Absicht, die – da war Alex sich ziemlich sicher – mit Abendessen zu tun hatte. Alex quiekte, ganz leise nur, während das Ungeheuer langsam, sprungbereit gegen sie vorzurücken begann und die entblößten Zähne geheimnisvoll schimmerten.

»O Scheiße«, murmelte Alex, als sie merkte, dass ihr tatsächlich die Knie schlotterten, was sie bis zu diesem Augenblick nur für eine Redewendung und nichts Reales gehalten hatte, und dann kroch *es* in einen Lichtstrahl des Mondes. »Oh, du bist ja nur ein winziger Fiffi!«

Das nun von silbrigem Licht übergossene Tier hatte, wie sich erwies, hauptsächlich aus Schatten bestanden. Tatsächlich war es ein ziemlich kleiner, sehr schmutziger, ungemein übelriechender Hund mit verfilztem Fell und von wenig monstermäßiger Erscheinung. Wenn auch nichts von alledem den Hund zu kümmern schien. Nach wie vor schien er darauf aus, Alex die Gurgel zu zerfetzen, um sie anschließend womöglich bei lebendigem Leibe zu verschlingen, wenn sie sich auch nicht sicher war, was ihr schneller den Garaus machen würde: der Blutverlust oder der Mundgeruch.

»Na, na, kleines Hundilein«, sagte sie und schob langsam die Hand in die Tasche nach einem halben Twix, dem einsamen Überlebenden ihres Junkfood-Picknicks während der Fahrt. »Ach, was bist du mir doch für ein armer kleiner Winzling, was? Kleines Streunerchen, was du jetzt brauchst, ist eine schöne, schöne Brotzeit …« Alex fingerte nach dem halb geschmolzenen Schokoriegel, zog ihn heraus und warf ihm dem Hund über den Kopf. Sofort jagte der Kleine hinterher, verschwand im Gebüsch, wo es sich anhörte, als ob er die Schokolade grausam massakrieren würde, und Alex ergriff die Chance und stürzte in der Hoffnung, Mr Godolphin hielt, was er versprochen hatte, zur Cottagetür, und fand sie tatsächlich unverschlossen.

Sie taumelte in ein winziges Wohnzimmer, wo im Kamin ein lustiges Feuerchen brannte, und landete auf einem fülligen, runden rotwangigen silberhaarigen Herrn, der auf einem betagten dick gepolsterten Sessel neben dem Feuer friedlich gedöst hatte.

»Was zum …?« Er setzte sich auf und legte instinktiv den Arm um Alex' Taille. »Oh, oh je, tschuldigen Sie, Miss!«

Alex sprang auf, gefolgt von, sie konnte nur vermuten, dass es sich dabei um Mr Godolphin handelte, den Bürgermeister von Poldore.

»Da draußen ist ein tollwütiger Hund«, sagte sie und deutete zur Türe. »Der ist bösartig. Hätte mich fast zerfleischt! Wir müssen jemanden rufen, die Polizei, die Armee. Wer kümmert sich denn um tollwütige Tiere? Die Tierschutzvereinigung?«

Worauf dann besagtes stinkendes, überwiegend graues, verfilztes Geschöpf sanftmütig zur Türe hereingetrabt kam und sich, eine Twixhälfte vorsichtig in der Schnauze haltend, mit einem höchst zufriedenen Seufzer vor dem Feuer niederließ.

»Wie, Buoy?«, fragte Eddie Godolphin und wirkte perplex. »Buoy tut Ihnen nichts zuleide, der hat nur eine große Klappe und nichts dahinter, nicht wahr, Buoy, und tja … er lebt hier.«

»Ob *boy*, sprich Junge, oder Mädchen ist mir eigentlich egal, er muss verschwinden!«, sagte Alex. »Jetzt lebe ich hier.«

Eddie schmunzelte und schüttelte den Kopf; er schien den Ernst der Lage überhaupt nicht zu überreißen.

»Nein, nein«, meinte er und bedachte die stinkende Kreatur mit einem zärtlichen Lächeln.

»B.U.O.Y. Wie in Lifebuoy oder Rettungsboje. Witzig, nicht? Obwohl er tatsächlich ein Junge ist, um das klarzustellen. In Poldore werden ihm etwa zwanzig Welpen zugeschrieben, war in seiner Glanzzeit schon ein ziemlicher Schwerenöter, wenn er inzwischen auch schon ein bisschen alt geworden ist, nicht wahr, Buoy? Buoy ist Ihr neuer Mitbewohner.«

»Wie?«, fragte ihn Alex, während das Tier zu einem auf einem kleinen Klapptisch stehenden Teller mit Scones hinaufäugte. »Wovon reden Sie?«

»Von Buoy!« Eddie machte den Eindruck, als sei er womöglich ein wenig besorgt, weil sie nicht so gut auf dem Laufenden war. »Ihr neuer Hausgenosse. Unser vorletzter Hafenmeister Alf Waybridge – der hat Buoy als Welpen aufgelesen, irgend so ein Schweinehund hatte ihn rausgeschmissen, als er noch winzig klein war, ihn und den Rest des Wurfs. Und Alf fand Buoy – der einzige in diesem Sack, der noch lebte. Er nahm ihn zu sich, und die zwei wurden dicke Freunde. Und als der alte Alf dann das Zeitliche segnete, blieb Buoy im Haus. Hatte einfach keine Lust, umzuziehen, nicht wahr? Wir haben schon mehrere Male versucht, ihn anderweitig unterzubringen, aber er mag keine Menschen, ein bisschen wie der alte Alf, im Grunde. Sodass sich jetzt das ganze Städtchen um ihn kümmert, und wenn er mal ein Dach über dem Kopf braucht, wenn ihm kalt wird, dann kommt er hierher. Es ist sein Zu Hause, nicht wahr, und er wird jetzt auch schon, tja, mindestens elf.«

Einen langen, verzweifelten Moment lang starrte Alex auf die Kreatur hinunter. Vielleicht würde sie ja doch wieder nach Schottland zurückkehren und zugucken, wie der Mann ihres Lebens eine Tusse heiratete, ja, vielleicht sollte sie das tun. Oder umziehen.

»Wie auch immer.« Eddie lächelte, offenbar überzeugt, das Thema Untermieter sei damit abgehakt. »Willkommen. Ich wusste nicht, dass er eine junge Dame mitbringt. Ist ja nett, nicht? So ist er am Anfang nicht allein.«

Alex blinzelte ihn an. »Wie?«

»Ihr Mann, der neue Hafenmeister, Mr Alex Munro.« Eddie lächelte erneut, und Alex bemerkte seine sehr weißen Zähne, Zähne, für die sich der Zahnarzt richtig ins Zeug gelegt hatte, und die dicke Goldkette an seinem Hals. In ihrer E-Mail-Korrespondenz hatte er ihr mitgeteilt, dass er außer Bürgermeister auch der Wirt von Poldores umsatzstärkstem Pub, dem *Silent Man* war, und Alex fand, dass ihm diese Rolle viel besser zu Gesicht stand als die, derentwegen er hier war. Erstens redete er völligen Stuss. »Wenn er mir gesagt hätte, dass er seine junge Lady mitbringt, hätte ich ein paar Blumen reinstellen lassen oder so. Oder vielleicht auch den alten Buoy mal tüchtig mit Febreze einsprühen lassen.«

»Ich bin Alex Munro«, stellte Alex klar und streckte ihm die Hand entgegen.

»Munros junge Freundin, ja, so viel habe ich schon kapiert.« Er zwinkerte ihr zu.

»Nein, ich bin Alex Munro selbst«, wiederholte sie.

»Und ich bin Spartakus!«, erwiderte er jovial, bis Alex' todernste Miene doch langsam bei ihm ankam. »Sorry, meine Liebe?«

»Ich bin Alex Munro, die neue Hafenmeisterin von Poldore«, sagte Alex langsam und bedächtig, während es auch ihr langsam dämmerte. »Hat Ihnen denn niemand gesagt, dass ich eine Frau bin?«

2

»Also, das ist ja ein Ding«, meinte Eddie Godolphin, während er sich im einzig bequemen Sessel in der winzigen Stube zurücklehnte. Er griff nach dem Teller mit den Scones und stopfte sich einen davon komplett in den Mund. »Das muss man sich wirklich im Kalender anstreichen.«

Oder wenigstens glaubte Alex, dass er das sagte; bei all den Krümeln, all der Sahne und Marmelade in seinem Mund war das schwer zu entscheiden. Der Hund beäugte sie mit dem einen bernsteinfarbenen Auge, das durch sein widerspenstiges Fell zu erkennen war. Er hatte wirklich etwas von einem Piraten an sich, und sah, nachdem er den Schokoriegel verschlungen hatte, schon wieder hungrig aus.

»Also, ich habe keine Ahnung, warum Sie das nicht erfahren haben«, sagte Alex. »Ich habe drei Skype-Gespräche mit den Leuten von der Hafenverwaltung geführt, sie haben mich gesehen, und ich weiß zwar, dass ich nicht gerade superweiblich wirke, aber ich denke, es ist ziemlich offensichtlich, dass ich eine Frau bin.«

Eddie nickte, während er sie taxierte. »Oh, ja, aber absolut«, erwiderte er fröhlich.

Alex verzog den Mund. Sie war sich ziemlich sicher, dass man unter dem absichtlich formlosen, dicken Zopfmusterpullover nichts von ihrer Figur erkennen konnte, dennoch verunsicherte sie seine Äußerung, so wohlwollend sie auch gemeint war. Sie war unter Männern groß geworden, da sie, seit sie mit sechzehn die Schule verlassen hatte, in der männerdominierten Schifffahrtsindustrie arbeitete. Schon in sehr jungen Jahren hatte sie gelernt, dass Männer einen nicht mehr ernst nahmen, sobald sie bemerkten, dass man Brüste hatte. In ihrer Branche war es am besten, alles Weibliche zu verstecken.

»Na ja, wie auch immer«, sagte sie, reckte das Kinn und senkte die Stimme: »Die Hafenverwaltung hat ein Interview mit mir geführt, meine Qualifikationen, meine Erfahrung, meine Referenzen geprüft, und mich eingestellt. Sodass Sie mir den Job nicht wieder wegnehmen können, nur weil ich eine Frau bin, das wäre ungesetzlich.«

»Oh, das weiß ich, meine Liebe«, meinte Eddie, schob sich einen weiteren Scone in den Mund und bot sie dann Alex an.

Sie hätte mit Vergnügen wenigstens drei davon verschlingen können, doch ihr Stolz erlaubte ihr nicht einmal, einen zu nehmen. Es schien ihr taktisch nicht klug, mit diesem Mann Scones zu essen – nicht, solange es aussah, als sei ihr neues Leben, ihr Neuanfang plötzlich gefährdet, weil sie Eierstöcke besaß.

»Ist ja nicht so, dass wir keine fortschrittliche Stadt wären«, sagte er. »Wir sind sehr modern in Poldore, müssen Sie wissen, hier gibt es alles.«

»Was, Männer und Frauen?«, fragte Alex ein wenig sarkastisch.

»Es ist, na ja, es ist nun mal so, es ist eben Tradition, nicht wahr?«, meinte Eddie – und klang eher rechtfertigend. »Schiffe und Frauen, das geht nicht zusammen, oder?

Wenigstens behauptet das der Aberglaube. Ich selber habe ja nichts dagegen. Allerdings mag ich keine Schiffe, hab sie nie gemocht. Es ist wirklich reiner Zufall, dass ich am Meer wohne.«

Alex schnaubte verärgert. »Daheim in Grangemouth habe ich Hunderte von Supertankern in den Hafen rein- und wieder rausgelotst«, meinte sie mit grimmiger Miene. »Und es hat nie einen Zusammenstoß gegeben.«

»Ah, ja«, meinte Eddie. »Aber haben Sie's je mit einem braven, altmodischen kornischen Fischer zu tun gehabt? Oder auch einer Fischerin? Hafenmeister in Poldore zu sein, bedeutet nicht nur, Schiffe einzuparken, sondern im Zentrum des Gemeindelebens zu stehen und jeden zu kennen, der ein- und ausläuft. Sie kümmern sich um das, was uns im Innersten ausmacht.«

»Das weiß ich, und wie ich in meinem Vorstellungsgespräch bei der Hafenverwaltung schon deutlich gemacht habe, verfüge ich über hervorragende soziale Kompetenzen und kann sowohl auf mich gestellt als auch im Team sehr gut arbeiten«, versetzte Alex so scharf, dass ihr Eddie Godolphin fast ein wenig verängstigt vorkam. »Und überhaupt wird es Zeit, dass die braven altmodischen kornischen Fischersleute mal im einundzwanzigsten Jahrhundert ankommen!«

Plötzlich fühlte sie sich erschöpft – acht Stunden Fahrt, dann der Beinahe-Biss durch den Köter mit dem stinkenden Atem, die Verwirrung wegen ihres Geschlechts, alles holte sie nun ein, und schwer ließ sie sich auf die einzige zweite Sitzgelegenheit sinken, einen wackligen alten Holzstuhl, der halb unter dem schmalen Klapptisch stand.

Beide hatten schon bessere Tage gesehen, und diese besseren Tage waren sehr lange her.

Eddie stellte den Teller mit den Scones auf den Tisch.

»Die hat meine Becky gebacken«, sagte er. »Bessere werden Sie nirgends finden. Greifen Sie zu, Sie müssen ja völlig ausgehungert sein.«

Alex zuckte die Achseln und nahm sich einen Scone vom Teller. Sie biss hinein; er war unglaublich lecker.

»Sehen Sie mal.« Eddie beugte sich aus seinem Sessel nach vorn und lächelte freundlich. »Sie sind eine Dame …«

»Frau«, erwiderte Alex streng.

»Eine Dame und eine Frau«, fuhr Eddie fort. »Und Sie sind unsere neue Hafenmeisterin, von der Hafenverwaltung ernannt, und ich mag ja der Bürgermeister sein, aber die von der Hafenbehörde sind die Einzigen, die Ihre Ernennung rückgängig machen könnten. Ein paar von den alten Seebären werden zwar brummen, und Sie müssen wohl doppelt so hart arbeiten wie ein Kerl, um zu beweisen, dass Sie es können, aber …« Eddie stand auf und grinste. »Unser letzter Hafenmeister war ein Trunkenbold, sodass sie ihm da schon mal was voraus haben. Es sei denn natürlich, Sie sind auch eine Säuferin.«

»Sie haben also nicht vor, mich aus der Stadt zu jagen?«, fragte Alex. »Mit Mistgabeln und wilden Hunden und um mich womöglich in einem ›Weidenmann‹ zu verbrennen wie die alten Kelten?«

Eddie schmunzelte, und Alex fiel auf, dass er sich in einem permanenten Zustand der Belustigung zu befinden schien. »Liebes, Poldore ist quasi das Cannes von Cornwall, das werden Sie bald merken. Wir haben hier mehr Popstars, Schriftsteller, Filmstars und Millionäre, als uns lieb ist, und übrigens, glaube ich, hat all das heidnische Zeugs eher ein wenig nördlich von dort, wo Sie herkommen, stattgefunden. Ich lasse Sie jetzt allein, damit Sie sich ein bisschen fein machen können, und sehe Sie in etwa einer halben Stunde bei Ihrer Willkommensparty im Pub.«

»Bei meiner was?«, prustete Alex, den Mund voller Krümel.

»Das ist eine *Gemeinde*, Alex«, erklärte ihr Eddie und betonte das Wort, als habe sie es womöglich noch nie gehört. »Und Sie werden eine Schlüsselrolle in dieser Gemeinde übernehmen. Alle warten schon und wollen Sie kennenlernen, Becky wird Ihnen was zu essen geben, meine Tochter Lucy wird Ihnen ein Glas Wein eingießen, oder ein Helles!«, fügte er hinzu, um sicherzustellen, dass er nicht sexistisch klang. »Alles aufs Haus. Auf den *Silent Man*, direkt überm Fluss. Hinter dem Cottage liegt ein nagelneues Boot für Sie vertäut. Aber nehmen Sie eine Taschenlampe mit, die Stufen runter zum Anlegeplatz können ein bisschen schlüpfrig sein, und wir wollen schließlich nicht, dass Sie uns gleich am ersten Tag absaufen, oder?«

Eddie griff nach seinem Mantel und war schon fast bei der Tür, als Alex merkte, dass er etwas zurückgelassen hatte.

»Der Hund!«, rief sie und deutete auf den Köter, der sie, Kinn auf den Pfoten, und nur eine Idee seiner gelb werdenden Zähne unter der schwarzen Lefze hervorlugend, mit seinem gelben Auge beobachtete. »Nehmen Sie den Hund mit!«

»Ich dachte, ich hätte gesagt, dass der Hund hier wohnt.« Eddie schüttelte ein wenig verwirrt den Kopf. »Wissen Sie noch? Das ist jetzt Ihr Hund. Oder vielmehr, Sie sind sein Mensch.«

»Aber ich mag keine Hunde!«, protestierte Alex. »Ich bin kein Hunde-Typ.«

»Dann sollten Sie bestens miteinander klarkommen.« Eddie blickte auf das Tier, das jetzt friedlich schnarchend auf dem Teppich lag. »Weil er nämlich auch überhaupt nicht auf Leute steht.«

3

Verglichen mit anderen aufregenden Neuanfängen verlief dieser nicht gerade nach Plan, dachte Alex, als sie ihr neues Heim erkundete. Zum Glück gab es keine sonstigen unerwünschten Haustiere. Falls man die Spinne im Bad nicht mitzählte, die nach Alex' Einschätzung an die dreißig Zentimeter Durchmesser haben musste. Na ja, gute sieben auf alle Fälle. Wie vorhergesehen, war das Cottage nicht gerade weitläufig. Unten gab es das Wohnzimmer und eine Art Miniküche – im Grunde kaum mehr als ein vom Wohnzimmer abgehender Schrank mit einem Herd, einem uralten Kühlschrank, einer Spüle – mit einem, von einem Vorhang verdeckten Hohlraum darunter – sowie einer weiteren Tür, die in den Hintergarten führte. Im Dunkeln war zwar nicht viel auszumachen, doch der Garten schien aus etwa einem Quadratmeter Gras und einer nackten, steil nach oben ragenden Felswand zu bestehen. Oben gab es ein altes, aber funktionierendes Bad sowie ein Schlafzimmer, in dem ein ziemlich großes Doppelbett und ein sehr alter Schrank standen.

»Es ist gar nicht so übel«, bemerkte Alex zu ihrem Spiegelbild im verstaubten Schrankspiegel, als sie eine Weile später fröstelnd unter der eisigen Dusche hervorkam, während der die Spinne stur *in situ* geblieben war – und erst dann gemütlich den Abfluss hinunterspazierte, als Alex aus der uralten Wanne gestiegen war. Im Schlafzimmer gab es zwar einen zweiten winzigen Heizkörper, doch der war eiskalt, und so hatte Alex ein sehr kleines und ineffizientes elektrisches Heizgerät eingeschaltet, das hervorragende Arbeit leistete, indem es ihre linke große Zehe lauwarm hielt. »Eigentlich ist es gar nicht so anders, als du es dir erwartet hast. Obwohl, um fair zu sein, ganz so verwinkelt hattest du dir das alles nicht vorgestellt.«

Im Dunkeln war dies zwar schwer zu erkennen, doch Alex vermutete, dass das Cottage in den nächsten fünf bis zehn Jahren vom Rand des Felsvorsprungs rutschen dürfte, auf dem es zur Gänze stand.

Sie wühlte in den Tiefen ihrer Handtasche, bis sie ihre Haarbürste fand und sich damit durch die lange schwarze Mähne fuhr. Haar schwarz wie eine Rabenschwinge, hatte ihr Dad immer gesagt, wenn sie es sonntagabends vor der Schule ausbürstete, und das war es dann auch. Den Rest der Woche sparte sie sich das Striegeln; Alex hasste es. Und nicht mal ihr strenger und unnachgiebiger Vater konnte sie bewegen, ihre Meinung zu ändern. Bis Mittwoch sah sie schon eindeutig wie das Höhlenmädchen aus der Fernsehserie aus, bis Freitag aber war sie völlig verwildert. Inzwischen war sie achtundzwanzig, wusste, was ein Conditioner war, und Conditioner bewirkte, dass ihr die Mähne locker und glatt über die Schultern fiel. Doch in ihrem mutterlosen Haushalt hatten Alex und ihr Vater mindestens zwei Jahrzehnte gebraucht, um dieses Problem zu lösen, und wenn es nach Ian Munro gegangen wäre, würde sie ihre Haare noch immer mit Handseife waschen.

Dicht und nur widerwillig trocknend, lag ihr die feuchte Matte schwer auf den Schultern, und sie griff nach ihrem vernünftigen weißen BH und Höschen, Jeans und einer weiten weißen Hemdbluse, über die sie noch einen dunkelgrünen Pullover zog. Als Alex das blasse herzförmige Gesicht betrachtete, das zwischen den dunklen, sorgfältig in der Mitte gescheitelten Haarvorhängen hervorlugte, standen ihre blauen Augen plötzlich voller Tränen.

»Hör auf, Alexandra«, ermahnte sie sich. »Hör auf und sei nicht so eine Heulliese. Du bist jetzt hier, hast ein neues Leben, einen neuen Job, und ein neues Haus mit einem neuen … Hund. Alles wird gut, weil es einfach gut werden muss. Du wirst doch nicht mit eingezogenem Schwanz wieder nach Hause schleichen wollen, oder?« Als Antwort darauf schüttelte Alex den Kopf. »Dann stehst du jetzt auf, gehst nach unten, drückst dich irgendwie an dem tollwütigen Köter im Wohnzimmer vorbei und lernst deine neuen Nachbarn kennen, okay?« Wieder schüttelte Alex den Kopf.

»Doch, tust du«, befahl sich Alex, stand auf und schlüpfte in ihre Timberland-Boots. »Und lass sie um Himmels willen nicht merken, wie benommen du dich fühlst.«

Als Alex die steilen knarrenden Treppenstufen herunterkam, erhob sich Buoy und knurrte sie an.

»Ich muss noch mal raus«, ließ Alex ihn wissen. Sie hatte keine Ahnung, wie man mit Hunden kommunizierte, und dachte, also kann ich genauso gut tun, als verstünde er Englisch. »Hast du Eddie gehört? Er meint, ich soll zu dieser Willkommensparty kommen. Klingt mir nach Albtraum, sodass du mich gern die ganze Nacht hier auf der letzten Stufe festnageln kannst, aber das hieße dann, nur wir beide. Ganz wie du willst.«

Ein wenig steif ließ Buoy sich nieder und schaute sie an, als ob er darüber nachdenke.

»Hättest du nicht Lust, in einem netten Tierheim zu leben?«, fragte ihn Alex. »Oder dich von einer Omi adoptieren zu lassen? Vielleicht einer blinden alten Omi, die nicht mehr gut riechen kann?«

Wieder knurrte Buoy.

»Schön, na gut, von Mordopfern, die auf dein Konto gehen, hat Eddie schließlich nichts erwähnt, sodass ich mal annehme, du knurrst schlimmer, als du beißt, und ich gehe jetzt verdammt noch mal einfach aus. Und um dich kümmern wir uns morgen.«

Buoy hob eine buschige Braue und bedachte sie mit einem ausgesprochen skeptischen Blick.

»Ich hab keine Angst vor einem alten Köter!«, sagte Alex mit Nachdruck. Und rannte dennoch den ganzen Weg bis zur Tür.

Es war kalt draußen, und Alex war froh, dass sie beim Hinausgehen den alten Wintermantel ihres Vaters vom Haken gerissen hatte. Sie schlug ihn um sich, richtete die Taschenlampe auf den Boden, während sie sich langsam den in ihr Gärtchen gehauenen Steinpfad in Richtung Felskante tastete, wo sie die von Eddie erwähnten Stufen vermutete. Es war kalt, allerdings nicht die Art von Kälte, die sie von daheim in Grangemouth gewöhnt und die hart und bitter war und manchmal nach Eisen schmeckte. Hier schien die Kälte weicher zu sein, eher umhüllend und, na ja, irgendwie … warm. Alex hielt den Atem an, als sie einen morschen Lattenzaun erreichte, der sich in selbstmörderischem Winkel nach außen neigte und in dessen Mitte sich ein in rostigen Scharnieren hängendes Tor befand, welches das Ende der Welt zu bezeichnen schien.

Langsam trat sie näher heran und sog ein zweites Mal heftig die Luft ein, als sie merkte, dass dies die Stelle war, wo der Pfad hinter der Felskante abfiel und zu einer steilen, grob in den Felsen gehauenen Treppe wurde. Am Grunde des vielleicht sieben Meter tiefen Abfalls konnte Alex gerade so erkennen, dass dort Wasser gegen einen kleinen steinigen Strand plätscherte und am Ende einer kurzen Ufermauer ihr neues Boot vertäut lag. Sobald Alex es wie einen Neumond über dem Wasser erstrahlen sah, lächelte sie. Im Grunde war es bloß ein motorisiertes Dingi, gewiss, doch für Alex bedeutete es Freiheit. Angezogen von den bunten, auf dem Wasser tänzelnden Lichtern wanderte ihr Blick nach oben, und zum ersten Mal sah sie die Flussmündung und erblickte ihre neue Heimat, Poldore, in all ihrer Pracht.

Den steilen Hang hinansteigend, glitzerte das Städtchen in der klaren Nacht, und hinter Fenstern leuchteten tapfer tausend Lichter. Wie ein Juwel saß Poldore in seiner Fassung direkt an der Wasserkante und spiegelte den von unzähligen Sternen erhellten Himmel über der Stadt. Alex aber stand – eingehüllt in die warme Kälte eines kornischen Dezembers – reglos am Klippenrand und blickte auf die über ihr schimmernde Mondsichel und jene, die sie am Fuß der Treppe erwartete, und dachte: Ja, so muss sich ein Neuanfang anfühlen. Genau dies war der Moment, in dem Buoy an ihr vorbeischoss, flink die Steinstufen hinuntertrabte und ins Boot kletterte.

* * *

Die Durchquerung des Hafens dauerte nicht lange, was ein Glück war, da Alex die ganze Zeit die Luft anhielt, um die penetrante Ausdünstung des Hundes nicht riechen zu müssen. Der Mann von der Hafenverwaltung hatte gemeint, es gebe einen Grund, weshalb das Cottage des Hafenmeisters auf der anderen Seite der Mündung stand, er habe mit hiesigen Traditionen zu tun, irgendetwas mit Hexen, Schmugglern, vielleicht auch Piraten, genau erinnere er sich nicht, doch Alex störte das nicht im Geringsten. Sie war gern allein, die Vorstellung von ihrem einsamen Unterschlupf fern des emsigen Treibens der kleinen Stadt behagte ihr, und nichts hätte ihr lieber sein können als diese Pendelstrecke.

Buoy, dem der Gestank, den er mit sich schleppte, völlig gleichgültig war, hockte im Bug des Bootes und blickte weise aufs Meer hinaus, und als Alex sich der Anlegestelle näherte, sprang er vom Boot und ging seinen Geschäften nach, ohne sich auch nur einmal nach ihr umzusehen, wofür ihm Alex eigentümlich dankbar war.

Nachdem sie ihr Dingi unter Verwendung von Seemannsknoten aus einem Buch – die sie sich angeeignet hatte, sobald sie wusste, dass sie den Job besaß – vertäut und sorgfältig festgebunden hatte, hievte Alex sich auf die Hafenmauer, wo sie ein kleiner Platz begrüßte, der auf zwei Seiten von Läden und Restaurants sowie einem großen viktorianischen Backstein-Rathaus gesäumt war. Geschmückt mit vielfarbigen, von Gebäude zu Gebäude sich rankenden Lichtergirlanden, herrschte auf dem Platz ein ziemlicher Trubel, und Alex konnte das Geplapper hören, das aus den Restaurants ins Freie drang, ebenso wie aus dem *Silent*

Man, der etwas höher am steilen Hang gelegen, die anderen Häuser um weniges überragte.

Den Ehrenplatz in der Mitte des Platzes nahm eine hohe, kräftig wirkende Fichte ein, die vor Christbaumschmuck nur so strotzte. Fehlten nur noch zwei Sternsinger in viktorianischer Tracht, und fertig war die Weihnachtskarte: ein Gedanke, der Alex beklommen machte. Dieses Weihnachten würde das erste sein, das sie fern der Heimat, ohne Dad, Marcus und all ihre Freunde und Bekannten verbrachte. Und dennoch musste es so sein, gab es keinen Weg zurück. Zu Hause war sehr weit weg, genauso wie das Leben, das sie zurückgelassen hatte.

Alex holte tief Luft, band ihre Haare zu einem Knoten zusammen, straffte die Schultern und steuerte ins Pub hinein.

4

Alex hatte geglaubt, dass es Kneipen, in denen es plötzlich still wurde, während alle einen angafften, nur in alten Hammer-Horrorfilmen gab, aber nein, sobald sie durch die Tür des *Silent Man* getreten war, hörten alle auf zu reden und starrten sie an, wodurch Alex' blasse Haut sich sofort dunkelrot verfärbte, sie die Schultern hochzog und sich hinter ihrer Mähne versteckte. Denn wenn Alex etwas hasste, dann dies: im Mittelpunkt zu stehen, vor allem dann, wenn sie sich durchaus nicht sicher sein konnte, dass das ihr geltende Interesse ein freundliches war. Allerdings war es zu spät für eine Flucht, erstens, weil alle ihr Verschwinden mitbekommen würden, und zweitens, weil eine Dame, die, wie sie erriet, Becky Godolphin sein musste, mit ausgestreckten Armen auf sie zukam.

»Da sind Sie ja!«

Alex heftete ihren Blick auf das lächelnde Gesicht der hübschen Blondine, die, molliger und älter als sie selbst, vielleicht Anfang fünfzig war und ein enges stahlblaues Kleid trug, das jede ihrer Kurven und Rundungen betonte. Einen Moment lang dachte Alex, Mrs Godolphin wolle sie umarmen, ein Gedanke, der sie innerlich zusammenzucken ließ, doch die nahm ihre Hand und führte sie an einer Menge neugieriger Gaffer vorbei an den Tresen. »Ich bin Becky, Eddies Frau, die Wirtin des *Silent Man*. Wir sind ja alle so froh, dass sie wohlbehalten hier angekommen sind.

Und ein Mädel sind Sie auch noch, Girlpower! Frauenpower!« Sie hob die Faust, wobei mehrere goldene Armreife an ihrem Handgelenk klirrten, und brummte ein wenig. »Wir werden's den chauvinistischen Schweinen zeigen!«

»Ähm ... tja, eigentlich mache ich nur meinen Job«, meinte Alex.

»Alle Achtung, wie Sie es den Kerlen zeigen!« Becky strahlte und hätte Alex fast auf den Barhocker gehoben, ehe sie die Kellnerin rief, eine hochgewachsene schlanke junge Frau, deren langes blondes Haar wie gesponnenes Gold wirkte. Die Ähnlichkeit mit den Eltern war groß genug, um Alex davon zu überzeugen, dass es sich dabei um Becky und Eddies Tochter handeln musste, obwohl sie auch eine ätherische Anmut besaß, die weder der eine noch der andere Elternteil in augenfälligem Maße innezuhaben schien.

»Das ist Lucy, unsere Schankkellnerin«, meinte Becky. Lucy lächelte hinter ihrem Haarvorhang hervor, und Becky fügte nach kurzem Zögern hinzu, »Lucy ist meine Tochter.«

»Hallo«, grüßte Alex sie leise. Neue Leute waren nie ihre Stärke, neue Leute in Massen bekanntermaßen ihre größte Schwäche. Ziemlich angestrengt versuchte sie, sich allein auf Lucy und Becky zu konzentrieren und all die Anderen, die sie ungeniert begafften, zu vergessen. Lucy mit ihrem seidigen blonden Haar, das ihr knapp über die Schultern reichte, und den feinen Zügen, die sie – vermutete Alex – wohl der mütterlichen Seite verdankte, war etwa in ihrem Alter, irgendwas Ende zwanzig. Sie war das absolute Gegenteil von Alex, die Jungsklamotten und Stiefel trug, keine

Ahnung von Make-up und buchstäblich keinen Schimmer davon hatte, was gerade in war. Lucy hingegen war perfekt gestylt, genau passend für einen Abend unter der Woche und arbeitete in einem silbrig glitzernden Top und Jeans, die sie mit flachhackigen Pumps kombiniert hatte. Sie war auf lässige Weise schön, doch Stil war für Alex eine Sprache mit sieben Siegeln. Sie besaß zwei Kleider, beide schwarz, die sie zu Partys wie Beerdigungen trug, was immer die Situation erforderte. Und dennoch beneidete sie Lucy um ihre entspannte Einstellung zu ihrer Weiblichkeit. Hätte sie etwas mit Eyeliner anzufangen gewusst, wer weiß, vielleicht hätte Marcus ja doch mal bemerkt, dass sie ihr ganzes Leben lang in ihn verliebt gewesen war.

»Was darf ich Ihnen bringen?«, fragte Lucy.

»Heute Abend gehen alle Ihre Bestellungen aufs Haus!«, sagte ihr Becky. »Obwohl Sie sich besser nicht betrinken; man will ja nicht seinen ersten Arbeitstag mit einem Kater beginnen.«

»Ich nehme nur eine Limonade, danke«, meinte Alex, die die taxierenden Blicke der restlichen Kneipengäste entsetzlich fand. Obwohl sie sich inzwischen nur noch murmelnd unterhielten, wusste sie, dass aller Augen auf ihren Rücken gerichtet waren.

»Und Bratfisch und Pommes. Das wird Ihnen guttun«, sagte Becky.

»Na ja …« Alex, die auf ihrer langen und abenteuerlichen Reise nach Cornwall genau dreieinhalb Twix-Riegel, zwei Packungen Pringles und einen Doughnut gegessen hatte, plus die Scones mit Eddie, versuchte, das Angebot abzulehnen, nicht, weil sie keinen Hunger hatte, sondern weil sie es furchtbar schwierig fand, zu wissen, wie sie auf Menschen, die nett zu ihr waren, reagieren sollte. Sie versagte umgehend.

»Sag Sam, er soll eine extragroße Portion machen, Lucy«, befahl Becky. »Und gib einen Wodka in die Limonade. Das Mädel braucht eine Stärkung, wo dieser Haufen sie wie einen Affen im Zoo begafft.« Sie wandte sich um, kniff die Augen zusammen und fixierte ihre Kunden, die alle taten, als seien sie momentan mit was anderem beschäftigt.

»Danke«, erwiderte Alex.

»Kein Problem«, meinte Becky und drückte ihr den Arm. Sich zu ihr hinüberbeugend fügte sie hinzu, »Wenn Sie die erst mal ein bisschen kennen, sind sie gar nicht so schlimm. Das verspreche ich Ihnen.«

Becky zog einen zweiten Hocker heran, und Lucy stellte zwei hohe Gläser mit einer perlenden klaren Flüssigkeit vor sie hin.

»Wo ist Eddie?«, fragte Alex. »Musste er sich nach dem Schock erst einmal hinlegen? Mit einer Frau hatte er wohl nicht gerechnet.«

»Nein, es braucht schon mehr als eine Hafenmeisterin, um Eddie zu schockieren, auch mehr als eine junge Hafenmeisterin, glauben Sie mir.« Beckys Lächeln wurde ein wenig zögerlicher, als sie zuschaute, wie ihre Tochter zwei neue Kunden bediente. Sie sahen aus wie Touristen, fand Alex. Und sie sahen nach Geld aus. Sogar ihre Freizeitkleidung machte den Eindruck, als stamme sie aus irgendeiner exklusiven Edelboutique. »Eddie räumt nur den Keller auf, das ist alles. Uns ist ein Fass Bitter geplatzt. Er wird gleich wieder da sein.«

»Ihr Pub ist ja offensichtlich gut besucht.« Alex war ganz stolz auf diese Bemerkung.

»Ja, es ist das bestbesuchte und beste in Poldore. Weiter unten an der Straße gibt's noch das *Ship*, und dann beim Ortsausgang das *Smugglers Inn*. Beide schlecht.« Becky hatte den Kopf ein wenig schief gelegt, während sie Alex prüfend betrachtete. »Erzählen Sie mir doch mal, was Sie dazu gebracht hat, nach Poldore zu kommen und hier leben zu wollen?«

Alex trank einen Schluck und war jetzt dankbar für den Wodka. Sie könnte Becky ja erzählen, dass sie vor ihrem Kummer und ihrer verschmähten Liebe davongelaufen war, oder dass sie auf der Website der Hafenverwaltung nach freien Stellen gesucht und, teils durch Pinot Grigio befeuert, teils durch Kränkung und Entsetzen getrieben, eine spontane Entscheidung getroffen hatte, die sie irgendwie hierhergebracht hatte. Oder dass sie eigentlich gar nichts über die Stadt wusste, außer dass sie einen recht belebten Hafen besaß und dass sie nun dessen Hafenmeister beziehungsweise Hafenmeisterin war. Die Hafenverwaltung hatte sie, als man ihr die Stelle anbot, recht begeistert wissen lassen, dass sie erst die zweite Frau im Vereinigten Königreich in diesem Beruf sei, die erste lebte droben in Orkney. Sie hatten über Publicity gesprochen, Zeitungsartikel und dass man einen Fotografen schicken könne, doch Alex hatte sehr höflich gemeint, dass sie eigentlich nur ihren Job machen wolle und nicht sehen könne, welchen Unterschied es dabei mache, dass sie eine Frau war. Der tatsächliche Grund, der Alex nach Poldore geführt hatte, war ein plötzlicher und überwältigender Drang gewesen, für eine Weile allein zu sein und sich die Wunden zu lecken. Und dieser Teil des Plans lief – bisher jedenfalls – nicht so rund.

»Ich fand es einfach … so hübsch«, sagte Alex etwas dümmlich und dachte an die funkelnden Lichter, die sich, als sie die Flussmündung überquert hatte, mit dem Sternenhimmel vereinigt hatten. »Und es machte den Eindruck, na ja, als könnte es gut für die Seele sein.«

»Na ja, hübsch ist es hier bestimmt«, pflichtete Becky ihr bei und musterte Alex, als könne sie deren Gedanken lesen. »Schon seit der Eisenzeit hat es in Poldore menschliche Besiedlung gegeben – das ist erwiesen – es gibt Begräbnisstätten nicht weit außerhalb der Stadt auf den Klippen – und womöglich auch schon vorher. Und lange Zeit war es eine Festung, weswegen wir heute noch Castle House haben, das Haus in der Mitte des Städtchens, das wie eine Burg aussieht. Anfänglich war es ein echtes Kastell, doch im Laufe der Jahrhunderte wurde es abwechselnd angebaut, niedergebrannt, wieder aufgebaut, und heute ist eher viktorianisch als sonst was und hat sich in einen reinen Zierbau verwandelt – aber erzählen Sie Sue Montaigne nicht, dass ich das gesagt habe.« Becky nickte zum Ende des Tresens, wo eine kompakt wirkende Frau mit kastanienbraunen, zu einem praktischen Bubikopf geschnittenen Locken so tat, als unterhielte sie sich mit dem neben ihr sitzenden Mann – einem ziemlich kleinen, pummeligen Kerl mit schütter werdendem rotblondem Haar, aber freundlichem Gesicht –, während sie Alex aus Adleraugen beobachtete. Alex hatte den Eindruck, dass die Frau nur wartete, bis Alex ungeschützt und allein war, dann würde sie sich auf sie stürzen und über sie herfallen. Oder sich mit ihr unterhalten, was noch schlimmer wäre. »Die Montaignes residieren seit achthundert Jahren ununterbrochen auf Castle House. Der Familienstamm ist nie ausgestorben. Darum hat Sue bei ihrer Heirat ihren Namen auch behalten, und ihr Mann seinen geändert!« Becky schmunzelte in ihr Glas hinein, das sie anschließend mit einem Zug leerte. Sie stellte es auf den Tresen, wo Lucy es unverzüglich durch ein neues ersetzte, ebenso wie sie Alex, die an ihrem ersten noch kaum genippt hatte, ein zweites hinstellte. »Allerdings ist er Schriftsteller, oder behauptet es zumindest, obwohl er bis jetzt, so weit wir wissen, nie ein Buch zu Ende geschrieben hat. Früher hieß er Rory Frogget, weswegen ich glaube, dass ihn die Änderung nicht groß gestört hat. Fischerei gibt es kaum mehr, obwohl wir ja im Sommer die Regatta haben, und auch jede Menge Privatboote, Bootstouren … Sicher hat man Ihnen von unserem Kreuzfahrtschiff erzählt, das alle paar Monate vorbeikommt. Das ist immer gut fürs Geschäft. Poldore ist hübsch, wie Sie sagen, ja, wunderschön, aber der Hafen ist immer noch der Lebensnerv der Stadt. Im Laufe der Jahre haben wir zwar immer stärker auf den Tourismus gesetzt. Wir lieben die Touristen, aber noch mehr als die kommen jetzt die Reichen zu uns. Und weil sie ihre großen, Millionen Pfund teuren Häuser droben auf den Klippen bauen, haben sie fast die gesamte Küste aufgekauft. Wir haben Filmstars, Filmregisseure, Komiker, Schriftsteller, Models, Rockstars – von denen sogar ziemlich viele, weil es in den Wäldern ein weltberühmtes Aufnahmestudio gibt. Ich wette, das haben Sie nicht gewusst, oder?«

Alex schüttelte den Kopf. Plötzlich klang Poldore nicht mehr so ganz nach dem ruhigen Provinznest, das sie sich eingebildet hatte.

»Oh ja, Brian Rogers – haben Sie von ihm gehört?«

Alex nickte. Ihr Vater besaß all seine Alben, sowohl die, die er in den Siebzigern mit seiner Band FireSea aufgenommen hatte, als auch seine späteren Solo-Platten. Als Fan seiner Musik konnte Alex sich zwar nicht bezeichnen, aber sie hatte genug von ihm gehört, um zu wissen, dass er auf dem Höhepunkt seiner Karriere, mehrere Millionen Platten weltweit verkauft hatte und als wichtiger Einfluss für viele jüngere Künstler galt. Wenn ihr Vater wüsste, dass Brian Rogers hier lebte, wie begeistert er wäre. Musik war eines der wenigen Dinge, bei denen er emotional wurde … Alex verspürte ein Glücksgefühl, als sie daran dachte, dass sie ihrem Vater diese Neuigkeit mitteilen konnte, doch dann fiel ihr ein, dass sie ja nicht miteinander redeten. Und dass sie bei ihrer momentanen Verfassung nicht sicher war, ob sie überhaupt je wieder mit ihm reden wollte.

»Was tun wir also«, fuhr Becky fort, ohne Alex' Hänger mitzubekommen, »Eddie und ich, und fast alle anderen in diesem Pub, wir tun alles, damit Poldore Poldore bleibt. Wir nehmen die Kohle der Zuzügler, heißen sie willkommen, aber wir kämpfen darum, die Stadt so zu erhalten, wie sie immer gewesen ist, den Sinn für Tradition und Gemeinschaft in unserer Mitte lebendig zu halten.«

»Weswegen wir den weihnachtlichen Festzug veranstalten.« Sue Montaigne hatte ihre Gelegenheit erkannt und stürzte sich dazwischen, wobei die akkurate schnabelförmige Nase und die wachen, entschlossenen Augen nicht dazu beitrugen, Alex' Raubvogel-Assoziation zu mindern. »Becky kann Ihnen erzählen, dass der Festzug von Poldore seit dem Mittelalter, wenn nicht noch länger eine sehr wichtige Rolle in der Geschichte Poldores spielt.«

Lucy stellte ein großes Glas Rotwein vor Sue, die dankend nickte.

»Sue Montaigne, darf ich dir unsere neue Hafenmeisterin Alex Munro vorstellen«, meinte Becky und zwinkerte Alex zu. »Sue ist unsere hiesige Stadtaristokratie.«

»Wenn es nur so wäre«, grinste Sue und die roten Locken hüpften ihr ums Gesicht. Sue war eine gepflegte Frau von Ende vierzig in enger schwarzer Jeans, schwarzen Lederstiefeln und einem grünen Pulloverkleid, über dem sie einen Gürtel trug. Sie strotzte förmlich vor Energie, so als ob alles, was sie sagte, dachte oder tat, auch wenn sie nur von ihrem Weinglas nippte, furchtbar bedeutsam sei, ja geradezu lebenswichtig. »Wenn ich von irgendeinem Adel bin, dann von verarmtem. Aber ich halte Castle House über Wasser, in der Tat – wir veranstalten Hochzeiten; manchmal halte ich Vorträge über mittelalterliche Geschichte; ich züchte Hunde, Zwergpudel und habe auch Kinder!« Sie schnaubte. »Drei Stück. Und wie alle anderen engagiere ich mich nach Kräften für die Stadt, weswegen ich es auf mich genommen habe, die Tradition des Weihnachtsfestzugs fortzuführen.«

»Sie ist eben erst zur Tür reingekommen!«, rief Becky aus, schüttelte den Kopf und bedachte Sue mit einem liebevollen Lächeln. »Lass ihr wenigstens fünf Minuten zum Eingewöhnen, ehe du sie einspannst.«

»Alex, um in Poldore dazuzugehören, müssen Sie beim Weihnachtsumzug dabei sein«, sagte Sue, Becky völlig ignorierend, gerade als Lucy einen dampfend heißen Teller Fisch und Chips vor Alex hinstellte.

Alex spürte, dass sie regelrecht ausgehungert war. Sie konnte nicht länger warten, steckte sich eine viel zu heiße Fritte in den Mund und verbrachte die nächsten Sekunden damit, Sue höflich zuzunicken und gleichzeitig zu versuchen, die Fritte nicht wieder auszuspucken.

»Kann ich also auf Sie zählen und Sie vormerken? Sie könnten entweder bei der Geburtsszene mitmachen, Sie gäben auch einen hübschen Engel ab, nicht Gabriel, den spiele ich selber, und dann wäre da noch das Hinterteil des Esels, das ausgefüllt werden müsste …«

»Ich bin kein …«, schluckte Alex. »Ich bin nicht so gut im … Posieren.«

»Wir nennen das nicht Posieren«, erwiderte Sue unbeeindruckt. »Wir nennen es Aufführen, Darstellen. Aber wenn Sie eher was hinter der Bühne machen wollen, super, dann teile ich Sie zum Malen von Bühnenbild und Motivwägen ein. Dafür ist Jackson Withers verantwortlich. Der ist Mitglied der Royal Academy, müssen Sie wissen, hat vor ein paar Jahren die Queen gemalt. Wie auch immer, das nächste Treffen ist Sonntagmorgen um zehn bei mir. Mein Haus werden Sie leicht finden, es ist nämlich das, das eigentlich eine Burg ist.« Worauf sie noch einmal prustete.

»Becky!« Alex erkannte Eddies Stimme, die von irgendwo hinter der Bar kam. »Komm runter, Schatz! Ich krieg das Ventil an dem neuen Faß nicht auf!«

»Männer.« Becky verdrehte die Augen. »Ich muss Ihnen wohl nicht erklären, wer in diesem Haushalt die Hosen anhat. In einer Stadt, wo die Pubwirtin sämtliche neuen Fässer anzapft, werden wir sicher auch mit einer Hafenmeisterin wunderbar klarkommen.«

Alex tauschte Blicke mit Lucy, die ihr zulächelte.

»Nun.« Sue lächelte Alex an. »Ich freue mich sehr, Sie kennenzulernen und Sie für unseren Festzug mit ins Boot zu holen. Es gibt so viel zu tun, und uns bleiben nur noch wenige Wochen. Sie werden eine unschätzbare Hilfe für uns sein. Aber ich sehe, dass Ihr Abendessen auf Sie wartet und dass eine Menge Leute mit Ihnen reden wollen, daher lass ich Sie jetzt in Ruhe.« Sue gestikulierte in Richtung Tresen, wo der Mann mit dem dichten rotblonden Haar und einem großen Brandy in der Hand mit einer eleganten Brünetten in Alex' Alter in ein Gespräch vertieft war. »Falls Sie gerettet werden müssen, winken Sie, dann bin ich sofort bei Ihnen – mit meinem Mann Rory und meiner persönlichen Assistentin Marissa. Tochter von Freunden unserer Familie, hat in gewissen Kreisen einen Skandal verursacht, und ist seither mehr oder weniger Persona non grata. Durchaus nettes Mädchen, aber mit dem Organisationstalent von einem Holzklotz gesegnet. Ich warte bis Neujahr, dann habe ich meine Pflicht an ihr getan und schicke sie dorthin zurück, woher sie gekommen ist. Und tschüsss!«

Alex sah zu, wie Sue davoneilte, und fühlte sich ein wenig leer.

»Nun erzählen Sie mir mal ...«, ein älterer Mann schob sich umgehend an die Stelle, die Sue freigemacht hatte – »was weiß denn ein junges schmächtiges Ding wie Sie über Schiffe?«

»Nun denn, Jago.« Das Hemd von Bier durchnässt und nach Bitter stinkend, tauchte Eddie nun hinterm Tresen auf. »Die Alex hat den Job nicht so mir nichts, dir nichts gekriegt. Die von der Hafenverwaltung haben sie interviewt und unter die Lupe genommen. Sie hat schon in Grangemouth gearbeitet und Supertanker kontrolliert.«

»Supertanker sind keine Schiffe«, meinte Jago naserümpfend und taxierte Alex mit zusammengekniffenen Augen. »Und das Wetter da oben ist auch nicht so wie bei uns. Wir reden hier nicht übers Schuhekaufen oder Kuchenbacken. Es geht um Menschenleben, und deswegen, meine Dame, erzählen Sie mir mal, was Sie über Schiffe wissen, und dann schau'n wir mal.«

Alex seufzte innerlich. Eigentlich wollte sie nur ihre Ruhe, um ihren Fisch und ihre Pommes zu essen oder, falls das nicht ging, um nach Hause zu gehen in ein vorzugsweise hundefreies Haus, in das knarrende alte Bett zu fallen und zu schlafen. Nie im Leben wäre ihr eingefallen, dass sie nur wegen ihres Geschlechts in ihrem neuen Job auf Widerstand stoßen könnte, obwohl es bisher eingestandenermaßen nur dieser Jago war, der sich nach außen hin ablehnend gab, und nach seinem Aussehen zu schließen, hatte er wohl noch als Kind erlebt, wie Sue Montaignes Ahnen einst in die Stadt kamen. Trotzdem, wenn ihr ihr Vater etwas beigebracht hatte, dann Ältere zu respektieren, und so blieb ihr nichts anderes übrig, sie würde diesem alten Knacker zeigen müssen, dass sie mehr von Schiffen verstand als er und sämtliche anderen Seeleute in diesem Pub zusammen, was zu ihrem Glück auch zufällig der Wahrheit entsprach.

Es war schon fast Sperrstunde, und Alex und Jago tauschten sich noch immer über Alex' Fachkenntnisse hinsichtlich navigatorischer Sicherheitsverfahren und Leitlinien aus, als Sues skandalumwitterte persönliche Assistentin ihren Platz zwischen Rory und Sue (die sich offenbar in einer hitzigen Erörterung über Heiligenscheine und wie man sie am besten konstruierte befanden) verließ und zu Alex herüberkam.

»Jago, nun gib mal Ruhe, die arme Frau ist heute viele Hundert Meilen gefahren. Ich glaube, sie hat durchaus bewiesen, dass sie weiß, was sie tut, meinst du nicht?« Ihr Lächeln war bezaubernd, ihr Ton herzlich und kokett genug, um dem Alten den Kopf zu verdrehen. Sie konnte sich ausdrücken, fiel Alex auf, und wegen ihrer gebildeten Sprache und ihren guten Umgangsformen fühlte sich Alex sofort ein wenig unbehaglich. Genau wie Lucy war sie gut angezogen – alles, was sie trug, brachte ihre schlanke Figur noch besser zur Geltung. Der einzige Unterschied zwischen den beiden Frauen war, dass während Lucy sich offensichtlich bemüht hatte, hübsch auszusehen, hatte Marissa es im Gegenteil drauf angelegt, so auszusehen, als habe sie sich keine Mühe gemacht: das dunkle glänzende Haar wirkte ungekämmt und zerzaust, doch Alex sah, dass es perfekt geschnitten und auf zerzaust gestylt war. Ihre dunklen Augen waren mit Kajal umrandet, ihre Lippen in einem dunklen Rubinton geschminkt.

»Ich bin Marissa«, sagte das Mädchen und lächelte Alex an. Dann warf sie innerhalb von Sekunden einen Blick zur Tür und auf ihre teuer aussehende Armbanduhr – offensichtlich erwartete sie jemanden. »Ich bin quasi auch neu hier. Ich bin seit sechs Monaten da. Ich bin aus London gekommen, um Sue zu helfen. Steckte in einer fürchterlichen Klemme, organisatorisch ist sie eine Null, wissen Sie, sodass ich angeprescht kam wie die Kavallerie, um die Lage zu retten!«

»Das war aber nett von Ihnen«, meinte Alex, dachte an Sues ganz anderen Bericht und fragte sich, welcher der Wahrheit wohl näher kam.

»Na ja, Sie wissen schon … Ist mal eine hübsche Abwechslung hier unten. London kann manchmal so beklemmend sein – Sie wissen, was ich meine?« Wieder warf Marissa einen Blick auf die Pubtür und dann auf ihre Armbanduhr.

»Ja«, erwiderte Alex, sie wollte nicht zugeben, dass sie eigentlich noch nie in London gewesen war – es sei denn, die Fahrt auf der M 25 um die Stadt herum zählte. »Ich weiß.«

»Schön, wieder ein Mädel hier zu haben, mit dem man ausgehen kann, denn ich mag Mädchen. Ich bin gern mit Frauen zusammen. Und ich habe immer Zeit, was trinken zu gehen, falls Sie mal Lust haben.«

»Oh, sind Sie dann mit Lucy befreundet?«, fragte Alex.

Marissa hob eine Braue und senkte die Stimme, da Lucy am anderen Ende des Tresens einen Kunden bediente. »Na ja, lassen Sie es mich so sagen, wir haben einfach nicht so viel gemeinsam, wie Sie womöglich denken.« Sie zwinkerte Alex zu, und Alex gewann den Eindruck, dass Marissa nun eine Nachfrage ihrerseits erwartete, was sie denn damit meine, auf dass sie ihr ein Geheimnis anvertrauen konnte, doch sie würde sie enttäuschen.

Alex tratschte nicht, war nicht neugierig, ihr lag nichts daran, sich in anderer Leute Leben einzumischen, es sei denn, es ließ sich nicht vermeiden oder sie gehörten sowieso schon zu ihrem festen Freundeskreis. Alex kannte die fünf Freunde, die sie hatte, seit ihrem fünften Lebensjahr, und sah eigentlich keinen Grund, diesen Kreis zu erweitern, auch wenn sie gerade alle in Schottland zurückgelassen hatte und einer von ihnen der Mann war, der sie zurückgewiesen hatte.

»Ich lebe momentan im Schloss bei Sue, habe meinen eigenen Turm, was total schräg ist«, versicherte ihr Marissa. »So zopfig.«

Alex wusste nicht so recht, wie sie das Gespräch in Gang halten sollte, sodass sie einfach weiter den Apple-Pie löffelte, der nach den Fish und Chips wundersamerweise vor ihr erschienen war – bis Marissa ihrer Versuche, sie ins Gespräch zu ziehen, müde wurde. Sie wünschte, sie könnte anpassungsfähiger, freundlicher und offener sein oder einfach nur lächeln, doch war dies eine Fertigkeit, die sie bei ihrem Vater nicht gelernt, und eine, die sie zu Hause nicht allzu oft benötigt hatte.

»Dann ist das also gebongt.« Marissa lächelte strahlend, als ihr schließlich nichts mehr einfiel. »Tschau!«

Sie bezog nun eine neue Stellung am Ende des Tresens gegenüber der Tür, und Alex sah zu, wie sie sich sorgfältig in Positur warf, um ihr Dekolleté und ihre Haare in bestmöglichem Licht zu präsentieren. Was immer der alte Jago auch glauben mochte, Schiffe bargen keine Geheimnisse für Alex, aber das da, diese Verrenkungen der Mädchen, um möglichst gut auszusehen, verblüfften sie immer wieder. Nicht nur das Wie, sondern auch das Warum. Denn echt, was sollte das denn überhaupt? Wenn ein Mann dich um deiner selbst willen mochte, spielte es doch keine Rolle, ob du einen Push-up-BH anhattest oder nicht, oder? Obwohl – wo sie es sagte –, der einzige Mann, den Alex je gemocht, ja geliebt hatte, und der außerdem nebenbei, ganz zufällig ihr bester Freund war, heiratete demnächst ein Mädchen, das hauptsächlich aus Brüsten und Haarverlängerungen und Sonnenstudiobräune bestand. Und das Wichtigste dabei, ein Mädchen, das nicht *sie* war.

»Es ist alles ein bisschen überwältigend, oder?«, unterbrach Lucy, sich über den Tresen beugend, ihre Gedanken. »Neu zu sein, und dass alle Sie anstarren und Ihnen so viele Fragen stellen. Das kann nerven, vor allem, wenn man nicht so der extrovertierte Typ ist wie manche.«

Sie sah Marissa nicht an, doch Alex wusste, wen sie meinte.

»Aber leben *Sie* denn nicht schon immer hier?«, fragte Alex. »Ich dachte, Eddie hat gesagt, er ist hier geboren.«

»Irgendwie schon«, meinte Lucy. »Ich meine, ich bin hier aufgewachsen, aber ich … ich bin weggegangen und wiedergekommen … und ich habe mich … ein bisschen verändert. Die Leute brauchten eine Weile, um sich an die neue Lucy zu gewöhnen, bis sie dann merkten, dass die neue eigentlich die alte war. Es hätte furchtbar sein können, aber ich habe Glück gehabt. Die Poldorer zeichnen sich durch eine ideale Mischung aus Fürsorglichkeit bei wichtigen Dingen und Wurschtigkeit bei allem anderen aus, weswegen die Neuigkeit, dass wir jetzt eine Hafenmeisterin haben, spätestens morgen Mittag Schnee von gestern sein wird.«

»Das ist gut.« Alex lächelte, und weil ihr Lucy unter all

den Leuten, die sie bisher kennengelernt hatte, am nettesten und zugänglichsten erschien, fügte sie hinzu: »Es tut mir leid. Ich bin keine gute Smalltalkerin. Ich hasse es, Leuten vorgestellt zu werden und mich über irgendwas unterhalten zu müssen. Wahrscheinlich bin ich schüchtern. Wenn man es höflich ausdrücken will. Marcus, mein … mein Freund meint immer, dass ich Menschen im Grunde nicht mag. Aber das stimmt nicht. Ich mag Menschen. Ich mag halt nur die, die ich mag, das ist alles. Ich meine, irgendwann werde ich hier alle kennen. Mir fehlt einfach die Begabung, das alles in einem Aufwasch zu erledigen.«

Lucy lächelte. »Ist doch okay. Ich finde, Sie machen das wirklich gut. Sie haben Jago beeindruckt, und das ist nicht leicht. Und wer weiß, vielleicht stellen Sie ja fest, dass Sie hier unten nicht mehr die Gleiche sind, die Sie da oben waren.«

»Meinen Sie?« Alex klang skeptisch.

»Poldore scheint diese Wirkung auf Leute zu haben«, meinte Lucy. »Ich weiß nicht, ob es die Luft oder das Wasser oder auch gar nichts Konkretes ist. Aber fragen Sie die Leute, die eine Weile hier unten gelebt haben oder nach einer Weile zurückgekommen sind wie ich. Dieser Ort schafft es, dir unter die Haut zu gehen.«

Alex konnte sich kaum vorstellen, sich irgendwo anders als in dem Haus, in dem sie aufgewachsen war, zu Hause zu fühlen, dort, wo sie ihren Vater nach dem unglücklichen Abschied zurückgelassen hatte. Und dennoch fühlte sich inzwischen auch dieses Vaterhaus nicht mehr wie ein Zu Hause an.

»Also. Alle, die nach Cornwall kommen, laufen vor etwas davon, was ist es bei Ihnen? Ein gebrochenes Herz, ein böses Geheimnis oder ein Skandal?«

»Nichts dergleichen.« Alex lehnte sich auf ihrem Barhocker zurück. Lucy hatte etwas an sich, das Alex nicht zu fassen bekam; etwas in Lucys Blick vermittelte Alex den Eindruck, als habe sie trotz ihrer relativen Jugend schon eine Menge durchgemacht. Und sie hatte auch etwas an sich, das Alex auf Anhieb sympathisch war, dem sie vertraute; und da sie sehr weit weg von zu Hause und ihren fünf oder vielleicht auch nur vier verbliebenen Freunden war, ging sie quasi ein Risiko ein und öffnete sich, wenn auch nur einen winzigen Spalt. »Oder vielleicht auch alles zusammen.«

Doch ehe Alex noch mehr sagen konnte, wurde die Pubtür aufgestoßen, und ein Schwall kalter feuchter Luft schoss herein und mit ihm ein sehr nasser Mann, der von Kopf bis Fuß nur so triefte, eine klatschnasse Jacke, von der das Wasser herunterlief, in einer Hand hielt und ein Paar durchweichte Stiefel in der anderen. Einen berauschten Moment lang fragte sich Alex, ob sie da einen echten Wassermann vor sich hatte. Sein ziemlich langes schwarzes Haar hing ihm ins Gesicht, und sein zu diesem Zeitpunkt schon fast durchsichtiges Hemd klebte ihm an der sehr wohlgeformten Brust, während sich um seine nackten Füße herum eine Pfütze bildete.

»Wo zum Teufel ist denn dieser verdammte neue Hafenmeister? Ich werde ihn umbringen!«, rief er.

Alle blickten auf Alex.

5

»Oh Gott, was ist denn passiert?«, fragte Marissa und sprang auf, und Alex sah sofort: Auf diesen sehr großen, sehr nassen, sehr gut gebauten und zornigen Mann im fast durchsichtigen Hemd hatte Marissa den ganzen Abend gewartet.

»Ich sag dir, was passiert ist …« Der Mann stakste, Marissa praktisch ignorierend, zum Tresen, und ließ ein kleines Bächlein zurück. »Ich bin eingelaufen, auf der *Minerva*, zum Glück allein, und wurde von so einer verdammten Superscheißjacht geschnitten. Keiner hat dem Kerl gesagt, dass ich da bin, er hat mich nicht gesehen, er hatte keine Ahnung! Eben tuckere ich noch vor mich hin, im nächsten Moment taucht dieser verdammte Riesenrumpf aus dem Nichts auf, viel zu schnell, wie ich vielleicht hinzufügen sollte, und ich muss vom Boot springen. Ich hätte dabei sterben können! Die haben nicht mal gemerkt, dass sie mein Boot gerammt haben.«

»Hab's doch gesagt, Frauen und Schiffe, passt nicht zusammen«, meinte Jago. Der wütende nasse Mann blickte auf, und Jago nickte zu Alex hin, die große Augen bekam, als sie plötzlich in den Fokus von dessen Aufmerksamkeit rückte. »Das da ist unsere neue Hafenmeisterin. Ein *Mädel.*«

»Was zum …« Der Mann stürzte auf sie zu, und Alex, deren zweite vom Vater gelernte Lebenslektion lautete, sich nie, aber auch wirklich nie von irgendeinem Mann einschüchtern zu lassen, stand auf und straffte die Schultern.

»Warum zum Teufel stehen Sie an Ihrem ersten Arbeitstag im Pub herum und besaufen sich?«, blaffte er sie an. »Es geht hier um Menschenleben, das ist kein verfluchtes Hobby. Sie sind doch nicht im Urlaub, verdammt!«

»Ich weiß«, erwiderte Alex vollkommen ruhig und sehr bestimmt. » Ich …«

»Und es geht ja nicht nur um mein Leben, das ich dabei hätte verlieren können, mein Boot ist untergegangen. Ich habe es verloren, und ich kann mir einen solchen Verlust nicht leisten.«

»Hoffentlich sind Sie versichert …«, begann Alex.

»Hoffentlich? Hoffentlich bin ich versichert – wollen Sie das auch der Familie des nächsten armen Schweins sagen, das wegen Ihrer Inkompetenz tatsächlich ertrinkt?«

»Jetzt mach aber mal halblang, Ruan.« Fest legte Eddie die Hand auf die Brust des Mannes und schob ihn ein, zwei Schritte zurück. »Kein Grund, das Mädchen derart anzufahren, denk daran, mit wem du sprichst.«

Der Mann – Alex meinte gehört zu haben, dass Eddie ihn Ruan nannte – blinzelte, dann sah er sie wieder an, und sie sah ihn kurz die Augen schließen, während ihm wohl klar wurde, wie er mit ihr gesprochen hatte.

Ruhig fuhr Eddie fort: »Alex übernimmt ihre Stelle erst morgen früh, sodass du den Falschen beziehungsweise die Falsche beschimpfst.«

Alex beobachtete, wie Eddies Worte in sein Bewusstsein einsanken, sah, wie die zusammengebissenen Zähne, die geballten Fäuste und die gestrafften Schultern sich ein wenig entspannten, und wie er dann mit einem neuen Ziel vor Augen schon wieder auf und davon war.

»Genau«, sagte er, machte auf dem Absatz kehrt und duschte Alex in den eisigen Wassertröpfchen, die ihm bei der Drehung aus den Haaren flogen. »Dann hat es keinen Sinn, wenn ich meine Zeit auf sie verschwende!«

Alex klappte der Unterkiefer herunter, als der sehr große, sehr nasse, sehr unhöfliche Mann im fast durchsichtigen Hemd zum Pub hinausschritt.

»Vielleicht möchten Sie ja mitkommen, Alex«, sagte Eddie zu ihr. »Ich habe das Gefühl, er wird unserem ausscheidenden kommissarischen Hafenmeister einen Besuch abstatten, und das könnte unschön werden. Ruan Thorne ist eigentlich keiner, der die Beherrschung verliert, aber so zornig habe ich ihn noch nie erlebt.«

Alex folgte ihm ganz vergnügt, froh aus dem heißen Dunst des Pubs in die kalte frische Nachtluft hinauszukommen, aber was noch wichtiger war, sie freute sich darauf, diesem grässlichen Kerl mal richtig die Meinung zu geigen.

Ärgerlicherweise musste sie ein wenig rennen, um mit diesem Ruan Schritt zu halten, während der quer über den Platz auf das weiß getünchte Gebäude zusteuerte, das das Büro des Hafenmeisters beherbergte. Auch Eddie geriet beim Versuch, mit ihr mitzuhalten, ein wenig außer Atem. Und dann rannte sie den Wichtigtuer fast um, als er, statt ins Büro hineinzugehen, unvermittelt stehen blieb, um vor der Tür noch einmal seine Kräfte zu sammeln. Nur eine Nasenbreite vor dem Aufprall zwischen seinen Schulterblättern konnte Alex gerade noch abbremsen.

»Hat er ihn außer Gefecht gesetzt?«, fragte Eddie, der schnaufend und keuchend die Nachhut bildete.

»Nicht nötig«, meinte Ruan, der Alex die Sicht versperrte. »Der ist schon außer Gefecht. Na ja, sturzbesoffen jedenfalls …«

»Entschuldigen Sie.« Alex bückte sich unter Ruans Arm hindurch und stieg über den auf dem Fußboden schlummernden vormaligen Hafenmeister hinweg, der etwas von einer Elsie murmelte, ehe er sich auf die andere Seite rollte und geräuschvoll an seinem Daumen zu lutschen begann. Alex setzte sich an den Schreibtisch, schaltete den Computer ein, auf dem die Satelliten- und Radarinformationen erschienen, und griff nach dem Funk-Headset.

»Was machen Sie denn da?«, fragte Ruan.

»Meinen Job«, erwiderte sie und drehte ihm, während sie sich an die Arbeit machte, ungerührt den Rücken zu. »Vielleicht könnten Sie beide ja den Betrunkenen wegbringen.«

Alex legte los, kontaktierte per Funk jedes Schiff, das sie auf dem Radar entdecken konnte und vergewisserte sich, dass alle über die Bewegungen aller anderen in den Hafen hinein und aus ihm heraus Bescheid wussten, dass alle für die Nacht untergebracht waren und bis zum Morgen keine neuen Schiffe zu erwarten waren. Sie überprüfte das Wetter, das milde zu bleiben versprach, gab jedem, den sie kontaktierte, einen kurzen Wetterbericht durch und bat ihn, ihr, bis er den Hafen wieder verließ, jede Bewegung zu melden. Und schließlich spürte sie auch die Jacht auf, die Ruans Boot versenkt hatte, und machte der Besatzung unmissverständlich klar, dass zu schnelles Fahren im Hafen nicht nur gefährlich sei, sonder illegal und dass die Hafenbehörde das Recht hatte, eine Strafe von bis zu tausend Pfund zu verhängen, was, vermutete sie, wahrscheinlich die Hälfte des Tageseinkommens für den Jachtbesitzer bedeutete. Doch da der vormalige Hafenmeister in komaähnlichem Zustand auf dem Fußboden gelegen hatte, sprach Alex nur eine scharfe Mahnung aus, da keinesfalls sicher war, ob sie, wenn alle Fakten ans Licht kamen, eine Geldstrafe durchsetzen konnte.

Vor allem aber war sie – nun, da sie am Schreibtisch saß und sich mit einer Ausrüstung vertraut machte, die für die meisten anderen Menschen ein Buch mit sieben Siegeln gewesen wäre, wieder ganz in ihrem Element. Das war die Welt, die sie kannte und verstand. Eine Welt, in der sie sich nicht mit Leuten unterhalten oder wissen musste, was man nun sagte oder wie man sie am besten anguckte. Für Alex, die wie die Pinguine, die sie einmal im Zoo beobachtet hatte, auf dem Trockenen ungeschickt wankte und watschelte, war dies die Chance, Pirouetten zu drehen, sich schwerelos in ihrem Element zu bewegen. Dies war ihre Gelegenheit, anmutig, zupackend und präzise zu sein, und am allerschönsten, das gesamte Universum unter Kontrolle zu haben, zumindest jenes, das auf dem Radarschirm zu sehen war.

Es dauerte mehr als eine halbe Stunde, bis Alex sicher war, dass sich alles im Hafen in guter Ordnung befand, und als sie sich endlich losriss, stellte sie fest, dass die schlafende Gestalt des kommissarischen Hafenmeisters fortgeschafft worden war und Ruan und Eddie hinter ihr standen und sie, an das dicke steinerne Fenstersims gelehnt, mit verschränkten Armen beobachteten.

»Ich glaube nicht, dass wir uns Sorgen machen müssen, ob Sie dem Job gewachsen sind«, meinte Eddie und grinste sie an, sodass Alex angesichts so intensiver, prüfender Blicke sofort einen roten Kopf bekam. »Was Ruan?«

»Ja, gute Arbeit. Für eine Frau«, meinte Ruan und lief plötzlich tiefdunkelrot an, wobei die Röte, wie Alex nicht umhin kam zu bemerken, bis unter sein immer noch leicht durchscheinendes Hemd reichte. »Ich meine, so habe ich das nicht gemeint. Ich meine nicht, dass Sie für eine Frau einen guten Job gemacht haben, sondern, dass Sie wirklich gute Arbeit geleistet haben, und dass Sie eine Frau sind. Und wissen Sie was?« Er fuhr sich mit den Fingern durchs feuchte Haar. »Das ist auch gut so.«

»Oh, danke«, erwiderte Alex. »Nun habe ich endlich, endlich die Bestätigung, auf die ich mein Leben lang gewartet habe.«

»Oh, sie kann auch angriffslustig sein, wenn sie will«, schmunzelte Eddie. »Weist dich gehörig in die Schranken, Ruan.«

»Okay, es tut mir wirklich leid, dass ich mich wie ein Volltrottel benommen habe«, meinte Ruan und zitterte plötzlich, was Alex daran erinnerte, dass er ja durchnässt, ausgekühlt war und fast umgekommen wäre und womöglich innerhalb von etwa einer Stunde seinen Lebensunterhalt verloren hatte, sodass sein Zorn eigentlich wenig verwunderlich war.

»Es ist ja einigermaßen nachvollziehbar«, erwiderte sie steif und senkte den trotzigen Blick, tauschte ihn gegen einen netteren, der darin bestand, dass sie Leuten, die ihr Unbehagen einflößten, nicht in die Augen sah. »Sehen Sie, da hinter der Tür hängen ein paar Öljacken. Ich weiß nicht, wem sie gehören, aber warum nehmen Sie sich nicht eine und bringen Sie morgen wieder zurück. Sonst holen Sie sich noch den Tod. Und vielleicht sollten Sie sich auch von einem Arzt untersuchen lassen.«

»Danke«, erwiderte Ruan und wirkte, während sich das letzte Adrenalin in seinem Körper verflüchtigte, plötzlich nur noch müde. »Ich nehme die Öljacke, aber einen Arzt brauche ich nicht. Das Einzige, was ich jetzt brauche, ist mein Bett.«

»Soll ich Sie nach Hause bringen, Alex?«, fragte Eddie, als Alex die Schlüssel einsteckte, die der inzwischen komatöse Phil Potts auf dem Schreibtisch hatte liegen lassen, und das Büro abschloss.

»Oh nein, mir geht's gut. »Ich finde ohne Weiteres allein durchs Hafenbecken und nach Hause!«

»Trotzdem, ich begleite Sie noch bis zu Ihrem Boot«, meinte Eddie und wischte Alex' Proteste mit einer Handbewegung beiseite, noch ehe sie sie überhaupt äußern konnte. »Ja, ich weiß, dass Sie eine moderne unabhängige Frau sind, aber ich bin einer dieser altmodischen Väter und ich habe … ich habe selbst eine Tochter. Sodass ich Sie im Namen Ihres Vaters genauso behandle, wie ich es mir für meine Tochter wünschen würde, falls die irgendwo ihren ersten Abend fern der Heimat verbringen würde, okay?«

»Okay«, lenkte Alex ein und dachte an das letzte Mal, dass sie ihren Vater gesehen hatte – wie er am Küchentisch saß, Zeitung las und sich weigerte, ihr Lebwohl zu sagen, weil er mit ihrem Weggang nicht einverstanden war. Ian Munro war ein ganz anderer Vatertyp als Eddie, zwar genauso liebevoll, stark und beschützend, aber niemals hätte er der Welt, geschweige denn seiner Tochter, die Gefühle gezeigt, die er so tief in seinem Herzen verbarg. Alex hatte immer geglaubt, dass er sie trotz seiner äußeren Distanziertheit liebte – bis zu dem Augenblick, als sie nach Poldore losfuhr und er sich nicht vom Tisch erhob, um ihr Lebewohl zu sagen.

Dennoch, Eddie war sehr freundlich, und, was noch wichtiger war, er hatte recht: Alex fühlte sich tatsächlich sehr weit weg und einsam an diesem neuen Ort. Und sein Angebot akzeptierte sie dankbar, wenn auch schweigend.

Ruan ging, als sie erneut den Platz überquerten, zwei, drei Schritte hinter ihnen. Die Pubs hatten schon geschlossen, doch in der Stadt war immer noch etwas los – die Restaurants waren voll, Teenager lungerten am Kai herum, Jungs hingen gefährlich weit über die Reling, um den kreischenden, kichernden Mädchen zu imponieren, die wie eine Schar hungriger, nach Brotkrumen gierender Seemöwen klangen. Paare spazierten Hand in Hand durch die beleuchteten Kopfsteinpflastergassen, die steil in Richtung der Mauer- und Spitztürme eines Bauwerks abbogen, das, erriet Alex, Castle House sein musste und mit seinem fantastischen Umriss die Stadtsilhouette beherrschte, und der Wind strich über das Meer und den Platz und brachte die goldenen Glöckchen am städtischen Christbaum zum Klingen, sodass sie ihr eigenes Weihnachtslied spielten.

Jeder Schritt, den Alex tat, hatte etwas Träumerisches. Sie mochte kaum glauben, dass sie wirklich da war, wo sie doch noch am Morgen im gelb gestrichenen Zimmer ihrer Kindheit ihre Taschen gepackt hatte. Hatte sie tatsächlich so schnell und komplett ihr Leben umgekrempelt? Wenn sich das alles als Traum erwies und sie in der nächsten Sekunde daheim im Bett erwachte, hätte sie das ganz und gar nicht überrascht. Und dennoch kam der Wind vom Atlantik herein, blies ihr das Haar aus dem Gesicht, drang durch die winzigen Löchlein ihres Pullovers, und Alex wusste, dass sie hellwach war.

»Ist Lucy Ihre einzige Tochter?«, fragte sie Eddie, als sie sich der Anlegestelle näherten.

»Oh, ähm, ja. Lucy ist unser einziges Kind«, erwiderte Eddie, ein wenig angesäuert, fand Alex. »Früher, ehe sie wegging, hat sie bei uns gewohnt, aber seit ihrer Rückkehr ist sie lieber unabhängig und hat sich ein kleines Cottage weiter oben an der Straße gemietet. Ich mach mir immer noch Sorgen um sie, nicht dass sie es mir danken würde. Wegen all dem, was sie durchgemacht hat, wissen Sie. Was ich da mitbekommen habe, macht mich ein wenig überfürsorglich. Im Hinblick auf Lucy, und auf alle jungen Damen, ob sie es nun mögen oder nicht, und das schließt auch Sie ein.«

»Das klingt mir tatsächlich wie etwas, das auch mein Vater sagen könnte.« Einen Moment lang lächelte Alex zärtlich, bis sie sich wieder erinnerte.

»Dann sind sie also Papas Mädchen?«, fragte Eddie, während Ruan noch immer hinter ihnen herumschlich.

»Tja, irgendwie schon. Im Grunde konnte ich es mir nicht aussuchen. Meine Mutter hat meinen Vater und mich verlassen, als ich drei Jahre alt war. Sodass es immer nur mich und ihn gegeben hat.« Alex lächelte, als sie das Unbehagen in Eddies Gesicht entdeckte. »Oh, ist schon okay, ehrlich. Ich hatte eine Menge Zeit, mich daran zu gewöhnen. Ich erinnere mich nicht mal an sie. Aber ja, ich und mein Dad, wir standen uns schon sehr nahe.«

»Und was hält Ihr Vater davon, dass Sie so weit weg ziehen?«, fragte Eddie.

»Oh, er …« Alex zögerte. Sie mochte Eddie zwar, aber sie kannte ihn ja kaum. Dies war nicht der richtige Zeitpunkt, um einen praktisch Fremden in all die Fehler, die sie und ihr Vater gemacht hatten, einzuweihen, beziehungsweise in das Kuddelmuddel, das sie hinter sich gelassen hatte, statt sich damit auseinanderzusetzen. »Er findet es toll!

Tja, da wären wir«, meinte Alex und blieb an der Stelle, wo sie ihr Dingi vertäut hatte, stehen. Sie blickte auf Ruan, der kleine Kieselsteine – einen nach dem anderen, plopp, plopp, plopp – ins Wasser kickte. In seiner zu großen Öljacke sah er aus wie ein trotziger kleiner Junge, was eine seltsam einnehmende Wirkung hatte. »Kommen Sie zurecht? Ich meine, kann ich Sie irgendwo hinbringen, da Ihr Boot ja weg ist?«

»Ich habe mehr als nur eins«, versetzte Ruan beleidigt. »Genau gesagt, zehn. Mir gehört der größte Bootsverleih für Touristen in Poldore.«

»Und auch der einzige«, erinnerte Eddie ihn sanft.

»Tja, schön, dann gute Nacht.« Alex kniete sich an die Stelle, wo ihr Boot eigentlich vertäut liegen sollte, doch es war nicht da. Nein, ich korrigiere, es war da, oder zumindest befand sich da was am Endes des Taues, das tief ins Wasser hinunterhing. Und gerade als Eddie und Ruan hinter ihr zu glucksen begannen, spürte Alex, wie die Scham sie heiß überlief, da sie begriff, was sie getan hatte. Als sie anlegte, war Ebbe gewesen. Sie hatte das Boot mit großer Sorgfalt an einem Tau befestigt, das viel zu kurz war. Und nun war die Flut gekommen, und das Boot hatte nicht mit ihr steigen können und war untergegangen.

»Uups«, meinte Ruan, und seine dunklen Augen funkelten vor kaum verhohlener Schadenfreude.

»Oh je«, kicherte Eddie. »Oh je, oh je. Trotzdem, kann leicht passieren.«

»Aber nicht der Hafenmeisterin unserer Stadt!« Ruan gluckste in sich hinein. »Die Touristen werden sich kugeln.«

»Was wollen Sie denn damit sagen?«, fragte Alex ihn entsetzt.

»Die stehen auf Lokalkolorit und unsere hiesigen Originale. Ich kläre sie darüber auf, wenn ich sie herumführe. Und Sie haben schon an Ihrem ersten Tag tollen Stoff geliefert.«

Alex wollte sauer und reserviert reagieren, doch dann passierte etwas Seltsames und Unerwartetes. Zu sehen, wie Ruans unterdrücktes Lächeln zu einem Lachen erblühte, war erstaunlich ansteckend, und sie ertappte sich selbst beim Lachen, obwohl sie sich dabei die Hände vors Gesicht schlug.

»Davon werde ich mich nie erholen«, gluckste sie, während Eddie ihr die Hand auf die Schulter legte und in ihr Gelächter einstimmte. »Niemand wird mich jetzt mehr ernst nehmen.«

»Wissen Sie was«, meinte Ruan. »Ich halte die Story unter Verschluss, bis Sie sich in der Hafenmeisterei etabliert haben, sagen wir, bis zum Frühjahr. Und jetzt bringe ich

Sie in einem meiner anderen Boote nach Hause.« Ruan warf einen Blick zu Eddie, der die Augen verdrehte. »Ich wohne im alten Leuchtturm um die Halbinsel herum, es liegt also irgendwie sowieso auf meinem Weg.«

»Irgendwie ist das doch genau die entgegengesetzte Richtung«, bemerkte Eddie hellhörig.

»Und morgen früh, wenn wieder Ebbe ist, werde ich als erstes ihr Boot hochziehen und zum Trocknen aufstellen. Vielleicht muss ja der Motor überholt werden, aber das kriegt man wieder hin.«

»Danke«, sagte Alex und zögerte kurz, während sie das unerwartete Hilfsangebot noch verdaute. »Tut mir leid, dass wir einen so schlechten Start hatten.«

»Macht nichts«, meinte Ruan. »Bin gleich mit dem Boot zurück.«

»Er ist ein Guter, wirklich«, erzählte Eddie, während Ruan ein paar Schritte davongetrabt war bis zu einer Stelle, wo mehrere Motorkreuzer lagen. »Beurteilen Sie ihn nach diesen ersten Eindrücken nicht zu streng. Tatsächlich ist der Junge sanft wie ein Lämmchen, nur dass es ihn übler erwischt hat als die meisten, das ist alles.«

Ehe Alex weiter fragen konnte, kam Ruan mit einem Boot herangefahren und hielt ihr die Hand hin, die sie ergriff, um ins Boot zu steigen und sich sofort unsicher zu fühlen, wo in den Sitzreihen sie wohl am besten Platz nehmen sollte. Wenn sie sich direkt neben ihn setzte, fand er das vielleicht allzu vertraut, und wenn sie sich zu weit weg setzte, so konnte das wieder etwas völlig anderes bedeuten. Alex hatte zwar keine klare Vorstellung, was genau die eine oder andere Wahl bedeuten mochte, doch dass es überhaupt eine gab, erfüllte sie mit unerklärlicher Unruhe. Sodass sie sich nach kurzem Zögern in die Mitte des Bootes setzte.

Ruan musterte sie kurz, als er das Boot hinaus aufs offene Wasser lenkte, zuckte die Achseln und wandte sich wieder dem Ruder zu.

»Hatten Sie gesagt, dass Sie in einem Leuchtturm wohnen?«, fragte Alex, und merkte – als sie die Stimme heben musste, um seine Aufmerksamkeit zu erlangen –, wie lächerlich es war, in der Mitte des Boots zu sitzen. Sie erhob sich, rückte zwei Reihen näher zu ihm heran und hoffte, dass ihm ihre improvisierte »Reise nach Jerusalem« nicht weiter auffiel.

»In einem früheren Leuchtturm«, korrigierte er sie. »Nach dem Zweiten Weltkrieg wurde er stillgelegt und war, als ich ihn kaufte, mehr oder weniger eine Ruine. Ich renoviere ihn schon seit Jahren, aber ich glaube, jetzt ist es fast geschafft. Immer wieder versuchen Leute, ihn mir abzukaufen, bieten mir wirklich wahnsinnige Summen an, sodass ich das als gutes Zeichen nehme.«

»Wow«, sagte Alex in einem seltenen unbedachten Moment und ertappte sich dabei, wie sie mit einem völlig Fremden mehr Worte wechselte, als sie das gewöhnlich tat. »Es muss wunderbar sein, in einem Leuchtturm zu leben und die ganze Zeit direkt aufs Meer hinauszuschauen. Da müssen Sie manchmal das Gefühl haben, in den Wolken zu leben.«

Sie spürte, wie Ruan sie taxierte, was nicht besonders viel Zeit in Anspruch nahm, da ihr zusammengebundenes Haar und ihr weiter Pullover nicht allzu viel verrieten, doch auch nur wenige Sekunden direkter Aufmerksamkeit – egal von welcher Seite – reichten ihr, um sich sofort wieder in ihr Schneckenhaus zurückzuziehen.

Während sie flussaufwärts zu ihrem Cottage fuhren, versuchte Alex sich an ihr letztes Alleinsein mit einem Mann zu erinnern, der nicht Marcus, ihr Vater oder einer der vielen anderen Männer war, denen sie bei der Arbeit begegnete und die nicht zählten, weil keiner von ihnen überhaupt je bemerkt hatte, dass sie ein Mädchen war oder aber, wenn doch, es nach einem Blick ihres Vaters nie wieder tat. Lange, lange, lange war das her.

»Hören Sie.« Ruan unterbrach ihre Gedanken. »Ich hätte nicht so aus der Haut fahren dürfen, nach dem Unfall. Dieses Boot, es hat mir viel bedeutet, was dumm ist, ich weiß. War ja nur ein Boot. Aber ich hatte es seit meiner Kindheit, und es war nicht versichert. Momentan hab ich kaum genug Geld, um meine gewerblichen Boote zu versichern. Trotz all der Reichen, die in die Stadt kommen, leidet mein Geschäft. Vielleicht weil sie alle auf ihren eigenen Jachten kommen.«

»Das tut mir wirklich leid – dass Sie Ihr Boot verloren haben – und dass Sie in solche Gefahr geraten sind«, sagte Alex. »Kein Wunder, dass es Sie so erschüttert hat. Ich meine, das hätte mehr als ins Auge gehen können. Sie hätten tot sein können.«

Ruan hielt die Augen aufs Wasser gerichtet. »Es hat mich nicht erschüttert.«

Alex blickte auf, als sie an einer kleinen Ketsch vorbeikamen, deren Takelage unterm Mond und vor dem sternübersäten Himmel ein hübsches Netzmuster bildete. Kurz zuvor hatte sich sie kurz mit dem Captain oder vielmehr dem Haushaltsvorstand unterhalten und erfahren, dass an Bord eine junge Familie lebte, was für Alex nach der perfekten Kindheit klang.

»Jachten sehen viel hübscher aus als die Tanker und Containerschiffe, die ich gewohnt bin«, sagte sie laut. »Poldore ist unglaublich schön, dabei habe ich es bis jetzt nur im Dunkeln gesehen.«

»Das stimmt«, erwiderte Ruan. »Darum bin ich ja auch nie weggezogen. Freunde, Menschen, mit denen ich aufgewachsen bin ... die ich mein Leben lang gekannt habe, sie gehen. Sie glauben, da draußen ist alles besser, größer, schneller, reicher. Aber das ist es nicht. Wie sollte es irgendwo besser sein als hier? Ich werde Poldore nie verlassen, ich bleibe hier, bis ich alt und grau geworden bin und mit Vollbart und Augenklappe rumlaufe.« Alex lächelte, und ihr Gesicht war von Mondlicht übergossen. »Wie auch immer, ich bin eigentlich überhaupt nicht der Typ, der ins Pub reinmarschiert und Sie zur Schnecke macht. Ich hoffe, wir können noch mal von vorn anfangen? Schließlich dürften wir uns ja jetzt öfter über den Weg laufen.«

»Ja, natürlich«, erwiderte Alex und versuchte krampfhaft, irgendetwas zu sagen, denn nach Ruans Worten hatte sie das Gefühl, sie müsste es tun. »Ich fühle mich, na ja, ein bisschen wie ein Fisch auf dem Trockenen, könnte man sagen. Ein bisschen schüchtern, wenn man's positiv wendet. Manchmal begreife ich einfach nicht, was die Leute eigentlich wollen.«

Ruan lachte, und nach einer Minute lachte auch Alex, als sie so recht realisierte, was sie da gerade gesagt hatte. »Ich bin kein geselliger Mensch«, erklärte sie. »Genauso wenig wie dieser bescheuerte Hund.«

»Oh, Buoy«, schmunzelte Ruan. »Buoy ist einer unserer Lokalhelden. Sie werden ihn lieben müssen, wenn Sie bei uns beliebt sein wollen. Und nehmen Sie sich vor Sue Montaigne in Acht. Meine Schwester Cordelia arbeitet als Kindermädchen bei ihr. Im Grunde ist sie eine hinreißende Frau, aber sie ist nicht zufrieden, wenn sie nicht Leute rumscheuchen kann, und am liebsten in irgendeinem Faschingskostüm.«

»Oh Gott«, stöhnte Alex. »Sie hat sich meinen Namen auf irgendein Klemmbrett notiert! Ich hätte mich bei Eddie im Keller verstecken sollen.«

»Eddie ist ein Guter«, sagte Ruan. »Liebt seine Familie, und würde alles für sie tun. Eddie wird sich immer um Sie kümmern.«

Alex wollte nach Lucy fragen, nach den Schwierigkeiten, auf die Eddie auf dem Weg zum Dingi angespielt hatte, aber als zurückhaltender Mensch entsetzte sie die Vorstellung, aktiv im Leben eines anderen Menschen herumzuschnüffeln, und außerdem war sie ja noch ganz frisch hier, immer noch ein Neuankömmling. Besser, sie hielt den Mund.

Ruan schaltete den Motor ab, als er das Boot zu Alex' Anlegestelle steuerte.

»Morgen früh hole ich Ihr Boot und vertäue es für Sie.«, sagte er, als er ihre Hand ergriff und ihr auf den wackligen Steg half. »Der könnte auch mal überholt werden. Ich habe am Wochenende Zeit, ich sehe mal, was ich an Holzresten herumliegen habe, und werfe einen Blick darauf.«

»Danke, das ist wirklich sehr nett«, sagte Alex.

»Das ist nicht nett, so ist das einfach bei uns. Wir kümmern uns umeinander.«

»Oh, na ja, trotzdem vielen Dank.« Alex stockte, unsicher, wie oder auf welche Weise sie sich am besten von Ruan verabschieden sollte. Offensichtlich gab es ja die schlichte »Wiedersehen«-Option, aber sie wollte nicht wieder versehentlich in ein Fettnäpfchen treten, wo sie sich doch gerade erst versöhnt hatten und er so nett gewesen war.

»Tja«, sagte sie und erinnerte sich plötzlich, dass sie unter der Treppe im Cottage einen uralten kleinen Wäschetrocker gesehen hatte, und mit dem Gedanken, sie könne sich selbst in Sachen Poldorer Freundlichkeit versuchen, meinte sie: »Wenn Sie wollen, könnten Sie kurz reinkommen, die nassen Klamotten ausziehen, und ich könnte …?«

»Ähm, nein danke«, meinte Ruan und wirkte sofort alarmiert und dann besorgt. »Ich kenne Sie ja kaum.«

»Oh, ich habe nicht die Absicht …« Alex schlug sich die Hand vor den Mund, und Ruan stieß das Boot ab und setzte bereits in die Flussmündung zurück.

»Ich wollte Sie nicht zum Sex einladen!«, rief Alex ihm nach, ehe sie sich zurückhalten konnte, und war froh, dass Ruan es so eilig gehabt hatte, von ihr wegzukommen, dass er es wahrscheinlich gar nicht mehr gehört hatte. »Ich hatte im Grunde noch nie richtigen Sex«, sagte sie etwas leiser zu sich selbst. »Oder, genau genommen, überhaupt noch nie.«

Seufzend wandte Alex sich um und entdeckte Buoy auf der untersten Treppenstufe, von wo aus er sie mit dem sichtbaren bernsteinfarbenen Auge betrachtete und leise knurrte.

»Und wenn du das Ungeheuer von Bodmin wärst«, erklärte Alex ihm streng – während sie sich fragte, wie er vor ihr nach Hause gekommen war –, »in meinem Bett hast du nichts verloren.«

Sie versuchte, an ihm vorbei die Steintreppe hinaufzuhechten, was ihr zunächst zu gelingen schien, da der alte Hund sekundenlang steif und langsam war; doch noch ehe sie den oberen Treppenabsatz erreicht hatten, jaulten Alex' Oberschenkel auf, und Buoy trabte fröhlich an ihr vorbei, warf ihr, aufs Haus zustrebend, noch einen Hechelblick über die Schulter zu und stieß mit dem Oberkörper die unverschlossene Tür auf.

Als Alex schließlich die schmale Innentreppe hinauf und ins Schlafzimmer gekeucht kam, lag der Hund bereits auf dem Rücken mitten auf ihrem Bett, die Beine in die Luft gestreckt und die gelblichen Zähne bei jedem Schnarcher leicht entblößt.

Alex beschloss, die Nacht im Sessel zu verbringen.

6

20. Dezember

Fast eine Woche sollte vergehen, ehe Alex Ruan wiedersah, und sie musste gestehen, eigentlich war sie froh darüber. Es gab viel zu viel anderes, über das sie sich Gedanken machen musste, zu Grübeleien über ihren versehentlichen »Antrag« gegenüber einem praktisch Fremden hatte sie keine Lust. Obwohl sie tagtäglich per Funk miteinander kommunizierten, war dies ein rein förmlicher Austausch, wenn auch absolut angenehm. Bei diesen Gesprächen hätte genauso gut der ganze Atlantik zwischen ihnen liegen können und nicht nur die paar Meter, die Ruans Ticketschalter von Alex' Schreibtisch trennte.

Stattdessen verbrachte sie die Tage zwischen ihrem ersten und zweiten Treffen damit, ihr neues Leben in Poldore in den Griff zu bekommen.

Die erste Gewissheit, zu der Alex dabei kam, war die, dass der Hund bei Entscheidungen zwischen dem Hund und ihr stets gewann. Alex' Erfahrung mit Haustieren war begrenzt – ihr Vater hatte nicht viel von Tieren gehalten –, doch sie hatte sich von der Lüge, dass Hunde freundliche, treue, großzügige Geschöpfe seien, die alles taten, um ihr Herrchen/Frauchen glücklich zu machen – einlullen lassen. Zugegeben, sie war nicht Buoys Frauchen, wahrhaftig nicht, allerdings hätte *er* auch kaum weiter davon entfernt sein können, Frauchens bester Freund zu sein. Sogar innerhalb dieser Rahmenbedingungen interagierten Alex und der Hund auf einer höchst dysfunktionalen, passiv-aggressiven und, im Falle des Hundes, einfach nur aggressiven Ebene.

Buoy wollte nicht Alex' Haustier sein, und Alex wollte von vornherein kein Haustier haben, vor allem keines, das das einzige Bett im Cottage für sich beanspruchte. Dies nämlich, so hatte sie an jenem ersten Morgen nach einer im Sessel verbrachten Nacht beschlossen, war *ihr* neues Leben, sie musste es sich zu eigen machen und sich nicht bloß irgendwie diesem Hund anpassen. Allerdings war Alex nicht besonders beschlagen in Hundepsychologie, ihr gesamtes Hundewissen stammte aus der Serie *Lassie*, die sie als Kind im Fernsehen gesehen hatte, sowie einem *Cosmopolitan*-Artikel zu dem Thema, wie man den Mann seines Lebens dazu brachte, einen als gleichberechtigte Partnerin anzusehen. Nun, Buoy war kein Mann, aber er war ein Männchen, und da es höchst unwahrscheinlich war, dass sie diese Ratschläge im Hinblick auf einen Mann benötigen würde, konnte es nicht schaden – dachte sie –, wenn sie versuchte, sie auf den Hund anzuwenden.

Nur dass es nicht so ganz nach Plan lief. Alex hatte versucht, dem Hund ins Auge zu blicken, doch er starrte nur ungerührt zurück, bis Alex als erste wegsehen musste. Auch hatte sie versucht, sich im Cottage einen Claim abzustecken. Sie packte ihre Klamotten aus und ließ ihre Zahnbürste im Bad liegen, die Buoy, wie sie später entdeckte, zu einem nackten Stumpf abgekaut hatte, wobei er die Borsten während des Kauens ausspuckte. Nur einen einzigen winzigen Fortschritt hatte Alex bei der Aneignung ihres

Lebens bisher erzielt: sie hatte sich mühsam eine winzige Ecke ihres Betts zum Schlafen erkämpft und sich aus Watte Nasenstöpsel gebastelt, um nicht vom Gestank überwältigt zu werden, und sie war sich ziemlich sicher, dass Buoy ihr so viel Platz nur deswegen zugestand, weil er nicht gern alleine schlief.

Sodass keine Rede davon sein konnte, dass Alex ihr Leben im Griff hatte, vielmehr klammerte sie sich an den kleinsten Zipfel davon, sprich die winzigste Bettecke und übernachtete gelegentlich auch auf dem kalten, staubigen Fußboden daneben.

Wenigstens in der Hafenmeisterei verlief das Leben in ruhigen Bahnen, ein Leben, in das sie mühelos, ja, durchaus souverän hineingefunden hatte. Schon nach wenigen Tagen sprach sich – begleitet von hochgezogenen Augenbrauen und milde überraschtem Tonfall – herum, dass das neue Mädchen tatsächlich richtig tüchtig sei. Und ehe die erste Woche vorüber war, scherte es niemanden mehr einen Deut, ob sie Mann oder Frau war, was Alex als Erleichterung empfand. Mädchen beziehungsweise Frau zu sein, hatte ihr nie besonders gelegen, und gerade *da*für eine, wenn auch nur kurze Berühmtheit zu erlangen, war nichts, das sie besonders genossen hatte.

Lucy hatte recht gehabt mit ihrer Andeutung, dass Alex wohl vor etwas davonlief. Alex hatte sich nach Poldore geflüchtet, um sich selbst zu vergessen, in ein anderes Leben einzutauchen, wo niemand mehr von ihr Notiz nahm, und diesmal hoffentlich für immer. Denn als sie sich das letzte Mal von ihren Gefühlen hatte leiten lassen und sich nur ein Stückchen weit aus dem Fenster gelehnt hatte, um gesehen zu werden, war nicht nur alles nur furchtbar schiefgegangen, sondern auch Dinge ans Licht gekommen, die sie nie hatte erfahren wollen.

Ihr Handy hatte in Poldore nur sehr schlechten Empfang, und im Cottage hatte sie keinen Telefonanschluss. Nur über ihr privates E-Mail-Account konnten Leute aus ihrem alten Leben sie noch erreichen, oder aber indem sie in der Hafenmeisterei anriefen, und diese Nummer hatte Alex vorsorglich niemandem gegeben, obwohl sie annahm, dass diesbezügliche Nachforschungen recht schnell zum Erfolg führen würden. Dennoch hatte in den ersten Wochen niemand von zu Hause versucht, mit ihr Kontakt aufzunehmen, und obwohl sich Alex zuweilen einsam fühlte oder Heimweh hatte, erinnerte sie sich daran, dass sie es doch genau so wollte, ja, nicht einmal ihren Vater anrief, um ihm zu sagen, dass sie wohlbehalten angekommen war. Weil sie denselben Streit nicht noch einmal führen wollte und, was schlimmer war, nicht noch einmal sein Schweigen ertragen wollte.

Ein völliger Bruch war nötig, davon war sie überzeugt, wenn sie das erste Mal in ihrem Leben auf eigenen Füßen stehen wollte. Und so lief sie eine geschlagene Woche nach ihrer Ankunft während ihrer Pause mit neuerlicher Zielstrebigkeit am Ufer entlang, um Eddie zu bitten, ein neues Heim für Buoy zu suchen.

Sogar jetzt im Dezember, wo Himmel und Meer bleiern und grau waren, summte die Stadt noch vor Leben. Und noch immer fror Alex nicht, sondern freute sich, den kurzen Spaziergang in ihrem weiten schlammfarbenen Pullover machen zu können, der ihr bis zu den Knien ihrer in

Timberland-Boots steckenden Jeans hinunterhing. Wäre sie daheim gewesen, hätte sie um diese Zeit mindestens fünf Kleiderschichten übereinander getragen, einschließlich Thermounterwäsche und zwei Paar Handschuhen; der Wind, der von der Nordsee herein blies, war immer so bitterkalt. Und auch wenn viele der eleganten Menschen, die die Kopfsteinpflastergassen entlangspazierten, Mützen und Handschuhe trugen, empfand Alex das Wetter als absolut mild.

Der *Silent Man* war rappelvoll, nicht nur mit den Gesichtern der Einheimischen, die Alex langsam vertraut wurden, weil sie, wann immer sie sie sahen, lächelnd nickten, sondern auch von Touristen und Ferienhausbesitzern, denen die großen modernen Häuser auf der Felskuppe gehörten und die in ihrer Mehrzahl stinkreich waren. Es musste schon seltsam sein, wenn man immer hier gelebt hatte, dachte Alex, während sie sich, wie Eddie oder Lucy, mit wohlplatzierten Schulter- oder Ellbogenstößen ihren Weg zum Tresen bahnte. Von so viel prahlerischem Geld umgeben zu sein, so vielen Leuten, denen es nur ums Gesehenwerden ging, an einem Ort zu leben, der irgendwie von den Insidern für angesagt erklärt worden war, der aber für dich einfach nur Heimat war.

»Hallo!« Lucy begrüßte sie herzlich, während sie gleichzeitig für einen etwa fünfzigjährigen Blazerträger mit Goldknöpfen und echter Kapitänsmütze ein Bier zapfte, obwohl der Typ nicht aussah wie einer, der sein eigenes Boot steuerte. Alex beneidete Lucy um ihren lässigen Stil – die weiße taillierte Bluse, die hübsch mit ihrem honigblonden Haar kontrastierte, das zarte Make-up und die großen Kreolen, die hin und her schwangen, während sie sprach oder lachte, mit dem vorgeblichen Captain und seinen Gästen flirtete, die zu einem traditionellen Pub Lunch vorbeigekommen waren. Hinter der Bar fühlte sich Lucy offenbar sicher, strahlte, lachte, ähnlich wie Alex sich hinter ihrem Schreibtisch fühlte, nur ohne das Lachen und das Strahlen. »Dad ist hinten, wollen Sie zu ihm?«

»Wenn es geht?« Alex spürte den Andrang der hinter ihr eintretenden Menschen. »Kann ich einfach hier durchgehen?«

»Probieren Sie's mal.« Lucy zwinkerte dem jungen Mann zu, dem sie eine Flasche Bier reichte. »Ich hab das hier im Griff, wenigstens fürs Erste!«

Alex schob sich durch die Milchglastür, auf der die Aufschrift »Privat« eingeätzt war, und folgte einem engen Korridor ins Pubinnere, bis sie die dröhnende Stimme Eddies hörte, der sich offenbar in einem Gespräch befand. Erst als sie sich der leicht angelehnten Tür näherte, merkte sie, mit wem er sich unterhielt, nämlich Ruan.

»Du weißt ja, wie sie ist, Eddie«, hörte sie Ruan sagen. »Sie hat nie gewusst, was gut für sie ist, und jetzt sehe ich förmlich, wie sie sich in wirkliche Schwierigkeiten bringt. Ich weiß nicht, wie ich ihr die Augen öffnen soll. Was immer ich ihr auch sage, sie macht genau das Gegenteil.«

»Sie ist eine junge Frau«, entgegnete Eddie. »Sie ist über einundzwanzig. Und du bist ihr Bruder, nicht ihr Vater. Vielleicht solltest du sie einfach mal machen lassen.«

»Ich weiß, aber …« Ruan hielt inne. »Wen hat sie denn außer mir? Und ich weiß nicht, ob man dem Typen vertrauen kann.«

»Was, dem alten Brian? Was soll er denn mit ihr anstellen?«, schmunzelte Eddie. »Er mag ja seinerzeit ein Rockgott gewesen sein und mehr Frauen flachgelegt haben als du oder ich es jemals tun werden, aber inzwischen ist er mindestens siebzig, auch wenn er immer noch Lidstrich trägt. Ich glaub nicht, dass er ihr noch hinterherkäme, wenn sie auch nur einen winzigen Zahn zulegen würde.«

»Ich weiß«, sagte Ruan, »aber er setzt ihr Ideen, setzt ihr Flausen in den Kopf. Und die Leute, die hierherkommen, um mit ihm zu arbeiten, das sind keine … normalen Leute. Das sind verfluchte halbseidene Musikertypen mit ihrer … Mode und ihren … Haaren. Und Cordelia ist leicht zu beeindrucken.«

»Weißt du, was dein Problem ist, Ruan«, meinte Eddie. »Du machst dir zu viele Gedanken. Und das tust du, schon seit … na ja, du weißt schon. Du wirst es Cordy wohl zugestehen müssen, dass sie selber ihren Weg findet, so wie deine anderen Schwestern, die irgendwo da draußen sind und ihr Leben leben, oder? Ich weiß, Cordelia ist das Nesthäkchen, aber du musst sie trotzdem gehen lassen, so wie ich damals Lucy. Und wenn Becky und ich etwas dabei gelernt haben, dann dies: Man sollte Menschen nicht ändern wollen. Alles ist besser, als zuzugucken, wie jemand vor deinen Augen dahinwelkt und elendig zugrundegeht.«

»Auch wenn es zu Verletzungen führt?«, fragte Ruan, und seine Stimme klang so weich, so besorgt und bang, dass Alex den fast unwiderstehlichen Drang verspürte, hineinzugehen und ihn zu umarmen, was angesichts der Tatsache, dass sie kaum jemals den eigenen Vater umarmte, schon ziemlich bemerkenswert war.

»Auch dann«, erwiderte Eddie. »Sieh dir Lucy doch mal an da draußen, sie ist die Königin des Pubs, wo sie Tag für Tag Hof hält. Nie würdest du vermuten, was sie durchgemacht hat, um so weit zu kommen. Und bei Cordelia wird es genauso sein, denn wenn sie irgendwas mit euch übrigen Thornes gemeinsam hat, wird sie danach nur noch stärker sein, genau wie du.«

»Ich bin nicht stärker geworden«, sagte Ruan. »Alles andere als das …«

Genau in diesem Augenblick streifte etwas Stinkendes, Haariges Alex' Schenkel, stieß mit der Schnauze die Wohnzimmertür auf, und Alex war bloßgestellt, erwischt als Lauscherin auf dem Flur.

Offenbar hatte Buoy beschlossen, sich im genau falschen Moment zu diesem Treffen einzufinden, das über sein Schicksal entschied.

»Ähm … oh, hallo!«, stotterte Alex, als sei *sie* überrascht, die beiden zu sehen.

»Wie lange haben Sie denn schon da draußen gestanden?«, fragte Ruan, und seine hinreißende verletzliche Seite war augenblicklich verschwunden.

»Nicht lange, ich wollte Sie nur nicht …« Alex sah sich um, versuchte, sich eine Entschuldigung aus dem Ärmel zu schütteln und gab es rasch auf. »Ich dachte, es wäre unhöflich, Sie zu unterbrechen.«

»Und da dachten Sie, Sie hören lieber zu?« Ruan wurde rot und wandte sich ab. Er war nicht verärgert, merkte Alex. Er genierte sich, und sie fühlte sich noch tausendmal mieser.

»Jetzt stehen Sie nicht dumm rum«, meinte Eddie und

versuchte, die Situation zu entschärfen. »Kommen Sie herein und erzählen Sie uns, wie es so läuft. Ich sehe schon, Sie und Buoy freunden sich langsam an.«

»Äh, nein«, erwiderte Alex. »Wir freunden uns nicht an. Er stalkt mich nur gerade. Im Grunde glaube ich sogar, er will mich zur Strecke bringen.«

»Hunde stalken keine Menschen«, meinte Ruan abwehrend, fuhr mit der Hand über Buoys Kopf und dann über das Hinterteil seiner Jeans. Buoy setzte sich vor das Feuer und schaute sie nacheinander an, als warte er darauf, dass die Besprechung begann.

»Ich kann nicht mit ihm zusammenleben«, sagte Alex, als klar wurde, dass Ruan sich nicht verabschieden würde. »An sich habe ich ja nichts gegen ihn. Und, wie ich verstehe, gehört das Cottage zur Stelle, und er zum Cottage. Ich weiß, dass es vor langer Zeit, als noch sein Besitzer hier lebte, mal sein Zu Hause war. Aber es geht einfach nicht. Ich mag keine Hunde, ich mag nicht mal Haustiere. Ich hatte mal eine Stabheuschrecke und bin drauf getreten. Er ist alt und stinkt einfach bestialisch, und er braucht ein richtiges Zu Hause, bei Leuten, die ein Schlafzimmer übrig haben, das er dann in ein Flohkino verwandeln kann … und die sich richtig um ihn kümmern. Wie er es verdient hat.«

Alex hatte damit gerechnet, dass Eddie ihre Appelle von sich abprallen ließ und Ruan ihr grollte, nicht gefasst war sie auf die offensichtliche Traurigkeit der beiden. Sogar Buoy ließ die Ohren hängen, und einen Moment lang hing ihm sein verfilzter Pony über beide Augen.

»Ach ja«, meinte Eddie und tätschelte Buoy den Kopf. »Wir haben es probiert, alter Knabe.«

»Er hatte ein langes und erfülltes Leben«, sagte Ruan. »Er ist geliebt worden.«

»Was?«, rief Alex aus, als Buoy mit einem tiefen Stöhnen auf den Teppich sank, als wolle er gleich hier auf der Stelle den Geist aufgeben. »Ich habe gesagt, dass ich nicht mit ihm zusammenleben kann, nicht, dass Sie ihn einschläfern lassen sollen! Geben Sie ihm ein neues Zu Hause, das will ich damit sagen. Suchen Sie ihm eine Adoptivfamilie, oder so!«

»Der Haken dabei ist nur«, sagte Eddie, »wir haben das schon hundertmal probiert. Und er kehrt immer wieder zum Cottage zurück, egal, wohin man ihn bringt. Einmal habe ich ihn sogar nach Devon hochgefahren, auf eine herrliche Farm. Jede Menge hübsche kleine Hirtenhunde. Einen Monat später steht er wieder auf der Matte. Zaundürr, Schnittwunde am Bein, aber ansonsten quicklebendig, weil er wieder zu Hause war.«

»Und vor zwei Jahren hat ihn Sue bei sich aufgenommen«, fügte Ruan an. »Außer ihren Pudeln hat sie auch ein paar herrenlose Hunde bei sich aufgenommen, aber Buoy konnte sich überhaupt nicht einfügen, obwohl er seinen eigenen Flügel zum Herumstromern hatte. Nur ihre Preis-Pudel schwängern und ins Wohnzimmer kacken, das konnte er. Ich weiß nicht, was von beidem Sue mehr geärgert hat … aber die Welpen kamen alle in guten Familien unter, und letztendlich ist kein Schaden entstanden.«

»Und sogar da«, meinte Eddie, »musste Sue Buoy nicht rausschmeißen. Sobald er mit der Pudeldame fertig war, grub er sich unter der Mauer durch – ein Akt verbissenen Trotzes und Symbolismus, da das Tor ja offen stand und er einfach hätte verduften können.«

»Er wollte uns damit sagen, dass er sich nicht einsperren lässt«, fügte Ruan mit Nachdruck hinzu.

»Er ist ein Hund«, wiederholte Alex, und hatte das Gefühl, dass das hier irgendwie verloren ging. »Ich kann nicht in meinem eigenen Bett schlafen, weil ein Hund darin liegt!«

»Alex, sehen Sie ihn doch an. Er ist alt«, sagte Eddie, »er ist hässlich, und er stinkt. Er ist nicht freundlich oder verspielt, Menschen sind ihm völlig schnuppe. Wer wird ihn schon nehmen? Und auch wenn wir jemanden finden, er würde nicht bleiben. Nein, wenn Sie es nicht mit ihm aushalten, dann … heißt es zum Abdecker für den alten Buoy aus Poldore.«

»Aber …«

Ehe Alex etwas entgegnen konnte, ertönte vom Tresen her ein lautes Krachen, gefolgt von Geplärr und Geschrei. Da Alex der Tür am nächsten war, lief sie als erste in den Gastraum, Eddie, Ruan und Buoy ihr dicht auf den Fersen. Sie riss die Tür auf, und erblickte so ungefähr das Letzte, was sie sich erwartet hatte. Der ältere Mann mit der Kapitänsmütze hatte Lucy bei den Haaren gepackt und halb über den Tresen gezerrt, während er die Faust ballte, um ihr ins Gesicht zu boxen.

Alex überlegte nicht lange, sondern handelte, warf sich von hinten auf ihn und packte ihn so heftig, dass es ihn vom Hocker riss, wodurch Lucy aus seinem Griff befreit wurde – bis auf ein paar Haarsträhnen, die er immer noch in der Faust hielt. Alex landete hart auf seinem Rücken und hielt den Atem an, als sie merkte, sie hatte ihn in der Gewalt, den Kerl, dessen blöde Mütze nun zertrampelt auf dem Holzfußboden lag und dessen Gesicht auf die hölzernen Dielen drückte.

Alex hatte keine Ahnung, was sie als nächstes tun sollte, und spürte, wenn er das kapierte, konnte er sie wie nichts abwerfen und erneut zur Attacke schreiten.

»Hat jemand die Polizei verständigt?«, fragte sie, in all die bestürzten Gesichter ringsum blickend.

»Ruft die Scheißpolizei an«, murmelte der Mann, dessen Atem nach Bier roch. »Jemand sollte die Perverse festnehmen. Versucht Männer in ihre Falle zu locken …!« Alex wusste zwar nicht, was er als nächstes sagen würde, doch was auch immer es war, sie wollte es nicht hören, sodass sie ihm die Stiefelspitze in die Innenseite des Oberschenkels bohrte, und der Kerl wütend in die Dielen heulte.

»Okay, das reicht jetzt!«, rief Eddie und betätigte die Glocke. »Die Polizei ist schon unterwegs. Alex, Sie können aufstehen. Und Sie werden keine weiteren Scherereien mehr machen … ›Sir‹?«

»Einen Teufel werd ich …« Er blickte auf den Kreis von Füßen, den Füßen der Stammkunden des Pubs, die ihn umringten, und besann sich eines Besseren.

»Geht es Ihnen gut?«, erkundigte sich Ruan bei Alex und streckte ihr die Hand hin, die sie gerne ergriff, erleichtert, den widerwärtigen Kerl nicht noch einmal anfassen zu müssen. Dunkel kam ihr der Gedanke, dass er wohl durchaus Anzeige gegen sie erstatten könnte und sie überhaupt nicht an die Folgen ihres Handelns gedacht hatte. Bis zu diesem Moment hatte Alex überhaupt nicht geahnt, dass sie imstande war, sich derart in einen Kampf einzumischen.

»Warum sollte es mir schlecht gehen? Um mich brauchen Sie sich keine Gedanken machen, wie geht es Lucy?«

»Lucy«, der Mann spie den Namen förmlich aus, und Alex trat ihm versehentlich auf den kleinen Finger. Warum war er so wütend auf die Kellnerin? Was um Himmels willen konnte sie ihm angetan haben, das ihn derart erzürnt hatte?

Lucy lag in Beckys Armen, hatte den Kopf an der mütterlichen Schulter vergraben und heulte. Alex sah zu, wie Becky sie nach hinten führte, vielleicht zu ihrer Wohnung über dem Pub.

Alex strich sich die wirren Haare aus den Augen und zog ihren Pullover gerade. Der Adrenalinschub, der sie über den Tresen hatte springen lassen und mit dem sie den Mann von seinem Hocker gerissen hatte, ebbte rasch ab, und sie merkte, dass sie zitterte. Der falsche Captain rappelte sich auf, klopfte sich den Staub von den Kleidern und funkelte sie und Eddie wütend an. Den Leuten, mit denen er gekommen war, musste man immerhin zugutehalten, dass sie sich aus dem Staub gemacht hatten und vielleicht nicht mit ihm in Verbindung gebracht werden wollten.

»So«, meinte Eddie und konnte den Zorn, der unter jedem seiner Worte brodelte, kaum zurückhalten. »Sie hatten Glück, dass dieses schmächtige Mädchen Sie zu Boden geschlagen hat und nicht ich, bei mir wären Sie nicht so glimpflich davongekommen. Doch da ich normalerweise kein gewalttätiger Mensch bin, haben Sie jetzt genau zwei Minuten Zeit, um schnell, leise und ohne Tamtam zu verschwinden, dann erzähle ich der Polizei, dass es ein Missverständnis war, und niemand zu Schaden gekommen ist.«

»Es war aber kein Missverständnis, und es ist eine ganze Menge Schaden angerichtet worden, dieses … dieses *Miststück* hat versucht, mich anzubaggern, und fast hätte sie es auch geschafft.« Der Mann zitterte, und Alex sah, wie Eddie die Fäuste ballte. Instinktiv streckte sie die Hand aus und legte sie beruhigend auf seinen Arm.

»Dieses Miststück ist meine Tochter«, sagte Eddie langsam. »Und das hier ist mein Pub, und Sie haben es binnen zweier Minuten verlassen, oder man wird mich wegen Körperverletzung anklagen müssen.«

Der Mann sah sich im Gastraum um und da er sah, dass eine Gruppe vereint gegen ihn stand, hob er seine alberne Mütze auf und ging zur Tür hinaus.

»Und lassen Sie sich nie wieder hier blicken!«, rief Alex ihm nach, worauf Eddie sich umdrehte und sie so fest in seine Arme schloss, dass sie es fast ein wenig mit der Angst bekam.

Als Eddie sie schließlich losließ, wieder auf den Boden ließ, trat er einen Schritt zurück und wartete. Alex wusste, worauf er wartete. Er wartete darauf, dass sie ihn fragte, was zum Teufel das alles sollte? Ihn fragte, warum dieser Mann Lucy attackiert hatte, und was er gemeint hatte, als er all die grässlichen Dinge über sie sagte. Und Alex wusste, dass fast alle anderen in der Kneipe, alle, die nun langsam zu ihren Gläsern zurückkehrten oder sich diskret verabschiedeten, Bescheid wussten, und sie in dieser Sache die Außenseiterin war. Doch als sie in Eddies Augen blickte, sah sie die Verletztheit und Angst darin, während er alle Kraft zusammennahm, um Alex alles zu erklären, sobald sie ihm die Frage stellte. Und da wusste sie, dass sie nicht fragen konnte, denn es zu wissen bedeutete ihr nicht so viel wie der Wunsch, diesen freundlichen Mann und guten Vater nicht noch einmal zu kränken. Sodass sie ihm stattdessen eine andere Frage stellte.

»Ist Lucy okay?«

Eddies Augen füllten sich mit Tränen. »Wird schon wieder«, sagte er. »Hören Sie, Alex …«

Statt ihn ausreden zu lassen, tat Alex etwas, das ihr völlig unähnlich sah. Sie legte die Arme um seine dicke Mitte, drückte die Wange an seine Brust und umarmte ihn kurz, aber genauso fest, wie er sie umarmt hatte.

»Ich muss wieder zurück an meine Arbeit.« Alex lächelte ihm beruhigend zu. »Sagen Sie Lucy … ach, sagen Sie ihr, ich hoffe, sie ist okay, und wir sehen uns später.«

»Alex.« Eddie hielt sie an der Tür zurück. »Danke.«

Und Alex wusste, dass er ihr nicht für ihren unüberlegten Zufallseinsatz als Superheldin dankte, sondern dafür, dass sie die Frage nicht gestellt hatte.

7

Am schönsten an ihrem Job fand Alex die Muster auf dem Bildschirm mit den Radarechoanzeigen, die Bewegung der Wetterfronten auf dem Satelliten, und die Interpretation all dieser Zeichen, um die Sicherheit des Hafens zu gewährleisten. Draußen kam nun die Flut hereingerollt, der Wind peitschte die Wellen zu weißen Bergen auf, Segel blähten sich, fielen wieder zusammen und schienen für sie zu tanzen. Das war gut, und es war einfach, und sie verstand es so viel besser, als sie das Leben der Menschen verstand.

Nicht zum ersten Mal fragte sich Alex, was es nur war bei ihr, warum sie so oft nicht sah, was andere sahen, nicht begriff, was andere verstanden. Vielleicht war es ja der fehlende weibliche Einfluss. Natürlich hatte ihr Vater sie auf sehr maskuline Weise erzogen, und da er nicht wusste, wie man aus einem Mädchen einen Jungen machte, hatte er sie eben gelehrt, ein sehr jungenhaftes Mädchen zu sein. An ihre Mutter konnte Alex sich kaum erinnern, nur an verschwommene Gefühle, von jemand Weichem und Warmem gehalten zu werden. Eine Stimme und manchmal auch ein besonderer blumiger Duft erinnerten sie an diese Person, die einmal alles für sie bedeutet haben musste. Doch welchen Schmerz das Verschwinden der Mutter für das Kind auch bedeutet haben mochte, Alex hatte ihn sehr tief in sich vergraben, und nur ganz selten dachte sie einmal an die verlorene Mutter.

Vom ersten aufgeschürften Knie bis zu dem grauenvollen Gespräch, das sie und ihr Vater führten, als sie das erste Mal Geld für Binden brauchte oder sich den ersten BH anpassen lassen musste – Alex hatte einfach akzeptiert, dass das nun mal so war bei ihr. Sie war dazu bestimmt, die Geheimnisse des Frauseins in der Hauptsache via Gerücht, durch Zeitschriften oder Versuch und Irrtum zu entdecken. Manchmal jedoch fragte sich Alex, ob dieses Aufwachsen ohne Mutter, als richtiger Wildfang, von einem Mann erzogen zu werden, der mehr vom Mannsein verstand als vom Vatersein, womöglich der Grund war, warum es ihr so schwerfiel, mit anderen in Kontakt zu treten, und warum sie erst vor Kurzem im Pub, als Eddie sie aus seiner heftigen Umarmung entließ, einfach Auf Wiedersehen gesagt und ins Büro zurückgekehrt war.

Und Alex war immer die letzte, die etwas kommen sah – man musste sich ja nur mal angucken, wie das mit Marcus gewesen war.

Marcus war gleich am Morgen ihrer ersten Begegnung zu ihrem besten Freund geworden und hatte sie in der Pause herausgefordert, die Stühle der anderen Kinder mit Uhu zu beschmieren. Alex hatte es getan, und war umgehend erwischt worden, da ihr und Marcus' Stuhl die einzigen waren, die nicht klebten. Von da an hatte sich eine feste Freundschaft zwischen ihnen entwickelt, die hauptsächlich darauf beruhte, dass Marcus sie immer wieder in die Bredouille brachte. Marcus war in der Grundschule ihr bester Freund, als sie die Schulmeerschweinchen im Naturschutzgebiet freiließ und ein Fuchs sie holte, ebenso wie in der Sekundarschule, als Alex sich von ihm überreden ließ, Apfelwein in die Schulabschluss-Disko der Mittlere-Reife-Leute zu schmuggeln. Mit Marcus verbrachte sie ihre Schulpausen, ihm überließ sie tagtäglich ihr Lunchpaket, in seinem Namen bat sie Mädchen um eine Verabredung und ihm half sie, bei den Prüfungen zu schummeln. Marcus, der keinem ein schlechtes Wort über Alex durchgehen ließ, der es einmal hinterm Tesco mit sechs Jungen aufgenommen hatte, die doppelt so groß waren wie er, weil sie sie eine »Nutte« genannt hatten – obwohl Alex damals noch gar keine Ahnung hatte, was das überhaupt war –, und der die Jungen besiegte. Marcus, der im schottischen Rugbyteam hätte spielen können, allerdings lieber soff als trainierte. Marcus, der ihr tagtäglich und von früh bis spät von seinem Job im Callcenter einer Versicherung simste, der sie in all seine geselligen Unternehmungen einband, sogar wenn er gerade wieder mal eine neue Freundin hatte, also immer. Dieser Marcus war – mehr oder weniger – ihr bester Freund auf der ganzen Welt.

Und dass sie in ihn verliebt war, hatte Alex erst bemerkt, als es schon viel zu spät war. Beziehungsweise als er ihr vor erst sechs kurzen Wochen erzählt hatte, dass er sich mit seiner neuesten Freundin verloben wollte. Das hatte sie getroffen, als rase ihr ein Lkw mit Höchstgeschwindigkeit mitten durch die Brust. Und als erstes hatte sie gedacht: Klar bist du in ihn verliebt, du dumme Nuss, warst du doch immer. Deswegen dieser Schmerz in der Brust die letzten paar Jahre, weil du dich ständig nach ihm verzehrt hast.

Es war ein Schlag für sie gewesen, aber noch nicht der tödliche, der sie an diesen Punkt und nach Poldore gebracht hatte, Hunderte von Meilen fern ihrer Heimat. Nein, der war erst bei der Verlobungsparty erfolgt.

All ihre Kraft zusammennehmend wappnete sich Alex, den quälendsten Moment ihres Lebens noch einmal zu durchleben, als sie hörte, wie die Bürotür aufging und, als sie sich umdrehte, Lucy im Türrahmen stehen sah, ganz ruhig, mit gebürstetem Haar und perfektem Make-up.

»Lucy!« Alex lächelte, freute sich, dass die junge Frau wieder die Alte war. »Tut mir leid, dass ich nicht mehr mit Ihnen gesprochen habe. Ich weiß immer nicht, was ich sagen soll, und, na ja, Sie haben ausgesehen, als müssten Sie mal eine Weile allein sein.«

»Ich bin nur gekommen, um mich zu bedanken«, meinte Lucy und ihre Stimme war leise, das mittags im Pub noch so präsente selbstbewusste Strahlen verschwunden. »Sie waren wie Wonderwoman.«

»Ach.« Alex winkte ab. »Ich weiß nicht, ich habe nur reagiert. Im Grunde wahrscheinlich albern, wenn er gewollt hätte, hätte er mich leicht k.o. schlagen können.« Alex dachte daran, wie nahe Lucy dieser Erfahrung gewesen war und erschauderte. »Tut mir leid, ich bin bescheuert.«

»Für mich nicht«, sagte Lucy. »Ich finde Sie super.«

Beide standen eine lange Minute nur da, Alex, unwillig, die bewusste Frage zu stellen, und Lucy offenbar wild entschlossen, sie zu beantworten. »Ich bin transsexuell«, sagte Lucy. Sie wartete einen Augenblick, und als Alex weder etwas erwiderte noch sich bewegte, schloss sie die Bürotür hinter sich und setzte sich auf den Stuhl gegenüber von Alex.

»Ich bin als Junge auf die Welt gekommen, körperlich

jedenfalls. Innerlich nicht, da war ich immer ich … immer die, die ich jetzt bin. Erst als ich schon fast zwanzig war, fand ich den Mut, darüber zu sprechen, aber es war immer da, und jeder, der hinguckte, konnte es auch sehen. Und dann wachte ich eines Morgens auf und wusste: Wenn ich mein Äußeres nicht verändere, damit es zu meinem inneren Zustand passt, dann packe ich es nicht, dann kann ich nicht mehr lange so weitermachen. Der ständige Versuch, mein wirkliches Ich zu verstecken, hat mich zermürbt. Und da habe ich dann mit meinen Eltern gesprochen. Es war ein Riesenschock für sie, aber Dad hat es sofort begriffen. Sobald ich ihm erzählte, wie es mir ging, sei ihm alles klar geworden – meinte er –, ergab alles einen Sinn. Mum brauchte ein bisschen länger. Sie muss sich wohl immer noch dran gewöhnen. Es ist ein langer Prozess, ein schwieriger Prozess. Ich habe Glück, dass meine Familie mich unterstützt; nicht viele haben dieses …

Und nach der Operation kam ich zu dem Schluss, dass es leichter für Mum und Dad ist, wenn ich nicht zurückkomme. Ich versuchte, in London zu leben, und in Bristol und in ein paar anderen Städten. Eine Weile war immer alles okay, aber dann kamen welche dahinter, und auch wenn sich einige anständig verhielten, gab es immer den einen, der mir … wehtun wollte. Wie der Mann gestern im Pub, einer der Einheimischen muss es erwähnt haben, keine Ahnung, wer, und allein die Vorstellung, was ich bin, bringt ihn derart in Rage. Für Mum war meine Heimkehr am schlimmsten. Dad, der erzählte einfach allen die Wahrheit und dass es eben so war, und sie konnten das dann entweder akzeptieren oder anderswo ihr Bier trinken, aber

Mum, arme Mum … Sie heulte und heulte, nicht um ihretwillen, sondern um mich. Weil mein Leben nun so schrecklich sein würde. Aber das stimmt nicht, es stimmt einfach nicht. Ich meine, es hat schon eine Weile gedauert, bis die Leute dran dachten, mich Lucy zu nennen, und es gab auch einige, die ein paar Wochen nicht mehr ins Pub kamen, aber das war's auch schon. Hier in Poldore lebt man wie in einer Luftblase. Die meisten Leute wissen es und scheren sich nicht darum, und die meisten, die nur vorübergehend hier sind, erfahren es nie. Ich bin geschützt. Dad sorgt dafür, die ganze Stadt sorgt dafür. Ich habe wahnsinniges Glück. Anders als die meisten da draußen.« Sie nickte zum Fenster hin. »Für die ist es so wie für mich heute im Pub, die haben ein Leben, in dem sie für ihre bloße Existenz gehasst werden.«

»So«, meinte Lucy, »jetzt wissen Sie Bescheid. Danke, dass Sie mir zugehört haben. Ich hoffe, Sie kommen auch weiterhin ins Pub …«

»Aber natürlich«, sagte Alex und spürte, in diesem Moment war Zurückhaltung nicht angebracht. »Ich habe einfach nur eine Frau gesehen, die von einem Mann angegriffen wird, und nur das hat mich interessiert. Danke, dass Sie mir das anvertraut haben, Lucy. Aber hören Sie, für mich ändert das nichts, für mich sind Sie die, die mir hier gegenübersitzt, ein Mädchen, das sich besondere Mühe gegeben und mir geholfen hat, mich hier heimisch zu fühlen. Sie haben mir geholfen, und ich Ihnen und … na ja, und ich könnte wirklich eine Freundin gebrauchen, was hältst *du* davon, wenn wir – Freundinnen würden?«

»Sehr viel«, erwiderte Lucy, hielt kurz inne und blickte auf

Alex, die immer noch ein wenig zerrauft wirkte vom Kampf. »Du siehst aus, als könntest du eine Freundin gebrauchen.«

»Ganz schön frech!« Alex lachte. »Arbeitest du heute Abend wieder, oder hast du mal frei?«

»Ich habe heute Abend frei«, meinte Lucy. »Ich wollte ein heißes Bad nehmen und früh schlafen gehen…«

»Tja, hm … dein Vater und Ruan behaupten, wenn ich diesen Hund nicht bei mir wohnen lasse, dann muss er eingeschläfert werden. Und da ich kein Blut an den Händen haben will, tja …«

»Ja«, erwiderte Lucy unsicher.

»Hilfst du mir, Buoy zu baden?«

Ziemlich schnell beschlossen sie, Buoy am besten nichts von seinem Bad ahnen zu lassen, bis es zu spät für ihn war, sodass Alex auf der Suche nach einem Hundeshampoo nach Arbeitsschluss die Apotheke ansteuerte. Sie hatte sie fast erreicht, als sie hinter sich ihren Namen rufen hörte, und Alex brauchte sich nicht umzudrehen, um zu wissen, dass es Sue Montaigne war, die sich offenbar fragte, weshalb sie nicht beim Weihnachtsumzugstreffen erschienen war, zu dem sie sie doch einbestellt hatte. Sue konnte ja nicht wissen, dass allein der Gedanke an eine solche Zusammenkunft Alex entsetzte, beziehungsweise, dass sie fast in der gesamten letzten Woche ihre Schlafenszeit damit verbracht hatte, sich mit einem Hund um ein paar Zentimeter Matratze zu balgen, was Sue ja womöglich verstehen würde, wenn sie es wüsste. Doch Alex hatte einfach keine Lust, es ihr zu erklären.

»Ich höre, Sie hatten eine kleine Auseinandersetzung.«

Jago klopfte ihr auf den Rücken, als er aus der Apotheke kam. »Nun sagen Sie mal, sind Sie trainierte Ringerin, oder war das der pure Instinkt? Ein gut gebautes Mädel wie Sie, Sie könnten da richtig Karriere machen.«

»Ähm ...« Alex riskierte einen Blick über die Schulter und sah, wie Sue mit beängstigender Geschwindigkeit auf sie zukam. »Es ist nur so, dass ich dringend in die Apotheke muss.«

»Hämorriden, wie?«, erkundigte sich Jago. »Bei mir sind es immer die Hämorriden, wenn es so dringend ist. Es ist dieses schlimme Jucken, oder? Hält einen die ganze Nacht wach, Jucken und Kratzen ...«

»Also, auf Wiedersehen dann!«, meinte Alex strahlend und wollte in Mr Figg's Geschäft verschwinden, einer altmodischen Apotheke, wo, wie sich herausstellte, der größte Teil des Angebots hinter Vitrinentheken aufbewahrt wurde. Und das hieß, dass sie nirgends Deckung fand.

»Da sind Sie ja!« Sue erschien im Eingang. »Wissen Sie was, ich glaube, Sie sollten mal Ihre Ohren untersuchen lassen, ich habe die ganze Straße hinunter Ihren Namen gerufen.«

»Oh.« Alex ließ die Schultern sinken. Es gab kein Entkommen.

»Wie auch immer, schade, dass Sie es nicht geschafft haben zu unserem Treffen, offenbar hatten Sie zu tun, war ja Ihre erste Woche. Sorgen Sie einfach dafür, dass es beim nächsten Mal klappt, die Zeit läuft uns davon, wir dürfen nicht bummeln.«

»Sue«, begann Alex, »vielen lieben Dank, dass Sie mich gefragt haben, es ist nur, dass ich ...«

»Großartig«, meinte Sue zum Gehen gewandt. »Dann sehe ich Sie also.«

»Einer Montaigne schlägt man nichts ab«, sagte Mr Figg hinter seinem Ladentisch. »Der Letzte, der es getan hat, wurde geköpft.«

»Ehrlich gesagt«, meinte Alex, »klingt mir diese Option momentan ziemlich attraktiv.«

Mr Figg verkaufte kein Hundeshampoo, aber er hatte ein Babyshampoo, das, darin waren sie sich einig, Buoy zumindest nicht schaden konnte, auch wenn es wahrscheinlich zu mild war, um die hartnäckigen Dreck- und Fettablagerungen aus seinem Fell zu lösen. Sodass sie sicherheitshalber zwei Flaschen nahm, und gleich wieder zum Kai hinuntereilte, wo sie mit Lucy verabredet war.

Direkt neben dem Anlegeplatz ihres Bootes saß Buoy, der dort gerade ein höchstwahrscheinlich stibitztes Pastetchen verdrückte, und sie hätte ihm glatt zugetraut, dass er irgendwie gerochen hatte, was da im Gange war, und ihren Plan, das Cottage zu einem weniger stinkenden Ort zu machen, zu sabotieren versuchte.

»Nun«, sagte sie laut und zu niemand Bestimmtem – wenn man den lebensgroßen automatisierten Weihnachtsmann nicht mitzählte, den Ruan neben seinem Bootstouren-Ticketstand aufgestellt hatte.

Buoy hatte aufgegessen, leckte sich die Lefzen, um dann, als er eines von Ruans Ausflugsbooten entdeckte, die Kaistufen hinunterzuhüpfen und mit einem kurzen Satz ins Boot zu springen, das ihn – wie er wusste – nahe genug ans Cottage heranbringen würde, sodass er an Land schwimmen konnte.

Gerade als sie beobachtete, wie Buoy einen der zahlenden Passagieren mit seinem grauenhaften Mundgeruch einschüchterte, tauchte Lucy neben ihr auf.«

»Er hat keine Ahnung, was ihm blüht«, meinte sie und präsentierte Alex ein Sortiment von Bürsten und Reinigungstüchern, die sie aus den Putzvorräten des Pubs entwendet hatte.

»Trotzdem«, sagte Alex, als sie zu ihrem Boot gingen, »warum habe ich nur das Gefühl, dass das Ganze furchtbar schiefgehen wird?«

»Du brauchst einen Weihnachtsbaum«, flüsterte Lucy als erstes, als sie ins Cottage schlichen in der Hoffnung, Buoy irgendwie zu überrumpeln und die Treppe hinauf und ins Bad zu bugsieren – und zwar auf irgendeine fantasievolle Weise, mit der sie sich absichtlich noch nicht näher beschäftigt hatten. »Irgendetwas, um die alte Hütte ein bisschen freundlicher zu machen.«

»Ich weiß«, seufzte Alex ebenfalls gedämpft, während sie das winzige Erdgeschoss nach dem Hund absuchte und wusste: sah sie ihn nicht, dann war er nicht da. Offenbar war er schon wieder oben und hielt ein Nickerchen, was ihr Flüstern überflüssig machte. Kam er die Stufen herunter, konnten sie ihn sich einfach schnappen, aber wenn er oben blieb, war es nur ein kurzes Gerangel bis zum Bad. »Nur dass ich mich beim Gedanken ans heurige Weihnachten irgendwie … abgeschlafft fühle. Irgendwie hab ich gehofft, ich könnte es ganz ausfallen lassen. Die ganze Freude, das Wohlwollen. Die Geschenke.«

Lucy schmunzelte. »Um Weihnachten auszuweichen,

Alex, bist du hier allerdings am völlig falschen Ort. Wir sind hier quasi Weihnachten. Bei uns spielt im Geschenkeladen schon seit September ›Hört den Sang vom Himmel her‹, und Sues Festzug …«

Handtücher als improvisierte Fangnetze haltend, schlichen Alex und Lucy die Treppe hinauf und verstummten kurz, da sie den Hund bei seinem Schläfchen zu überraschen hofften. Alex drückte sich direkt gegenüber der Tür an die Wand und stürmte dann hinein, doch das Schlafzimmer war leer. Wohin auch immer Buoy auf diesem Boot hatte fahren wollen, sein Zu Hause war es nicht.

»Ach ja«, meinte Alex, »früher oder später muss er ja zurückkommen, und wenn es so weit ist, können wir uns auf ihn stürzen. Und bei diesem Festzug mache ich nicht mit. Ich bin nicht gut in so was. Malen, Nähen, Verkleiden. Ich werde Sue Bescheid geben, ich weiß nur noch nicht wann. im Januar vielleicht.«

»Hat Sue dich denn schon auf die Liste gesetzt?«, fragte Lucy, als sie wieder die Treppe hinunterstiegen. Alex nickte. »Dann wirst du auch mitmachen. Niemand schlägt Sue Montaigne etwas ab. Der letzte, der einem Montaigne etwas abgeschlagen hat, wurde …«

»Ja, geköpft, ich weiß.«

Es klopfte, und die beiden Frauen sahen einander an.

»Hm, ich glaube nicht, dass das Buoy ist«, meinte Alex.

»Dann geh doch hin?«, schlug Lucy vor.

Das Klopfen wiederholte sich. Und dann: »Hallo, Alex? Luce? Ich kann euch nämlich hören«, sagte Ruan durch die dicke Eichentür.

»Was will er bloß?«, murmelte Alex flüsternd, dachte an

ihr Haar und ihren zerrissenen Pullover und hasste sich gleichzeitig für ihre Besorgnis.

Sie öffnete die Tür, und erblickte Ruan, der eine Flasche Wein in der Hand hatte.

»Oh.« Alex musterte die Flasche. »Hallo.«

»Ah, die schickt Ihnen Becky«, meinte Ruan schnell. »Hat nichts mit mir zu tun. Ich habe nur gesagt, ich bringe sie Ihnen mit, weil ich sowieso vorbeimusste.« Er blickte über seine Schulter in die entgegengesetzte Richtung, wo die Leuchtturmspitze vor dem mitternachtsblauen Himmel gerade noch zu sehen war. »Es dauert ja nur einen Moment, und ich wollte Ihnen auch noch sagen, dass ich … noch nie so etwas bei einer Frau erlebt habe, wie heute bei Ihnen. Es war … beängstigend. Und beeindruckend. Und ganz toll. Erinnern Sie mich bei Gelegenheit, damit ich's mir nie mit Ihnen verderbe. Marissa meinte, Sie sahen aus wie der unglaubliche Hulk – wie ein weiblicher Hulk.«

Alex erinnerte sich nicht, Marissa gesehen zu haben in all der Aufregung, sie musste irgendwo am Rande des Getümmels gestanden haben, und ganz kurz fragte sich Alex, ob sie schon wieder auf Ruan gewartet hatte. Dennoch, nette Beschreibung. Eine Verrückte, die sich in ein geistesgestörtes Monster verwandelte, wenn sie wütend wurde, genau so wollte Alex in ihrer neuen Heimat rüberkommen. Dafür konnte sie sich bei Marissa bedanken, und sie anschließend vielleicht gleich über die erste sich anbietende Klippe schubsen.

»Ähm, danke, für das da«, meinte Alex und öffnete die Tür ein Stück weiter, um den Wein in Empfang zu nehmen.

»Hi, Ruan?«, Lucy winkte ihm zu. »Komm doch rein und trink was mit uns, wir warten auf Buoy.«

»Was, wollt ihr ihm eins mit dem Hackebeil überbraten?«, fragte Ruan, nahm Lucy beim Wort und trat an Alex vorbei ins winzige Wohnzimmer, das, nun wo er drinnen stand, plötzlich wirklich sehr klein wirkte.

»Gott, seit meiner Schulzeit war ich nicht mehr hier drin. Aber es ist noch genauso wie früher.«

»Wir wollen Buoy nicht umbringen«, sagte Lucy, griff sich den Wein und brachte ihn in die Küche. »Wir lauern ihm auf, damit wir uns, wenn er endlich auftaucht, hinterrücks auf ihn stürzen und in die Wanne stecken können.«

Alex sah zu, wie Lucy den Korken aus der Weinflasche drehte und drei Becher vollgoss.

»Viel Glück damit. Dieser Hund ist seit zweitausendvier nicht mehr gebadet worden«, meinte Ruan. »Und in eine Wanne kriegt ihr den nie.«

»Hast du Ninja Alex heute in Aktion erlebt?«, lachte Lucy und nickte zu Alex hinüber, die inzwischen verlegen neben dem offenen Kamin stand und sich fragte, was sie als Nächstes sagen sollte. »Aber wenn du es uns nicht zutraust, dann bleib doch und hilf uns.«

»Ich bin mir nicht sicher, ob ich meine Tetanus-Impfung hab auffrischen lassen«, meinte Ruan und Lucy lachte und Alex stand daneben. War verlegen. Betete um irgendeine Ablenkung, die ihr erlaubte, das verlegene Herumstehen zu beenden. Genau in diesem Moment ertönte wie auf Stichwort das Knarren der sich öffnenden Tür. Sie wandten die Köpfe und sahen Buoy auf der Schwelle stehen, der sie einen Moment lang beäugte. Als er die seltsame Versammlung erblickte, wusste er sofort, was ihn erwartete, denn er machte auf dem Absatz kehrt und schoss wie ein sehr übelriechender Blitz davon.

Alex wusste eigentlich gar nicht, warum sie plötzlich hinter dem flinken Tierchen herhetzte, bis sie es dann tat, und Ruan ihr auf dem Fuße folgte, wobei Lucy am Gartentörchen aufgab, da sie für die Verfolgung eines Hundes nicht die richtigen Schuhe anhatte, wie sie ihnen noch nachrief, wobei ihre Stimme sehr rasch immer ferner klang.

Statt sich hinunter zur Küste zu wenden, hielt Buoy auf den dichten Wald hinter dem Cottage zu, der, statt sich bis zur Hügelkuppe hinaufzutürmen – wie man es, wenn man ihn aus großer Entfernung betrachtete, erwartet hätte –, in ein steiles verstecktes Tal abfiel. Einen Moment lang fühlte sich Alex halbwegs trittsicher und fand sich auf den durch den Wald führenden Pfaden zurecht, doch im nächsten stolperte sie fast einen steilen Hang hinunter, wobei nur der Mond ihr leuchtete, und nur ein gelegentliches Bellen oder das Aufblitzen von etwas Gräulich-Weißem zwischen den Bäumen ein Hinweis auf ihre Richtung war. Doch es spielte keine Rolle, denn ein paar wunderbare Momente lang vergaß Alex, warum sie volle Pulle im Dunkeln einen Hang hinunterstürzte, und wusste nur noch, dass sie einen Mordsspaß dabei hatte.

Und dann krachte sie voll in Ruans Rücken, der seinerseits gegen einen Baum krachte, von dem seine Stirn mit einem dumpfen Laut zurückprallte.

»Jesus«, keuchte er und griff nach seiner Stirn. »Wie viele schaffen Sie denn am Tag, wie vielen Kerlen prügeln Sie denn im Tagesdurchschnitt die Scheiße aus dem Leib?«

»Warum sind Sie denn stehen geblieben?«, fragte ihn Alex und sah sich um. Sie mussten sich nahe der Talsohle befinden. Es war sehr dunkel, die silbernen Finger des Mondlichts, die sich nur durch die eng verwobenen Zweige der Baumwipfel hatten zwängen können, reichten nicht bis hier herunter. Abgesehen vom Geräusch ihrer mühsamen Atemzüge war es unheimlich ruhig.

Vage meinte Alex sich zu erinnern, etwas über eine arme ermordete Jungfer gelesen zu haben, die vor langer Zeit hier unten, im Teufelskessel, wie ihn die Einheimischen nannten, verscharrt worden war, und wie man ihre geisterhafte weiße Erscheinung bei Vollmond durch die Bäume schweben sehen konnte. Oder war es ein Werwolf gewesen, sie konnte sich nicht mehr erinnern.

»Wenn wir jetzt nicht abbrechen, verirren wir uns«, sagte Ruan. »Vor allem im Dunkeln, und ich will nicht, dass die Schlagzeile des nächsten *Poldorer Echos* lautet: ›Einheimischer stirbt bei Verfolgung eines Hundes‹.«

»Und was wird aus Buoy?«, fragte Alex. »Wird er sich da draußen nicht verirren?«

»Sie machen sich ja doch was aus ihm, oder?«, fragte Ruan, und sogar im Dunkeln merkte Alex, dass er grinste. »Ich wusste es, am Ende kriegt er Sie doch noch rum.«

»Ich mache mir aber nichts aus dem grauenhaften Gestank, den er um sich verbreitet«, sagte Alex bestimmt, während sie auf dem mehr oder weniger gleichen Weg zurückkehrten. »Und wenn er mein Untermieter werden soll, dann muss ich darauf bestehen, dass er nicht mehr wie ein Misthaufen riecht.«

»Dann wollen Sie ihm also kein neues Zuhause mehr

suchen?«, fragte Ruan und begann, sich den steilen, bis zu den Sternen reichenden Hang hinaufzutasten, indem er sich an Baumschösslingen hochzog.

»Na ja, bei Ihnen hat das geklungen, als ginge es um Leben und Tod …«, meinte Alex, während sie ihm folgte.

»Geht es ja auch, und, hm, ohne den alten Buoy wäre Poldore nicht mehr dieselbe Stadt.« Ruan blieb stehen und streckte ihr die Hand entgegen, die Alex jedoch beiseiteschob, da sie lieber selbstständig, wenn auch unelegant vom Felsen herunterkraxelte.

»Tja, wenn Sie ihn so gern haben, dann nehmen *Sie* ihn doch!«, grummelte Alex, allerdings nur halb ernst. Obwohl ihre Hände und ihre Jeans schlammverschmiert waren, ihr das feuchte Haar an den roten Wangen klebte, und ihr nun, da sie nicht mehr rannte, kalt geworden war, fand sie es hier draußen in der Stille des Waldes, wo man das Meer nur als fernes rhythmisches Rauschen hörte, ziemlich beruhigend und erholsam. Ja, Alex kam dabei nicht einmal in den Sinn, dass sie mit einem anderen Menschen zusammen war, bei dem es sich obendrein auch noch um einen Mann handelte – zwei der Dinge, die sie sonst ziemlich einschüchterten.

»Ich wollte damit nur sagen«, meinte Ruan kurz innehaltend, um sich zu verschnaufen, »dass sich hier alles permanent verändert. Und mit jedem Jahr beschleunigt sich die Entwicklung. Ich bin hier aufgewachsen, und in meiner Kindheit hat kein Hahn nach Poldore gekräht. Wir hatten Urlauber im Sommer, aber nicht den ganzjährigen Dauer-Zirkus, den wir heute haben. Mein Vater war Fischer, sein Vater ebenfalls. Es war eine Kleinstadt, ein bescheidenes

Leben, und es hat mir gefallen. Und dann wollten plötzlich alle weg, nur noch abhauen und irgendwo, wo angeblich alles aufregender war, richtig loslegen. Meine Schwestern Tamsyn und Keira konnten es kaum erwarten, von hier wegzukommen, und Cordy – die bildet sich ein, sie wird mal ein Rockstar.« Er seufzte. »Als ob das je passieren würde. Häuser, wo ich früher angeklopft habe, um meine Kumpels zu besuchen, gehören jetzt Leuten, die einmal im Jahr aufkreuzen und eine Million Pfund dafür hingeblättert haben. An der Hauptstraße gibt es eine Menge dämliche Souvenirläden, und manche verlangen für *Fish and Chips* zwanzig Pfund? Die Welt steht Kopf. Aber Buoy, tja, obwohl er erst elf Jahre alt ist, hab ich bei ihm das Gefühl, dass er schon immer da war. Ich würde sein stinkiges, filziges kleines Gesicht vermissen, und wie er rumstolziert, als würde ihm die ganze Stadt gehören.«

Alex lächelte über die Weichheit und Zärtlichkeit in seiner Stimme. Dieser Ruan, dessen Gesicht verschattet war, während sie nun viel langsamer und mühsamer wieder den Hang hinaufstiegen, schien ihr ein ganz anderer als der, den sie an ihrem ersten Abend kennengelernt hatte. Vielleicht half es ja, dass *sie sein* Gesicht und er ihres nicht sehen konnte, weil sie sich dadurch nicht so befangen und verlegen in seiner Nähe fühlte und es genießen konnte, ihm zuzuhören, ohne sich über seine Meinung über sie Gedanken machen zu müssen.

»Eddie, Becky und Lucy sind doch immer noch da«, sagte Alex, als sie sich auf die letzte Etappe begaben. »Jago und Mr Figg, der Apotheker. Und Sue und ihre Familie, die waren doch immer da. Vielleicht hat sich gar nicht so viel verändert, wie Sie glauben. Als ich mich entschieden habe, hierher zu kommen, war es eigentlich für immer gedacht.«

»Stimmt schon«, meinte Ruan. Er griff nach ihrer Hand, diesmal ohne um Erlaubnis zu fragen, und half ihr von einer letzten Felsnase herunter, bis sie dann direkt über ihrem Cottage-Dach aufs Buschland hinaustraten. Eine dünne Rauchsäule erhob sich schlängelnd aus dem schiefen Schornstein – Lucy musste wohl Feuer gemacht haben. »Es ist schön, wenn jemand kommt und es ernst meint. Wenn jemand die Stadt als seine Heimat betrachtet und nicht nur als große Feriensiedlung. Das ist eine wichtige Entscheidung. Was hat Sie dazu bewogen?«

Alex drehte sich zum Meer, das friedlich und still im Mondlicht schimmerte, und neben dem die funkelnde Stadt jenseits des Hafens ihre eigene kleine Sternenkonstellation bildete.

»Nun«, sagte sie. »Soll ich ehrlich sein? Ich habe das Gefühl, als könnte ich hier alles sein.« Plötzlich befangen, weil sie auf einmal so viel gesagt hatte, lächelte Alex auf ihre Stiefel hinunter, schob die Hände in die Hosentaschen und zog die Schultern hoch. »Wir sollten lieber reingehen, Lucy steht wahrscheinlich kurz davor, den Such- und Rettungsdienst anzurufen.«

»Ehe wir reingehen ...« Ruan trat noch einen Schritt näher und neigte ein wenig den Kopf, sodass er ihr ins Gesicht sehen konnte. »Ich wollte Ihnen nur sagen, dass Sie heute wirklich toll waren. Nicht nur, wie Sie das mit diesem Arschloch geregelt haben, sondern auch die Art und Weise, wie Sie mit Lucys ›Beichte‹ umgegangen sind. Nicht jeder hätte da so cool reagiert, und damit will ich sagen, fast keiner. Ich kenne Lucy schon mein ganzes Leben lang, habe sie immer gekannt. Auch wenn sie damals noch anders aussah, war sie trotzdem derselbe Mensch. Aber viele … viele kapieren das einfach nicht. Was ich also sagen will, tja, wahrscheinlich einfach danke. Dafür, dass Sie meiner Freundin eine Freundin sind. Ich weiß das wirklich zu schätzen.«

»Zwei Dankeschöns an einem Abend«, sagte Alex und registrierte, dass Ruan direkt unter der Unterlippe, wo die Bartstoppeln ein wenig dunkler wurden, ein Grübchen hatte. »Offenbar habe ich eine richtige Glückssträhne.«

»Wir Poldorer sind eine große Familie«, sagte Ruan und wich plötzlich ein paar Schritte zurück. »Wir kümmern uns umeinander, aber ich wollte Ihnen einfach nur sagen, dass Sie einen guten Start hingelegt haben.«

Alex zog ihr Kinn in den Pulloverkragen zurück und lächelte in sich hinein, als sie Ruan wieder den zum Cottage führenden steilen Pfad hinunterfolgte. Nun war sie erst eine Woche hier und hatte schon einen, ja vielleicht sogar schon zwei neue Freunde gefunden. Vielleicht war ein Leben alleine, ohne Marcus oder ihren Vater, letztlich doch möglich.

Ruan stieß die Cottage-Tür auf und blieb ruckartig stehen.

»Wo zum Teufel warst du?« Eine junge Frau stand allein im Wohnzimmer, und ihr ganzes Auftreten drückte Wut aus. Einen Moment lang dachte Alex, sie sei vielleicht von jemandem attackiert und an ihren nach hinten gekämmten Haaren herumgeschleift worden, da ihre schwarze Schminke sich über die Hälfte der bleichen Wangen verteilte und ihre Strümpfe zerrissen und voller Laufmaschen waren. Und dann begriff sie, dass sie so gestylt war. Das Mädchen wollte aussehen wie eine Überlebende der Apokalypse, was Alex, die sich über ihr Aussehen eigentlich nie Gedanken machte, zum Lächeln brachte.

«Was willst du, Cordy?«, fragte Ruan. »Du bist vierundzwanzig, ich muss dir doch keine Gute-Nacht-Geschichten mehr vorlesen.«

Cordy, seine jüngste Schwester Cordelia, vermutete Alex, das Mädchen, das ein Rockstar werden wollte und sich zu häufig in der Nähe von Brian Rogers herumtrieb.

»Heute Abend war mein Gig. Mein akustischer Auftritt im *Lobster Pot*, heute von vier bis sechs. Muscheln und Musik, erinnerst du dich? Du hast gesagt, du würdest da sein, Ruan. Hast gesagt, du würdest kommen und mich endlich mal singen hören. Aber wo warst du? Nicht bei meinem Gig, sondern hier, am genau entgegengesetzten Ende der Stadt, um Wein für jemanden abzuliefern, dessen Tochter sowieso schon da ist. Was zum Teufel soll das, Ruan?«

»Äh, hallo«, sagte Alex, trat an Ruan vorbei und streckte die Hand aus. »Ich bin Alex. Und das da, wo Sie gerade stehen und rumbrüllen, ist mein Wohnzimmer.«

»Ist ja wohl kaum Ihr Wohnzimmer, wenn sie erst fünf Minuten da sind«, meinte Cordy und bedachte Alex' Hand mit einem vernichtenden Blick. »Alle anderen waren da, *alle*, außer dir und Lucy. Und Lucy hat eine gute Entschuldigung, wegen diesem Psycho, der sie so angepflaumt hat...«

»Und unsere Alex ist dazwischengegangen und hat die Situation geklärt«, sagte Ruan.

»Wow, sie ist ein anständiger Mensch, alle mal herhören! Ruan, du bist mein Bruder, mein einziger Verwandter in diesem Kaff. Und du hast gesagt, hast versprochen, dass du da sein würdest. Vielleicht möchtest du ja, dass ich mein Leben als Kindermädchen vergeude und dann so einen Loser aus unserem Kaff heirate und fett werde und jede Menge Kinder kriege, aber ich will das nicht. Kapierst du das nicht, ich bin gut. Maßgebliche Leute, Profis finden, dass ich Talent habe. Und wenn du mal kommen und mich singen hören würdest, dann würdest du es auch kapieren.«

»Wer, Brian Rogers?«, stieß Ruan mit einem freudlos gebellten Lacher hervor. »Der hat doch seit den Siebzigern schon so viele Drogen geschluckt, Cordy, dass er auch Buoy für talentiert hält.«

»Wo ist eigentlich Lucy?«, fragte Alex, als von oben ein dumpfer Schlag und dann ein leiser Schrei ertönte.

»Nein!« Cordelia stampfte mit ihrem schweren Stiefel auf. »Nein, das ist nicht wahr. Er hat eine Vergangenheit, aber er hat noch alle beisammen. Er weiß, wovon er redet, und er kennt Leute aus der Branche, jede Menge berühmte Acts kommen und nehmen im *Studio in the Wood* auf, jede Menge. Und er macht mir eine Präsentation für verschiedene Musiklabels. Willst du der Letzte sein, Ruan, der mitkriegt, dass deine Schwester eine große internationale Gesangskünstlerin ist?«

»Ich will dich nur vor Verletzungen bewahren, wenn dieses ganze Hirngespinst mal in sich zusammenstürzt«, erwiderte Ruan müde. »Ich versuche, dich zu beschützen.«

»Woher willst du das denn wissen?«, brüllte Cordelia, sodass Alex am liebsten wieder in den Teufelskessel zurückgekehrt wäre. Und dann ertönte ein eindeutiges Jaulen von oben, das von einem Hund, aber auch von einem Menschen stammen konnte, sie wusste es einfach nicht. Als sie nach oben sah, bemerkte sie einen kleinen dunklen feuchten Fleck, der sich etwa an der Stelle, wo das Bad sein musste, an der Decke ausbreitete.

»Du kommst nie, um mich singen zu sehen. Wenn du kämst, würdest du wissen, dass ich es kann.«

»Ich höre dich den ganzen verdammten Tag lang singen. Ich sage ja nicht, dass du keine nette Stimme hast, aber …« Ruan blickte auf Alex und erinnerte sich, wo er war. »Hör mal, gehen wir nach Hause. Ich koche uns was.«

»Ich gehe aus«, sagte Cordelia. »Um mit meinen Freunden zu feiern. Weil mein Gig so toll war.«

Und sie stürzte mit all dem Furor und der ganzen Dramatik einer routinierten Diva zur Türe hinaus.

Ruan sah ihr nach, wie sie in schnellem Tempo die steinernen Stufen hinab verschwand.

»Ich gehe ihr wohl besser nach«, sagte Ruan. »Tschau, Alex.«

»Moment, warte auf mich.« Lucy rannte ihm, im Laufen in ihre Jacke schlüpfend, hinterher. Ein rascher Blick verriet, dass ihre Jeans und ihr Oberteil nass und voller Hundehaare waren. »Ich brauche eine Mitfahrgelegenheit und etwa sechshundert Duschen.«

»Was ist denn passiert?«, rief Alex ihr nach. »Ist Buoy wieder da? Hast du ihn in die Wanne gekriegt?«

»Wirst schon sehen«, rief Lucy zurück. Sie grinste und winkte, ehe sie die Stufen hinuntersprang.

Alex schaute ihr nach und spürte den ersten zarten

Schleier kalten Sprühregens im Gesicht, ehe sie die hochbetagte Haustür endlich schloss. Zur Decke aufblickend fragte sie sich, was da oben wohl auf sie wartete und hoffte, dass es – was immer es auch sein mochte – wenigstens nicht mehr so bestialisch stank. Es war ein langer und anstrengender Tag gewesen, und obwohl es noch keine neun war, wollte sie sich nur noch in ihrem Bett verkriechen. Erschöpft schleppte sie sich die engen Stufen hinauf und steuerte dankbar ins Schlafzimmer, wo Buoy auf ihrem Bett lag.

Oder wenigstens glaubte Alex, dass es Buoy sein musste, da sie nicht annahm, dass sich ein anderer strahlendweiß-und-taubengrauer Hund mit glatt gekämmtem, flaumig weichem Fell hereingeschlichen und auf ihr Bett gelegt hatte.

»Sie hat dich gebadet und geföhnt!«, rief Alex bass erstaunt. Sie konnte sich nicht vorstellen, wie Lucy das Tier in die Wanne gelotst oder dazu gebracht hatte, beim Föhnen stillzuhalten, doch es war ihr gelungen. Es war nicht weniger als ein Wunder. »Du siehst umwerfend aus!«

Der Hund hob den Kopf, um nach ihr zu sehen. Beide bernsteinfarbenen Augen waren nun sichtbar, da Lucy ihm einen Pony geschnitten hatte. Buoy wirkte absolut elend in seinem duftenden Zustand, und einen Moment lang tat er Alex fast leid.

Allerdings nur fast.

Als sie ins Bad trat, fand sie einen regelrechten Tatort vor: In der Wanne stand noch immer die schwarze Brühe, die auch am Boden Pfützen bildete und in die darunterliegende Decke sickerte, die Handtücher waren rettungslos ruiniert und die beiden Babyshampooflaschen lagen leer auf dem Boden.

Als sie in ihr Schlafzimmer zurückging, sah sie, dass ihr Haartrockner und eine Bürste, die keiner je wieder benutzen würde, ebenfalls ausrangiert auf dem Boden lagen.

Der jämmerliche Hund hatte sich zu einer süß duftenden, bedröppelten Kugel zusammengerollt.

»Du riechst ja wunderbar«, sagte Alex, als sie sich zu ihm aufs Bett setzte.

Buoy fasste dies jedoch nicht als Kompliment auf und ignorierte Alex, als sie ihren Schlafanzug anzog und die neue Zahnbürste aus ihrem Geheimversteck holte, um sich die Zähne zu putzen. Als sie schließlich in ihr Bett stieg, merkte sie, dass Lucy sogar das Bett frisch bezogen hatte, wofür sie ihr, während sie ihre müden Beine auf dem kühlen Leinen ausstreckte, zutiefst dankbar war.

»Heute darfst du noch mal hier schlafen, weil du nach Blumen duftest und dein Ego so angekratzt ist«, beschied Alex dem Hund, obwohl er sie offensichtlich nicht um Erlaubnis gebeten hatte. »Aber in Zukunft musst du lernen, auf dem Boden oder in einem Hundekorb oder so was zu schlafen. Und irgendwann werden wir auch lernen, miteinander auszukommen, weil alle dich so furchtbar gern haben und wir einfach nicht voneinander loskommen.«

Als sie merkte, dass sie zum Lesen zu müde war, legte sich sich auf ihr Kopfkissen zurück und streckte vorsichtig die Hand aus, um Buoys Kopf zu streicheln, der nicht mehr verfilzt und fettig, sondern seidig glatt war. Nach einer Weile neigte Buoy sich zu der Hand herüber, gab einen zufriedenen kehligen Laut von sich, der – vermutete Alex –

so etwas wie das hündische Pendant zu einem Schnurren sein musste, und während sie mit seinem sich hebenden und senkenden Atem am Bein langsam eindöste, dachte sie noch, dass er so sauber und frisch eigentlich ganz erträglich war.

Wenn sie diese Meinung auch gegen drei Uhr morgens ändern sollte, als sie ohne viel Federlesens auf den eiskalten Fußboden geworfen und bei jeder Annäherung an ihr Bett angeknurrt wurde.

8

21. Dezember

»Da sind Sie ja endlich!«, rief Sue, die, als Alex ihre Bürotür aufstieß, an deren Schreibtisch saß.

»Wie sind Sie denn hier reingekommen?«, fragte Alex, den eigenen, nun überflüssigen Schlüsselbund in der Hand haltend.

»Oh, keine Ahnung.« Sue grinste. »Die Stadt hat ja früher mal meiner Familie gehört, sodass meist irgendein Schlüssel für dies oder jenes Gebäude in der Küchenschublade liegt.«

»Aha.« Alex blieb neben der Tür stehen und fragte sich, ob sie wohl mit einer vorgeschobenen Übelkeit davonkommen würde.

»Bilden Sie sich bloß nicht ein, ich wüsste nicht, dass Sie sich vor mir verstecken.« Sue wirbelte auf dem Stuhl herum, sprang wie ein Schachtelmännchen auf, sodass Alex ein wenig zusammenzuckte. »Oder dass ich nicht gemerkt hätte, dass Sie gestern Nachmittag versucht haben, vor mir davonzulaufen.«

»Aber nein«, protestierte Alex, blickte sehnsüchtig aufs Meer hinaus und fasste ernsthaft und spontan eine Karriere als Matrosin ins Auge.

»Schon gut.« Sue lächelte sie an, während sie auf Alex' Stuhl wies – eine eindeutige Aufforderung, Platz zu nehmen. »Ich weiß, dass ich im Ruf stehe, zuweilen etwas

›rücksichtslos‹ zu sein. Ich vergesse, dass Leute Zeit brauchen, um sich für eine Idee zu erwärmen.« Sie lächelte wieder. »Ich habe keine Leibeigenen mehr, leider. Aber Sie hatten nun eine Woche Zeit, und ich möchte einfach sichergehen, dass Sie sich von nun an voll in Ihre Rolle bei unserem Umzug einbringen.«

Alex wagte nicht einmal, einen Blick in Richtung Küche zu werfen – morgens gewöhnlich ihr erstes Ziel, um sich die dringend benötigte Tasse Tee zu machen.

»Oooh, zwei Würfel Zucker bitte«, meinte Sue, die offensichtlich Gedanken lesen konnte.

»Oh, das würde ich ja gerne«, sagte Alex. »Aber, wissen Sie, ich kann die Schiffe nicht allein lassen. Wir wollen doch nicht, dass jemand ertrinkt, oder?«

»Natürlich nicht«, erwiderte Sue, strahlend und entschlossen, jeden Wink zu ignorieren, auch wenn er in blinkenden Neonbuchstaben direkt vor ihren Augen erschienen wäre. »Wissen Sie was, Frau Hafenmeisterin, Sie machen sich schon mal an die Arbeit, und ich mache uns Tee.«

Alex seufzte, schaute auf den Radar und versuchte Sue zu überhören, die hinter ihr zum Brodeln des Teekessels »Hört den Sang vom Himmel her« pfiff.

»So«, meinte Sue und stellte eine Tasse zu schwachen Tee vor Alex hin, sodass ein wenig davon auf ihre Karte schwappte. Alex atmete tief durch. »Bei unserem nächsten Treffen heute Nachmittag in meinem Haus sind Sie dabei, mein Haus ist das mit dem Fallgitter, und dann teilen wir Sie auch ein. Ursprünglich hatte ich an Kostüme und Bühnenbild gedacht, aber Sie sehen mir nicht aus, als könnten

Sie nähen, nichts für ungut, daher dachte ich eher ans Malen von Kulissen, Motivwagen, Dekorationen. Hier in Poldore machen wir nur ein traditionelles Krippenspiel. Keine ›Rockopern‹, keinen ›Jesus der Zukunft‹-Quatsch, zu dem man sich drüben in St Ives versteigt. Nein, wir halten uns an die Regeln.«

»Wie lauten denn die Regeln?«, fragte Alex und bedauerte sofort, dass sie den Mund aufgemacht hatte.

»Bethlehem, ein Esel, Schafe, Hirten, Engel, angeführt von mir, dann eine Jungfrau Maria, einen Josef, ein paar Weise, obwohl die hier nur schwer aufzutreiben sind, und natürlich das Christkind. Wir ziehen durch das Städtchen, halten vor der Kirche an, um den Segen zu erbitten, und beenden das Ganze vor dem Rathaus mit einem Weihnachtslieder-Konzert, und alles zusammen findet am Vierundzwanzigsten statt, sodass uns nicht mehr viel Zeit bleibt! Also, alle Mann an Deck!«

»Sue«, sagte Alex. »Ich bin eigentlich nicht so künstlerisch veranlagt, und außerdem bin ich …«

»Sagen Sie mir nicht, dass Sie zu viel zu tun haben. Ich weiß, dass das nicht stimmt.«

»Woher wollen Sie das denn wissen?«, fragte Alex und vergaß zu bluffen.

»Ich hab einfach mal wild drauflos geraten«, sagte Sue und setzte ein Lächeln auf. »Also um vier bei mir, seien Sie pünktlich. Und bringen Sie diesen verdammten Casanova von Hund nicht mit – Duchess besucht immer noch eine Selbsthilfegruppe nach ihrer unglücklichen Affäre, die mich übrigens Tausende von Pfund in Form von Tierarztrechnungen und entgangenen Einkünften gekostet hat.

Zumal ich mir ziemlich sicher bin, dass sie demnächst wieder läufig wird, aber diesmal wird sie die Höschen schön anbehalten.«

»Es ist nur …« Aber Sue war bereits verschwunden, genauso plötzlich, wie sie gekommen war, und Alex verstand nun endlich, was alle anderen ihr immer zu sagen versucht hatten. Einer Sue Montaigne schlägt keiner etwas ab.

Als Alex kurz nach vier das Büro verließ, drängten sich auf dem kleinen Platz ganze Familien – ein Kinderchor der örtlichen Schule hatte sich um den Baum gruppiert, sang Weihnachtslieder, und Eltern, Großeltern und Geschwister waren zahlreich erschienen, um zuzuhören. Obwohl Alex schon ein wenig spät dran war, blieb sie einen Moment lang am Rande der Menge stehen und wärmte sich an der zärtlichen Herzlichkeit der so einträchtig versammelten Familien. Ihre eigene zweiköpfige Familie war zwar nicht groß gewesen, aber dennoch eine verlässliche Einheit. Vielleicht hatte Alex ja nicht so viel Zuneigung und Stolz erfahren, wie es diese Kinder von ihren Eltern bekamen, während sie aus Leibeskräften sangen und die Gesichter vor dem näher rückenden großen Tag vor Freude glänzten, doch sie hatte immer gewusst, dass Ian Munro hinter ihr stand, dass er stets für sie eintreten, sie wieder aufnehmen würde, wenn es nötig war. Obwohl er nie ausdrücklich gesagt hatte, dass er stolz auf sie war, hatte sie es angesichts ihres beruflichen Erfolgs sowie der Achtung und Wertschätzung ihrer Altersgenossen und Kollegen stillschweigend vorausgesetzt. Alex hatte gewusst, dass er stolz auf sie war. Ja, es hatte eine Menge zwischen ihnen gegeben, das man einfach wusste, aber nicht aussprach, und Alex hatte gedacht, dies sei im Grunde auch schon alles. Es hatte sie verletzt –, und womöglich mehr als Markus, der eine andere heiratete – als sie erfahren musste, dass ihr Vater ihr ihr ganzes Leben lang etwas vorgemacht hatte. Dass Marcus nicht in sie verliebt war, war keine große Überraschung. Es tat weh, aber Alex würde lernen, damit zu leben. Doch dass ihr Dad sie an fast jedem einzelnen Tag ihres Lebens angelogen hatte? Das war unerträglich für sie gewesen, weil es alles veränderte, woran sie geglaubt hatte.

Und dennoch verspürte sie einen Stich, wenn sie an das kleine Ziegelreihenhaus dachte, leer und kahl, wie es sicherlich war, weil ihr Vater sich nie die Mühe machen würde, für sich allein Weihnachtsschmuck aufzuhängen; und wie man eine Dose Suppe aufwärmte, wusste er auch nicht, geschweige denn, wie man einen Truthahn briet. Nicht dass er an Weihnachten allein sein würde. Nein, würde er ja nicht, nicht wahr? Vielleicht würde sie ihm am Ende ja gar nicht fehlen.

Alex holte tief Luft, wandte sich ab von den Familien, sah hinaus aufs Meer und wartete darauf, dass sich ihr Puls wieder beruhigte und sich dem Rhythmus der Wellen anglich. Das Problem war ja nicht, dass ihr Vater jemanden hatte; so kleinlich und grausam war sie nicht. In ihrer Teenagerzeit hatte sie sich oft gewünscht, er hätte jemanden, mit dem er bei einem Strandspaziergang Händchen halten oder mit dem er freitagabends essen gehen konnte. Doch ihr Vater schien nie an so etwas Interesse zu haben, und sie drängte ihn nicht, war einfach nicht der Typ, ihn zu verkuppeln. Nicht verstehen und verzeihen konnte sie, dass er in all den Jahren, in denen sie sich wünschte, er hätte jemanden, eine heimliche Affäre mit ihrer Nachbarin Mrs O'Dowd unterhielt, aber Alex aus einem ihr nicht nachvollziehbaren Grund nie davon erzählte. Herausgefunden hatte sie es schließlich auf die blödeste Weise und im unpassendsten Moment.

»Sie sind doch auf dem Weg zu Sue, oder? Ich bin auch spät dran.« Ruan tauchte neben ihr auf, und schniefend wandte Alex das Gesicht ab. Sie hustete, versuchte zu überspielen, wie nahe sie den Tränen war. »Oh, sorry, ich wollte Sie nicht stören. Alles okay bei Ihnen?«

»Sie stören mich nicht«, sagte Alex und hoffte, er habe nicht bemerkt, wie sie sich mit dem Pulloverärmel die Augen abgewischt hatte. »Der Wind, wissen Sie, lässt manchmal die Augen tränen.«

»Oh ja«, meinte Ruan. »Das kommt vor. Um wenn ich ehrlich bin, möchte ich bei der Aussicht, jetzt rauf zu Sue zu gehen und mich für absehbare Zeit rumkommandieren zu lassen, am liebsten auch gleich heulen.«

Alex schniefte und lächelte dann, da sie sich schon ein wenig besser fühlte. »Ich heule nicht.«

»Klar, aber bis zum Ende dieses Treffens werden Sie es sicher tun«, sagte Ruan.

Und langsam den Kopf wendend begann Alex den Burghügel hinaufzustapfen und fasste schweigend neben ihm Tritt.

»Gott sei Dank sind Sie da«, rief Sue, noch ehe Alex das Fallgitter erreichte und lange bevor sie die Chance hatte, diesen so wahnsinnig aufregenden Moment (Oh mein

Gott, ich spaziere unter einem echten Fallgitter durch, in jemandes Burghof hinein) zu verarbeiten.

»Echt?«, sagte Alex, als mehrere Tiere in allen Formen und Größen, einige davon Hunde, einige Kinder, plötzlich in dem in Flutlicht getauchten Hof mit etwas anfingen, das ihr wie eine koordinierte Shock-and-Awe-Attacke vorkam. »Weil, wie schon gesagt, ich bin eine grauenhafte Zeichnerin…«

»Petal, Forest, Pugwash, Duchess, Meadow, stillgestanden, auf der Stelle!« Sue bellte die Namen, die Kinder- oder Hundenamen oder auch beides sein konnten, mit beängstigender Autorität, wurde jedoch von der rebellischen Meute, die ihr chaotisches Verfolgungsspiel zu Alex' Füßen fortsetzte, völlig ignoriert. Ruan schnappte sich – da war Alex sich einigermaßen sicher – ein kleines Mädchen mit feuerrotem Haar und wirbelte es in einem kreischenden verschwommenen Flecken herum, was zu noch größerem Getöse und Geblaffe und Gerufe »Ich bin der Nächste, nein ich!« führte.

Sue ergriff ihre Hand, zog sie heraus aus dem Getümmel, redete die ganze Zeit, obwohl Alex erst, nachdem sie einen Vorraum mit Stiefeln, Hundeleinen und Mänteln erreicht und die Tür fest hinter der Bagage verschlossen hatten, wirklich hören konnte, was sie sagte.

»Also sage ich, nimm sie raus, und sie sagt Nein, und ich sage, aber du musst, und sie sagt, dazu können Sie mich nicht zwingen, und wie sich herausstellt, kann ich es tatsächlich nicht, es würde als Übergriff gelten …«

Alex hatte keine Ahnung, wovon sie da gerade redete, als plötzlich Ruan hereingestürzt kam, die Tür hinter sich zuzog und sich obendrein noch dagegenlehnte – für den Fall, dass die Zombies da draußen versuchten, hereinzukommen.

»Wo ist eigentlich Cordelia?«, fragte er Sue.

»Gute Frage«, erwiderte die. »Hoffentlich bald wieder zurück. Sie ist eine der wenigen, die es schafft, die Bagage zu bändigen – und das ist wirklich der einzige Grund, warum ich sie noch nicht gefeuert habe, sie wird nämlich ziemlich aufsässig, musst du wissen.«

»Wem sagst du das«, meinte Ruan mitfühlend.

»Und dann«, fuhr Sue fort und führte sie durch eine weitere Tür, die diesmal in einem enteneierfarbenen Grün gestrichen war, in einen Gebäudeteil aus rotem Backstein, bei dem Alex auf Tudor tippte. Große Steinplatten bedeckten den Fußboden, und ein riesiger offener Kamin, in dem ein Mensch stehen konnte, klaffte wie ein offenes Maul, als sie daran vorbeigingen. »Mir ist da was Geniales gekommen. Ich glaube, Alex wäre die perfekte Jungfrau.«

»Wie bitte?«, sagte Alex im selben Augenblick, als Sue sie in die größte Küche führte, die Alex jemals gesehen hatte und wo schon mehrere vertraute Gesichter – darunter Lucy, Becky, Rory und Marissa – um einen langen, alt aussehenden Küchentisch versammelt waren.

»Sie«, sagte Sue langsam und vernehmlich, als unterhielte sie sich mit einer Schwachsinnigen. »Sie würden eine hinreißende Jungfrau abgeben.«

Wegen des neben ihr stehenden Ruan, dessen Gegenwart sie sich überaus bewusst war, überhitzte sich Alex' Gesicht auf mehrere Tausend Grad, und wenn nicht die Meute vor der Tür gewesen wäre, die noch ein wenig beängstigender war als das Weihnachtsumzugskomitee, sie hätte Reißaus genommen.

»Eine Jungfrau Maria bei unserem Festzug«, wiederholte Sue. »Haben Sie mir denn nicht zugehört, Alex?«

»Ich habe das mit der Jungfrau gehört«, meinte Alice und fand ihre Stimme wieder. »Der Lärm …«

»Oh, die da. Ich höre sie schon gar nicht mehr.« Sue winkte ab. »Also, Kerry Mortlock, Sie kennen sie nicht, das Mädchen vom Metzger, eine Freundin von Cordelia, glaube ich, die sollte eigentlich die Jungfrau Maria machen, so ein goldiges Mädchen, obwohl sie Punkrockerin oder so was Ähnliches ist. Und dann taucht sie heute Morgen seelenruhig zu ihrer persönlichen Jungfrau-Maria-Coaching-Stunde bei mir auf und hat drei Lippenpiercings, drei! Na ja, ich denke, da sind wir uns alle einig: Maria war *kein* Grufti. Und sie kann sie auch nicht rausnehmen, denn sonst schließen sie sich; ich konnte sie nicht dazu bringen. Ich habe es versucht, und es kam sogar zu einem Handgemenge, bei dem eine der Katzen einen leichten Tritt abbekam, aber nein. Sie wollte keine Vernunft annehmen. Drohte sogar, die Polizei zu rufen, nicht zu glauben.« Sue seufzte. »Es gab mal eine Zeit, da war meine Familie in dieser Stadt die Polizei …«

Alex starrte sie an und runzelte die Stirn. »Und was habe ich mit alldem zu tun?«

»Na ja, schauen Sie sich doch mal an«, meinte Sue und kam auf sie zu. »Sehen Sie sich diese milchweiße Haut, diese kornblumenblauen Augen, diese Haare an!« Ohne jedes Gefühl für Grenzen zog Sue den Kugelschreiber, der Alex' schulterlanges Haar zusammengehalten hatte, aus dem lockeren Knoten und plusterte es ihr mit den Fingern auf. »Nie habe ich eine jungfräulicher wirkende Maria gesehen.«

»Oh mein Gott.« Jetzt wollte Alex sich doch lieber von den Hunden und Kindern zerreißen lassen und stürzte zur Tür.

»Warten Sie.« Ruan legte seine Hand auf ihren Arm und nickte beruhigend. »Laufen Sie nicht davon. Sue, wann lernst du endlich mal, dass du mit Menschen nicht umspringen kannst wie mit deinen preisgekrönten Zuchtschweinen? Du hast der armen Frau einen furchtbaren Schrecken eingejagt.«

»Alex, komm und setz dich.« Lucy winkte sie zu sich. »Du musst dich zu nichts bereit erklären, was du nicht willst. Komm, setz dich, damit ich dir Tee einschenken kann.«

»Und hier ist ein Stück Zitronenkuchen«, fügte Becky hinzu. »Ich habe ihn selber gebacken.«

Tee und Kuchen genügten Alex, um wenigstens Platz zu nehmen, sich gleich neben der Tür auf eine Stuhlkante zu kauern, um ein wenig mehr zu hören, obwohl sie ihre Antwort bereits wusste.

»Oh, war ich wieder mal zu schnell?« Sue machte ein langes Gesicht. »Ach Alex, ich entschuldige mich. Manchmal lasse ich mich fortreißen und vergesse, dass die Menschen ja einen freien Willen haben. Ja, genießen Sie den herrlichen Tee und den Kuchen. Ich sehe es diesen Schenkeln an, dass Sie nicht zu den Mädchen gehören, die sich vor Kuchen fürchten.«

Sue versuchte, nett zu sein – Alex war sich dessen dunkel

bewusst, ansonsten jedoch viel zu gelähmt vor Entsetzen, um reagieren zu können: Also biss sie in den Kuchen. Er schmeckte fantastisch.

»Meine Frau *versucht,* Sie zu fragen«, begann Rory nun liebenswürdig, »ob Sie nicht bitte, bitte einspringen und bei dem Umzug die Jungfrau Maria mimen könnten? Normalerweise würden wir Sie nicht so in Verlegenheit bringen, aber glauben Sie es bitte oder glauben Sie es auch nicht, aber Sie sind tatsächlich unsere letzte Hoffnung. Wir hatten schon die ganze Stadt durch, als wir Kerry die Rolle gegeben haben.«

Alex schüttelte den Kopf und ließ sich lieber den köstlichen zitronigen Kuchen auf der Zunge zergehen, als etwas dazu zu sagen, obwohl mehrere Augenpaare genau darauf warteten.

»Nein«, meinte sie schließlich. »Nein … ich mache das nicht, Darstellen oder so was, wo man im Mittelpunkt steht. Ich hasse dass. Hasse es einfach, wenn Leute mich anschauen.«

»Schade«, meinte Rory leise, »weil Sie doch eigentlich sehr hübsch sind.«

Alex biss wieder in den Kuchen und band sich dann das Haar mit einem Gummi hoch, den sie zufällig am Handgelenk getragen hatte.

»Ich meine, was ist denn mit Lucy oder Marissa«, schlug sie vor. »Die sind doch viel hübscher als ich, und ich weiß, dass Lucy sich im Rampenlicht fantastisch bewegen kann. Ich habe sie hinter der Bar beobachtet. Sie ist perfekt.«

Lucy lächelte, und Becky nickte zustimmend.

»Aber ich bin die Gewandmeisterin«, wandte Lucy ein.

»Ich muss die Kostüme anpassen und ändern und allen beim An- und Ausziehen helfen. Das kann keiner außer mir.«

»Das stimmt«, meinte Sue. »Lucy kann teuflisch gut mit der Nadel umgehen und ist, fürchte ich, viel zu wichtig im Backstage-Bereich.«

»Ich würde es gerne machen«, meldete sich Marissa. »Schließlich habe ich das entsprechende Aussehen und außerdem auch nichts gegen den Darsteller des Josef einzuwenden.« Sie zwinkerte Ruan zu, der dies mit einem Grinsen quittierte. »Ich habe schon neben schlimmeren Hauptdarstellern agiert.«

Alex beobachtete ehrfürchtig, wie Marissa locker und mühelos mit Ruan flirtete, und war fasziniert, wie Ruan ihr Lächeln erwiderte und sich offenbar über ihre Aufmerksamkeit freute. Und dann wurde ihr plötzlich klar, dass ja Ruan den Josef spielte, was sie in ihrem Nein nur noch bestärkte.

»Nein, nein, nein, das geht nun überhaupt nicht«, sagte Sue. »Marissa, du bist für Publicity und Verwaltung zuständig. Wir brauchen dich, um den Endspurt zu koordinieren. Du hast einfach nicht die Zeit, um deine innere Jungfrau zu finden, Süße. Und nach allem, was ich von deiner Mutter weiß, wird es womöglich nie genug Zeit dafür geben.«

Marissas Augen weiteten sich vor Entsetzen und Verletztheit, und Sue – man musste es ihr zugutehalten – hatte sofort ein schlechtes Gewissen.

»Es tut mir leid, ich wollte nicht … oh ehrlich, du weißt, was ich meine«, sagte Sue ein wenig verärgert. »Nein, Alex ist perfekt für die Rolle.«

»Alex«, meinte Rory vorsichtig. »Sie Arme. Es steht Ihnen ins Gesicht geschrieben, dass Sie keine Hauptrolle beim Festzug übernehmen wollen, aber ich verspreche Ihnen, dass die Maria eigentlich eine sehr kleine Rolle ist. Es geht nur darum, während des Umzugs neben Ruan zu stehen oder zu sitzen, und dann gibt es nur noch ein klitzekleines Krippenspiel, gefolgt von einem Konzert im Rathaus.« Er hielt einen Moment inne und lächelte beruhigend. »Und, tja, Alex, damit stünden Sie dann mittendrin in der ältesten und geschätztesten Tradition unserer Stadt. »Eigentlich ist es eine große Ehre, darum gebeten zu werden, denn es zeigt Ihnen, dass wir Sie schon nach vierzehn Tagen als eine der Unsren betrachten.«

»Sie muss keine Jungfrau sein, um dazuzugehören«, bemerkte Lucy ein wenig frech. »Alex, es besteht keinerlei Druck, Ja zu sagen. Ich bin sicher, wir finden eine passende Jungfrau in dieser Stadt, wenn wir es nur versuchen.«

»Es besteht sogar ein ganz massiver Druck, Ja zu sagen«, meinte Sue. »Tut mir leid, aber so ist es. Die Zeit läuft uns davon, wir müssen proben, eine Generalprobe abhalten. Und ehrlich gesagt, wenn Alex bei ihrem Nein bleibt, kann ich mich genauso gut auf die Spitze des Hohen Turms stellen und mich runterstürzen, wie es meine Vorfahrin Lady Anwen Montaigne 1434 getan hat.«

»Der Hohe Turm wurde doch erst 1829 gebaut«, erinnerte sie Rory.

»Ja, aber das weiß sie doch nicht«, zischte Sue.

»Okay«, sagte Alex leise, so leise, dass sie sich nicht einmal sicher war, ob sie den Gedanken laut geäußert hatte.

»Wie bitte?«, fragte Sue.

»Okay.« Alex atmete einmal durch. »Ja, gut, ich mache es. Ich bin nach Poldore gekommen, um mich zu verändern, anders zu werden, als ich es zu Hause war, und zu Hause wäre so was völlig undenkbar gewesen. Aber hier …?« Alex blickte auf Lucy, die ihr aufmunternd zunickte. »Tja, gehen wir's an. Solange es keinen Text auswendig zu lernen gibt.«

»Großartig!« Sue sprang auf. »Es gibt so viel zu tun! Legen Sie den Kuchen auf den Teller! Ruan, Alex, ihr beiden kommt mit mir und Marissa zum Fotoshooting für unser Käseblatt. Rory, Becky und Lucy, die Farbe ist in der Garage, eure Mal- und Nähtruppe wird jeden Augenblick zur Stelle sein. Packen wir's an!«

»Nach euch«, meinte Ruan, als er den Damen die Tür aufhielt, und Alex, Sue und Marissa auf den Gang folgte, obwohl Alex ein wenig hinter der Gruppe zurückfiel, um stehen bleiben und den unglaublichen holzvertäfelten Korridor in Augenschein nehmen zu können, wo eine echte Ritterrüstung auf einem Sockel stand, und zwar direkt unter dem uralt wirkenden Porträt einer sehr zornig wirkenden Lady, die entfernte Ähnlichkeit mit Sue besaß. Dennoch konnte sie nicht übersehen, dass Marissa und Ruan – wie sie so flüsternd und lachend und mit zusammengesteckten Köpfen vor ihr hergingen – doch sehr wie ein Paar wirkten. Während Alex sie beobachtete, sagte Ruan etwas, das sie nicht hören konnte, und Marissa stieß ihn mit der Hüfte an. Und einen winzigen Moment lang legte er ihr die Hand auf den Rücken.

Alex fragte sich, wie es wohl war, eine solche Leichtigkeit zu besitzen, wie Marissa sie offenbar hatte. Denn sie hatte sie nie besessen, nicht einmal als kleines Mädchen, als sie nur aus Armen, Beinen und Haaren bestand; doch als sie dann zur Frau heranreifte, hatte sich ihre Befangenheit noch einmal ums Zehnfache gesteigert. Nicht dass sie plötzlich so ein Superweibchen sein wollte, ganz und gar nicht. Im Grunde ging es nur darum, zu wissen, wer man eigentlich war und sich gut dabei zu fühlen. So wie Lucy wusste, wer sie war, und Marissa ja offenbar auch. Alex war immer noch dabei, es herauszufinden, und vielleicht konnte ihr die Übernahme einer größeren Rolle beim Festzug ja dabei helfen.

Aber es gab auch etwas, um das sie sich keine Sorgen zu machen brauchte. Nämlich darum, wie man sich als Jungfrau verhielt; das musste sie nicht, weil sie tatsächlich eine war.

* * *

»Na, jetzt rückt halt mal ein bisschen näher zusammen. Ich weiß, dass es eine unbefleckte Empfängnis war, trotzdem, versucht wenigstens auszusehen, als wärt ihr auch zu einer traditionellen in der Lage«, dirigierte Sue, während Marissa die Fotos schoss. Ihre offiziellen Kostüme waren noch nicht ganz fertig, sodass Ruan ein schlichtes kragenloses weißes Hemd und einen improvisierten Kopfputz trug, und für Alex hatte Sue hatte ein weißes Laken aufgetan, das sie ihr um Haare und Schultern drapierte.

»Nein, Liebes.« Sue deutete auf Alex. »So kann man das Christkind nicht halten. Das Jesulein muss mit dem Kopf nach oben gehalten werden, nicht an den Beinen wie ein

Brathähnchen. Und das ist eine allgemeine Faustregel, die für das Halten aller Babys gilt, nicht nur für Gottes Sohn.«

»Aber wenn ich ihn anders herum halte, dann pieselt er auf mich drauf«, wandte Alex ein, worauf Marissa losprustete. Sie fing Ruans Blick auf und biss sich auf die glänzende Lippe, während sie hinter der Kamera hervor mit ihm flirtete.

»Ich habe Meadow gesagt, dass sie es für die Generalprobe ausleeren soll. Ich hab's ihr gesagt, das Problem bei diesem Kind ist, dass es nie zuhört.«

»Das Problem ist, dass sie erst drei ist.« Cordelia erschien im Türrahmen, drei sehr schmutzige, erschöpft wirkende Kinder im Schlepptau. Sie verschränkte die Arme, während sie mit einer fein abgestimmten Mischung aus Abscheu und Mitleid ihren älteren Bruder betrachtete.

»Wirklich traurig, wie glücklich du offenbar bist, bei all dem Quatsch mitzuwirken«, sagte sie zu ihm.

»Wo bist du gewesen?«, erkundigte sich Sue bei ihr. »Die Kinder haben hier praktisch den ganzen Laden auseinandergenommen, und das haben nicht mal die Wikinger fertig gebracht.«

»Ich war da«, erklärte ihr Cordelia. »Ich hatte alles unter Kontrolle, wie immer. Und jetzt bade ich sie noch, bevor es in die Falle geht. Kinder, kommt und sagt eurer Mutter gute Nacht.«

Alex sah zu, wie die drei Kinder antraten und sich von Sue küssen ließen, ehe sie erschöpft die riesige Holztreppe ansteuerten, die sich in der einstigen Eingangshalle befand.

»Mach keine Dummheit«, ermahnte sie ihren Bruder beim Hinausgehen, wobei sie Marissa von Kopf bis Fuß und auf eine Weise musterte, die eindeutig klarmachte, dass *sie* die Dummheit war, von der Cordelia redete.

»Und wenn du, nachdem du sie gebadet hast, noch ein paar von den Hunden reintunken könntest, vor allem Pugwash, die hat sich mal wieder im Hühnerdreck gewälzt.«

»Iiih, Hühnerkacke von albern aussehenden Hunden zu waschen, gehört nicht zu meiner Stellenbeschreibung«, ließ Cordelia sie wissen.

»Ich bezahl dich dafür!«, flehte Sue. »Ehrlich, Cordy, du bist ein wahres Wunder, die einzige, auf die Kinder und Hunde hören.«

»Die einzige, die sie schlägt, meinen Sie«, sagte Cordy, löste sich von der Wand und schlurfte Richtung Treppe. »Witz! War nur ein Witz!«, rief sie noch über die Schulter zurück.

»Sie ist ein wunderbares Mädchen und ein fantastisches Kindermädchen«, sagte Sue, sobald Cordelia verschwunden war, »aber ganz ehrlich, Ruan, mit den Manieren einer Straßenkatze.«

»Ja, na ja, du weißt schon«, meinte Ruan, »die meiste Zeit unserer Kindheit hatten wir im Grunde keine Eltern, und am schlimmsten war es für Cordy.«

Alex schwieg und hielt das Jesuskind vorsichtig und wie es sich gehörte, als Marissa plötzlich sehr nahe herantrat und Schnappschüsse von ihren Gesichtern machte, wahrscheinlich, um den flüchtigen traurigen Ausdruck darauf einzufangen.

»Na ja, es hätte Tamsyn oder Keira sicher nicht geschadet, noch eine Weile länger zu bleiben und dich zu unterstützen.«

»Cordy und ich kommen zurecht«, meinte Ruan. »Auch wenn sie womöglich dran schuld ist, wenn ich vor meinem dreißigsten Lebensjahr graue Haare kriege.«

»Gegen ein paar graue Bartstoppeln ist doch nichts einzuwenden«, meinte Marissa und strich ihm mit der Handfläche über die Wange. »Sehr sexy.«

»Können wir uns jetzt bitte konzentrieren«, befahl Sue. »Wir haben noch zehn Minuten, um die Fotos unter Dach und Fach zu kriegen, Marissa. Ich habe ein Konferenzgespräch mit den Kunstschneeleuten angemeldet, und ich will all meine Unterlagen beisammen haben. Ich will nicht noch mal ein Debakel erleben wie letztes Jahr, als wir den Schnee kilo- statt tonnenweise bestellt haben, und es am Ende kaum reichte, um damit ein Lämmchen zu bestäuben.«

Sie lächelte Alex an. »Haben Sie gewusst, Alex, dass es in Poldore seit 1743 an Weihnachten nicht mehr geschneit hat.«

»Wahrscheinlich genauso wenig wie in Bethlehem«, meinte Alex, was Marissa zum Kichern brachte und Sue einen Moment lang verstummen ließ.

»Das hier ist kein Dokumentarfilm, Alex«, meinte sie streng. »Wir versuchen nicht, die tatsächliche Geburt unseres Herrn nachzuvollziehen. Nein, hier geht es um Showbusiness, die Weihnachtserfahrung, das Flair, wenn man so will. Man gibt den Leuten, was sie haben wollen, und die Leute wollen Schnee. Und Schnee sollen sie haben. Zum unserem Glück ist gerade dieser Oscar-prämierte Filmregisseur Kurt Peterson in die Stadt gezogen, also habe ich heute Morgen bei ihm angeklopft, ihn mit meinem uralten

Adel geblendet und ihm die Verantwortung für die Special Effects übertragen.«

»Sie haben gerade einen Hollywood-A-Promi für Kunstschnee eingeteilt?«, fragte Alex. Von Kurt Peterson hatte sogar sie, die sonst von fast niemandem gehört hatte, schon gehört.

»Er ist einfach nur ein Mann wie alle anderen, Liebes«, versicherte ihr Sue. »Die warten doch alle nur darauf, auf die eine oder andere Weise erobert zu werden.«

»Entschuldige«, sagte Ruan. »Mich erobert hier keiner.«

»Wirklich nicht«, schnurrte Marissa. »Da wär ich mir aber nicht so sicher.«

»Aber ehrlich, Marissa. Du bist ja schlimmer als eine läufige Hündin«, bemerkte Sue ziemlich grausam, sodass Marissa sofort verlegen und zerfahren wirkte und zwar das erste Mal, seit Alex sie kannte, plötzlich wirkte sie klein und zerbrechlich. »Und jetzt konzentrieren, Ruan, ja, leg Alex den Arm um die Taille, Alex, lehn den Kopf an seine Brust, halte das Baby an diesem beachtlichen Busen und … Foto, Foto!«

Marissa folgte stumm ihren Anweisungen, war plötzlich unglaublich schweigsam, und Alex hatte Mitleid mit ihr. Sie war sich sicher, dass Sue gar nicht so brutal sein wollte; und dennoch war es kein Spaß, derart in den Fokus ihrer Aufmerksamkeit zu geraten.

»So, das hätten wir im Kasten. Ihr zwei seid das perfekte Paar«, sagte Sue. »Sieht mir doch ganz danach aus, als könnte Marissa ein bisschen Konkurrenz kriegen beim Buhlen um seine Zuneigung!«

»Es gibt kein Buhlen um meine Zuneigung«, meinte

Ruan, der plötzlich gar nicht mehr amüsiert wirkte. »Es gibt überhaupt gar nichts. Ich habe keine Interesse an so was, mit niemandem.«

Und damit riss er seine Kopfbedeckung herunter, marschierte aus dem holzvertäfelten Raum hinaus und schnappte sich unterwegs noch seine Lederjacke.

»Oh je«, jammerte Sue unglücklich. »Oh je, ich bin manchmal aber auch blöd.«

»Eins solltest du wissen, Sue«, sagte Marissa kühl. »Ruan gehört nicht zu den Männern, die sich gern veralbern lassen, vor allem nicht wegen seines Privatlebens.«

»Mein liebes Kind«, meinte Sue und nahm ihr die Kamera ab, »das zeigt nur, dass du ihn überhaupt nicht kennst.«

9

»Warten Sie doch!« Alex überlegte, ob sie so tun sollte, als höre sie Marissas Rufe nicht, während sie sich den Schal über und um ihren Mund wand, doch Marissa rief erneut, diesmal schon ganz atemlos. Und nach dem Klacken ihrer Absätze auf dem Pflaster zu urteilen, rannte sie, um sie einzuholen. »Alex!«

Alex blieb seufzend stehen, blickte über die Flussmündung zu ihrem kleinen, in der Dunkelheit schimmernden Cottage hinüber, und fand sich damit ab, dass es noch eine Weile dauern würde, bis sie nach Hause kam.

»Hätten Sie Lust auf ein schönes Glas Wein im Pub?«, fragte Marissa, als sie sie eingeholt hatte. »Wir Auswärtigen müssen doch zusammenhalten, nicht wahr?«

»Müssen wir das?«, versetzte Alex und merkte dann, wie unhöflich sie klang. »Ich meine … tut mir leid, es ist bloß, na ja, sehen Sie sich uns doch mal an.« Alex gestikulierte zu Marissas grauem Lambswool-Poncho hin, auf die engen schwarzen Jeans, die in hochhackigen, kniehohen schwarzen Stiefeln steckten, und zeigte dann auf sich, die wieder mal einen zu großen Pullover über ausgeleierter Jogginghose trug, komplettiert mit einem Anorak und den ramponierten Timberlands, dem einzigen Paar Schuhe, das sie momentan besaß, da ihre Party-Schrägstrich-Beerdigungschuhe einfach nicht mehr in die Reisetasche gepasst hatten.

»Meine Güte, so oberflächlich bin ich nun auch wieder

nicht, dass ich nur mit modisch gekleideten Leuten einen trinken gehen kann, was müssen Sie bloß von mir denken?« Marissa lächelte. »Oder sind *Sie* vielleicht zu oberflächlich, um mit einer albernen, unsicheren Frau was trinken zu gehen, die sich ständig Sorgen um ihr Aussehen macht und es dennoch hasst, egal wie viel Mühe sie sich auch damit gibt?«

»Natürlich nicht«, sagte Alex und fühlte sich ein wenig ernüchtert.

»Dann kommen Sie und trinken Sie was mit mir, bitte«, bat Marissa. »Ich brauche eine Stärkung, wenn ich ein paar Stunden mit diesem alten Drachen zusammen war. Aber wirklich, ihr ist völlig egal, wessen Gefühle sie verletzt – Ihre, meine, sogar Ruans. Er wurde richtig verlegen bei ihrem irren Gerede.«

»Ich glaube nicht, dass sie damit irgendwas sagen will«, meinte Alex, als Marissa ihr ins Pub voranging, wo Eddie schweigend hinter dem Tresen stand – ohne ein Wort mit Ruan zu wechseln, der ebenfalls stumm dahockte und in sein Glas starrte.

»Na ja«, meinte Marissa zu Ruan hinübernickend, »ob sie es will oder nicht, es verletzt Menschen. Sie will vielleicht vorsichtig sein; aber eines Tages wird sich jemand rächen und auch ihr wehtun.«

»Na, meine Damen«, meinte Lucy, als sie und Becky zurückkamen. »Wie war die Foto-Session?«

»Dramatisch«, erwiderte Marissa. »Ruan, hast du Lust, was mit uns zu trinken?«

Ruan schoss einen finsteren Blick über die Länge des Tresens, stand auf und stolzierte in die Nacht hinaus.

»Dann nehme ich das als Nein«, meinte Marissa achselzuckend.

Und dann gähnte sie. »Ehrlich gesagt, wissen Sie was, ich bin plötzlich furchtbar müde, sodass ich wohl doch lieber nach Hause gehe. Man sieht sich.«

Alex öffnete den Mund, um etwas zu sagen, doch noch ehe ihr etwas einfiel, schwang die Pubtür bereits hinter Marissa ins Schloss.

»Sie gehört wohl nicht gerade zu denen, die weibliche Solidarität groß schreiben«, meinte Lucy, auf dem Tresen lehnend.

»Nein, und dabei wollte ich nicht mal was trinken«, sagte Alex. »Nichts für ungut.«

»Und was hat Ruan in eine derartige Laune versetzt?«, fragte Lucy. »War es Marissa mit ihrer ständigen Ranschmeiße?«

»Das glaube ich eigentlich nicht«, erwiderte Alex nachdenklich. »Er schien sich ganz gut mit ihr zu amüsieren. Aber dann sagte Sue etwas über Mädchen, die um seine Zuneigung buhlen, und er wurde richtig mürrisch und stürzte davon. Männer, hä?« Alex legte das Kinn auf den Tresen und schaute zu, wie die Bläschen in ihrem Drink nach oben stiegen. »So kompliziert.«

»Klingt mir, als würde sich hinter diesem Satz mehr verbergen als bloß ein pampiger Ruan«, meinte Lucy. »Hör mal. Ich arbeite heute Abend nicht, magst du zum Abendessen zu mir kommen? Gibt nichts Besonderes, wahrscheinlich Pasta. Wir können eine Flasche Wein köpfen, und du kannst mir erzählen, warum du nach Cornwall durchgebrannt bist.«

»Ich hab dir doch gesagt, ich bin nicht durchgebrannt«, beharrte Alex schwach.

»Alle, die hierher kommen, laufen vor etwas davon«, versicherte ihr Lucy. »Na komm, was hältst du davon?«

»Ist gebongt«, sagte Alex. »Ich meine danke. Danke, ja, das wär wirklich schön.«

»War es also ein Mann?«

Lucy wartete, bis der Teller mit Pasta vor ihrer Freundin stand, um zur Sache zu kommen, was Alex halbwegs zurückhaltend fand. Lucys Cottage war hübsch, ähnlich wie ihres, aber gemütlicher und vernünftig eingerichtet und beleuchtet.

Und während Alex' Wohnzimmer – außer wenn man ein Feuer machte und die Deckenbeleuchtung ausschaltete – kalt und unpersönlich wirkte, war das von Lucy warm und einladend. Auf dem Kaminsims standen Familienfotos – Eddie, Becky und ein Kind, in dem Alex Lucy vermutete. Ein schüchternes, verlegenes, unsicheres Kind. Welten entfernt von der Frau, die ihr am Tisch gegenübersaß.

»Muss ich es dir wirklich erzählen?«, fragte Alex und stach mit ihrer Gabel in die Penne, als sei ihr wirklich ernst. »Ehrlich?«

»Na ja, nein. Aber wenn du's mir erzählst, kann ich all denen, die mich ständig danach fragen, was du hier eigentlich machst, diskret die redigierte und von dir genehmigte Fassung unterjubeln.«

»Was?« Alex wirkte schockiert. »Warum sollte es denn irgendwen kümmern, was ich mache?«

»Hier kümmern sich alle um alles, hast du das noch nicht

kapiert?«, fragte Lucy, streute ordentlich Parmesan auf ihre Pasta und schenkte Wein nach.

»Und trotzdem kenne ich niemandes Geheimnis außer deins«, sagte Alex. »Ich bin einfach kein neugieriger Mensch.«

»Hat er dich betrogen?«, versuchte Lucy es erneut.

Alex nahm einen Schluck Wein. »Nein, nicht direkt. Eigentlich gar nicht.«

»Erzähl mehr.« Lucy nickte begeistert.

»Okay.« Alex holte tief Luft. »Als ich ungefähr zwölf war, verliebte ich mich in meinen besten Freund Marcus – obwohl mir das erst vor Kurzem klar geworden ist. Wir kennen uns seit unserem sechsten Lebensjahr, und er hat mich nie als Mädchen gesehen, und eigentlich dachte ich immer, ich hätte ihn auch nie so gesehen. Wir machten alles Mögliche miteinander – kletterten auf Bäume, gingen Fischen, klauten bei Tesco, du weißt schon – und nie bin ich auf die Idee gekommen, dass ich das alles aus Liebe zu ihm getan habe. Nicht mal als er anfing, mit Mädchen auszugehen und mir von Mädchen, die er mochte, erzählte, oder mich wegen ihnen um Rat fragte, was jahrelang so ging … Nicht mal da machte es bei mir klick.«

»Lieber Gott, hattest du denn zwischenzeitlich keine anderen Freunde?«, fragte Lucy entsetzt. »Ich meine, schau dich an. Jeder sieht doch, dass du unter all den ausgeleierten Strickpullovern mit ein bisschen gutem Willen super aussehen könntest.«

»Oh, danke«, sagte Alex und schürzte die Lippen. »Ja, ich hatte ein paar Freunde, vielleicht drei, aber mit keinem von ihnen war es besonders ernst. Einen mochte ich ziemlich – Matty hieß er. Er war nett, ein echt guter Küsser, und er hat mich zum Lachen gebracht. Und dann wurde es ernster, und er wollte, dass ich …« Alle Geheimnisse wollte Alex ja nun nicht mit Lucy zu teilen. »Dass ich mich binde, und ich hab darüber nachgedacht, und ich dachte, na ja, falls ich jemals bereit sein würde mich zu binden, dann nicht an ihn. Und ich wollte es einfach nicht, nur um gebunden zu sein, verstehst du, so quasi übungshalber, ich wollte, dass es etwas bedeutet … also sagte ich Nein, und wir trennten uns.«

»Und zu diesem Marcus hast du – in all den Jahren – nie was davon gesagt, und er hat nie gemerkt, welche Gefühle du für ihn hattest?«

»Nein, weil ich es damals ja selber noch nicht wusste und, so sehr ich ihn auch liebe, er ist tatsächlich sehr dumm«, sagte Alex. »Aber wie auch immer, er hatte Unmengen von Freundinnen, Unmengen, und keine davon hat ihm besonders viel bedeutet. Bis es eine dann doch tat.«

»Und was ist dann passiert?«, fragte Lucy und schenkte erneut nach.

Alex, die keine große Weintrinkerin war, fühlte sich ein wenig benommen und beschloss, mehr Pasta zu essen, um den Alkohol zu neutralisieren. Nur dass Lucy jedes Mal, wenn Alex einen Löffel zum Mund führen wollte, eine Frage stellte.

»Diese neue Freundin ist passiert. Milly. Wahrscheinlich ein ganz nettes Mädchen, das aber vor allem aus Titten, Wimpern und Haar-Extensions besteht und das ganze Jahr über mit orangeroter Studiobräune rumläuft. Ich dachte, ach, das ist wieder so eine Phase, das vergeht, ich muss nur grinsen und sie eine kurze Weile ertragen, und dann, vor ein paar Monaten, nimmt er mich auf die Seite, tut ganz geheimnisvoll und alles. Es war ein normaler Freitagabend, und auch Milly war dabei, auf der Tanzfläche, er machte so eine anzügliche Tanzbewegung, die sich ›Slut drop‹ nennt. Er flüstert mir ins Ohr, dass er mir etwas erzählen muss. Und ich weiß nicht, aber genau in dieser Sekunde dämmerte mir, dass ich ihn liebe, dass ich ihn immer geliebt habe, und in meinem dummen, albernen Köpfchen dachte ich: Das ist es jetzt, das ist der Moment, wo er mir in die Augen schaut, mir eine Haarsträhne hinters Ohr schiebt und mir sagt, dass auch er mich liebt. Ich glaube, mein ganzes Leben lang hatte ich darauf gewartet, dass er flüstern würde, er müsse mir was ins Ohr sagen.

Also verließ ich mit ihm die Tanzfläche, und gerade, als er ansetzte, konnte ich nicht mehr an mich halten, weil ich, ich Irre, dachte, dass es jetzt passieren muss! Für mich war es, als würden alle Puzzleteile auf ihren Platz fallen, und ich war überzeugt, dass wir füreinander bestimmt sind. Also küsste ich ihn. Da auf der Stelle, im Nachtclub, hinter einer Säule direkt vor der Herrentoilette.« Alex hielt einen Moment inne, griff nach ihrem Weinglas und nahm einen großen Schluck und vergaß die Pasta einmal mehr. »Na ja, er hat meinen Kuss nicht erwidert, ja, hat mich sogar abgewehrt, mich ausgelacht und gemeint, was für ein Scherzkeks ich doch wäre, dass ich ihn derart zu überrumpeln versuche. Das sei der beste Streich, den ich ihm je gespielt hätte, und ich dachte, o Gott, entweder bring ich mich jetzt sofort um oder ich tu so, als hätte ich genau das getan, ihm einen Streich gespielt. Und da sagt er dann, er wird den irrsten Junggesellenabschied feiern, den es je gegeben hat, und ich sage, was redest du eigentlich, und er meint, er sei drauf und dran, Milly einen Heiratsantrag zu machen. Plötzlich wurde auf der Tanzfläche alles ganz still. Ich hörte den DJ seinen Namen rufen. Ich folgte ihm auf die blöde blinkende Tanzfläche. Jemand drückte ihm ein Mikrofon in die Hand, und er sank vor Milly auf die Knie und fragte sie, ob sie ihn heiraten will. Ungefähr drei Minuten, nachdem ich gemerkt hatte, dass er der einzige Mann für mich ist.«

»Oh mein Gott.« Lucy wirkte erschüttert. »Das ist ja übel, das ist ja eine so schlimme Zurückweisung, dass sie den lebensverändernden Umzug nach Poldore mehr als rechtfertigt.«

»Oh nein, das war noch nicht das Schlimmste. Hätte ich es dabei belassen, wäre ich wahrscheinlich geblieben, und hätte mich die nächsten zwanzig Jahre in stillem Leid verzehrt, froh, wenigstens in seiner Nähe zu sein, während ich für meinen Vater den Haushalt geführt und meinen Job im Hafen gemacht hätte«, sagte Alex, die sich, während der Wein sie innerlich wärmte, zusehends für ihr Thema erwärmte. »Aber ich las dieses Buch, oder vielmehr den Buchrücken, auf dem stand, dass du nie im Leben glücklich sein wirst, wenn du nicht versuchst, für das, was du dir wünschst im Leben, auch zu kämpfen. Und ich bin wahrlich nicht der Typ, der ›um Dinge kämpft‹, oder ›seine Träume verwirklicht‹. Aber in dieser einen Sache, die mir so am Herzen lag, wollte ich Widerstand leisten, wollte ich kämpfen. Und ihm mit Worten, die sogar er kapierte, sagen, dass ich ihn liebe. Und dass er vielleicht überlegen sollte, ob nicht auch er mich liebt, denn ich war mir sicher, falls es so war, würde er das doch auch spüren. Und der beste Ort dafür wäre seine Verlobungsparty – dachte ich mir. Nachdem ich fast eine ganze Flasche Champagner intus hatte.«

»Oh«, machte Lucy, während ihre Pastagabel auf halbem Wege zwischen Teller und ihrem Mund in der Luft hängenblieb.

»Oh«, wiederholte Alex. »Ich warte also auf den richtigen Moment. Sie tanzt in ihrem Stripperinnen-Outfit zu Beyoncé, zusammen mit all ihren Freundinnen, die wie die Fliegen im Slutdrop auf und ab hüpfen, also ziehe ich ihn zum Frische-Luft-Schnappen nach draußen. Er lacht über irgendetwas, reißt Witze.

»Kannst du es fassen, Al«, sagt er. »Ich heirate.«

Alex hielt inne und presste die Lippen aufeinander. »Al hat er mich immer genannt. Al, wie einen Jungen.«

»Und?« Lucy beugte sich ein wenig nach vorn.

»Ich war wirklich tapfer, und beredt. Ich meine, ich war *so* romantisch«, sagte Alex traurig. »›Heirate sie nicht‹, sagte ich. ›Sie versteht dich nicht, sie kennt dich ja nicht mal richtig oder liebt dich, so wie ich es tue. Kann sie ja gar nicht. Nie wird sie mitten in der Nacht mit dir aufstehen, um die Sterne zu betrachten, sie wird sich auch keine Baller- und Actionfilme mit dir reinziehen oder Chinesisch essen, weil sie ständig auf Diät ist. Sie wird dir nicht den Kopf halten, wenn du dich nach zu vielen Bieren übergeben musst, oder zur Polizeistation laufen und den wachhabenden Polizisten überreden, dass er dich nach einer langen Nacht mit der Rugby-Mannschaft und einer kleineren Sachbeschädigung nach Hause gehen lässt. Heirate sie nicht‹, sagte ich. ›Heirate mich – weil ich dich liebe. Ich liebe dich. Ich liebe dich, Marcus, ich glaube, ich hab dich immer geliebt.‹«

»Oh wow«, sagte Lucy. »Das klingt ja wie im Film!«

»Ich weiß, nicht wahr?« Alex' Augen waren weit aufgerissen. »Und er starrte mich an, eine Ewigkeit, so kam es mir vor, und für einen Moment, einen Sekundenbruchteil dachte ich, er sei drauf und dran zu sagen: ›Ja, jetzt sehe ich es auch, du bist die Einzige für mich‹, oder so ähnlich … aber er sagte es nicht.«

»Und was hat er gesagt?«, fragte Lucy aufgebracht.

»Er fuhr mir durchs Haar und sagte, ›Netter Versuch, Al, und fast hättest du mich damit rumgekriegt.‹ Und dann ging er wieder hinein zu der Party.«

»Scheeiiiißße«, sagte Lucy und zog den Fluch in die Länge, um ihren Abscheu zu unterstreichen. »Und da hast du dich dann entschlossen wegzugehen?«

»Nein, in dem Moment wollte ich nur noch nach Hause und ins Bett und nie wieder aufstehen«, sagte Alex. »Ich wohnte bei meinem Dad, was vielleicht bisschen traurig wirkt in meinem Alter, aber meine Mutter hat ihn verlassen, als ich drei Jahre alt war, sodass es immer nur uns beide gab. Und ich wusste, ich würde nach Hause gehen und ihm nichts davon erzählen; er würde irgendwie merken, das was faul war, und mich danach fragen, aber vielleicht würden wir auch nur ein bisschen fernsehen oder er würde mich zu einem Schachspiel herausfordern, damit ich mich besser fühlte. Er ist kein Mensch, der einem Ratschläge gibt beziehungsweise überhaupt viel sagt, aber man weiß, dass er weiß, verstehst du?«

»Nein.« Lucy schüttelte den Kopf. »Mein Vater gibt mir ständig Ratschläge.«

»Na ja, wie auch immer, da war ich also, fühlte mich grauenhaft und komme nach Hause, und kann Dad nirgends finden. Aber ich finde seine Schuhe, auf der Treppe, das heißt, den einen auf der untersten Stufe, den anderen ein paar Stufen höher – und dann entdecke ich auch, ums obere Treppengeländer geschlungen, eine Strumpfhose.«

»Hoppla.« Lucy riss die Augen auf und presste die Finger auf den Mund.

»Und *dann* seine Hose auf dem Treppenabsatz, und dann … baumelt da noch ein BH an der Schlafzimmertür.« Alex leerte ihr Glas in einem Zug. »Nun, um es kurz zu machen, er lag mit unserer Nachbarin Mrs O'Dowd im Bett.«

»Oh mein Gott, er hatte eine Affäre!«, heulte Lucy auf.

»Na ja, nicht so richtig. Sie ist Witwe, und zwar schon fast seit ihrer Hochzeit, und er ist seit fünfundzwanzig Jahren allein.«

»Oh, das ist ja irgendwie süß, wenn auch ein bisschen eklig?«, meinte Lucy. »Aber doch kein Grund, um sich zu entzweien?«

Alex seufzte schwer und schob ihren Teller von sich. »Na ja, ich meine, gut, ich war nicht am richtigen Ort und hab deswegen mitbekommen, wie es mein Vater mit der Nachbarin treibt, aber vielleicht wäre ich in diesem Moment ja nirgends am richtigen Ort gewesen. Ach ja. Ich ging nach unten, und wenige Minuten später kommen auch sie runter. Und erklären, dass sie sich lieben.«

»Oh!«, rief Lucy aus. »Ist doch irgendwie schön, oder?«

»Und dass sie sich schon seit dreißig Jahren lieben«, fuhr Alex fort.

»Oh mein Gott, sie haben sich die ganze Zeit heimlich geliebt, und jetzt haben sie sich gefunden, das ist ja wirklich romantisch, wenn man sich das überlegt, oder?«

»Nein, na ja, ich meine, ja. Außer dass sie sich schon all die dreißig Jahre lang heimlich getroffen haben. Ohne mir was zu sagen. Was ich gegenüber einem kleinen Mädchen oder ein pampigen Teenager verstehe, aber inzwischen bin ich achtundzwanzig. Seit zehn Jahren erwachsen. Und mein Vater hat es immer noch vor mir verheimlicht.«

»Oh, das war sicherlich ungut, aber vielleicht …«

»Das war noch nicht das Schlimmste«, fuhr Alex fort und goss sich den letzten Rest aus der Flasche ein, während sie sich an den Moment erinnerte, als ihr Vater ihr von der Liebe seines Lebens erzählte. Er hatte seine Pyjamahose falsch herum an, Mrs O'Dowd hatte sich hastig angekleidet und hatte sich bei ihren Blusenknöpfen vertan. Es hätte lustig sein können, nur … »Sie hatten seit dreißig Jahren eine Affäre.«

»Hast du gesagt.« Lucy runzelte die Stirn.

»Meine Mutter hat ihn vor fünfundzwanzig Jahren verlassen. Als ich drei war. Und da hab ich es kapiert. Meine Mutter hat ihn verlassen, weil er eine Affäre hatte.«

»Oh«, machte Lucy.

»Er hatte ein Verhältnis mit der Nachbarin, noch ehe sie überhaupt verheiratet waren, er hatte sein Verhältnis, als sie mich bekam. Und als sie ohne mich wegging, führte er sein Verhältnis fort und zwar Tag für Tag. Und deswegen bin ich abgehauen, Lucy. Weil ich meinen besten Freund liebe, der mich Al nennt und eine Kosmetikerin heiratet, und weil alle vermeintlichen Gewissheiten in meinem Leben – meine Familie, meine Beziehung zu meinem Vater – eine Lüge waren.« Alex stockte, während sie die anbrandenden Gefühle mit einem weiteren Glas Wein niederzuhalten versuchte. »Ich wünschte, ich hätte Marcus nie von meinen Gefühlen erzählt, wünschte, er hätte mich und meine Gefühle nicht wie einen Witz behandelt, und ich wünschte, ich hätte nie vom heimlichen Leben meines Vaters erfahren, und vor allem wünsche ich mir, ich hätte ihn nie mit unserer Nachbarin im Bett gesehen. Aber ich habe es gesehen, und ich kann es einfach nicht begreifen, egal, wie sehr ich es auch versuche. Und ich kann nicht mehr daheim leben, weil es sich einfach nicht mehr wie ein Zu Hause anfühlt. Die meiste Zeit meines Lebens hab ich nichts anderes getan, als Dad oder Marcus zufriedenzustellen. Und so bin ich hier gelandet. Ich dachte, vielleicht sollte ich zur Abwechslung mal mich selber zufriedenstellen.«

Lucy schwieg einen Moment, während sie Alex über den Tisch hinweg beobachtete.

»Also werde ich, falls jemand mich danach fragt, erzählen, dass du die gläserne Decke im Hafenmanagement durchstoßen willst und hier runtergekommen bist, um eine Lanze für den Feminismus zu brechen.«

»Ehrlich?«, meinte Alex. »Du behältst das alles für dich?«

»Hör mal«, sagte Lucy. »Ich weiß, wie es ist, jemanden zu lieben, der diese Liebe niemals erwidern wird. Ich bin schon seit einer Ewigkeit in einen Mann verliebt, einen guten, anständigen, netten, glaube ich. Aber er wird meine Liebe niemals erwidern, weil … na ja, du weißt schon.«

»Woher willst du das denn wissen?«, fragte Alex, wischte sich mit dem Daumen die Augen trocken und schniefte geräuschvoll.

»Weil er nicht über mich Bescheid weiß«, sagte Lucy. »Er arbeitet auf dem Ozeanriesen, der alle paar Monate hier anlegt, als Ingenieur. Wir schreiben uns E-Mails, wenn er nicht da ist, und wenn er da ist, treffen wir uns außerhalb auf einen Wein oder Kaffee. Bis jetzt haben wir uns nur unterhalten, und wir schreiben uns ständig. Er ist so süß, so sanft ...« Lucy wirkte traurig. »Aber er wird das nicht begreifen. Und eines Tages wird es ihm jemand stecken. Genauso wie es jemand diesem Touristen gestern im Pub erzählt hat, wer immer es auch war.«

»Und warum nimmst du es nicht selbst in die Hand und erzählst es ihm?«, fragte Alex. »Woher willst du wissen, dass er es nicht versteht, wenn du ihm keine Chance gibst.«

»Die Sache ist, hier in Poldore bin ich sicher«, sagte Lucy. »Die ganze Stadt ist wie meine Familie, alle beschützen mich, kümmern sich um mich, genau wie um jeden anderen Einheimischen, außer eben die Person, die beschloss, dem Touristen von mir zu erzählen; und ich habe meine Vermutungen, wer es war, aber im Großen und Ganzen weiß ich, dass man mich akzeptiert. Aber draußen, da draußen, Alex ...« Sie machte eine Pause und musterte ihre perlmuttrosa Fingernägel. »Da sind die Menschen grausam, und auch ängstlich, und sie begreifen nicht, dass auch ich nur ein Mensch bin. Nur eine Frau.«

»Aber ich verstehe es doch auch, und ich hab es nicht immer gewusst und gehöre nicht zur großen Poldorer Familie«, protestierte Alex.

»Eigentlich müsste man dich wahrscheinlich dazu zählen«, meinte Lucy. »Alle mögen dich so.«

»Wirklich?« Alex lächelte. »Das ist schön. Zu Hause war ich nie besonders beliebt. Bei der Arbeit war ich die … Burschikose. In der Schule Marcus' Kumpel. Und überall und immer die wilde Range.«

»Alle haben eben nur die eine Seite von dir gekannt, deswegen«, sagte Lucy. »Und wenn sie dich nur so kennen, wollen sie nicht, dass du dich veränderst. Das ist das Problem mit Leuten, die dich dein Leben lang kennen.«

»Aber du hast dich doch verändert.« Alex lehnte sich in ihrem Stuhl zurück und betrachtete die selbstsichere Frau, die ihr gegenüber saß. »Und zwar so weit, wie es einem Menschen nur möglich ist.«

»Nein.« Lucy lächelte. »Ich habe mich nicht verändert, ich war immer dieselbe. Ich habe nur meinen Körper verändert, damit er zu meinem Herzen, zu meinem Innern passt. Und alle, die mir nahestehen, wissen das – na ja, Mum, hat hin und wieder noch ein kleines Problem damit. Sie vermisst ihn.«

Lucy nickte zum Bild des mageren kleinen Jungen hinüber, der, das Meer hinter sich mit gekreuzten Beinen auf einem Felsen hockte und in die Sonne blinzelte. »Sie hatte Pläne und Träume für ihn, weißt du, eine Zukunft, die nun nie in Erfüllung gehen wird. Und darüber ist sie immer noch traurig. Aber ganz langsam haben wir uns wieder angenähert. Am traurigsten macht es sie, dass sie sich keine Hoffnungen und Träume mehr für mich machen kann, sie kann sich einfach nicht vorstellen, wie ich jemals ein normales Leben führen, eine normale Zukunft haben kann, und ehrlich gesagt fällt das auch mir manchmal schwer.«

»Und ich sehe keine Chance, mich noch mal mit meinem besten Freund anzufreunden oder auch zu begreifen, wer mein Vater eigentlich ist – oder auch ich selber, wo wir schon dabei sind«, meinte Alex nachdenklich. »Denn jahrelang war ich nichts anderes als die treu ergebene Tochter und der ideale Kumpel, alles hab ich dafür gegeben, und nun … bin ich nach Poldore durchgebrannt. Um eins beneide ich dich, Lucy, du weißt, wer du bist, und vielleicht besser als alle, die ich jemals gekannt habe.«

»Hm, das stimmt«, meinte Lucy. »Aber ich habe keine Ahnung, ob ich eine oder welche Zukunft ich habe, oder ob ich in Poldore hängen bleibe, weil es der einzige Ort ist, an dem ich mich sicher fühle und eine Art Halbleben führen kann.«

»Ich bin also hergekommen, um mich zu verstecken, und du gehst deswegen nicht weg«, meinte Alex.

»Das erwarten ja schließlich auch alle von uns«, fügte Lucy hinzu.

»Tja, und weißt du, was wir tun müssen«, meinte Alex und guckte ihrer neuen besten Freundin in die Augen. »Wir müssen ihnen allen eine Überraschung bereiten.«

10

Der Mond stand hoch am wolkenlosen Himmel, als Alex ein bisschen auf gut Glück aber dennoch federnden Schritts die Steinstufen zu ihrem Cottage erklomm. Es gab so vieles, das sie sich niemals erwartet hätte, als sie nach Poldore kam – das schiere Vergnügen, an einem Ort zu arbeiten, der so schön war, so rasch und rückhaltlos von den Einheimischen willkommen geheißen zu werden, ein Haustier zu gewinnen, zumindest als Mitbewohner; am allerwenigsten aber hätte sie erwartet, jemanden zu finden, mit dem sie sich so leicht anfreunden konnte, und dennoch war es geschehen. Was bedeutete es, dass Alex, die sture, schüchterne Alex, die ihre paar Leute hatte und nie ein besonderes Bedürfnis verspürte, ihren winzigen Freundeskreis zu erweitern, seit ihrem elften Lebensjahr zum ersten Mal wieder eine neue Freundin gefunden hatte? Hatte vielleicht ihr altes Leben in Grangemouth sie daran gehindert? Alex hatte immer geglaubt, ihr Vater habe sie gelehrt, mit allem fertig zu werden, mit dem das Leben sie konfrontierte; eine wichtige Sache jedoch hatte er versäumt: so stark, entschlossen und kompetent Alex auch in ihrem Beruf sein mochte, sie hatte nie gelernt, gesellig zu sein. Doch seht sie euch jetzt an, von ganz Poldore akzeptiert und mit mindestens einer richtigen Freundin im Rücken! Die Aussicht auf Weihnachten schien gar nicht mehr so schlimm, auch wenn sie sich dafür in ein Kostüm zwängen und ein Plastikbaby halten musste, das sie vollpieselte – einfach weil sie jetzt dazugehörte, dabei war, und zwar mittendrin. Alex Munro stand nicht mehr am Rand.

»Ha«, sagte sie zu Buoy, der aus der Dunkelheit geschossen kam. »Ich zeig's ihnen, den Mistkerlen.«

Buoy schien sich nicht für ihr Aha-Erlebnis zu interessieren, vielmehr tanzte er knurrend und bellend um ihre Füße herum, rannte zurück in die Dunkelheit, wo er, wie Alex erst jetzt bemerkte, etwas anknurrte, um dann erneut zu ihr zurückzulaufen. Er versuchte ihr mitzuteilen, dass da im Schatten etwas auf sie lauerte.

Der warme weiche Weindusel, der Alex seit dem Verlassen von Lucys Cottage eingelullt hatte, verflüchtigte sich im Nu, Buoy aber blieb und knurrte ins Dunkel. Man konnte nichts sehen, doch Alex wusste, sie waren nicht allein.

»Mein Hund ist bissig«, warnte sie den Betreffenden, wer immer es sein mochte. »Der geht Ihnen an die Gurgel«

»Seit wann zum Teufel stehst du denn auf Hunde?«, tönte es aus der Dunkelheit, und genau im selben Moment erhob sich eine finstere Gestalt und machte Buoy einen Satz, bei dem sich fürchterliches Knurren seiner Kehle entrang.

»Scheiße, Al, ruf den Köter zurück, ja!«, rief Marcus, als Buoy sich ernsthaft an seinem Hosenbein zu schaffen machte.

Alex schwieg sekundenlang. *Marcus. Marcus ist da.*

»Al, ich meine es ernst, der klebt mir richtig am Bein, ist ja ekelhaft.«

»Buoy, schon okay, lass los.« Alex rief den Namen des Hundes, weil sie nicht wusste, was sie sonst tun sollte, und niemand war überraschter als sie, als Buoy Marcus' Bein losließ, zurück an ihre Seite trottete und sich mit einer Art Besitzerstolz, den Alex unerwartet tröstlich empfand, auf ihren Fuß hockte. Marcus stand vor ihrer Tür.

»Was machst du denn hier?«, fragte sie ihn.

»Nein, Al«, sagte er. »Was machst *du* hier? Kumpel, du bist mehr oder weniger über Nacht verschwunden, und keiner weiß wieso.«

Marcus litt. Ach ja? Wollte er wirklich behaupten, dass er nicht wusste, warum sie gegangen war, oder ging es um Gesichtswahrung? Wenn er tatsächlich keine Ahnung hatte, konnte sie sich genauso gut gleich die Steintreppe hinunterstürzen. Nur dass … nein. Nur dass sie sich hier ein Leben aufbaute, das nichts mit ihrer Schwärmerei für ihn zu tun hatte, erinnerte Alex sich streng.

»So würde ich das jetzt nicht ausdrücken«, meinte sie. »Ich habe eine Abschiedsparty gegeben, zu der ich aus keinem mir ersichtlichen Grund eine zwei Meter lange aufblasbare Banane geschenkt bekam. Ich hab gekündigt. Du wusstest, was ich vorhabe. Du wusstest, dass ich wegziehe.«

»Klar«, meinte Marcus. »Natürlich wusste ich, dass du weggehst, aber ich wusste nicht, wie es sein würde, wenn du tatsächlich weg bist, und plötzlich habe ich mich gefragt … Was willst du eigentlich hier, Al?«

Alex seufzte schwer: Offenbar war es doch nicht so leicht, seine Vergangenheit hinter sich zu lassen, wie sie gehofft hatte. »Du kommst wohl besser mit rein.«

Marcus füllte das winzige Wohnzimmer derart aus, dass Alex sich wahnsinnig unbehaglich fühlte. Schon seit der Grundschule war er ein Riese, der ein Jahrzehnt lang und länger alle anderen Kids auf allen Klassenfotos überragte. Alex hatte nicht vergessen, eher verdrängt, was für ein riesiger Kerl er war. Hochgewachsen, breit, muskulös, hatte man ihm fast sein ganzes Leben lang gesagt, dass er – hätte er sich nur bemüht – talentiert genug war, um im schottischen Rugby-Team zu spielen. Aber er lebte für sein Vergnügen, um die nächste Woche kümmerte er sich erst, wenn sie da war. Das Saufen nach einem Match war ihm immer das Liebste am Rugbyspielen, das hübscheste Mädchen im Zimmer immer dasjenige, auf das er seine Aufmerksamkeit richtete. In Alex' kleiner Freundesgruppe war immer er derjenige gewesen, der sich den nächsten Streich ausdachte. Und Alex hatte nie bedauert, dass Marcus mit seinem kleinen unkomplizierten Leben in Grangemouth so zufrieden war, nicht, wenn es hieß, dass er blieb, sie jeden Tag anrief und seine Gespräche jedes Mal in etwa so eröffnete: »Hey, Al, ich langweile mich, was machen wir heute Abend?«

Ja, dachte Alex, als sie in ihrer Miniküche Tee kochte und versuchte, ihn nicht merken zu lassen, dass sie ihn beobachtete, er war immer ein Mordskerl gewesen. Der einzige Mann, bei dem sich die große, pummlige, unbeholfene Alex … tja, weiblich fühlen konnte. Nicht, dass er das je mitbekommen hätte.

Buoy hockte vor Marcus auf dem abgewetzten Teppich, starrte ihn an und knurrte immer wieder leise. Es amüsierte Alex zu sehen, welches Unbehagen der kleine alte Bursche Marcus einflößte, und es war, als habe sie einen Verbündeten, einen kleinen, immer noch halbwegs blumig duftenden vierbeinigen Ritter im Pelz, der sie beschützte. Wenn auch vor allem vor sich selber und ihrem dämlichen Herzen.

»Hübsch hier«, meinte Marcus, als Alex ihm einen Becher milchigen Tee mit vier Zuckerwürfeln reichte, genauso, wie er ihn mochte. Sie setzte sich auf den einzigen verbliebenen Sessel neben dem wackligen Tisch, und Buoy verlagerte seinen Standort von seinem Sitzplatz direkt vor Marcus zu ihr hin, wo er sein knochiges Hinterteil auf ihren Stiefel platzierte, sich an ihren Unterschenkel schmiegte und den Kopf auf ihr Knie stützte, bis sie ihre Hand auf seinen Kopf legte. Alex ertappte sich dabei, dass sie seine Demonstration der Zusammengehörigkeit weit mehr schätzte, als sie erwartet hatte.

»Na ja, momentan ist es kaum mehr als eine Bruchbude«, sagte Alex. »Ich hatte seit meiner Ankunft noch keine Zeit über so was nachzudenken, aber vielleicht kann ich nach Weihnachten anfangen, es ein bisschen wohnlicher zu gestalten.«

»Das also ist jetzt dein Zu Hause?«, fragte Marcus.

»Ja, Marcus. Ich habe meinen Job gekündigt, habe das Land verlassen und bin in die entlegenste Ecke Englands gezogen. Ist doch wohl klar, dass es nicht nur für ein Wochenende sein sollte, oder?«

Marcus schwieg einen Moment und starrte in das von Alex fachmännisch aufgeschichtete Feuer, während das Wasser im Kessel zu brodeln begann.

»Ich habe deinen Vater besucht«, meinte er.

»Ach ja?« Alex' Finger gruben sich tiefer in Buoys Fell, und er reagierte, indem er seinen Schädel fester gegen ihre Handfläche presste.

»Er fühlt sich scheiße«, sagte Marcus.

»Wirklich?« Alex presste die Lippen zusammen. Diesen Ausdruck hätte ihr Vater niemals benutzt. Marcus fasste das Ganze auf seine eigene unnachahmliche Weise zusammen.

»Komm schon, Al.« Marcus beugte sich plötzlich im Sessel nach vorn, was einen leisen warnenden Knurrlaut zur Folge hatte, der tief aus Buoys Kehle kam und bewirkte, dass Marcus sich gleich wieder zurücklehnte. »Du kannst hier nicht einfach so typisch Al Schluss machen und dann so tun, als wär's dir egal, wenn es doch gar nicht stimmt. Ich kenne dich, oder hast du's vergessen? Ich weiß, du bist nicht die taffe Chica, für die alle dich halten sollen, nicht wirklich.«

»Ach ja?«, meinte Alex. »Kennst du mich wirklich?«

»Er hat mir alles erzählt, Al«, sagte Marcus. »Wie du ihn und Mrs O'Dowd gefunden hast, von ihrer Beziehung … alles. Er fühlt sich mies, Al. Er fühlt sich furchtbar. Er will einfach nur mit dir reden. Ich meine, im Ernst, ich mach dir keine Vorwürfe, dass du abgehauen bist, das ist ja so ein Hammer, aber weißt du … Gib deinem Vater eine Chance, er ist dein Dad, Mensch.«

»Hm, er hatte achtundzwanzig Jahre Zeit, um mit mir zu reden«, sagte Alex schlicht. »Jahre, in denen er mir die Wahrheit über sich, meine Mutter und sie hätte erzählen können. Vielleicht habe ich einfach zu lange zugelassen, dass alle, an denen mir liegt, mich als selbstverständlich betrachten. Die gute alte Al, die verlässliche Al, die Al, die sich alles bieten lässt. Lüg sie ihr ganzes Leben lang an, behandle sie wie ein Stück Scheiße, sie macht sich nichts draus. Al doch nicht. Brich ihr das Herz, und sie macht dir trotzdem ’ne Tasse Tee.«

Alex hielt inne, sie war gefährlich nahe daran, zu viel zu sagen, und sie wollte sich nicht noch einmal von Marcus zurückweisen lassen.

»Al …« Marcus verstummte. »Alex, Alexandra. Du fehlst mir, Mensch Mädchen.«

Alex blickte zu ihm auf, entschlossen, den Tränen, die ihr den Blick trübten, keinesfalls freien Lauf zu lassen.

»Ich fehle dir«, wiederholte sie leise. »Tatsächlich?«

»Natürlich.« Marcus lächelte, dasselbe süße Lächeln, dass Alex’ Herz stets einen dreifachen Salto hatte schlagen lassen. »Ich glaube, ich hab dich, seit wir vier sind, fast jeden Tag meines Lebens gesehen. Du bist wie … Es ist wie, du weißt schon, wenn man immerzu das Radio anhat und sich dran gewöhnt hat, und plötzlich schaltet jemand es aus und auf einmal ist es viel zu still.«

»Du vergleichst mich mit einem Hintergrundgeräusch?«, fragte Alex, während ein Lächeln um ihren Mund spielte und es sie trotz allem rührte.

»Nein, ich vergleiche dich mit meinem besten Freund«, sagte Marcus. »Meinem wichtigsten Menschen. Schau mal, diese ganze Sache mit deinem Vater, die wirst du früher oder später klären müssen. Aber ich bin nicht wegen ihm hier, sondern wegen mir. Ich brauche dich, Al. Ich … ich bin nicht gut in solchen Sachen, aber … ich weiß, ich hab einen Fehler gemacht, ich weiß nur nicht, worin genau er besteht. In der einen Minute sagst du mir noch, dass du mich liebst – wo ich dich gerade fragen wollte, ob du meine Trauzeugin machst, und in der nächsten … bist du weg.

Ich hab versucht, dich anzurufen, aber du hast nie abgenommen.«

Marcus senkte den Kopf und fuhr sich mit den Fingern durchs dichte rote Haar.

Ich habe hier keinen Anrufbeantworter«, sagte Alex. »Früher oder später werde ich das ändern lassen.«

»Hör mal, ich kann schon ein ziemliches Arschloch sein, und auf der Verlobungsparty war ich wirklich betrunken. Vielleicht habe ich ja was gesagt oder getan, das dich beleidigt hat, aber ich erinnere mich nicht, Al, wenigstens nicht an alles. Erzählst du's mir, damit ich mich entschuldigen kann und wir wieder Freunde sein können?«

Alex versuchte, ihr Einhalt zu gebieten, der jäh aufwallenden Liebe, die nach oben drängte, während sie Marcus dabei zuhörte, wie er vielleicht die meisten Worte sagte, die er in seinem ganzen Leben auf einmal gesprochen hatte.

Verlieb dich nicht noch mal in ihn, schärfte sie sich ein. Im Grunde sagt er dir, dass er entweder zu betrunken oder zu peinlich berührt war, er will nicht zur Kenntnis nehmen, was du auf der Verlobungsparty gesagt hast, auch wenn er es auf die netteste und schönste Art ausdrückt. Er hofft, dass du zurückspulen kannst, und ihr wieder bloß gute Freunde seid, und er alles kriegt, was er haben will, dich und Milly und eine Hochzeit, und du, du kannst dich weiterquälen bis in alle Ewigkeit. Tu's nicht, Alex, tu's nicht.

Aber es war zu spät, weil Alex ihm schon immer hoffnungslos verfallen gewesen war, und nun stellte sich heraus, dass sogar ein Umzug ans andere Ende Englands das nicht geändert hatte.

»Du willst, dass ich deine Trauzeugin bin?«, fragte Alex.

»Ja, klar, Mensch. Du kannst ein Kleid anziehen. Milly meinte, sie will dir was aussuchen, aber ich hab gesagt, hau ab, du bist für die Brautjungfern zuständig, nicht für meine Leute. Du kannst also anziehen, was du willst.«

Alex schmunzelte. »Milly sollte schon für mein Outfit, zuständig sein, weil, stell dir mal vor, wenn ich in einem riesigen Brautkleid aufkreuzen würde?«

Und im Nu war das Lächeln aus ihrem Gesicht verschwunden, als sie – eine Sekunde lang ernsthaft – über die Möglichkeit nachdachte.

»Sagst du Ja? Kommst du zurück und machst den Trauzeugen für mich? Ich meine die Trauzeugin?«

Alex blickte in seine sandfarbenen Augen und hatte das Gefühl, es werde ihr gleich noch einmal das Herz brechen, denn das tat es mit jedem Herzschlag, den sie in Marcus' Nähe verbrachte.

»Ich komme zur Hochzeit, Marcus, um dich zu unterstützen. Aber ich lebe jetzt hier, und ich liebe Poldore.«

Marcus nickte. »Ich will das mal so hinnehmen. Ich habe ja noch Zeit, dich zu überreden.«

»Warum willst du denn, dass ich zurückkomme?«, fragte Alex. »Du wirst verheiratet sein, jeden Abend händchenhaltend auf dem Sofa vor dem Fernseher sitzen, und ehe du dich verguckst, ist auch schon was Kleines unterwegs.«

Marcus runzelte die Stirn und verknotete die Finger. »Dann kann ich also hier bleiben?

»Hier?«, fragte Alex.

»Ja, ich habe ein paar Tage Urlaub, die ich noch nehmen musste, also hab ich sie genommen. Dachte, du und ich könnten ein bisschen Zeit miteinander verbringen. Abends ins Pub. Wie ist es denn hier mit Ausgehen und Clubs?«

»Was hält eigentlich Milly davon, dass du dich ein paar Tage vor Weihnachten hier unten rumtreibst? Um von Club zu Club ziehen? Mit mir. Nicht dass es hier irgendwelche Nachtclubs gäbe.«

»Es macht ihr nichts aus, warum sollte es auch?«, fragte Marcus, was Alex aus irgendeinem Grund mehr verletzte, als sie erwartet hatte. »Kann ich bleiben, die Einheimischen kennenlernen? Das wird lustig. Ach, komm schon, Alex. Ich versprech dir, ich werde dich nicht blamieren.«

»Das ist ein Versprechen, das du nicht halten kannst«, sagte Alex. »Außerdem gibt es hier nur ein Schlafzimmer und ein Bett.«

»Na ja, das können wir doch teilen, oder? Haben wir doch schon öfter gemacht!« Marcus grinste, und einen ausgelassenen Moment lang sah sich Alex mit ihm im Bett, sie in seinen Armen, seine Finger in ihrem Haar, während er fieberhaft ihren Nacken küsste und ihr weiches nachgiebiges Fleisch sich an seinen harten, straffen Körper presste und … sie wusste, es würde eine lange schlaflose Nacht werden.

»Den Köter hast du aber nicht erwähnt«, sprach Marcus nach mehreren nur von Buoys Schnarchen unterbrochenen Augenblicken des Schweigens in die Dunkelheit.

»Er war vor mir hier«, flüsterte Alex, die auf der anderen Seite des Hundes lag, der sich, statt seinen gewohnten Platz am Bettende einzunehmen, zwischen sie platziert hatte, wobei seine auf dem Kissen ruhende Schnauze in Marcus'

Richtung zeigte und Marcus daher von dem nicht ganz so süß duftenden Atem profitierte. »Das heißt, eigentlich teilt *er* sein Bett mit uns.«

»Shit«, meinte Marcus und rollte auf die andere Seite.

Offensichtlich fühlte er sich aber nicht allzu sehr gestört, denn nach wenigen Minuten hörte Alex, wie seine Atemzüge gleichmäßiger wurden und er zu schnarchen begann. Marcus war da, in Poldore, in ihrem Bett. Und, ja, es gab einen Hund, der ihre Ehre beschützte, der ausgestreckt zwischen ihnen lag und jede mögliche Berührung zwischen Marcus und ihr verhinderte. Und dennoch konnte Alex sich nicht helfen und fand, dass dies wohl der glücklichste Moment ihres bisherigen Lebens war.

11

22. Dezember

Am nächsten Morgen saß Alex summend an ihrem Schreibtisch und fühlte sich bei der Vorstellung, dass Marcus in voller Länge und Breite, immer noch schlafend in ihrem Bett lag – nun da Buoy es verlassen hatte – geradezu lächerlich glücklich. Allein der Gedanke, dass er da war, brachte dieses Glücksgefühl zustande. Es hob alles auf, alles, worüber sie sich noch am Tag zuvor mit Lucy so einig gewesen war, doch es war anders. Lucy hatte eine echte Suche vor sich, musste sich auf eine wirkliche Reise begeben. Doch Alex konnte ja nicht etwas so Unvermeidliches und Beständiges wie die Liebe ihres Lebens bekämpfen. Und er war hier, in ihrem Bett. Nicht in Schottland bei Milly, sondern hier bei ihr. Vielleicht wusste Marcus ja selbst noch nicht, was das bedeutete, aber Alex glaubte, dass ihm sein Herz allein durch seine Anwesenheit an diesem Ort etwas mitteilen wollte, das sein Dickschädel noch nicht begriffen hatte.

»Morgen.« Zaghaft lächelnd stand Ruan an ihrer Tür, machte Halt, um bei ihr vorbeizuschauen. »Hab ich mich gestern Abend wie ein Idiot benommen?«

»Falls Sie sich auf Ihren überstürzten Abgang aus der Probe beziehen, weil Sue erwähnte, dass Marissa sie mag«, meinte Alex fröhlich. »Dann ja.«

»Tut mir leid.« Ruan trat ins Büro und setzte sich auf den Stuhl auf der anderen Schreibtischseite. »Cordy behauptet, ich sei launischer, als gut für mich ist. Sie meint, ich muss aufhören, mich in meinem eigenen Daphne-du-Maurier-Roman zu verlaufen und ein bisschen lockerer werden. Es liegt an der Jahreszeit, wissen Sie, Weihnachten. Es macht mich …«

Er stockte und suchte nach Worten, die beschrieben, was Weihnachten mit ihm machte, doch Alex verstand auch so, welchen Gefühlsmix diese Jahreszeit des guten Willens mit sich brachte. Auch schon vor dem ganzen Chaos mit Marcus und ihrem Vater war es eine schwierige Jahreszeit für sie gewesen. Wieder ein Jahr vorüber, und immer noch keine Ahnung, wo ihre Mutter war, was sie tat oder ob sie je an sie dachte. Und wieder ein neues Jahr, das sich vor ihr erstreckte und in dem alles genauso so sein würde, wie es immer gewesen war.

»Aber um fair zu sein«, meinte Alex mit einem Lächeln, »Cordelia war gestern auch nicht gerade die Stimmungskanone. Offenbar ist sie ganz schön besitzergreifend, was ihren großen Bruder betrifft.«

»Nicht besitzergreifend«, sagte Ruan. »Sie will mich beschützen. Wir haben unsere Eltern früh verloren. Mein Vater wurde krank, Krebs. Starb, als ich vierzehn war und Cordy erst acht. Mum kam nie drüber weg, sie konnte es nicht ertragen, ohne ihn hier zu leben, also …«

»Oh nein.« Alex guckte entsetzt. »Sie hat sich umgebracht?«

»Sie ist nach Suffolk gezogen«, erwiderte Ruan mit gequältem Lächeln. »Aber erst ein paar Jahre später. Ich war achtzehn, und wollte bleiben, weil … weil ich gute Gründe dafür hatte. Cordy fühlte sich wohl an ihrer Schule, und so beschlossen wir, dass sie bei uns bleiben sollte, das heißt zumindest bei mir, bis sie die Schule beendet hatte. Das tat sie, aber Suffolk kam ihr dann noch weniger spannend vor als Poldore, sodass sie in Poldore blieb. Meine mittlere Schwester Keira lebt in Paris und macht in Mode. Tamsyn, ihre Familie und Mum besuchen sie diese Weihnachten und feiern dort Bon Noël oder so ähnlich. Also kümmert sich Cordy um mich und ich mich um sie. Obwohl das bei ihr fast unmöglich ist, und ich eine übellaunige Nervensäge bin … vor allem um diese Jahreszeit. Sie müssen mich für einen ganz schönen Trottel halten.«

»Ganz und gar nicht«, schmunzelte Alex. »Weihnachten soll ja immer so glücklich und fröhlich sein, wo es doch oft nur dafür sorgt, dass alle sich nur noch mieser fühlen. Es ist wie Valentinstag hoch zwei.«

»Finden Sie?«, meinte Ruan und legte, während er sie betrachtete, nachdenklich den Kopf schief. »Ich habe beiden nie viel Beachtung geschenkt.«

Alex fand es ziemlich verwirrend, wenn seine volle Aufmerksamkeit auf ihr ruhte, die dunklen Augen einen Moment lang auf ihrem Gesicht verweilten, als ob er sie zum ersten Mal wirklich sähe, obwohl Alex keine Ahnung hatte, weshalb. Sie sah genauso vergammelt aus wie immer. »Wie auch immer, so richtig angepisst war aber gestern Marissa. Hat sie Sie noch gefunden?«

»Yep.« Ruan nickte. »Hat sie.«

Alex hatte keine Zeit, darüber nachzudenken, was diese ziemlich kryptische Auskunft wohl bedeutete, da sie sich wieder ihrem Funkgerät zuwenden und mit einer in den Hafen einlaufenden Jacht kommunizieren musste, um der

Besatzung Positionen durchzugeben. Sie vermutete, dass es sich um ein heimliches Rendezvous gehandelt hatte, als sie plötzlich bemerkte, dass Ruan nicht etwa gegangen war, sondern sie immer noch aufmerksam beobachtete.

»Was denn?«, fragte sie, sobald sie fertig war.

»Sie haben heute Morgen so einen federnden Schritt«, meinte er. »Und strahlen irgendwie.«

»Ach ja!« Alex fasste an ihr Gesicht.«

»Ich meine das nicht so buchstäblich«, lachte Ruan. »Ich meine, Sie leuchten irgendwie von innen heraus. Steht Ihnen. Sie haben eine richtige Pfirsichhaut.«

»Oh!« Alex fühlte sich so überrumpelt von dem unerwarteten Kompliment, dass sie lachte.

»Schön, vielleicht meine ich ja nur, dass Sie rosige Wangen haben«, sagte Ruan. »Und diese blauen, blauen Augen so richtig blitzen.«

»Oh.« Alex spürte, wie sie errötete. Wann hatte Ruan ihre Augenfarbe registriert? »Ich habe nur lieben Besuch von zu Hause, das ist alles.«

»Wie schön«, sagte Ruan. »Wahrscheinlich hatten Sie Heimweh, da ist es gut, wenn eine Freundin vorbeikommt und einen ein bisschen aufheitert. Sie sollten sie ins Pub mitbringen.«

»Oh ja …«

»Wie auch immer, ich muss Ihnen noch von meiner neuen Bootstour erzählen.«

»Eine neue Tour?« Alex blinzelte; Smalltalk und weitere Beobachtungen zu ihrer Person waren damit offensichtlich fürs Erste erledigt.

»Ja, ich verliere andauernd Geld. Die Leute stehen nicht

mehr auf Häuser längst verstorbener Schriftsteller oder Schlösser oder Schmugglerhöhlen. Droben an der Steilküste wohnen eine Menge weltbekannter Berühmtheiten, sodass ich eine Küstentour starten werde, komplett mit Fernglas für jeden Kunden. Ich nehme sie mit auf die Millionärsmeile, und sie können gucken, ob sie einen Promi sichten. Die erste Tour findet heute Nachmittag statt.«

»Das können Sie doch nicht machen!« Alex war entsetzt. »Damit dringen Sie in die Privatsphäre der Leute ein, das ist organisiertes Spannertum!«

»In Hollywood wird das ständig gemacht, nur eben in Bussen«, widersprach Ruan. »Außerdem kommen die doch auch hier runter und dringen in meine Stadt ein. Machen sie zu einem beschissenen Spielplatz für die Reichen und Berühmten. Mit der Fischerei ist bei uns kein Geld mehr zu verdienen, schon seit Jahren nicht mehr. Die Jungs, die immer noch fischen, kommen gerade so über die Runden. Sie haben fast alle Steingutwerke geschlossen, weil man es in China billiger kriegt.« Ruan stand unvermittelt auf. »Das ist meine Heimat, Alex. Ich bin hier geboren, meine Familie reicht genau so weit zurück wie die Montaignes, auch wenn wir kein tolles großes Schloss vorzuweisen haben. Ich habe mehr Recht, hier zu sein als irgendwelche Filmstars in ihren Glaskästen, und ich werde tun, was nötig ist, damit ich hier bleiben kann.«

»Aber nur weil diese Leute reich und berühmt sind und es sich leisten können, hier zu leben, heißt das nicht, dass ihnen in ihren eigenen Häusern keine Privatsphäre zusteht!«, argumentierte Alex. »Sie schlagen doch auch Kapital aus ihnen, und vielleicht haben die ja eine Menge Geld, aber sie geben es auch hier aus und halten die Stadt so am Leben, die ja genauso gut stolz untergehen könnte.«

»Ach, was wissen denn Sie schon davon?«, meinte Ruan, marschierte zur Tür und riss sie auf. »Sie haben keine Ahnung vom Leben hier unten. Ich bin nicht gekommen, um Sie um Erlaubnis zu bitten, ich wollte Sie lediglich informieren über das, was ich vorhabe. Ich halte Sie über die Zeiten und meine Bewegungen im Hafen auf dem Laufenden, und das ist im Grund auch alles, was Sie wissen müssen.«

»Ruan!« Alex sprang auf, während er hinausstürzte, und stampfte zornig auf, als er die Tür zuknallte. »Ah, verdammte Scheiße!«, sagte sie zur geschlossenen Tür. »Halt doch deine blöde Klappe, arroganter Schnösel!«

Alex begriff zwar nicht, warum eine Meinungsverschiedenheit mit einem praktisch Fremden ihre gute Laune derart verfinstern konnte und sie für den Rest des Tages derart irritierte, doch es war nun mal so.

»Und, schönen Tag gehabt?«, fragte Lucy, als Alex im *Silent Man* eintraf, um Marcus zu treffen. »Wie läuft denn unsere Operation ›*Neues Leben*‹, gut?«

»Ja und nein«, erwiderte Alex. »Oder vielleicht auch nur nein. Als ich nach Hause kam, saß Marcus vor meiner Tür.«

Lucy riss die Augen auf. »Er ist gekommen, um dir zu sagen, dass er dich schon immer geliebt hat? Das ist ja wunderbar.«

»Nein, nicht ganz. Nein, eigentlich gar nicht. Er ist gekommen, um mich darum zu bitten, dass ich seine Trauzeugin werde«, gestand Alex. »Aber er ist den ganzen weiten

Weg wegen mir gefahren, was doch wohl irgendwas zu bedeuten hat, oder?«

»Vielleicht«, meinte Lucy unsicher. »Aber ich weiß nicht, ob das für dein neues Leben wirklich wichtig ist.«

»Ist es nicht«, pflichtete Alex ihr bei. »Nur dass, sobald ich ihn sah, alles wieder da war, nicht dass es je wirklich weg gewesen wäre. All die Gefühle, von denen ich mir einzureden versuchte, dass ich sie gar nicht habe, sind wieder aufgebrochen. Und er ist da. Weil ich ihm gefehlt habe. Und, wie schon gesagt, es muss was bedeuten. Das ist meine zweite Chance, mein zweiter Versuch, vielleicht klappt es ja doch noch mit uns.«

»Aber er heiratet!«, wisperte Lucy hinter ihrer lächelnden Maske und redete so leise, dass kein anderer am Tresen ihre Unterhaltung mitbekam.

»Ich weiß«, sagte Alex. »Aber … soll ich mich den Rest meines Lebens fragen, was womöglich hätte sein können?«

Sie warf einen raschen Blick in die Ecke, wo Ruan bei seinem Pint hockte, während neben ihm in einem durchsichtigen hohen Glas ein zweiter Drink sprudelte; vielleicht befand Marissa sich ja gerade auf der Damentoilette.

»Und *der* war heute auch ein richtiges Arschloch«, bemerkte Alex böse. »Ich weiß nicht, warum es ihm so schwerfällt, einfach mal ein bisschen nett zu sein. Ich war wegen der neuen Tour, die er anbietet, anderer Meinung als er, und es war gleich wie der Dritte Weltkrieg. Er fuhr sofort seine Atomraketen auf. Ich meine, man kann ja empfindlich sein, aber was ist bloß los mit dem?«

»Zweiundzwanzigster Dezember«, sagte Lucy und sah einen Moment lang zu Ruan hinüber. »Das ist los mit ihm.«

»Wie bitte?« Alex guckte verwirrt.

»Ich kann dir das nicht erzählen«, sagte Lucy. »Du kennst mich, ich bin kein Klatschweib.«

»Und warum hockt er allein da drüben und zieht dieses Weltuntergangsgesicht? Doch wohl nicht, weil wir uns wegen seiner blöden Tour gestritten haben. Und warum ignorieren ihn alle – in dieser Stadt, die sich so um ihre Mitbürger kümmert?«

Lucy blickte versonnen. »Weil jeder weiß, dass er heute allein sein will. Heute ist ein Tag der Erinnerungen.«

»Ach ja, ich weiß nicht«, sagte Alex und hatte plötzlich eine Wut auf Ruan, wie er da saß und so traurig wirkte, und auf Lucy, die ihr nicht verriet, was los war. »Aber wenn du es mir nicht sagst, werde ich ihn eben selber fragen.«

»Alex, komm zurück!«, bat Lucy, doch Alex ignorierte sie und ging und setzte sich an Ruans Tisch. Sie merkte, wie Stimmen hinter ihr verstummten und, als sie sich nun setzte, rasche Blicke getauscht wurden.

Mit einer Kopfbewegung deutete sie auf das zweite Glas. »Störe ich?« Ihre Stimme klang streng, abgehackt und verärgert. Sie kam einfach nicht dahinter, was genau an ihm sie derart auf die Palme brachte. Was ging es sie an, wenn er allein herumsitzen und Trübsal blasen wollte, was kümmerte es sie? Und trotzdem konnte sie ihn nicht in Ruhe lassen.

»Ja«, sagte er. »Bitte, Alex. Lassen Sie es einfach gut sein.«

»Aber warum?«, fragte Alex. »Im Ernst, Ruan, ich begreife das schon. Ich verstehe, dass Sie sich Sorgen um Ihr Geschäft machen und dass Sie sich über mich ärgern, weil ich Leuten nachzuschnüffeln für kein gutes Geschäftsmodell halte, aber können wir nicht einfach mal verschiedener Meinung sein? Muss es immer gleich Krieg geben, wenn man nicht völlig übereinstimmt?«

Mit jeder Sekunde, die verging, wuchs Alex' Überraschung über sich selbst, das sah ihr überhaupt nicht ähnlich, und sie ertappte sich dabei, dass sie ziemlichen Gefallen daran fand, so direkt zu sein und einfach zu sagen, was Sache war.

»Hier geht es nicht um Sie«, sagte Ruan. »Alex, bitte, gehen Sie.«

Alex hörte, wie das Pub hinter ihr buchstäblich in Schweigen verfiel, da alle auf ihre Unterhaltung lauschten, auch wenn sie sich den gegenteiligen Anschein gaben. Was fiel ihr eigentlich ein, einem Mann ein Gespräch aufzuzwingen, das dieser ganz offensichtlich nicht führen wollte? Normalerweise würde sie sich nun erleichtert zurückziehen und ihm, ohne sich noch einmal umzublicken, seinen Willen lassen. Alex befahl sich, aufzustehen, zum Tresen zurückzukehren und ihn in Ruhe zu lassen. Doch ihre Füße gehorchten ihr nicht. Sie merkte: Das Problem war, dass sie sich um ihn sorgte. Sie wollte ihn einfach nicht so traurig sehen.

»Was ist denn los?«, fragte sie ihn, dieses Mal behutsamer. »Steht es wirklich so schlimm um Ihr Geschäft?«

Als Ruan zu ihr aufblickte, hatte er einen so schmerzlichen Ausdruck im Gesicht, dass Alex zurückwich.

»Bitte, Alex. Das mit heute Morgen tut mir leid. Nur … bitte.«

Er erhob sich, ließ beide Gläser stehen und verließ das Pub. Alex überlegte nur eine Sekunde, dann ging sie ihm nach, und flüsterndes Gemurmel folgte ihr bis zur Tür. Der arme Mann litt, da konnte sie nicht einfach so tun, als merke sie das nicht, egal, wie sehr er das auch wollte. Es war nicht schwer, ihn zu finden, er war nicht sehr weit gekommen. Sie entdeckte ihn am Kai, wo er auf die Flussmündung hinausstarrte und auf das dahinter liegende Meer. Es wirkte kabbelig, und stürmische Wellen mit weißen Schaumkronen rauschten landeinwärts. Nicht gerade ein freundliches Element an diesem Abend. Ruan drehte ihr den Rücken zu, als sie sich näherte.

»Ruan ...«

Alex zögerte einen Moment. Mit Leuten über Gefühle zu reden, das war nun wirklich nicht ihr Spezialgebiet. Sie hatte keine Ahnung, warum sie darauf bestanden hatte, Ruan derart zu bedrängen; sie wusste nur, dass sie ihn so nicht allein herumsitzen lassen konnte.

»Es tut mir so leid, ich weiß nicht, was los ist mit mir«, sagte sie. »Da lasse ich mich endlos über Privatsphäre aus, und dann stalke ich Sie schon fast, um Sie dazu zu bringen, über Ihre Gefühle zu reden. Ich habe mich in meinen schlimmsten Albtraum verwandelt. Hören Sie, mein Freund wird jeden Augenblick da sein, ich gehe deshalb wieder hinein, erzähle allen, dass es mir leidtut. Dann können Sie auch wieder reinkommen, und wir können so tun, als wäre das alles nie passiert und noch mal von vorn anfangen, was meinen Sie?«

Alex wartete kurz auf eine Antwort, doch als Ruan weiterhin schwieg, drehte sie sich um und begann, wieder zum Pub zurückzugehen.

»Gehen Sie nicht«, sagte Ruan so leise, dass sie einen

Moment lang dachte, sie habe sich womöglich verhört. »Bitte bleiben Sie.«

Alex machte die drei, vier Schritte, bis sie wieder neben ihm stand und merkte, dass jetzt kein guter Moment war, um ihn anzusehen.

»Heute ist es vier Jahre her, dass meine Freundin, meine Verlobte, verschwunden, wahrscheinlich ertrunken ist«, erzählte Ruan, ziemlich gefasst. »Sie ließen mich nicht raus damals, in jener Nacht, ich durfte sie nicht suchen. Ich musste hier bleiben und warten. Und ich wartete und wartete. Ich saß an der Bar, hatte ihr ihren üblichen Gin Tonic bestellt, für später, wenn sie sie wieder heimbrachten. Sie fanden unser Boot, sie aber wurde niemals gefunden. Jedes Jahr an diesem Tag bestelle ich ihr einen Drink. Eines Tages, denke ich, wird sie kommen und ihn trinken.«

Alex schloss die Augen. Sie hatte einen trauernden Mann bedrängt, einen verwirrten Mann, der ein paar Momente allein sein wollte, und die Erkenntnis entsetzte sie.

»Ich weiß nicht, was ich sagen soll.« Alex starrte auf ihre abgewetzten Stiefelspitzen, plötzlich frischte der Wind auf, zerrte an ihren Haaren und löste sie Strähne um Strähne aus ihrem Knoten. »Es tut mir so leid.«

»Ich kannte Merryn schon als Kind«, erzählte Ruan. »Ich verliebte mich in sie, als ich sechzehn und sie die Maikönigin war. Sie war so etwas wie der Sommer in Person, blondes Haar, strahlende Haut. Hörte nie auf, zu lachen. Ich liebte dieses Lachen. Fast ein Jahr habe ich gebraucht, bis sie mit mir ausging. Sie meinte immer: ›Ich geh nicht mit dir aus, wenn du mir nicht versprichst, dass du mich ewig lieben wirst, Ruan Thorne.‹ Und ich versprach es ihr, immer und immer wieder, und schließlich ließ sie sich zu einem Picknick einladen. Es war …der perfekte Nachmittag, wir im hohen Gras auf der Felskuppe, die Sonne so heiß, und am Himmel nichts als ein paar Schwalben.«

Alex wagte nicht, sich zu bewegen, wagte kaum zu atmen, während Ruan einen Sommernachmittag heraufbeschwor – an diesem schneidend kalten Dezemberabend. Der Wind rüttelte an der Weihnachtsbeleuchtung über ihren Köpfen, plötzlich fiel die Temperatur, während die See hereinbrandete, um sich mit der Küste zu vereinen.

»Ab da waren wir immer zusammen«, sagte er. »Merryn war mit der Grund, warum ich nicht mit meiner Mutter fortging. Als wir achtzehn waren, verlobten wir uns, fingen gemeinsam mit den Bootstouren an. Wir kauften ein kleines Cottage, in dem wir zu dritt miteinander lebten. Wir waren eine Familie. Cordelia hat Merryn angebetet, ich habe sie vergöttert. Sie war der Mittelpunkt unseres Lebens. Ich liebte sie. Und wie sehr.«

Alex spürte, wie die pure Emotion seiner Stimme in ihrer Brust ein vibrierendes Echo fand.

»Der zweiundzwanzigste Dezember«, sagte Ruan. »Er war mild, das Meer glatt, der Himmel blau. Wir machten uns bereit für den Umzug. Merryn half mit, malte die Motivwägen, und sie sollte die Maria spielen. Wir trafen uns zum Mittagessen, und wir … wir stritten uns. Wir stritten oft, auch wenn wir viel miteinander lachten, so waren wir halt. Wir waren schon so lange zusammen, hatten uns so früh gefunden. Wir hatten keine Angst voreinander, wir stritten – und versöhnten uns wieder. Als sie daher davonstürmte und mit dem Boot rausfuhr, machte ich mir keine

Gedanken. Ich dachte, das klären wir später. Nur, dass sie nie mehr zurückkehrte.«

Ein jäher Windstoß peitschte eine Woge den Kai hinauf, sodass die eisige Gischt sie mit salzigen Tröpfchen besprühte. Alex zitterte, aber sie rührte sich nicht.

»Der Sturm kam aus heiterem Himmel; ein paar Böen waren zwar angekündigt gewesen, aber nicht annähernd so heftig wie das, was dann kam. Sie setzte ein Notsignal ab, zwei Leuchtgeschosse stiegen auf. Das Rettungsboot fuhr hinaus, Hubschrauber. Sie riskierten ihr Leben für sie. Doch sie kam nie zurück.«

»Es tut mir leid, dass ich Sie gezwungen habe, es mir zu erzählen«, sagte Alex und hob die frierende Hand, um sie ihm auf den Arm zu legen – sie wollte sie ihm auf den Arm legen, entschied sich dann jedoch anders.

»Sie haben mich nicht gezwungen«, sagte Ruan. »Ich wollte es Ihnen sagen. Ehrlich gesagt, ist es irgendwie schön, dass es Ihnen nicht egal zu sein scheint.«

Er drehte sich um und sah sie an. »Es ist schwierig, wenn man neue Leute trifft. Man kann ihnen nicht alles Wichtige auf einmal erzählen, oder auch, warum man ist, wie man ist. Aber ich wollte, dass Sie es wissen, weil … ich mag Sie, Alex. Ich mag, dass Sie sagen, was Sie denken, und nicht so viel Gewese um Ihr Aussehen machen. Sie scheinen ein anständiger Mensch zu sein. Ich mag Sie. Sehr sogar.«

»Danke.« Alex lächelte vorsichtig. »Sie müssen sie vermissen.«

»Oh ja«, sagte Ruan. »Oh ja, und ich bin wütend auf sie, und ich würde sie gerne noch mal die Helling heraufkommen sehen, um mich mit ihr zu versöhnen. Wenn ich sie schon verlieren musste, dann hätte sie wenigstens wissen sollen, was sie mir bedeutet hat. Wenn ich ihr nur hätte sagen können, dass es mir leidtut, dass ich ein Idiot war und sie recht hatte, weil sie immer recht hatte.«

Alex fröstelte, während der Wind nun wirklich schneidend wurde und ihre Fingernägel vor Kälte summten.

»Kommen Sie noch mal mit rein?«, fragte ihn Alex, während sie vorsichtig den Arm unter seinen schob. »Kommen Sie, setzen Sie sich in eine Ecke, und ich verspreche Ihnen, dass ich Sie in Ruhe lasse.«

»Oder«, meinte Ruan, »*du* könntest dich auch von mir einladen lassen? Vielleicht ist es ja Zeit, das Alleinsein zu lassen und wieder mit *Freunden* zusammen zu sein ...«

»Da bist du ja!« Marcus. Wie aus dem Nichts tauchte er plötzlich auf, groß, dreist und viel zu laut für diesen Moment. »Ich bin ganz außen rum gefahren, eine Fähre scheint es ja nicht zu geben, und mit Booten kenne ich mich nicht aus. Hab eine Ewigkeit gebraucht! Hier gibt's weder Straßenlaternen noch Schilder, ist das hier alles Top Secret oder was? Er stockte und guckte auf Alex' Arm, den sie bei Ruan eingehakt hatte. »Okay, Kumpel.«

»Marcus.« Alex hatte eigentlich keine Zeit, darüber nachzudenken, warum es ihr plötzlich so peinlich war, bei Ruan untergehakt ertappt zu werden. »Ähm, das ist mein Freund Ruan. Ruan, das ist mein Freund Marcus, von dem ich dir schon erzählt habe.«

»Nicht ganz, was ich mir erwartet hatte«, meinte Ruan. Ruan war groß, einen Kopf größer als Alex, aber neben Marcus wirkte sogar er klein.

»Ruan klingt wie ein Mädchenname«, erwiderte Marcus. »Wie auch immer, ich bin der Mann in Alex' Leben, freut mich.«

»Ganz meinerseits«, erwiderte Ruan zuvorkommend. Doch bis sie das Pub erreichten, ließ er Alex' Arm nicht mehr los.

* * *

»Und dann ist sie auf den Baum geklettert und hat am obersten Ast ihre Turnhose gehisst!« Marcus setzte seine Pointe, und das Pub brüllte vor Lachen. Selbstverständlich hatte er innerhalb einer halben Stunde die ganze Stadt Poldore um den Finger gewickelt – mit zwei denkwürdigen Ausnahmen. Die eine war ein Hund, die andere ein mürrischer Bootstourenanbieter.

»Nein, Alex!« Lucy biss sich auf die Lippe, während sie Alex von Kopf bis Fuß musterte. »Für so eine hätte ich dich nicht gehalten.«

»Ich war eine Draufgängerin!«, sagte Alex. »Ich nehme an, alle hier im Raum verstehen die Grundregeln des Draufgängertums. Man muss eine Sache durchziehen, sonst verliert man.«

»Was hat dein Dad immer gesagt, hä, Al?« Marcus stieß sie mit dem Ellbogen an. »Wenn er dich auffordert, von einer Klippe zu springen, würdest du's tun?«

»Genau.« Alex strahlte zu Marcus hinauf und genoss das Gefühl, wieder an seiner Seite zu sein. Gemeinsam waren sie das perfekte Komikerduo, er als eine Art riesiger Pfefferkuchen-Weihnachtsmann, der das ganze Jahr über lärmend

Wohlwollen verbreitete, und sie als seine Stichwortgeberin. Als Zielscheibe seiner Anekdoten und Einzeiler, die ihm gleichzeitig Pointe für Pointe vorbereitete.

Alex zuckte zusammen, als sie etwas Feuchtes und Kaltes an ihrer Hand spürte, und stellte nach unten blickend fest, dass Buoy zu ihren Füßen saß, sich zwischen sie und Marcus gezwängt hatte.

»Buoy, wie kommst du denn hierher?«, fragte sie.

»Oh, als ich aus dem Haus gegangen bin, ging er zum Pinkeln raus«, sagte Marcus. »Ich dachte mir, er weiß schon, wie er wieder reinkommt.«

»Aber hast du die Tür offen gelassen?«, fragte Alex.

»Äh, nein, ich hab abgesperrt. Was ändert das denn?«

»Er kann eine verschlossene Tür nicht öffnen«, sagte Alex und rieb Buoy kräftig die Ohren. »Das ist ja schon Stunden her, und es ist eiskalt. Und er ist alt. Er muss den ganzen langen Weg gelaufen sein, der Arme. Er hat eine kaputte Hüfte, verstehst du.«

»Na ja, er hat's ja geschafft, oder?« Marcus hob die Hand, um Eddie auf sich aufmerksam zu machen. »Wirt, ein Bier für den Hund, bitte, er braucht offenbar was zu trinken!«

Wieder lachten alle, außer Alex, die Buoy fest an ihre Beine drückte. Er war wirklich ganz durchgefroren.

»Hey, Buoy.« Eddie beugte sich über den Tresen. Dahinten brennt ein hübsches Feuerchen, warum gehst du nicht kurz nach hinten durch, Becky hat was für dich, um dich ein bisschen aufzuwärmen, was, alter Junge?«

Buoy überlegte es sich, leckte Alex die Hand und trottete, sehr zu Marcus' Belustigung, nach hinten.

»Der Hand versteht, was Sie sagen?« Er lachte. »Im

Nachhinein wünschte ich mir, ich hätte ihn nicht einen furzenden alten Penner genannt!«

»Aber ich sag Ihnen was«, sagte Eddie und stellte zwei frische Gläser auf den Tresen, »wenn der alte Buoy diese ganze Strecke zurücklegt, um Sie zu suchen, Alex, dann hat das was zu bedeuten.«

»Was denn?«, fragte Alex. »Dass er Hunger hatte?«

»Er zeigt's Ihnen jetzt. Er ist Ihr Hund. Er mag Sie, Alex, Sie haben jetzt sein Gütesiegel. Der alte Buoy verliebt sich nicht allzu oft, aber wenn doch, dann fürs ganze Leben.«

»Siehst du, Al«, meinte Marcus und klopfte ihr auf den Rücken. »Was hab ich gesagt, da draußen gibt es jemanden für dich, hab ich's nicht immer gesagt?«

Marcus war schon auf Hochtouren, als Alex sich in die Damentoilette flüchtete. Sie wusch sich das Gesicht, löste ihr Haar aus der Spange und plusterte es um die Schultern herum auf. Milly hatte honigblondes Haar und eine Haut, die immer einen Bernsteinton besaß. Und Brüste, die zwar nicht besonders groß, dafür aber vollkommen rund waren, sich nicht bewegten und dreitausend Pfund das Paar gekostet hatten. Sie hatte die schmalsten Hüften, die Alex bei einer erwachsenen Frau je gesehen hatte, und sie sah sie zur Genüge, da sie ständig präsentiert wurden. Während Alex sich im Spiegel der Damentoilette anstarrte, spannte sie den Stoff ihres weiten Pullovers über Brust und Bauch und verglich sich mit der winzigen, perfekten Puppe Milly. Nie hatte Marcus sie angeschaut, wie er unzählige andere Mädchen, zuletzt Milly angestarrt hatte, die nackte Begierde im Blick. Doch sie hatte stets darauf gewartet, dass er erkannte, was für ein toller Mensch sie war, und gedacht, das Körperliche käme halt später. Vielleicht war es ja ihr Fehler. Marcus wusste ganz genau, dass sie ein toller Mensch und eine großartige Freundin war. Schließlich fehlte sie ihm so sehr, dass er den ganzen Weg gefahren kam, um sie zurückzugewinnen. Nie aber hatte er bemerkt, dass sie eine Frau war, eine Frau, die, wenn man etwas nachhalf, womöglich durchaus begehrenswert sein konnte. Alex zog ihren Pullover aus. Darunter trug sie ein schwarzes Unterhemd und darunter wiederum einen vernünftigen festen Stütz-BH. Zwar nicht gerade Femme-fatale-verdächtig, aber er betonte die großzügige Kurve ihres Busens und ihren halbwegs flachen Bauch. Sie war nie eine große Shopperin gewesen, doch wenn sie Jeans kaufte, dann in Größe 14, sodass ihr etwa ein halber Zentimeter Spielraum in der Taille blieb, sie am Hintern aber genau passte.

»Sanduhrfigur«, meinte Lucy, als sie die Damentoilette betrat. »Was für ein Glück du hast.«

»Findest du?«, fragte Alex und hielt sich den Pullover vor die Brust.

»Ja, bei dir passiert gerade alles gleichzeitig.« Sie deutete mit einem Kopfnicken nach Alex' schwarzem Leibchen. »Und? Ziehst du dich wegen Marcus aus?«

»Nein«, sagte Alex. Mir ist nur ein bisschen heiß, das ist alles.«

»Alex, da draußen hat es ungefähr minus vierzig Grad. Pass auf, wenn du *das* vorhast; wenn du vorhast, die Tittenkarte zu spielen, dann mach es richtig. Schultern zurück, Kinn nach oben und streck sie richtig raus.«

»Oh mein Gott, lieber doch nicht!«, meinte Alex erschrocken.

»Schön, dann lass uns dich ein bisschen aufhübschen, okay?« Lucy stellte sich vor Alex, drehte sie vom Spiegel weg, und breitete ihr die rabenschwarzen Haare über die Schultern. Dann griff sie in ihre Hosentasche, zog einen kleinen kurzen Eyeliner heraus und applizierte ein Ideechen davon auf Alex' äußere Augenwinkel, sowie eine Spur klaren Gloss auf die Lippen.

»So, jetzt siehst du aus, als hättest du nichts gemacht«, sagte sie. »Und siehst trotzdem toll aus.«

»Ich glaube auch nicht, dass ich was ›machen‹ will«, meinte Alex, starrte in den Spiegel und war überrascht, wie intensiv ihre blauen Augen auf einmal wirkten. »Nein, das fühlt sich falsch an. Ich kann mich nicht wie ein Weibchen verhalten, weiß nicht mal, wie man auf weibliche Art geht und was man mit denen da macht.« Sie tippte sich auf ihre Brust.

»Na ja, du musst nicht mit ihnen wackeln, falls du das denkst«, sagte Lucy. »Mach gar nichts, sei einfach du selbst. Aber eben mit einem ziemlich engen Oberteil.«

»Nein, ich hab meine Meinung geändert«, sagte Alex und dehnte den Halsausschnitt ihres Pullovers, um ihn sich wieder über den Kopf zu ziehen. Plötzlich riss ihn ihr Lucy aus der Hand und stürzte zur Tür.

»Wenn du dein Nonnengewand zurückhaben willst«, rief sie von draußen, »musst du schon kommen und es dir holen. Und denk dran, Schultern zurück und Brust raus!«

Alex starrte auf die geschlossene Tür und kochte minutenlang, ehe sie tief durchatmete und wieder ins Pub hinaustrat. Das um Marcus versammelte Publikum stand nun drei bis vier Mann tief, und obwohl Alex nicht genau hören konnte, was er sagte, schloss sie aus dem Gelächter, dass es mit einer ihrer gemeinsamen Eskapaden zu tun hatte. Bei der Vorstellung, sich einen Weg durch dieses Gedränge zu bahnen, um wieder zu ihrem Barhocker zu kommen, grauste ihr, während sie das Ganze vom Rand her beobachtete.

»Er ist sehr … mitreißend«, sagte Ruan, der nun an ihrer Seite auftauchte.

»Ich weiß«, sagte Alex. »Es tut mir leid. Das hat dir heute wahrscheinlich gerade noch gefehlt. Marcus macht jeden Abend zu einer Party.«

»Nein«, sagte er. »Ich kann ja nicht erwarten, dass die ganze Welt mit mir heult, weil ich gerade alles ein bisschen … schwierig finde. Ist es okay für dich, dass er hier runterkommt und alle diese Schwänke aus eurer Kinderzeit zum Besten gibt?«

»Klar«, sagte Alex, überrascht, dass er diese Frage überhaupt stellte. »Ja, ich denke schon, ich meine, warum nicht?«

»Na ja, weil du hierher gekommen bist, um du selber zu sein, oder? Und nicht die, für die alle dich gern halten wollten.«

»Oh, so hatte ich das noch gar nicht gesehen«, sagte Alex.

»Hast du Lust, mit zu mir zu kommen?«, meinte Ruan plötzlich.

»Wie?«, fragte Alex. »Zum Leuchtturm?«

»Ja, auf ein Glas Wein und ein bisschen Ruhe und Frieden. Ich bring dich auch wieder nach Hause.«

»Ich weiß nicht«, sagte Alex. »Ich meine, ich habe einen Gast.«

»Dein Gast wirkt ziemlich beschäftigt«, meinte Ruan und blickte ins Pub zurück. »Hör mal, denk dir nichts dabei, ich hätte dich gar nicht fragen sollen.«

Eine Salve heiseren Gelächters tönte aus der Bar. Vielleicht würde es Marcus ja ganz gut tun, wenn er irgendwann bemerkte, dass sie nicht mehr neben ihm saß, Alex nicht mehr da war.

»Eigentlich, weißt du was, ja, okay«, sagte sie. »Fahren wir.«

Ruan betrachtete sie einen Moment länger, als ihr behagte.

»Aber nimm lieber deinen Pullover mit«, sagte er. »Sonst frierst du dir was ab, wenn du nur in dem da rausgehst.«

12

Die See war rau und kabbelig, sogar für Ruans ziemlich beachtlichen Motorkreuzer. Als sie die Landzunge umrundend Richtung Leuchtturm fuhren, verschwand der Mond hinter den Wolken, und Alex, die ihr ganzes Leben lang in der Nähe von Schiffen gearbeitet hatte, war überrascht, wie dunkel es wurde und wie abgeschieden von allem sie sich fühlte, obwohl sie nur ein kleines Stück vom Ufer entfernt waren.

»Ich glaube, ich habe nicht genug Ahnung von Booten«, sagte sie, während ein jäher Sprühregen aus Salzwasser sie durchnässte. »Ich weiß, wie man ein Containerschiff rückwärts einparkt, aber ich habe keinen Schimmer, wie ich ein kleines Boot wie dieses allein steuern sollte.«

»Ich könnte es dir beibringen«, bot Ruan ihr an, die Augen auf die dunkle Küste gerichtet, die vor dem dichten Nachthimmel gerade so auszumachen war.

»Ehrlich, würdest du das tun?«, fragte Alex. »Das wäre toll. Ich würde das so gern können.«

»Wir beginnen im Frühjahr«, meinte Ruan, als er das Boot an einen Steg steuerte, der von einer im Wind knatternden Lichterkette beleuchtet war. »Wenn es schön windig und eisig kalt ist und die ganze Zeit regnet. Beste Zeit des Jahres dafür.«

»Oh, ich kann's kaum erwarten.« Alex grinste; die Vorstellung, dass sie in einigen Monaten immer noch hier war,

Ruan immer noch kennen und ein Boot steuern lernen würde, machte sie froh. Und an Marcus hatte sie, seit sie in Ruans Boot geklettert war, kein einziges Mal gedacht. Je weiter weg, um so weniger Macht hatte er über sie. Nicht dass er etwas von dieser Macht geahnt hätte, dachte Alex. Er würde sich kaputtlachen, wenn er es wüsste.

Ruan bot ihr seine Hand an und half ihr auf den Steg hinauf.

»Vorsichtig, hier ist es rutschig«, sagte er, als er ihre Finger losließ und in die Dunkelheit jenseits der trotzig leuchtenden Lichtlein schritt. »Ich bin wirklich froh, dass du mitgekommen bist.«

»Ehrlich?«, rief Alex ihm nach und ließ sich Zeit auf dem schlüpfrigen Steg.

»Ja«, tönte seine Stimme aus der Dunkelheit. »Es ist eine Ewigkeit her, seit ich jemand den Leuchtturm gezeigt habe. Der erste Besuch ist immer der beste.«

Alex fand Ruan am Fuß der Klippe, wo ein Metallkasten in den Felsen eingelassen war. Er holte einen Schlüsselbund aus seiner Tasche, öffnete den Kasten und knipste den roten Schalter darin an.

Plötzlich tauchte eine in den Felsen gehauene Steintreppe aus dem Dunkel, bei der jede Stufe einzeln beleuchtet war, fast so, als ob er ein Sternbild aus dem Nichts herbeigezaubert und seinem Willen unterworfen hätte.

»Wow«, flüsterte Alex und lächelte wie ein Kind, als sie hinaufsah. »Wow. Sieht aus, als würde sie zu einem Raumschiff führen.«

»Sag ich doch«, erwiderte Ruan glücklich. »Und das ist erst der Anfang. Komm. Du zuerst. Immer mit der Ruhe, sie ist ziemlich steil, hat schon fittere Kerle mürbe gemacht als dich.«

»Tja, na ja, ich bin ja auch eine Frau«, erinnerte ihn Alex, als sie sich mit der Begeisterung eines Kindes, das unbedingt auf einen Baum klettern will, an den Aufstieg machte.

»Mir ist aufgefallen …«, begann Ruan, doch seine Worte wurden vom Wind davongetragen, ehe sie Alex' Ohr erreichten.

Sie war nicht außer Atem, als sie oben ankam, nein, sondern gänzlich unfähig, überhaupt einen Atemzug zu tun. Sie warf sich auf das feuchte federnde Gras und lachte vor Freude. Lächelnd stand Ruan über ihr.

»Hab's doch gesagt«, meinte er.

»Kein Wunder, dass du so fit bist«, sagte Alex, ohne sich über ihre Worte Gedanken zu machen.

»Nett, dass du es erwähnst«, lachte Ruan. »Komm, du bist völlig durchnässt.«

Alex rappelte sich auf und musste sich – trotz des Brennens in ihren Oberschenkeln – bremsen, um nicht vor Freude in die Höhe zu springen, als sie den mit Flutlicht angestrahlten Leuchtturm betrachtete, der, rot und weiß gestrichen, aussah, als käme er direktemang aus einem Kinderbuch. Sogar in der Dunkelheit war er hinreißend.

Ruan tippte eine Nummer in eine weitere Metallbox, holte einen riesigen Eisenschlüssel heraus und knipste einen weiteren Schalter an, der die Treppenbeleuchtung erlöschen ließ. »Möchtest du das übernehmen?«, fragte er und hielt Alex den Schlüssel hin.

Entzückt nahm sie ihn entgegen, wog ihn in den Händen. Und mit unbändigem Grinsen bugsierte sie ihn in das uralte Schloss und drehte ihn nach einigem Ruckeln mit einer befriedigenden Serie von Knack- und Schnapplauten herum. Gespannt hielt sie den Atem an, während sie die schwere Holztür aufdrückte und ihr kreischendes Knarren genoss.

»Geh weiter«, lächelte Ruan und gab ihr nickend zu verstehen, sie solle als erste gehen. Alex lachte, als sie eine vollkommen runde Küche betrat. Kornische Schieferplatten schimmerten auf dem Boden, Eicheneinbauschränke umgaben sie wie warmer Toffeewirbel, und in der Mitte stand ein handgearbeiteter Eichentisch in exakt der gleichen Farbe.

»Das ist wunderbar, das muss ja ein Heidengeld gekostet haben!«, rief Alex und fuhr mit der Hand über die leicht unebene Tischplatte.

»Nein, das hab ich alles selber gebaut«, sagte Ruan voller Stolz. »Das Holz ist wiederverwertet, einiges davon stammt aus Müllcontainern. Heute will ja keiner mehr braune Möbel, sodass ich einfach das Holz genommen, abgeschliffen und umgearbeitet habe. Alle Schrankfronten stammen von verschiedenen Schränken.«

»Oh Ruan, das ist unglaublich«, sagte Alex und presste die Hände zusammen. »Dafür musst du ja eine Ewigkeit gebraucht haben.«

Sie spähte die offene hölzerne Wendeltreppe hinauf, die sich nach oben wand, und hüpfte ein wenig. »Darf ich?«

»Ja.« Er nickte, freute sich ganz offensichtlich über ihre Begeisterung.

Alex zog ihre Stiefel aus und rannte die Treppe hoch. Wie die Spindel eines Schneckenhauses wand sie sich hinauf in einen Wohnbereich, dessen Wände mit Regalen bedeckt waren, die Bücher und Schallplatten enthielten, und wo ein selbst gebautes und exakt in die Wand eingepasstes Sofa stand.

»Meine Güte.« Alex streckte die Finger aus und wirbelte um die eigene Achse. »Hast du das auch alles selber gebaut?«

»Ja«, sagte Ruan. »Den größten Teil der Leuchtturmeinrichtung hab ich rausgenommen. Es gab auch eine alte Eisentreppe, ziemlich modern, also entfernte ich auch die und baute eine aus Holz. Wiederverwertetem. Dann hab ich mir das Polstern beigebracht und dieses Sofa gebaut.«

»Du würdest eine hervorragende Ehefrau abgeben«, sagte Alex, fläzte sich auf das Sofa und verschränkte, während sie sich umsah, die Arme hinter dem Kopf. »Ich hab das Gefühl, ich bin durch ein Kaninchenloch gefallen und in Narnia gelandet.«

»Freut mich, dass es dir gefällt«, sagte Ruan. »Lust auf ein Glas Wein?«

»Aber wir waren noch nicht ganz oben«, rief Alex aufspringend.

»Geh hoch und sieh dich um, ich treffe dich bei der Glühbirne«, sagte er ihr. »Wenn ich jetzt ganz hochsteige und dann wieder runtermuss, um den Wein aus der Küche zu holen, vergeht mir vielleicht die Lust.«

Alex ließ sich das nicht zweimal sagen und erklomm die nächste Treppe.

Auf der zweiten Etage entdeckte sie zwei halbrunde Räume – ein Bad mit einer in der Mitte des Raumes stehenden wunderbaren alten Eisenbadewanne und einem Duschvorhang, der von der Decke herabhing und die ganze

Wanne umschloss, sowie ein kleineres Schlafzimmer, das, vermutete sie, Cordelias Zimmer sein musste, wenn sie hier war. Jemand hatte es dunkelviolett gestrichen, und auf einem Ständer in der Ecke stand eine Elektrogitarre. Die nächste Treppe führte sie ins große Schlafzimmer. Alex biss sich auf die Lippe, während sie sich in dem Zimmer umsah, in dem Ruan jeden Abend zu Bett ging. Es war ein einfacher Raum mit einem großen, alt aussehenden Kleiderschrank, der den Eindruck machte, als könne man durch ihn tatsächlich nach Narnia gelangen, der allerdings, wie Alex feststellte, fachmännisch in die Krümmung der Wand eingepasst worden war, sowie ein wirklich riesiges Bett, das mit sauberen weißen Leinenlaken frisch bezogen war. Buoy hätte es geliebt. Der Raum war schmucklos und schlicht. Nirgendwo Fotos oder Bilder, nur eine Lampe, die neben dem Bett auf dem Boden stand.

»Gefällt es dir?«, fragte Ruan, als er ihr mit einer Flasche Wein und zwei Bechern nachkam, und fügte entschuldigend hinzu: »Ich nehme mir immer wieder vor, Gläser zu kaufen.«

»Mich überrascht, dass du dir nicht selber einen Satz geblasen hast«, sagte Alex. »Das ist erstaunlich, dafür musst du doch Jahre gebraucht haben.«

»Fast vier«, sagte Ruan, und plötzlich merkte Alex, was sie da eigentlich besichtigte. Dies war der Ort, in den Ruan seine ganze Trauer hatte fließen lassen, alles, was er geliebt und verloren hatte, hatte er in die Mauern des Leuchtturms gesteckt, und Alex konnte nicht umhin, sich zu fragen, ob er den Leuchtturm gekauft hatte, um stets Ausschau halten zu können nach der womöglich zurückkehrenden Merryn.

»Ein Zimmerchen gibt es noch«, sagte er und zog an einem Seilstück, das von der Decke herabhing und hinter dem sich eine zusammenklappbare Leiter verbarg.

Alex kletterte die Leiter hinauf und stand vor der größten Glühbirne, die sie je gesehen hatte, umgeben von einem verglasten Rundumblick und einigen alten Sesseln.

»Die hier raufzukriegen, war verdammt mühsam«, meinte Ruan, ließ sich in einen davon sinken und starrte hinaus ins Dunkel. Die Becher im Schoß haltend, goss er in jeden ein wenig Wein.

Alex blickte hinaus in die Dunkelheit. »Was passiert, wenn du das Licht einschaltest?«

»Nichts, es funktioniert nicht mehr. Ich behalte die Birne, weil ich sie mag. Weil sie zur Geschichte des Turms gehört«, sagte Ruan. Er stand auf, reichte Alex einen Becher und blieb neben ihr stehen.

»Danke«, sagte er und nahm einen Schluck.

»Wofür? Dafür, dass ich mitgekommen bin, wie eine Irre in deinem Haus rumrenne und deinen Wein trinke?« Alex bedachte ihn mit einem Seitenblick.

»Ja«, sagte Ruan. »Als ich mit dem alten Gemäuer anfing, hatte ich praktisch keine andere Wahl. Es machte mir keine Freude, es war Arbeit, es war eine Beschäftigung, damit ich nicht verrückt wurde. Die Jahre vergingen, ich machte weiter, beschäftigte mich. Erst heuer ist mir klar geworden, dass ich den Turm liebe, dass er eine Herzensangelegenheit für mich geworden ist. Und wenn ich ihn jemandem wie dir zeige, der seinen Charme erkennt, erinnert es mich daran, was für ein Glück ich damit habe.«

»Und hierher schleppst du auch all deine Frauen ab?«,

meinte Alex schalkhaft – eine Millisekunde, bevor ihr einfiel, dass das nicht gerade die taktvollste Bemerkung war.

»All meine Frauen.« Ruan hob die Augenbrauen; zum Glück wirkte er nicht allzu beleidigt. »Seit Merryn gab es nichts Ernsthaftes mehr. Oder wenigstens … ich weiß nicht, es schien mir fast unmöglich, noch einmal solche Gefühle für einen Menschen zu empfinden, aber in letzter Zeit ändert sich was. Eines Tages. Wer weiß. Plötzlich scheint es mir wieder möglich.«

Alex beobachtete sein Gesicht, während er aufs Meer hinausschaute, und sie dachte an Marissa. Bestimmt lief etwas zwischen den beiden; ob sie diejenige war, deretwegen er glaubte, er könne sich wieder verlieben? Alex spürte den vertrauten unangenehmen Knoten im Bauch, jenen dumpfen Schmerz, der ihr einen Mangel anzeigte, auch wenn sie das Vermisste noch nie erlebt hatte. Ja, sie war eine ganze Weile in Marcus verschossen gewesen – so lange, bis die Verliebtheit zu einem Hintergrundgesumm der Sehnsucht wurde. Aber sie hatte sich nie geliebt gefühlt, nicht eigentlich, nicht leidenschaftlich, von niemandem. Vielleicht waren ja manche Leute wie Marissa und Milly für die Liebe geschaffen, und sie eben nicht. Während Alex schweigend neben Ruan stand, aus einem angeschlagenen Becher Wein trank und auf die nächtliche See starrte, merkte sie, dass sie beim Gedanken, womöglich nie wirklich geliebt zu werden – so wie Ruan Merryn, Marcus Milly oder ihr Vater Mrs O'Dowd liebte – am liebsten in Tränen ausgebrochen wäre.

»Ich sollte wohl besser wieder zurückfahren«, sagte Alex plötzlich und fühlte sich albern. »Ich muss morgen arbeiten.«

»Oh, ja.« Ruan stellte seinen Becher ab. »Dann komm, ich bring dich zurück.«

»Bist du sicher?«, fragte ihn Alex.

»Na ja, wenn ich's nicht tue, musst du entweder um die Landzunge rumschwimmen oder fünfzehn Meilen bis zur nächsten Kreuzung flussaufwärts wandern.«

»Danke«, sagte Alex. »Ich will einfach nicht zur Last fallen.«

»Du kannst zwar eine ziemliche Nervensäge sein«, meinte Ruan. »Aber eine Last bist du bestimmt nicht.«

Es war sehr spät, als Alex durch die Cottage-Tür trat. Buoy war bereits zu Hause, hockte auf dem Teppich vor dem Feuer und erwartete sie offensichtlich. Alex stolperte über Marcus' Schuhe, die er – blödsinnigerweise – mitten auf dem Wohnzimmerboden hatte liegen lassen, und die jetzt gründlich durchgekaut waren. Das würde Marcus nicht erfreuen.

Na, wenigstens hatte er zum Cottage zurückgefunden, dachte Alex; sie fühlte sich schuldig, weil sie ihn alleingelassen hatte und fragte sich, ob er sich wohl Sorgen um sie gemacht hatte. Müde und ein wenig selbstmitleidig erklomm Alex die schmale Treppe. Buoy, ihr stets ein paar Stufen voraus, blieb vor dem Schlafzimmer stehen, verharrte reglos, die Schnauze aufs Bett gerichtet.

Marcus lag mit ausgestreckten Armen und Beinen bäuchlings mitten auf dem Bett.

Entsetzt hielt sich Alex die Hand vor die Augen und linste dann zwischen den Fingern durch. Er schnarchte und sabberte dabei ein wenig. Wieder hielt sie sich die

Augen zu und wandte sich an Buoy. »Los Buoy, weck ihn auf, nun mach schon«, sagte sie und deutete aufs Bett. »Beiß ihn, los, beiß ihn in den Hintern!«

Buoy warf ihr einen Blick zu, der nichts anderes heißen konnte als: *Das soll wohl ein Scherz sein.*

Leider versuchte Alex dann, Marcus aufzuwecken, indem sie ihn mit einem Drahtkleiderbügel anstieß und seinen Fußknöchel so heftig schüttelte, dass sein muskulöser Hintern erzitterte. In ihrer Verzweiflung füllte sie schließlich im Bad einen Zahnputzbecher mit Wasser und tröpfelte ihm ein wenig davon auf den Hinterkopf.

»Fuck!« Sofort war er auf den Beinen, wirbelte herum und packte sie an der Taille. Ehe Alex wusste, wie ihr geschah, wurde sie von seiner kräftigen nackten Gestalt aufs Bett gedrückt.

»Scheiße, Alex«, sagte er, während er noch zu fokussieren versuchte, »du sollst dich nicht an mich ranschleichen, du weißt doch, dass ich eine Armeeausbildung habe.«

»Ich wusste nicht, dass die Pfadfinder zur Armee zählen«, erwiderte Alex und schluckte nervös.

»Wo warst du denn?«, fragte Marcus. »In der einen Minute warst du noch da, und in der nächsten warst du verschwunden.«

»Ich … hab ein bisschen frische Luft gebraucht«, sagte Alex und fragte sich, ob sie, wenn sie den Bauch nur weit genug einzog, den Körperkontakt auf ein Minimum beschränken konnte.

»Ach ja, du hast mir gefehlt«, meinte Marcus innehaltend und blickte ihr forschend ins Gesicht.

»Marcus.« Alex wand sich unter ihm.

»Du siehst verändert aus«, sagte er nachdenklich. »Wenn dein Haar so verwuschelt ist.«

»Marcus, hör mal …« Alex verstummte, als sie spürte, dass sich etwas gegen ihren Bauch presste.

»Du riechst toll«, flüsterte Marcus in ihr duftendes Haar. »Und du fühlst dich toll an. Weich …«

»Marcus«, sagte Alex, als sie merkte, was da genau gegen ihren Unterleib drückte. »Du bist ziemlich betrunken und pudelnackt.«

»Scheiße!« Marcus schnellte augenblicklich zurück, stand auf, und als er seinen eigenen unverhüllten Erregungszustand registrierte, bedeckte er den anstößigen Körperteil rasch mit seinem herumliegenden T-Shirt. Sodass Alex nur noch seine muskulösen Schultern und die mächtigen Oberschenkel bewundern konnte. Gott, sie hatte ihn nicht mehr nackt gesehen, seit sie etwa sieben waren, und sie musste zugeben, dass er sich mit dem Alter verbessert hatte.

Abgesehen von der Tatsache, dass er praktisch vom Scheitel bis zur Sohle zart errötet war, doch sogar das fand sie eigentlich ganz bezaubernd.

»Alex, es tut mir so leid«, sagte er. »Ich bin eben erst wach geworden, und du warst da und da bin ich durcheinander gekommen, und … du weißt schon.«

»Schon in Ordnung.« Alex setzte sich auf, strich sich das Haar aus dem Gesicht, lächelte ihn an und fühlte sich dabei erstaunlich gelassen und beherrscht, wenn man bedachte, das dieses Zusammentreffen seit sehr langer Zeit das einzige war, das etwas wie Sex entfernt ähnlich sah. Und dennoch fühlte sie sich weder verlegen noch nervös, oder als müsse sie sich erbrechen. »Ähm, vielleicht solltest du dir ja was anziehen. Ich dreh mich um.«

Sie erhob sich vom Bett und stellte sich vor den Schrank. Als sie hörte, wie Marcus sich hinter ihr etwas überstreifte, zog sie ihr Unterhemd aus und ersetzte es durch ein weites T-Shirt. Sie hakte ihren BH auf, ließ die Träger über die Arme herunterrutschen und zog ihn durchs Armloch heraus. Dann schlüpfte sie aus ihren Jeans, drehte sich um und stellte fest, das Marcus sie mit einem Blick, den sie noch nie bei ihm registriert hatte, beobachtete.

Jetzt fühlte sie sich verlegen und nervös und auch ein bisschen so, als müsse sie sich erbrechen.

»Alles okay?«, fragte sie ihn und dachte nervös an den Moment zurück, wo sie zumindest *ein* Anzeichen von Leidenschaft bei ihm verspürt hatte.

»Ich …« Marcus wirkte verwirrt. »Ich glaube, ich suche mir morgen eine Pension.«

»Okay«, sagte Alex, stieg ins Bett und zog sich die Decke bis unters Kinn.

»Ich meine, du und ich, wir wissen, dass das alles nur ein alberner Jux unter Alkoholeinfluss war, aber stell dir mal vor, Milly würde hören, dass wir nackt miteinander im Bett waren.«

»Du warst nackt«, stellte Alex klar und klopfte einladend aufs Bett, da Buoy noch im Türrahmen stand und sie misstrauisch beäugte.

»Du bist doch nackt unter diesem T-Shirt«, meinte Marcus.

»Das war ich gestern auch«, sagte Alex. »Gestern hattest du kein Problem damit.«

»Ich glaube nicht, dass ich jetzt ein Problem damit habe, das ist ja das Problem.« Marcus saß auf der Bettkante.

»Es fühlt sich ein bisschen komisch an, sich mit dir ins Bett zu legen. Jetzt, wo ich, na ja, du weißt schon …«

»Hör mal«, meinte Alex, die nicht mehr über das leidige Thema reden mochte, »ist schon in Ordnung. Das wissen ja nur wir beide. Lass uns jetzt schlafen und morgen, kannst du, wenn du dich damit besser fühlst, in eine Pension einchecken. Eddie hat vielleicht sogar ein Zimmer im Pub.«

»Also gut«, meinte Marcus, während Alex das Licht ausknipste, ihm den Rücken zudrehte und sich fragte, warum Buoy bloß an der Tür stehen blieb.

»Alex«, sagte Marcus nach ein paar Augenblicken des Schweigens.

»Ja?«, gab Alex schläfrig zurück. Plötzlich fühlte sie sich wahnsinnig müde.

»Kann ich dich morgen zum Abendessen einladen? In irgendein nettes Restaurant, um mich zu bedanken, nicht wahr, weil du meine Trauzeugin wirst. Kein Date oder so was.«

»Gut«, sagte Alex und war schon halb hinübergedämmert in den ersehnten Schlaf.

»Nein, auf keinen Fall ein Date«, stellte Marcus klar, doch nur Buoy hörte ihm zu.

Es dauerte lange, ehe Mann und Hund in dieser Nacht Schlaf fanden.

13

23. Dezember

»Da sind Sie ja.« Mit einer entschieden glanzlosen, müde und gelangweilt wirkenden Marissa im Schlepptau tauchte Sue an Alex' Seite auf – als die sich gerade einen schicken Kaffee zum Frühstück gönnen wollte.

»Da bin ich!«, erwiderte Alex und zwang sich zu einem Lächeln. Es fiel ihr schwer, immer so gnadenlos gut gelaunt zu sein, wie es Sue stets zu sein schien, und es kostete sie Mühe, sich der Situation gewachsen zu zeigen. Wie schaffte sie es bloß, immer so fröhlich zu sein, fragte sich Alex. Vielleicht lag es ja daran, dass sie Jahrhunderte lang das Sagen gehabt und keiner ihnen zu widersprechen gewagt hatte, vielleicht war es das.

»Ich muss schon sagen, Sie sind ziemlich schwer zu erreichen, wenn man bedenkt, was für eine kleine Stadt das ist.« Sue musterte sie prüfend mit ihren hellen Adleraugen. »Eddie hat mir erzählt, dass Sie gestern mit ihrem jungen Freund im *Silent Man* waren, aber als ich dort ankam, waren Sie schon verschwunden.«

»Ja, gestern haben einige Leute im Pub gefehlt«, sagte Marissa und beäugte Alex misstrauisch. »Aber der Mann, mit dem Sie dort aufgekreuzt sind, der fehlte nicht.«

»Marcus ist nicht mein junger Freund«, stellte Alex klar; und Marissa konnte ja wohl kaum auf sie eifersüchtig sein, weil sie mit Ruan weggegangen war. Wie sollte jemand wie

Marissa annehmen, dass jemand wie Alex eine Konkurrenz für sie sein könnte. Wusste Marissa nicht, dass Alex immer nur die asexuelle und kumpelige gute Freundin war? »Wie auch immer, ich dachte, wegen des Festzugs wäre alles geklärt. Ich ziehe mein Kostüm an, steige auf den Motivwagen, fahre durch die Stadt, stehe an der Krippe, wir singen gemeinsam und danach geh ich schlafen.«

»Schön, dass Sie die Rolle mit derselben Hingabe und Detailgenauigkeit angehen wie Meryl Streep«, sagte Sue, was Alex ein Lächeln entlockte. Wenn Sue nur gewusst hätte, *wie genau* sie sich für diese Rolle eignete. »Der große Tag steht vor der Tür, und heute Nacht ist die streng geheime Generalprobe. Um drei Uhr früh spielen wir, beginnend vor Castle House, in einem letzten stummen Probedurchlauf alles noch einmal durch, um niemanden zu wecken und auch um den Zauber beim richtigen Umzug nicht zu zerstören.«

»Drei Uhr früh?«, wiederholte Alex das hervorstechendste Detail. »Sie sagen, wir steigen alle in unseren Kostümen auf die Motivwagen und fahren schweigend um drei Uhr morgens durch die Stadt?«

»Ja, Generalprobe im kompletten Kostüm, nur dass es keinen Schnee geben wird. Der Schnee ist sehr teuer, sodass wir ihn für den großen Tag aufsparen müssen, aber wenn nicht mal ein vielfach preisgekrönter Hollywood-Regisseur ein bisschen mehr Kunstschnee auftreiben kann, was kann man da noch erhoffen? Und haltet alle dicht, okay, wir wollen keine Lecks!«

Alex sah zu, wie Sue auf ihren Stiefelabsätzen kehrtmachte und wieder nach Castle House hinaufmarschierte, während die kastanienbraunen Locken entschlossen auf ihren Schultern auf und ab hüpften.

»Ich hab das Gefühl, als hätte ich mit der Annahme dieses Jobs meine Seele dem Teufel verkauft«, sagte Marissa und zog eine Schnute. »Ich weiß nicht, warum sie mir nicht gleich ein Halsband umlegt und mich rumführt wie ihre persönliche Sklavin.«

»So schlimm ist sie nun auch wieder nicht. Ich mag sie.« Alex musterte Marissa, die aussah, als hätte sie in letzter Zeit nicht genug Schlaf bekommen. »Mir gefällt es, dass sie sich so für die Stadt und ihre Geschichte engagiert, und alle bei allem mitmachen sollen. Sie ist ziemlich fordernd, aber ich glaube, sie hat ein großes Herz, glauben Sie nicht?«

»Sie hat einen großen Arsch, das auf alle Fälle?«, erwiderte Marissa. »Sehen Sie doch, wabblig wie Wackelpudding. Ich will nie Kinder haben. Sobald man ein Kind kriegt, versechstausendfacht sich dein Arschumfang und du kannst es dir abschminken, je wieder einen flachen Bauch zu kriegen. Ich meine, sicher, Muttersein ist schon nett, aber eine Bikinifigur ist besser, oder?«

»Warum haben Sie den Job denn angenommen?«, fragte Alex Marissa, die über dunklen Röhrenjeans eine Fellweste trug und deren kniehohe hochhackige Lacklederstiefel in der bleichen Dezembersonne schimmerten. Alex fragte sich, ob Marissas Version der Geschichte wohl dieselbe sein würde wie die Sues.

»Ich dachte es macht Spaß, mal für eine echte Aristokratin zu arbeiten«, meinte Marissa unverbindlich. »Und meine Mum ist mit ihrer Mum zur Schule gegangen, und ich musste eine Lücke in meinem Lebenslauf schließen.«

»Wirklich?« Alex war nicht überzeugt. »Auf mich wirken Sie eher wie ein superflottes, megaglamouröses Großstadtmädchen.«

»Sagen wir einfach so.« Marissa zog ihre Sonnenbrille nach unten und schielte über den Brillenrand. »Sagen wir einfach, jeder, der nach Cornwall kommt, läuft vor etwas oder jemand davon. Und ich bin vor so was wie einem Skandal geflüchtet. Ich hab mich ein bisschen zu gut amüsiert und mir ziemlichen Ärger eingehandelt. Aber Sie wissen ja, wie das ist, nicht wahr? Ein Mädchen muss tun, was es tun muss, um weiterzukommen.«

»Marissa!«, brüllte Sue vom schon fast erklommenen Hügel herunter. »Beweg sofort deinen dürren Hintern hier hoch!«

»Und Mensch, wie ich dafür büße.« Marissa seufzte, während sie ihrer Chefin hinterher hügelauf zu traben begann. »Im Ernst, fünfundzwanzig Jahre Zwangsarbeit wären besser gewesen als das!«

Während Alex ihr nachschaute, dachte sie über Marissa und Ruan nach. Nicht, dass sie sich die beiden nicht miteinander vorstellen konnte, das konnte sie durchaus. Er war groß und attraktiv und besaß – wie Alex zufällig wusste – einen atemberaubend schönen Oberkörper, und sie war klein und hübsch und hatte diese riesigen mandelförmigen Augen. Wenn sie nebeneinander standen, sahen sie aus wie die Werbeanzeige für eine Datingbörse, oder das Cover eines Liebesromans. Aber wenn sie an Dinge wie Zusammensein, Vertrautsein, Umeinander-Kümmern oder auch gemeinsame Zukunftspläne dachte, dann sah sie einfach nicht, wie der Ruan, der ihr in der vergangenen Nacht seinen Leuchtturm gezeigt hatte, und die Marissa, die sich eben erst über Sue ausgelassen hatte, miteinander kompatibel sein sollten. Natürlich ging es Männern nie darum, eine Seelenverwandte zu finden, oder? Ginge es ihnen darum, dann wäre Marcus doch nie bereit, ein Mädchen zu heiraten, das ganz offenkundig nicht sein Typ war.

Es war ein ruhiger Morgen, sodass Alex ihren Latte mitnahm und sich damit auf die Bank an der Kaimauer setzte. Von hier aus konnte sie mit eigenen Augen sehen, welche Boote sich im Hafen bewegten, und sie, wenn nötig, mit ihrem Walkie-Talkie anfunken. Es war ein milder und freundlicher Tag; die Sonne überzog die Stadt mit einem goldenen Schimmer, der Fluss glitzerte, als habe man eine Million Diamanten hineingeschüttet, die Segel der Boote leuchteten weiß am Horizont. Marcus hatte, als sie morgens aufstand, noch geschlafen, und eine Weile hatten Alex und Buoy ihm dabei zugeschaut, doch nur einer von beiden hatte sich gefragt, was für ein Spaß es wohl wäre, auf seinem Ohr herumzukauen.

Wäre es zu einem ähnlich blöden Vorfall, bei dem Alkohol, Nacktheit und Erregung im Spiel waren, in Grangemouth gekommen, hätte Marcus ihn mit einem Lachen abgetan und allen die saukomische Geschichte erzählt, wie er mal zufällig mit seiner besten Freundin, der guten alten Al, nackt im Bett gelandet war, und hätte, wie sie ihn kannte, auch keines der herrlichen Details ausgelassen. Doch hier war es anders, war *er* anders, dachte Alex. Oder wenigstens war er es in der vorausgehenden Nacht gewesen. Er hatte es nicht lachend abgetan, er hatte keinen Witz daraus gemacht. Da war etwas gewesen zwischen ihnen –

etwas, das womöglich noch etwas anderes bedeuten konnte. Und dann hatte er sie zum Abendessen eingeladen. Alles war anders hier, dachte Alex und spürte, wie sich angesichts der winzigsten Aussicht, dass sich die Dinge vielleicht, womöglich nach ihren Wünschen entwickelten, ein aufgeregtes Kribbeln in ihrer Brust regte. *Ich bin hier anders. Und Marcus erlebt mich anders. Und heute Abend gehen wir zusammen essen, wie zwei, die ein Date haben.* Okay, Marcus hatte vorgebaut und gemeint, es sei keins, aber dass er das überhaupt sagen musste, hieß doch, dass es mehr war als eine Verabredung mit dem besten Kumpel, sonst hätte er das doch gar nicht klarstellen müssen, oder? Alex starrte auf das ausgefranste Knie ihrer zu großen Jeans, und plötzlich fiel ihr ein, dass sie nichts zum Anziehen hatte.

»Sind Sie Alex Munro?« Ein Mann setzte sich neben sie auf die Bank. Er war zwischen dreißig und vierzig, hatte graublondes Haar und eisblaue Augen, um die sich, als er sie anlächelte, Knitterfältchen bildeten. Normalerweise war dies genau die Art von Zufallsereignis, bei der Alex verstummte, errötete und sich in den nächsten dunklen Raum flüchten wollte, doch an diesem Tag war sie anders, wie ihr selbst auffiel. Sie hatte überhaupt kein Problem mit dem attraktiven Mann, der, obzwar sie ihn nie zuvor gesehen hatte, ihren Namen kannte.

»Bin ich.« Sie lächelte ihn an. »Kann ich Ihnen helfen?«

»David Tyler, Hafenbehörde. Bin nur vorbeigekommen, um eine Stichprobe zu machen, bei unserer jüngsten und berühmtesten Angestellten.«

»Oh, hallo.« Alex streckte ihm die Hand entgegen und fragte sich, wer diese neue Alex war, die sich von diesem unerwarteten Besucher nicht im Geringsten beunruhigen ließ. »Ich habe mir die Schiffe für ein paar Minuten von hier draußen angeschaut. Natürlich kann ich sie alle auf dem Computer verfolgen, aber ich finde es ganz hilfreich, ab und zu einen Blick auf die wirkliche Welt zu werfen, finden Sie nicht auch?«

»Absolut«, erwiderte David. »Vor allem an einem so hübschen Tag wie diesem. Aber erzählen Sie, wie haben Sie sich hier eingelebt?«

Während sie sich unterhielten, kam Ruan in Sicht, der von einer seiner Bootstouren – zum Porzellanwerk weiter oben an der Mündung – zurückkehrte. Und am Steuer des Bootes saß – das rote Haar in der Morgensonne lodernd – niemand anders als Marcus. Offenbar hatte er den Daumen rausgehalten, als er Ruan vorbeifahren sah. Die beiden zusammen zu sehen, verursachte Alex ein leichtes Unbehagen, denn sie merkte, sie wollte nicht, dass Marcus erfuhr, dass sie mit Ruan im Leuchtturm gewesen war. Und auf gar keinen Fall wollte sie, dass Ruan erfuhr, dass sie am vergangenen Abend mehr von Marcus zu Gesicht bekommen hatte, als sie sich je erhofft hatte.

»Alex?«, wurde sie von David unterbrochen.

»Oh, entschuldigen Sie.« Alex lächelte. »Könnten Sie Ihre Frage bitte wiederholen?«

»Das war keine Frage, das war ein Lob«, meinte David. »Dies ist ein sehr geschäftiger Hafen und er wurde seit Jahren nicht mehr so gut gemanagt, Sie machen das großartig.«

»Danke.« Alex strahlte ihn an, um gleich wieder nach dem näher kommenden Boot zu schauen. »Ich muss sagen, hier gibt es eine Menge zum Liebgewinnen.«

»Da haben Sie absolut recht.« David erwiderte ihr Lächeln und steigerte seine ohnehin beträchtliche Attraktivität noch weiter. »Ich muss gestehen, dass ich eigentlich gar nicht gehen will.«

»Tja, kommen Sie doch jederzeit wieder«, sagte Alex, als Ruan das Boot mehr oder weniger zu ihren Füßen vertäute.

»Ich frage mich, es ist vielleicht ein bisschen … unkonventionell, aber könnte ich Sie einmal zum Essen einladen?«

»Um über die Arbeit zu sprechen, aber natürlich.« Alex nickte. Die Bürozeiten sind von neun bis fünf, und jeden zweiten Samstag.«

»Hm.« David Tyler lächelte. »Ich dachte eher an ein Date.« Ich meine, wenn Sie nicht schon vergeben sind.«

»Oh.« Alex faltete die Hände im Schoß, während Ruan und Marcus die Stufen heraufkamen, dann zu zweit dastanden und offensichtlich darauf warteten, dass sie ihr Gespräch beendete.

»Pardon.« David beobachtete die beiden mit milder Belustigung. »Sollte ich mich vielleicht hinten anstellen?«

»Nein«, sagte Alex und konnte kaum glauben, was ihr da über die Lippen kam. »Eigentlich bin ich nicht vergeben. Aber doch, ich denke, es wäre nett, sich mal zu treffen. Haben Sie meine Nummer?«

»Ja.« David erhob sich und nickte den Männern zu. »Meine Herren. Bis bald dann, Alex.«

Alex biss sich, während sie ihm nachsah, auf die Lippe, um sich das Lächeln zu verkneifen. Vor Marcus' Nase von einem attraktiven Mann um ein Date gebeten zu werden, das war wahrscheinlich der aufregendste Moment ihres bisherigen Lebens.

»Was war das denn?«, fragte Marcus ein wenig verschnupft.

»Was geht denn Sie das an?«, fragte ihn Ruan mit grollendem Blick.

»Jedenfalls viel mehr als Sie«, versetzte Marcus und straffte die Schultern. Er war gute fünf Zentimeter größer als Ruan, obwohl ihm Letzterer im Hinblick auf finsteres Grollen wahrscheinlich etwas voraus hatte. »Ich passe auf Alex auf.«

»Alex braucht Sie nicht als Aufpasser«, sagte Ruan. »Nicht in Poldore. Niemand wird ihr hier was antun.«

»Eigentlich brauche ich überhaupt keinen, der auf mich aufpasst«, sagte Alex und erhob sich. »Ich muss wieder an die Arbeit. Überhaupt, warum lungert ihr zwei hier im Hafen herum? Kann ich euch irgendwie weiterhelfen?«

»Ich bin gekommen, um dich zu sehen«, sagte Marcus und wirkte verletzt. »Dieser Hund ist offenbar entschlossen, mich wirklich zu hassen. Ich hab mir eine Tasse Tee gemacht, und er hat jede meiner Bewegungen knurrend verfolgt. Ich hatte Angst, er könnte mir jeden Moment ein Stück aus dem Hintern reißen.«

»Da würde ich mir keinen Kopf machen«, sagte Ruan. »Buoy hat einen besseren Geschmack.«

Marcus ignorierte ihn. »Also dachte ich, ich fahr rüber und häng ein bisschen bei dir ab. Vielleicht könnten wir ja Pommes nach Möwen schmeißen oder so?«

»Ich arbeite.« Alex lächelte. »Aber wir sehen uns heute Abend. Ich treffe dich gegen acht im Pub?«

»Und was soll ich in der Zwischenzeit tun?«, fragte Marcus.

»Keine Ahnung, du bist ein erwachsener Mann, überleg dir was? Geh spazieren oder so?«

»Zum Spaß?«, fragte Marcus verwirrt zurück.

»Wenn du auf den Hügel raufsteigst, da oben, wo das Hotel ist, da kriegst du ein Handy-Signal und kannst Milly anrufen.«

»Um ihr was zu sagen?« Marcus wirkte alarmiert.

»Das weiß ich nicht, *du* bist mit ihr verlobt!«

Marcus zuckte die Achseln, warf Ruan etwas zu, das einem warnenden Blick ähnlich sah, und begann sich langsam den Hügel zum Poldore Hall Hotel hinaufzuschleppen.

»Der braucht ein Kindermädchen, keine Verlobte«, sagte Ruan, während er ihm nachsah. »Wie konntet du und er je Freunde werden? Ihr seid so verschieden.«

»Er kommt viel schlimmer rüber, als er eigentlich ist«, beteuerte Alex. »In Wirklichkeit ist er einfach …« Sie merkte, wie sich ihr Mund zu einem breiten Grinsen verzog, als sie überlegte, wie sie Marcus mit einem Satz beschreiben könnte. »Er bringt mich einfach zum Lachen.«

»Tja, das ist schön«, meinte Ruan. »Übrigens, ich beginne heute mit meiner neuen Tour. Die erste startet um zwölf. Und … tja, ich weiß, dass ich gestern Abend keine Stimmungskanone war, aber ich wollte mich bei dir bedanken, dass du mitgekommen bist, es hat mir wirklich geholfen.«

Alex lächelte. »Es hat mir riesigen Spaß gemacht«, sagte sie. »Dein Leuchtturm ist der beste Ort, den ich je besucht habe.«

»Wirklich?« Ruans kaum merkliches Lächeln verriet seine Freude. »Freut mich, dass es dir gefallen hat.«

»Dann sehe ich dich also bei dieser stummen Probe heute Nacht?«, fragte Alex. »Oder vielmehr in den frühen

Morgenstunden«, fügte sie hinzu, als sie sich an die Uhrzeit erinnerte.

»Ja.« Ruan nickte, und Alex wartete ein paar Augenblicke, weil es aussah, als wolle er noch etwas sagen, doch er nickte nur noch einmal. »Ja, bis später. Ich freue mich darauf, Alex.«

Als Alex in ihr Büro zurückkam, schloss sie die Tür hinter sich und lehnte sich einen Moment lang von innen dagegen. Natürlich konnte sie sich täuschen, sie hatte sich diesbezüglich ja schon so oft getäuscht, aber diesmal fühlte es sich anders an. Diesmal spürte sie, dass etwas passieren würde. Und das Wichtigste dabei war, dass sie bereit war. Sie trat an ihren Schreibtisch, griff nach dem Telefon und wählte Lucys Nummer.

»Hallo du, du stilles Wasser«, sagte Lucy. »Erzähl mir alles von dir und Ruan.«

»Was? Wir sind Freunde, nur Freunde«, erwiderte Alex hastig. »Ich rufe dich wegen was viel Wichtigerem an. Ich gehe heute Abend mit Marcus aus, und diesmal wird was passieren. Ich komme später bei dir vorbei und du … wirst mich in eine Sexbombe verwandeln.«

»Dave Tyler will mit dir ausgehen?«, wiederholte Lucy ihre Frage, weil sie von Alex offensichtlich nicht die Antwort bekam, die sie haben wollte – und sie hatte schon eine Menge Fragen gestellt, seit Alex bei ihr eingetrudelt war, um sich für ihr Essen mit Marcus zurechtmachen zu lassen.

»Ja, direkt vor Marcus' Nase«, erwiderte Alex. »Und ich glaube, er war eifersüchtig. Ich glaube … Lucy, ich glaube, an seinen Gefühlen für mich könnte sich gerade was ändern.«

»Wie kommst du darauf?«, fragte Lucy. Sie holte Kleider und Schuhe aus dem Schrank und legte sie auf das Bett, während sie Alex taxierte. »Es ist zwar nett, dass er dich zum Abendessen einlädt. Aber ich würde das nicht gerade eine Liebeserklärung nennen. Vor allem, da er sich damit ja bedanken will, dass du seine Trauzeugin machst.«

»Das ist nicht alles …« Alex zögerte, unsicher, wie genau sie beschreiben sollte, was in der vergangenen Nacht in ihrem Bett vorgefallen war. »Als ich von Ruan zurückkam …«

»Ruan hat dich tatsächlich zu sich nach Hause eingeladen«, fragte Lucy. »In den Leuchtturm?«

»Na ja, er hat doch wohl nur ein Zu Hause«, sagte Alex. »Aber wie auch immer …«

»Ruan lädt nie Leute zu sich ein. Cordelia ist die Einzige außer dir, die ich kenne, und sie wohnt schließlich dort – wenn sie nicht in Castle House als Nanny arbeitet.«

»Na ja, weißt du, er hat wohl einfach viel zu tun.« Alex lächelte. »Es ist übrigens wirklich wunderschön. Also, wie auch immer, ich kam nach Hause, und Marcus lag schon im Bett, völlig hinüber und pudel*nackt.*«

»Werde ich wegen dem, was du mir jetzt gleich erzählen wirst, eine Therapie brauchen«, fragte Lucy.

»Nun, ich brauchte ganz dringend meinen Schlaf, also hab ich ihn aufgeweckt, und er war ein bisschen perplex, und in der ganzen Aufregung landete er irgendwie, nackt wie er war, auf dem Bett, und auf mir und …« Alex zögerte erneut und merkte, wie ihre Wangen brannten bei der Erinnerung an besagten Moment.

»Und?«, fragte Lucy ermunternd.

»Nun, er, ähm, er hat sich gefreut, mich zu sehen.«

»Oh mein Gott.« Lucy schlug sich beide Hände vor den Mund, dann vor die Augen und wieder vor den Mund. »Und was ist dann passiert? Habt ihr miteinander geschlafen?«

»Nein!« Alex war entsetzt. »Nein, ich meine, das ging doch nicht, das hätte ich nicht gewollt. Er ist mit einer anderen verlobt, und ich bin …«

»Was?«, fragte Lucy und holte ein weiteres Kleid aus dem Schrank. »Denn wenn du mir jetzt weismachen willst, dass du kein Interesse hast, dann weiß ich, dass du lügst.«

»Ich bin achtundzwanzig«, sagte Alex. Sie griff nach der entkorkten Flasche, die Lucy mit ins Schlafzimmer hoch gebracht hatte und schenkte ihnen nach.

»Ich weiß nicht, was dein Alter damit zu tun hat.« Lucy wirkte perplex.

»Und technisch gesprochen bin ich das, was man als ›sexuell unerfahren‹ bezeichnen würde«, sagte Alex.

»Hast also noch nicht Unmengen von Liebhabern verschlissen, das ist nichts Schlimmes«, meinte Lucy.

»Nein, ich meine, ich hatte noch gar keinen«, sagte Alex. »Gar keinen Liebhaber.«

»Du meinst, du bist Jungfrau?«, fragte Lucy. »In deinem Alter?«

»Manche Leute drücken es so aus, ja«, erwiderte Alex und redete eilig weiter. »Aber, weißt du, ich hab das nicht geplant, rein bleiben, mich für Marcus aufsparen oder so. Ich hätte es getan, wenn der Richtige zur richtigen Zeit aufgetaucht wäre, aber es ist halt noch nicht passiert.«

»Wow.« Lucy starrte sie an. »Ich meine, schön für dich. Oh, wir sollten Sue anrufen und ihr sagen, dass sie alle Festzugsplakate ändern kann, ich sehe es buchstäblich vor mir: ›Echte Jungfrau spielt die Maria‹.« Lucy fand das offenbar sehr komisch.

»Okay, okay, du brauchst mich deswegen nicht aufzuziehen«, brummte Alex. »Verdammt noch mal, du bist meine erste richtige Freundin, und ich war mir sicher, der Sinn von Mädchenfreundschaften besteht darin, dass Mädchen einen unterstützen und nett und fürsorglich sind.«

»Bin ich ja alles, ich bin nett und fürsorglich und unterstütze dich auch. Aber richtige Freundinnen nehmen sich auch mal auf die Schippe. Ich bin mir nur nicht sicher, ob es gut ist, wenn du dir Hoffnungen auf Marcus machst. Ich finde, nach allem, was du erzählst, hast du ihm schon genug Chancen gegeben, um zu erkennen, was für ein toller Mensch du bist und auch was für eine attraktive Frau. Und jetzt bist du schon so weit gekommen, ohne es mit dem Falschen zu tun, da wäre es doch schade, wenn du auf den letzten Metern noch ins Stolpern geraten würdest.«

»Marcus ist nicht der Falsche«, protestierte Alex. »Wie könnte er? Er war mit das Beste in meinem Leben, meinem ganzen Leben. Und ja, bisschen ein Idiot ist er schon, aber er hat ein ganz weiches Herz. Ich denke, Poldore verändert einfach alles. Es liegt an Poldore. Ich glaube, irgendwas ist hier mit mir passiert. Ich fühle mich hier mehr … wie ich selber oder wie die, die ich sein sollte. Und das Lustige ist, ich wusste gar nicht, wer das war … erst, als ich es herausfand. Weißt du, was ich meine?«

»Nein.« Lucy lächelte. »Ich habe immer gewusst, wer ich

bin, aber als ich schließlich auch so aussah, war das eine große Erleichterung. Ich werde den Moment nie vergessen, es war wie ›Oh, das bin ja ich da im Spiegel. Endlich erkenne ich mich darin wieder.‹ Wobei ich mich frage …«

»Was denn?« Alex stand auf und griff nach einem knallroten sexy Kleid, das neben einem ähnlichen schwarzen auf Lucys Bett lag, und zog es sich über den Kopf. Lucy war schlanker und größer als sie, und eigentlich passte es ihr nicht richtig, doch es war elastisch und nachgiebig und es brachte Alex' Kurven voll zur Geltung.

»Ich werd verrückt.« Lucy biss sich auf die Lippe, während sie Alex in ihrem roten Kleid begutachtete. »Ich weiß nicht, ob wir das wirklich machen sollten, dich mit Kleidern und Make-up aufstylen und mit Schuhen, die dich nach fünf Minuten umbringen. Du bist von Natur aus schön, Alex, *das* macht dich aus. Porzellanteint, der nicht mal einen Hauch von Make-up benötigt, glänzende Haare, Jeans und T-Shirt – obwohl der, der dir erlaubt hat, diese speziellen Jeans zu kaufen, dafür ins Gefängnis gehört. Du bist auch ohne all das Zeug schön genug. Ein Mann, der sich wirklich was aus dir macht, sieht das sofort.«

»Aber du trägst doch auch all das Zeug«, widersprach Alex.

»Weil ich ich bin. Ich liebe Klamotten und Schuhe und Make-up. Ich will das. Aber, wenn du ehrlich bist, würdest du, wenn du nicht so wahnsinnig nach Marcus' Aufmerksamkeit gieren würdest, nie etwas von all diesen Sachen wollen, stimmt's?«

»Ja, ich denke das hier«, meinte Alex, starrte auf ihr Spiegelbild und war viel zu sehr auf das fokussiert, was ihrer

Überzeugung nach an diesem Abend passieren würde, als dass sie wirklich zugehört hätte. »Und rote Fingernägel und Lippen, wie im Fernsehen.«

»Ach du je«, murmelte Lucy vor sich hin, als sie ihre Schminktasche aufklappte. »Die Jungfrau Maria ist auf die dunkle Seite gewechselt.«

14

Als Alex übers Kopfsteinpflaster zum *Silent Man* hinunterstolperte, gingen ihr zwei Gedanken durch den Kopf. Erstens, dass ein gezupfter Kontrabass ihren Gang begleiten müsste, der bei jedem Hüftschwung, den sie machte, eine schwüle Note erklingen ließ, und zweitens, dass sie nach diesem Abend nie wieder würde gehen können.

Sie hatte noch keine hundert Meter von Lucys Haustür bis zum Pub zurückgelegt, und ihre Fußsohlen brannten bereits entsetzlich. Dass ihre Füße ein wenig größer waren als Lucys, war da auch nicht gerade hilfreich, weswegen ihre armen Zehen, die bis zu diesem Moment ein fröhliches und freilaufendes Leben genossen hatten, nun plötzlich in unnatürlicher Tortur zusammengepfercht waren, wogegen sie vehement Protest einlegten. In dieser grässlich verwirrenden Welt der Höllenpein war sie noch immer gefangen, als sie mehr oder weniger ins Pub hineinkrachte, sich in die ungefähre Richtung des Tresens stürzte und mehr hoffte als erwartete, dort mit einem Mindestmaß an Anmut zum Stehen zu kommen.

»Hallo, Liebes.« Eddie registrierte sie mit halben Auge, während er mit dem Zapfhahn für das helle Bier herumfummelte. »Haben Sie noch etwas vor heute Abend? Es sieht ja ganz so aus.«

»Ja.« Alex schaute sich um. Von Marcus war noch nichts zu sehen, obwohl sie extra darauf geachtet hatte, Lucys

Cottage erst fünfzehn Minuten nach der verabredeten Zeit zu verlassen. »Abendessen mit Marcus.«

»Das ist ja ein toller Bursche«, meinte Eddie schmunzelnd. »Wir haben uns halb tot gelacht gestern Abend. Bis zu dem Augenblick, wo er merkte, dass Sie nach Hause gegangen waren, da schien er sich dann ein bisschen leidzutun. Am Ende habe ich ihn und Buoy bei Ihnen abgesetzt. Hatte ein bisschen Sorge, dass er von der Treppe stürzen könnte, sodass ich ihn wenigstens noch hochgebracht habe.«

»Danke, Eddie«, sagte Alex, erfreut, dass Marcus sich offenbar Gedanken um sie gemacht hatte.

»Keine Ursache, Liebes, er will doch bald heiraten, nicht wahr? Kann ja nicht zulassen, dass sich der Bräutigam ein paar Wochen vor der Hochzeit den Hals bricht.«

Die Pubtür ging auf, und Alex sah auf und erwartete den endlich einlaufenden Marcus. Stattdessen war es Cordelia mit Ruan im Schlepptau.

»Das ist aber ganz schön viel Lippenstift«, meinte Cordelia, als sie sich neben Alex an den Tresen setzte. »Irgendwelchen unschuldigen Opfern an die Gurgel gegangen?«

»Cordy«, mahnte Ruan und suchte in seinen Taschen, vermutlich nach Kleingeld. »Von einem Mädchen, das genug Eyeliner drauf hat, um sich für die Hauptrolle in *Nacht der Lebenden Toten* zu qualifizieren, ist das schon ein bisschen heftig.«

»Es ist ganz schön viel«, räumte Alex ein, deren Lippen sich klebrig und fremd anfühlten, während sie gleichzeitig darüber nachsann, warum Frauen es für nötig hielten, ihre Gesichter anzumalen. »Ich dachte, ich probier es mal aus, aber es fühlt sich komisch an, wissen Sie, als hätte jemand meine Lippen mit Pritt zusammengeklebt.«

Cordelia schien das ungeheuer lustig zu finden, und sogar Ruan lächelte.

»Trinkst du etwas?« Er sah sie nun zum ersten Mal an und legte den Kopf ein wenig zur Seite. »Wow, das ist wirklich rot. Das ist das roteste Rot, das ich je gesehen habe.«

»Sieht es furchtbar aus?«, fragte ihn Alex und zog ihren Mantel enger um sich.

»Nicht furchtbar«, sagte Ruan. »Du siehst nur anders aus, das ist alles.«

»Wie eine Vampir-Serienkiller-Schlampe«, fügte Cordelia hinzu.

»Ich nehme ein großes Glas Wein bitte.« Während Ruan weiter ihr jüngst verschöntes Gesicht betrachtete, spürte Alex auf einmal, wie ihr siedend heiß wurde. Vom Hocker rutschend, stand sie auf, ließ Lucy's Webpelzmantel von den Schultern gleiten und hängte ihn sorgfältig über den Stuhl.

»Ich zieh das mal lieber aus«, sagte sie. »Sonst hab ich ja gar nichts davon.«

Als sie wieder aufsah, blickte sie in drei baffe Gesichter.

»Was?« Alex blickte an sich hinunter. »Ist was aufgeplatzt?«

»Fast, würde ich sagen«, sagte Cordelia. »Jetzt zeigen Sie's uns aber.«

Alex wusste sofort, was sie meinte. Bei Lucy daheim hatten die aus dem rechteckigen Dekolleté schwellenden milchweißen Halbmonde ihrer Brüste nicht so entblößt gewirkt. Nun jedoch schienen sie völlig frei zu liegen, und wenn sie es sich überlegte, dachte Alex, dann hatte sie das letzte und einzige Mal außer Haus so viel Haut gezeigt, als sie noch ein winziges Baby war und es jemand für eine gute Idee gehalten hatte, sie nackt auf einer Wolldecke zu fotografieren.

»Sehe ich furchtbar aus?«, fragte Alex besorgt. »Soll ich nach Hause gehen und mich umziehen?«

»Nein, nein, Sie sehen großartig aus«, sagte Eddie und beschäftigte sich, indem er aus keinem ersichtlichen Grund eine Menge Eiswürfel in ein Glas füllte. »Sie sind eine Wucht, Schätzchen.«

»Ich wünschte, ich hätte so ein Dekolleté«, sagte Cordelia, und linste unverfroren in Alex' Ausschnitt. »Haben Sie das ausgestopft oder ist das alles echt?«

»Es ist, ähm, alles echt«, sagte Alex und merkte plötzlich, dass Ruan sein Bestes tat, um nicht zu ihr herübersehen zu müssen.

Scham und Entsetzen überwältigten sie, als sie begriff, was für eine Närrin sie aus sich gemacht hatte, sich in ein Kleid zu zwängen, das ihr eigentlich gar nicht passte, und ihr Gesicht mit Schminke zuzukleistern …

»Oh Gott«, stöhnte sie. »Ich sehe aus wie ein Verschnitt zwischen Nutte und Clown, oder? Und ich wollte bloß weiblich wirken.«

Alex griff nach dem Glas Wein, das Eddie ihr hingestellt hatte, und leerte es in einem Zug. »Lucy meinte, ich soll dezenter sein und weniger Make-up tragen. Aber nein, ich immer nur: ›Ich will ein Kleid anziehen, und ich nehme das, in dem ich wie eine Hure aussehe!‹«

»Du siehst nicht wie eine Hure aus«, widersprach Ruan

und hütete sich davor, ihr in die Augen zu sehen. »Du siehst … umwerfend aus.«

»Da bin ich!«, kündigte Marcus sich an, als er schwungvoll die Türe aufstieß. »Ich wollte mich nicht verspäten, dachte, ich mach einen Mittagsschlaf, und dann … Wow! Alex, ist ja nicht zu fassen! Mensch, du siehst ja toll aus.«

»Wirklich?«, fragte Alex unsicher, lächelte unmerklich und fühlte sich ein klein wenig besser. »Meinst du nicht, dass ich es ein bisschen übertrieben habe für ein Abendessen mit 'nem alten Kumpel? Es ist nämlich ein Experiment. Ich experimentiere gerade mit einem neuen Look.«

Alex wand sich, während sie auf Marcus' Antwort wartete. Normalerweise sah er ihr immer direkt ins Gesicht. An diesem Abend jedoch rutschte sein Blick mehrere Zoll weiter nach Süden.

»Tolles Resultat«, meinte er und nickte mehrmals, um dem Nachdruck zu verleihen. »Wirklich, echt tolles Resultat. Ähm, hör mal, der Tisch war für vor fünf Minuten reserviert. Ich geh noch mal schnell auf die Toilette, dann sausen wir rüber, ja?«

»Oh, okay«, meinte Alex und wartete immer noch darauf, dass er ihren Lippenstift bemerkte. »Ja, nur glaub ich nicht, dass ich mit diesen Schuhen irgendwo hinsausen kann … wenn man sie denn als Schuhe bezeichnen kann, denn sie taugen nicht als solche.« Doch Marcus war schon weg, ehe sie ihren Satz beendet hatte.

»Ich glaube, den haben Sie überzeugt«, meinte Cordelia. »Der rote Yeti ist definitiv scharf auf Sie. Oder jedenfalls auf Teile von Ihnen.«

»Wir sind nur Freunde«, beteuerte Alex, obwohl jeder

sehen konnte: falls Marcus in den letzten fünfundzwanzig Jahren nicht bemerkt hatte, dass sie eine Frau war, dann würde das nicht mehr lange so bleiben.

»Ich gehe nach Hause.« Ruan stand plötzlich auf, sein Getränk stand noch unberührt auf dem Tresen.

»Was?«, protestierte Cordelia. »Du hast doch gesagt, wir machen heute ein bisschen auf Brüderlein und Schwesterlein, vor Sues sogenannter geheimer Generalprobe!«

»Ich weiß. Mir ist nur eben eingefallen … Schreibkram, muss ich heute Abend noch erledigen«, sagte Ruan. Neben Alex zögerte er, verweilte kurz, ohne sie anzusehen.

»Du siehst nicht aus wie ein Clown«, sagte er. »Sondern wunderschön. Aber du brauchst nicht all die Farbe im Gesicht oder das Kleid, um schön zu sein. Du bist schön, egal was du anhast. Bis später, und Alex … pass auf dich auf.«

»Hoppla.« Cordelia zog, während sie ihrem Bruder nachsah, pfeifend die Luft ein, ehe sie ihre Aufmerksamkeit wieder Alex zuwandte.

»Haben Sie es auf ihn abgesehen, haben Sie's auf Ruan abgesehen?«, fragte sie Alex, die von Ruans Worten immer noch erschüttert war. Nie hatte jemand so etwas zu ihr gesagt.

»Nein«, sagte Alex. »Wir verstehen uns nur ganz gut, sind gute Bekannte, Freunde.«

»Freunde? Sie scheinen ja eine Menge männliche Freunde zu haben.« Cordelia war misstrauisch. »Außerdem hab ich ihn nie jemand angucken sehen, wie er Sie gerade angeguckt hat, nicht mehr seit …« Cordelia kippte ihren Wein hinunter und stand abrupt auf. »Ich warne Sie, halten Sie sich von ihm fern, okay? Vielleicht glaubt er ja, er ist bereit, aber das ist er nicht. Er wird nie eine Frau lieben, wie er Merryn geliebt hat, verstehen Sie? Also lassen Sie ihn in Ruhe.«

»Aber ich …« Spontan knickte Alex auf einem von Lucys Schuhen um, sodass sie zur Seite kippte, was ihr eine Art Glöckner-von-Notre-Dame-Haltung verlieh, während Cordelia ihrem Bruder hinterherstürzte.

»Sie wissen aber, wie man einen Saal räumt, was?«, meinte Eddie.

»Ich habe es nicht auf Ruan abgesehen«, sagte Alex und zog den Mantel wieder an, weil ihr das einfach sicherer erschien. »Ich weiß nicht, wo sie das herhat.«

»Ach, machen Sie sich wegen Cordy keinen Kopf. Ruan ist in vieler Hinsicht alles, was sie noch hat, und sie hält sich für sehr viel taffer, als sie tatsächlich ist. Nach Merryn musste Cordelia versuchen, für ihn da zu sein. Keine Frau wird je gut genug sein, um Merryn zu ersetzen.« Eddie lächelte Alex an und senkte ein wenig die Stimme. »Ich bin mir nicht sicher, ob Ruan das genauso sieht, wenigstens nicht, wenn es um Sie geht.«

»Er wollte nur nett sein«, insistierte Alex. »Wie ein großer Bruder.«

»Sie hatten nie Brüder, was?« Eddie lächelte. »Hören Sie, Ruan hat noch nie in seinem ganzen Leben etwas einfach nur so gesagt. Ich bin nicht Cordelia, gewiss. Aber ich sage Ihnen, Alex, lassen Sie diesen jungen Mann nicht in dem Glauben, er hätte eine Chance bei Ihnen, wenn er keine hat. Sonst haben Sie's nicht nur mit Cordelia zu tun. Keiner von uns will erleben, dass er noch mal verletzt wird.

»Ich gehe mit Marcus essen!«, rief Alex genau in dem

Moment aus, als Marcus zurückkam und sich, um den Tresen herumstolzierend, den Hosenschlitz zuknöpfte.

»Alex Munro«, sagte er, während er sie taxierte, »Wer hätte gedacht, dass du so'n richtig scharfer Hase bist?«

Irgendwie wunderte sich Alex, warum in aller Welt Marcus Poldores einziges italienisches Kettenrestaurant ausgesucht hatte, in einer Stadt voller Spitzenlokale, die frisches Essen so gut wie irgendwer irgendwo sonst zubereiteten. Der Laden am Kai zum Beispiel hatte beinahe einen Michelin-Stern bekommen, hatte Sue ihr einmal erzählt, als ob der knapp entgangene Stern fast genauso gut sei wie ein wirklicher. Marcus jedoch hatte sich den einzigen Ort ausgesucht, von dem er wusste, dass das Speisenangebot von Land's End bis nach John O'Groats dasselbe sein würde, und Alex wäre nicht überrascht gewesen, hätte es auch dort eine Filiale davon gegeben.

»Eine Große mit Peperoni, Schätzchen, und ein Bier, prost«, meinte Marcus zur Kellnerin, sobald sie die plastikverschweißte Speisekarte brachte. Erwartungsvoll blickte er auf Alex.

»Ich hab mich noch nicht entschieden.« Sie lachte.

»Du nimmst eine Margarita und Knoblauchbrot«, sagte er zu ihr. »Machst du doch immer.«

»Sie sollten bei *Mr and Mrs* teilnehmen«, meinte die Kellnerin, sofort viel zu anbiedernd, wie Alex fand. »Sie kennen sich so gut! Schon lange zusammen?«

»Oh, wir sind nicht …«, wollte Alex erklären, doch Marcus übertönte sie.

»Sandkastenliebe«, meint er, streckte den Arm aus und

ergriff Alex' Hand. »Ich bin der glücklichste Mann auf Erden.«

»Ich nehme den Caesar-Salat«, sagte Alex gereizt und zog ihre Hand zurück. »Und ein Glas vom weißen Hauswein.«

»Du hast dich verändert«, meinte Marcus, als Alex ihm unbehaglich gegenübersaß. Sie hatte versucht, die Speisekarte als eine Art Keuschheitsschild zurückzubehalten, um ihr Dekolleté zu verbergen, dessen sie sich im Grunde nicht bewusst gewesen war, bis Cordelia sie darauf hinwies. Aber die Kellnerin hatte sie mitgenommen, sodass sie sich stattdessen die Stoffserviette auf den Schoß legte und die obere Ecke so weit wie möglich nach oben zog, was nicht wirklich half.

»Alles verändert sich«, sagte Alex. Sie war nervös, alles machte sie an diesem Abend nervös. Etwa die Art, wie Marcus sie ansah, die ganz und gar nicht so unbekümmert und unbeschwert war wie sonst. Seine normalerweise sorglosen blauen Augen wirkten plötzlich intensiv und irgendwie entschlossen und so, wie Alex es aus all den Jahren, die sie ihn kannte, nicht gewohnt war. Wenigstens nicht in Bezug auf sie, denn mit einem jähen beängstigenden Kitzel erinnerte sie sich plötzlich, wann sie dieses quasi raubtierhafte Verhalten bei Marcus schon erlebt hatte. Nämlich immer dann, wenn er jemanden aufreißen wollte.

Nun würde es also endlich passieren, dachte Alex. Nach all den Jahren, einem Leben voller Sehnsucht, war der Moment gekommen. Marcus nahm sie endlich so wahr, wie sie es sich immer gewünscht hatte, und Alex war sich ziemlich sicher, dass diese Nacht durchaus die Nacht werden konnte, in der ihr Traum endlich wahr wurde. Marcus begehrte sie.

Und plötzlich war sie wie versteinert, ja, nicht nur das. Sobald Alex begriff, dass sich die Erfüllung ihres Traums in Reichweite befand, war sie, die sich so sicher gewesen war, dass Marcus der Richtige sei, nun völlig und absolut überzeugt, dass dies überhaupt keine gute Idee war. Tatsächlich erschien es ihr sogar als die schlechtestmögliche Idee in der Geschichte der schlechten Ideen.

Das sind nur die Nerven, sagte sie sich – während Marcus von einem Iron-Man-Wettbewerb redete, an dem er im neuen Jahr teilnehmen wollte –, und sie nickte und lächelte.

Das ist so was wie Lampenfieber, vorhochzeitliches Lampenfieber. Klar, du machst dir Sorgen, dass es nicht klappt, weil du es noch nie gemacht hast. Aber es wird schon klappen. Das ist schließlich Marcus, der nicht nur plötzlich echt auf dich steht, er ist auch dein bester Kumpel. Der Typ, der immer für dich da war. Das muss doch wunderbar sein, muss ein wunderbarer erster Kuss werden. Und danach vielleicht eine wunderbare erotische Berührung, und dann vielleicht sogar echter … Sex.

Alex leerte ihr Glas in einem Zug und bestellte sich ein zweites.

»Jetzt erzähl mal von dir«, sagte Marcus und beugte sich nach vorn, den Blick, scheinbar, auf ihre rot geschminkten Lippen geheftet.

»Was denn?« Alex runzelte die Stirn. »Du weißt doch alles, was es über mich zu wissen gibt.«

»Das dachte ich«, sagte Marcus. »Ich dachte, ich kenne dich, aber ich hab mich getäuscht. Ich hatte ja keine Ahnung, dass du jemand bist, der einfach den Brocken hinwirft und allein ein neues Leben beginnt. Ich hab nie geahnt, dass du so mutig bist, mutiger als ich. Nie im Leben wär mir eingefallen, Grangemouth den Rücken zu kehren. Ich bin immer davon ausgegangen, dass ich dort bleibe, heirate, Kinder kriege und auch dort sterbe, wahrscheinlich an einer alkoholbedingten Herzkrankheit. Aber du, du bist einfach aufgestanden und hast dein Leben in die Hand genommen, und sieh dich an. Du bist völlig … verwandelt.«

»Verwandelt?« Alex lächelte, das war kein Ausdruck, den sie von Marcus kannte.

»Ja, wie ein Schmetterling oder so was«, sagte Marcus und erwärmte sich für sein Thema. »Und dich so zu sehen, das hat mich nachdenklich gemacht, das stellt alles in Frage, Alex.«

»Ach ja?«, fragte Alex und bestellte per Handzeichen ein weiteres Glas Wein.

»Soll ich Ihnen eine Flasche bringen?«, fragte die Kellnerin. »Das ist viel billiger, so wie sie den runterkippen.«

»Oh ja, eine Flasche, ja.« Alex nickte. Ihre schützende Serviette glitt zu Boden. Und als sie sich hinunterbeugen wollte, um sie aufzuheben, kam Marcus ihr zuvor, und es kam zu einem langen entsetzlichen Augenblick, in dem seine Nase mehr oder weniger in ihrem Dekolleté steckte. Die Art, wie er sie ansah, nachdem er sich endlich wieder erhob und ihr die Serviette zurückreichte, erweckte in Alex den Wunsch, zur Tür zu laufen und in einen bis unters Kinn zugeknöpften Flanellpyjama zu schlüpfen.

Sie griff nach der Serviette und musste ein klein wenig zerren, um sie ihm zu entreißen.

»Ach, Alex …«, sagte er, gerade als das Essen kam.

»Ah, gut, ich bin am Verhungern«, meinte Alex, starrte auf ihren Salat und wünschte sich, es wäre eine Pizza. »Ich glaube, ich springe noch mal schnell zur Toilette, ehe ich anfange.«

Sehr schnell wurde Alex sehr klar, dass sie nirgends hinspringen würde, außer vielleicht aus dem Oberteil ihres Kleides. Sie konnte in Lucys Schuhen nicht gehen, das war das Erste, aber nach der beträchtlichen Weinmenge war alles noch viel schlimmer. Eine Ewigkeit, so schien ihr, musste sie warten, bis die Welt sich wieder um die eigene Achse herum aufrichtete, doch wenn sie nur versuchte, einen Schritt zu tun, neigte sie sich und kippte schon wieder. Rasch blickte sie noch einmal zu Marcus zurück, der sich zum Glück mit dem üblichen Appetit auf sein Essen konzentrierte, zog unter einem Nachbartisch die Schuhe aus und schaffte es, auf flachen Füßen in die Toilette zu gelangen.

»Hallo?«, antwortete Lucy gleich nach dem ersten Läuten.

»Er steht total auf mich«, sagte Alex. »Und ich weiß nicht, was ich tun soll!«

»Langsam, warte mal.« Lucys Stimme klang völlig ruhig und gelassen. Alex wäre am liebsten sofort zu ihr gegangen, um sich mit einem kalten Waschlappen auf der Stirn zwanzig Minuten hinzusetzen, während Lucy ihr sagte, was sie tun sollte, nur fürchtete sie eben doch, dass das diesen besonderen Moment mit Marcus ein wenig ruinieren könnte.

»Woher weißt du, dass er auf dich steht? Was meinst du damit, wenn du sagst, er steht auf dich?«

»Ich meine damit, dass er auf mich steht, also, in sexueller Hinsicht«, zischte Alex in ihr Handy, während sie sich übers Waschbecken beugte. »Und ich weiß es, weil er mich unaufhörlich anglotzt, als wäre ich ein leckerer Kuchen.«

»Oh, okay. Und wie geht's dir dabei?«, fragte Lucy. »Ich meine, bist du bereit?«

»Selbstverständlich bin ich mehr als bereit, Lucy«, rief Alex aus. »Ich bin achtundzwanzig! Und Marcus ist die Liebe meines Lebens. Ich liebe ihn, und er ist scharf auf mich, nur dass …«

»Was?«

»Ich weiß nicht. Ich weiß nicht, was es ist. Ich meine, ich will es ja, ich weiß, dass ich es will. Ich habe es immer gewollt. Aber diese grauenhafte Übelkeit, dieses übelkeitserregende Grauen, das ich davor habe, das sind nur die Nerven, oder?«

»Oder zu viel Wein auf leeren Magen.« Lucy klang ein wenig besorgt. »Pass auf, Alex, hörst du mir zu?«

»Ja«, erwiderte Alex, richtete sich auf und sah in den Spiegel. Von ihrem roten Lippenstift war jetzt nur noch ein Hauch zu erkennen, doch sie sah, fand sie, noch immer passabel aus. Weiblich, sexy, wie eine weibliche, sexy, echte Frau, die ohne weiteres Liebe machen konnte, und es würde gar nichts Besonderes sein, es war ja nur Sex.

»Alex, diese Gelegenheit hast du nur einmal«, sagte Lucy. »Du kannst dein erstes Mal nur einmal erleben. Ich weiß, dass du lange darauf gewartet hast, ich weiß, aber bitte, meine Liebe, bitte, du solltest dir sicher sein. Denn dieser Moment wird nicht wiederkommen, aber auch eine Enttäuschung ist nicht das Ende der Welt, letztlich wirst du drüber wegkommen. Richtig übel allerdings wird es, wenn der, den du dir dafür aussuchst, dich am Ende verletzt, und ich will nicht, dass dir das passiert, okay. Ich will nur, dass du dir sicher bist. Es hat doch keine Eile, ein paar Wochen hin oder her ändern doch nichts.«

»Es hat keine Eile«, wiederholte Alex, ehe sie noch hinzufügte, »Oh mein Gott, ich muss unbedingt nüchtern werden, wenn ich mit ihm schlafen will.«

»Alex, schon vergessen, was ich gesagt habe?«, wiederholte Lucy. »Es gibt keine Eile.«

»Nein, es hat keine Eile, nur dass ich um drei Uhr früh die Jungfrau Maria spielen muss.«

Alex legte auf und atmete tief durch. Der durch zu viele, zu rasch getrunkene Gläser Wein bewirkte Schwips hatte sie ein wenig gedämpft. Sie musste jetzt nur noch an ihren Tisch zurückkehren, den deprimierenden Salat, viel Brot und vielleicht auch noch einen Cheesecake essen und jede Menge Wasser trinken, dann ging es ihr wieder prima. Es war wirklich eine Schande, dass sie diese Formstrumpfhose anhatte.

Als Alex die Tür öffnete, lehnte Marcus an der rot getünchten Wand und wartete auf sie.

»Du warst lange da drinnen«, sagte er. »Ich hab mir Sorgen gemacht. So wie *du* den Wein runtergekippt hast!« Er grinste. »Dein Salat wird kalt.«

»Alles bestens bei mir«, meinte Alex. »Du hättest ohne mich anfangen sollen.«

»Oh, hab ich, und ich hab auch ohne dich aufgegessen.«

»Oh, dann komm jetzt. Ich glaube, ich esse doch noch ein Knoblauchbrot.«

»Alex.« Marcus fasste sie beschwichtigend am Arm. »Ich fühle mich komisch.«

»Vielleicht waren die Peperoni schlecht«, sagte Alex.

»Das meine ich nicht, und das weißt du auch«, sagte Marcus. »Als du weggegangen bist, dachte ich, das ist in Ordnung für mich. Ich dachte, gut für Alex, und ich heirate schließlich. Und ich sehe dich Weihnachten, du weißt schon? Ich hab nicht kapiert, was für Auswirkungen es auf mich haben würde, nicht mehr mit dir zusammen zu sein.«

»Na ja, du hast ja jetzt Milly«, meinte Alex. »Und kannst so viel mit ihr zusammen sein, wie du nur willst. Die ganze Zeit. Und in alle Ewigkeit.«

»Ich weiß«, sagte Marcus. »Und Milly ist ein tolles Mädchen, ist sexy und ein netter Kerl. Aber sie bringt mich nicht zum Lachen, so wie du. Versteh mich nicht falsch, sie lacht über meine Witze, sie findet mich umwerfend komisch, aber sie bringt mich nicht zum Lachen, dass ich mir den Bauch halten muss, so wie du.«

»Weil sie sich halt auch nicht zu allem möglichen Blödsinn überreden lässt«, sagte Alex und wagte ihm in die Augen zu blicken.

»Jetzt hab ich dich wiedergesehen, und du bist anders. Ich meine nicht, wie du heute Abend aussiehst – obwohl, wie du heute aussiehst, wahrscheinlich gesetzlich verboten sein müsste. Ich meine, wie du jetzt bist, wie du jetzt in dir ruhst. Du siehst glücklich aus, zufrieden.«

»Das bin ich auch«, sagte Alex. »Oder war es zumindest, bis du aufgekreuzt bist und mich erinnert hast.«

»An was denn erinnert?«, fragte Marcus.

»Weißt du das wirklich nicht?«, fragte Alex vorsichtig und leise. »Bei deiner Verlobungsparty? Was ich da zu dir gesagt habe?«

»Nein«, gestand Marcus. »Ich war hackedicht.«

»Marcus.« Alex schüttelte den Kopf. »Ich bin doch nicht nur hier runtergezogen, weil ich mich mit Dad wegen seiner Affäre mit Mrs O'Dowd verkracht habe. Sondern auch, weil ich, Alex Munro, dir, Marcus Duffy, in der Nacht deiner Verlobung erzählt habe, dass ich dich liebe. Dass ich dich immer geliebt habe, und dass du Milly nicht heiraten sollst, sondern mich. Es hat mich allen Mut gekostet, den ich nur hatte, das zu dir zu sagen, und du erinnerst dich nicht mal daran?«

Auf bestrumpften Füßen kehrtmachend steuerte Alex ins Restaurant zurück, mit dem Gefühl, dass sie dieses Gespräch nicht vor der Toilette führen wollte, und mit Tränen in den Augen, als sie sich an die Demütigung durch Marcus erinnerte, der sie wie eine lästige kleine Schwester fortgejagt hatte.

Sie kehrte an den Tisch zurück, griff, als sie merkte, dass ihr der Salat zu viel war, nach einem Brötchen und schob es sich in den Mund, holte Lucys Schuhe unter dem Tisch hervor und marschierte zur Türe hinaus … und Marcus folgte ihr auf dem Fuße. Alex war sich nicht sicher, was schlimmer war, die eiskalten Pflastersteine unter den Füßen oder die Aussicht, noch einmal in die Schuhe zu schlüpfen. Die glatte, feuchte Kälte unter ihren brennenden Fußsohlen trug, während sie die Kaimauer ansteuerte, den Sieg davon. Die Straßen waren belebt, voller Nachtschwärmer, die den Freitagabend genossen. Auf einigen Köpfen wippten Weihnachtsmützen, Mädchen in knappen Fähnchen standen vor Bars, und die bunten, über enge Gassen gespannten Lämpchen schwangen im Wind, während man durch sich öffnende und wieder zufallende Türen Musikfetzen von Slade hören konnte.

»Alex!« Marcus holte sie ein, als sie gerade auf den Marktplatz bog und der Weihnachtsbaum ihr Gesicht in einen Regenbogen aus Licht tauchte.

Alex hielt inne und setzte sich auf eine Bank vis-à-vis des Baums, auf deren anderem Ende ein Pärchen sich heftig küsste. Alex beobachtete sie eine Weile. Bei denen schien das alles so natürlich. So unkompliziert, dass sie sich auch an einem sehr öffentlichen Ort – und ohne lange zu fackeln – zeigen konnten, wie sehr sie sich mochten.

»Es tut mir leid«, sagte Marcus und setzte sich neben sie. «Es tut mir wirklich leid, dass ich das nicht gehört habe. Obwohl ich es vielleicht, in gewisser Weise doch gehört habe. Denn danach bist du gegangen, und du hast mir gefehlt, und ich wusste, dass alles verkorkst war, weil es zwischen uns nicht mehr stimmte.«

»Ach ja«, sagte Alex. »Das spielt ja jetzt wohl keine Rolle mehr, oder? Ich bin hier unten, und im Grunde bin ich auch glücklich. Es gefällt mir. Und du wirst Milly heiraten und sieben Kinder haben, und ich werde ihre coole Tante sein.«

»Ich bin ein Idiot.« Marcus nahm ihre Hand in seine, drehte sie um und küsste ihre Handfläche. Das war eine so unerwartet süße Geste und so romantisch, dass es Alex den Atem verschlug.

»Ich dachte, ich weiß, was ich will, Alex«, sagte Marcus. »Aber dieser Besuch hat alles durcheinandergebracht, und ich weiß es nicht mehr. Ich weiß nicht, was richtig ist. Ich weiß nur eins: dass ich dich jetzt sofort küssen will.«

Alex hatte gar keine Chance zu reagieren, da drückte Marcus schon seine Lippen auf ihren Mund, schlang ihr den Arm um die Taille und presste sich an sie. Von irgendwoher konnte Alex einen Chor begeisterter Partygänger *Hört den Sang vom Himmel her, dada, dada, König Ehr* singen hören. Sie hörte die Rufe einer Teenagergruppe am anderen Ende des Platzes und konnte hinter ihren geschlossenen Lidern das blendende Licht des Sterns auf der Spitze des Baums erahnen.

Was tust du denn da?, dachte sie verärgert, während Marcus' Zunge begeistert ihren Mund erforschte. Das ist Marcus, der dich endlich küsst, und du versuchst dich an den Text eines Weihnachtslieds zu erinnern? Konzentrier dich! Vergiss den Text.

Alex überließ sich dem Kuss und spürte, wie Marcus' Finger ihre Taille fester umspannten. Zögernd ließ sie ihre Finger nach oben wandern und erwiderte den Kuss, was seine Leidenschaft nur noch mehr anzufachen schien, da die Hand, die ihrem Schenkel umklammert hielt, plötzlich den Weg zu ihren Busen hinauf fand.

»Oh«, sagte Alex und unterbrach den Kuss, als Marcus' Finger sich um ihr weiches Fleisch schlossen. »Ähm, bisschen öffentlich hier …«

»Sorry, klar.«

Alex wartete, und nach kurzem Zögern nahm Marcus die Hand weg. »Hör mal, es sind noch ein paar Stunden bis zu deiner Generalprobe, oder?« Alex nickte und wartete immer noch darauf, dass ihr Herz bei alledem hinterherkam. »Sollen wir zurück zum Cottage fahren? Wo es nicht so öffentlich ist?«

Alex nickte. Das war es nun, das war es. Der Moment war gekommen.

Als sie aufstanden und händchenhaltend Richtung Boot steuerten, spürte sie ein Kribbeln im Nacken und drehte sich um, in der Erwartung, jemanden zu entdecken, der sie beobachtete. Aber da war niemand. Niemand außer einer einsamen finsteren Gestalt, die, die Hände in den Taschen vergraben, eilig auf Castle House zustrebte. Doch nun war nicht die Zeit, über den Kerl nachzudenken, dachte Alex bei sich. Endlich war es soweit. Heute Nacht war die Nacht der Nächte, und wenn alles nach Plan lief, würde sie, wenn sie in ihr Jungfrauenkostüm schlüpfte, nicht mehr so ganz dem Rollentypus entsprechen.

15

Buoy war ganz und gar nicht erpicht auf die Vorstellung, dass Alex Sex hatte.

Sobald sie die Schwelle überschritten hatten, hatte Marcus sie aufs Neue gepackt, um sie, die Hüften an ihre gepresst, gleich im Stehen zu küssen, und Buoy fand das ganz und gar nicht amüsant, sondern knurrte sprungbereit, als könnte er tatsächlich einen Satz vollführen.

»Mörder aus Leidenschaft«, lachte Marcus, seinen Griff um Alex nur kurzzeitig lockernd. »Wir werden ihn rausschicken müssen.«

»Oh.« Alex biss sich auf die Lippe. »Draußen ist es kalt. Das können wir ihm nicht antun.«

»Aber wenn wir hochgehen, wird er mitkommen!«, sagte Marcus. »Und ich will *dich* streicheln, nicht einen Hund.«

»Wir könnten ja auch einen Tee trinken?«, schlug Alex vor, während sie innerlich aufjaulte.

»Tee? Was redest du da?« Marcus küsste sie erneut, und Alex registrierte, dass er es mit Gusto tat, genauso wie auch alles andere in seinem Leben. Es gab keine unterschiedlichen Stufen oder Geschwindigkeiten. Es war entweder KÜSSEN oder NICHT KÜSSEN. Man musste ihm geradezu applaudieren für seinen Einsatz. »Nein, komm, du gehst hoch, und ich richte eine Barriere auf, um ihn hier unten festzuhalten.« Alex warf einen letzten Blick auf Buoy, ehe sie die Treppe hinaufstieg, hörte, während sie ins Schlafzimmer trat, noch mehrere Schläge und Gebell und fragte sich, ob sie nicht zum Fenster hinausklettern sollte. Es gab so viele Gründe, dies lieber nicht durchzuziehen – etwa die arme Milly, die Marcus vertraute und wahrscheinlich auch jetzt noch irgendwo rumsaß und Brautkleider anguckte, oder ihr Vater, der ihr eingeschärft hatte, bei wichtigen Entscheidungen stets auf ihren Instinkt zu vertrauen; einfach nur einen Moment innezuhalten und nachzudenken, dann wusste man schon, was richtig war. Doch Alex wollte nicht innehalten. Alex hatte das Gefühl, als sei ihr ganzes Leben bis zu diesem Augenblick nur ein einziger gewaltiger Stillstand gewesen und als habe sie jetzt die Chance, und vielleicht die einzige, um selbst ein neues Kapitel zu schreiben.

Jetzt oder nie, hieß die Devise, und Nachdenken, war so ungefähr das Letzte, was jetzt gefragt war.

»So«, sagte der im Türrahmen stehende Marcus. »Ich hab ihn unter Kontrolle.«

Alex schwieg, denn sie wusste: wenn sie jetzt den Mund aufmachte, würde sie nur lachen wie eine Irre, was ihr nicht so besonders sexy erschien.

»Na, komm her, du«, sagte Marcus. »Ziehen wir dir doch mal diesen Fetzen aus.«

»Marcus«, sagte Alex und stoppte ihn, als er ihr über die Schulter fasste, um nach einem Reißverschluss zu suchen. »Ich bin ein bisschen … nervös.«

»Ich auch«, sagte Marcus, als er den Reißverschluss gefunden hatte und ihn mit einer einzigen raschen Bewegung aufzog. Er trat zurück und schaute sie an. »Mach du weiter.«

Ihr Herz hämmerte. Alex streifte sich das Kleid ab, erst eine Schulter, dann die andere und ließ es auf die Fußknöchel und zu Boden gleiten.

»Alex.« Marcus sah sie an, wie sie da stand in ihrem BH und der Strumpfhose mit dem formenden Höschenteil. Rasch zog er sich das Hemd über den Kopf, ohne sich die Mühe zu machen, es aufzuknöpfen, und entblößte seinen Waschbrettbauch und die muskulösen Arme. »Ich liebe dieses Spiel. Du bist dran.« Er verschränkte die Arme und wartete.

Alex biss sich auf die Lippe, als sie die Daumen ins Höschen ihrer Strumpfhose schob und sie nach unten zerrte, wobei sie ein wenig zu kämpfen musste, um sie über die Füße zu kriegen. Marcus schien das jedoch nicht zu kümmern und, während sie in ihrer Unterwäsche vor ihm stand, taxierte er sie von Kopf bis Fuß. Es musste einen passenden Moment geben, einen, der nun wirklich bald kam, in dem sie ihm sagen konnte, dass sie eigentlich noch nie richtig mit einem Mann geschlafen hatte, sodass er Bescheid wusste und sich nicht zu viel erwartete, aber wann war es soweit? Jetzt, bevor sie ihren BH auszog oder danach?

»Oh Gott, Alex«, sagte Marcus und zog seine Hose aus, »Du siehst ja so toll aus.«

»Marcus, da wäre nur …« Alex versuchte, die richtigen Wort zu finden.

»BH.« Marcus sprach das Wort nur mit Mühe aus, und Alex begriff, dass er wahrscheinlich nicht in Stimmung war, jetzt viele Worte zu machen. Vielleicht musste sie es ihm nicht erzählen, vielleicht spielte es ja gar keine Rolle, vielleicht konnte sie es einfach durchziehen, und er würde es gar nicht mitkriegen, und dann war's erledigt, und fertig, aus. »Und jetzt BH runter, los.«

Wahrscheinlich sollte sie sich viel sexier fühlen, dachte Alex, als sie es in diesem Moment tat, wo sie nach hinten griff und ihren BH aufhakte. So wie Marcus sie anschaute, eindeutig hingerissen und voller Verlangen, hätte sie sich fühlen müssen wie eine allmächtige Sirene, unbesiegbar und unwiderstehlich. Stattdessen nagte da etwas in ihrem Hinterkopf, das ihr keine Ruhe ließ. Und es war nicht nur der Gedanke an die arme Milly, Marcus' eigentliche Freundin, die in Schottland auf ihn wartete.

Langsam schob sie die Träger von den Schultern, und dann, während sie noch immer die Körbchen vor ihre Brüste hielt, wurde ihr klar, worin das Problem bestand.

»Marcus, was soll danach passieren?«, fragte sie ihn.

»Wie meinst du das?«, fragte Marcus zurück und blinzelte, als erwache er schlagartig aus einer Trance. »Ist nicht gerade der passende Moment für solche Gespräche, Alex, obwohl du für deinen Striptease Preise gewinnen könntest. Ich weiß nicht, eine Tasse Tee, vielleicht ein Nickerchen. Oh, und ein bisschen Kuscheln.«

»Nein, ich meine nicht gleich danach«, sagte Alex etwas entnervt. »Ich meine, mit uns beiden. Wir tun das heute Nacht, und was kommt danach? Wann willst du es Milly erzählen? Wo sollen wir leben? Willst du, dass ich nach Grangemouth zurückkomme? Oder könntest du dir auch vorstellen, hier zu leben?«

Und plötzlich änderte sich alles.

»Darüber habe ich eigentlich noch gar nicht nachgedacht«, sagte Marcus. »Ich dachte nur an uns beide und heute Abend. Und diesen Moment.« Er lächelte, und sein Lächeln war so süß und jungenhaft. Er sah genauso aus wie damals, als er ihr seine irrwitzigen Streiche vorschlug, mit denen er sie unweigerlich und furchtbar in die Bredouille brachte.

»Aber du würdest es Milly doch sagen, oder?«, fragte Alex. »Ich weiß, sie wird wütend sein, aber es ist doch besser für sie, früher Bescheid zu wissen als später. Und es würde doch bedeuten, dass wir zwei endlich zusammen sind, oder? Dass es mit uns beiden endlich anfängt, nicht wahr?«

Marcus blickte verlegen. »Ich weiß nicht, Alex«, meinte er schließlich. »Ich weiß nicht, was als nächstes passiert. Wie soll ich das vorher wissen?«

Die Welle der Traurigkeit traf Alex jäh und rasch gefolgt von etwas, das beinahe Zorn zu nennen war. Sie ließ die Hände sinken, mit denen auch der BH herunterfiel, stand einen Moment vor Marcus und starrte ihn fassungslos an.

»Marcus, all die Jahre sind wir Freunde gewesen, und du würdest das alles riskieren für ein bisschen Sex, der womöglich zu gar nichts führen würde? Du würdest das alles wegschmeißen, um einen Blick auf meine Brüste zu erhaschen? Schau, da sind sie. Glaubst du, es lohnt sich?«

Marcus errötete und senkte den Blick. »Alex, ich weiß nicht, was passieren wird, ich weiß nur, dass ich diese Gefühle für dich habe und momentan nur an dich denken kann und daran, wie sehr ich dich berühren will. Ich mag dich nicht anlügen oder dir was vormachen. Das würde ich nie tun. Ich wollte nur … ich will *dich*, Alex. Und zwar jetzt.«

Alex stand einen Moment lang da, während sich all die kleinen Zweifel und Unsicherheiten klärten. »Schau sie dir gut an, Marcus«, meinte sie und wies auf ihre Brüste. »Präg sie dir ein, denn näher wirst du ihnen nie kommen, weder heute Abend noch sonst.«

»Alex!« Marcus wirkte bestürzt. »Es tut mir leid, ich dachte, du willst das.«

»Das dachte ich auch«, sagte Alex, griff sich einen Pullover vom Fußboden und zog ihn sich über den Kopf. »Der Unterschied ist: Ich wollte, dass es etwas bedeutet, nicht nur mir, sondern auch dir. Ich wollte, dass das ein gemeinsamer Anfang für uns wird, aber es geht nicht. Vielleicht könnte es sogar unser Ende sein.«

»Alex, bitte … wir können doch trotzdem Freunde bleiben.« Marcus trat einen Schritt näher, genau in dem Moment, als von unten ein gewaltiger Krach ertönte und gleich darauf Buoy die Treppe heraufgewetzt kam, um sich zwischen Alex und den Betrüger zu werfen.

»Heute Nacht wäre mein erstes Mal gewesen«, erzählte Alex ihm unverblümt. »Was du vielleicht für lustig hältst, zum Kaputtlachen. Aber ich hätte mein erstes Mal mit dir verbracht, und du wärst in dein Auto gestiegen und zu Milly zurückgefahren, dir hätte das alles nichts bedeutet. Jetzt sehe ich es. Wir können kein Paar sein, Marcus. Ich bin mir nicht mal sicher, ob wir noch Freunde sein können.«

»Aber …«

»Hör mal, ich leg mich vor der Probe noch kurz aufs Ohr«, sagte Alex und merkte, dass sie zitterte. »Würdest du also bitte gehen. Geh und besuch Eddie; sicher haben die im Pub auch ein Zimmer für dich. Du wirst den Umweg fahren müssen; ich brauche das Boot. Wenn du gleich losfährst, schaffst du es noch vor der Sperrstunde.«

»Alex, ich will das nicht so stehen lassen«, sagte Marcus. »Ich meine, vielleicht bist ja du mir bestimmt, vielleicht ist es doch nicht Milly, ich weiß es einfach nicht.«

»Wenn du es nicht weißt«, sagte Alex, »hast du in meinem Schlafzimmer nichts verloren.«

Marcus zögerte noch einen Moment, und als Alex ihm den Rücken zukehrte, zog er sich hastig an und eilte die Treppe hinunter. Alex wartete, bis sie die Haustür ins Schloss fallen hörte, dann rollte sie sich mit Buoy auf dem Bett zusammen und begann zu heulen.

Bis zu dem Moment, als sie sich wieder aus dem Bett quälte und anzog, hatte Alex nicht vorgehabt, zu Sue Montaignes frühmorgendlicher geheimer Generalprobe für den Festzug zu erscheinen. Allein die Vorstellung war nach allem, was sie durchgemacht hatte, eine Zumutung. Ihrem Ziel, dem Zusammensein mit Marcus, so nahe zu sein, einem Ziel, von dem sie immer geträumt hatte, nur um dann in letzter Minute zu erkennen, dass nicht *sie* ihm etwas bedeutete, sie, mit der er aufgewachsen war, seine tiefsten Geheimnisse geteilt hatte, die er zu unzähligen Eskapaden verleitet hatte. Nein, ihn hatte nur der Körper im roten Kleid und die High Heels gereizt. Und dann die Vorstellung, sich aus ihrer von einem Hund okkupierten Bettenzuflucht aufzuraffen, um die berühmteste Jungfrau der Geschichte zu verkörpern, das war der Tropfen, der das Fass zum Überlaufen brachte. Und so hatte Alex sich unter ihrer Daunendecke zusammengerollt, während Buoys warmes Gewicht gegen ihre Füße drückte, und beschlossen, am nächsten Tag – vielleicht anderswo – von vorn zu beginnen. Sie hatte kein Wi-Fi im Cottage, aber vielleicht gab es ja eine Stelle in einem anderen Hafen. Vielleicht konnte sie dieses Mal auch gleich ihren Namen ändern. Um nie wieder jemanden, den sie einmal gekannt hatte, wiederzusehen.

Einen Moment lang vermisste sie ihren Vater ganz heftig. Sie hatte ihm nie erzählen können, was sich noch zu Hause in Schottland zwischen ihr und Marcus abgespielt hatte, und nun würde sie vielleicht auch nie mehr dazu kommen, ihm vom vergangenen Abend zu erzählen, wie entsetzlich sie sich blamiert hatte, einem Mann nachlief, von dem sie im Grunde in ihrem tiefsten Inneren gewusst hatte, dass er ihre Zuneigung niemals erwidern würde. Vielleicht hatte sie es ja nicht einmal gewollt? Er war quasi ein sicherer Kandidat gewesen, eine sichere Option. Vielleicht hatte sie sich insgeheim ja nur vorgemacht, hoffnungslos in ihn verliebt zu sein. Denn dann spielte es auch keine Rolle, dass sie achtundzwanzig Jahre alt wurde, ohne jemals eine wirkliche Beziehung zu einem anderen menschlichen Wesen einzugehen oder jemanden wirklich an sich heranzulassen. Das stimmte zwar nicht ganz, billigte Alex sich zu. Sie liebte Marcus tatsächlich. Sie liebte ihn als Freund. Schade, dass er ihre Gefühle nicht erwiderte. Nichts hätte Alex in diesem Moment lieber getan, als mit ihrem Vater zu reden. Nicht, um sich von ihm trösten zu lassen oder sich Rat zu holen, nein: Allein seine barsche monotone Stimme zu hören, mit der er ihr von irgendeiner Geschichte im Hafen erzählte, hätte ihren Schmerz gelindert. Und hätte sie inzwischen schon Handy-Empfang gehabt hätte, hätte sie ihn vielleicht sogar angerufen, obwohl es nach Mitternacht war. Weil sie wusste, dass er sich durch nichts anmerken lassen würde, zu welcher Uhrzeit sie ihn da eigentlich anrief oder was zwischen ihnen vorgefallen war. Er würde einfach so tun, als sei nie etwas gewesen, und Alex fand das ziemlich verlockend.

Doch sie hatte keinen Empfang, und sie musste feststellen, dass es ihr nicht gelang, sich in den rettenden Schlaf zu flüchten. Sodass sie Viertel vor drei aufstand, sich die letzten Spuren der störenden Schminke abwusch und gut eingemummt gegen den stürmischen Wind in die Nacht hinaustrat. Alex war erfreut, ja sogar ein wenig gerührt gewesen, als Buoy sich müde und steif die rutschigen Steinstufen hinuntertastete, um zu ihr ins Boot zu springen. Sie liebte seinen beruhigenden Anblick, wie er dem Meer zugewandt am Bug des Bootes saß und die Augen schloss vor dem nadelfeinen Regen, den ihnen der Wind handvollweise in die Gesichter warf.

»Sie sind spät dran«, rief Sue aus, als Alex, der das dunkle Haar am Gesicht klebte, mit Buoy eintraf. »Und dieser Hund kommt mir nicht hier rein. Er ist ein Flegel, ein Lackel.«

»Eigentlich eher ein Dackel«, meinte Rory Alex zuzwinkernd, die matt lächelte, sonst aber – ebensowenig wie Buoy – keine Regung zeigte.

»Nun, ich denke mal, wir können ihn auch als Schaf verkleiden«, sagte Sue, als sie merkte, dass Alex geweint hatte. So lange er seinen Ihr-wisst-schon-Wen in der Hose behält.

Aber genug gequatscht, kommt jetzt, alle miteinander, folgt Lucy, es wird Zeit, dass ihr in eure Kostüme kommt.«

»Du hast es also doch noch geschafft«, meinte Ruan, neben Alex Tritt fassend, als sie Lucy in einen dunklen, geheimnisvollen mittelalterlichen Gang hinein folgten – es fehlten nur noch die hell lodernden Fackeln an der Wand, um die Wirkung komplett zu machen. Sein Ton war gleichgültig, bewusst unpersönlich.

»Ja«, sagte Alex und hielt die Augen gesenkt. Ruan hatte gesehen, wie Marcus sie geküsst hatte. Er wusste, was passiert war. Allerdings wusste er nicht, wie sie sich zum Narren gemacht hatte. »Warum hätte ich es denn nicht schaffen sollen?«

»Als ich dich das letzte Mal sah, wirktest du sehr beschäftigt«, sagte Ruan. »Ich dachte, du bist vielleicht ein bisschen eingespannt.«

»Ach das.« Alex schauderte bei der Erinnerung. »Das war nichts weiter.«

»Ja«, meinte Ruan. »Ich hab dich auch nicht für den Typ gehalten, der so was so locker nimmt.«

Erst als sie einen Raum betraten, den Alex nur als Saal beschreiben konnte und der mit dunklem Holz vertäfelt, mit riesigen Wandteppichen und einer Empore geschmückt war, auf der nur noch die Sänger fehlten, kamen Ruans Worte bei ihr an.

»Was wolltest du damit sagen?« Alex schaute ihn an, doch noch ehe er etwas erwidern konnte, klatschte Sue in die Hände, um ihre Aufmerksamkeit zu erlangen.

»Also gut«, sagte Sue. »Hirten, ihr stellt euch unter die Empore, Engel zu den Schwertern, und Herbergsvater,

Jungfrau Maria und Josef, ihr seid da drüben. Schnappt euch eure Kostüme und zieht sie sich euch schnell über die Klamotten.«

»Wo ist Marissa?«, fragte Sue, die plötzlich auf dem Balkon erschien. »Das verflixte Mädel! Sie sollte hier sein und für die *Gazette* Fotos von den Vorbereitungen schießen, wie ihr euch anzieht, etcetera! Rory? Rory! Wo ist mein verdammter Ehemann? Im Ernst, wozu halte ich mir einen Hund, wenn ich dann doch selber belle?«

Sue zog ihr Handy heraus und begann drauflos zu knipsen, während Lucy Alex in ihr weißes Gewand half, das von einer gewöhnlichen blauen Schärpe und einem ihren Kopf bedeckenden Schleier vervollständigt wurde.

»Wie war es?«, flüsterte sie, als sie den Schleier an Alex' Haaren feststeckte.

»Grauenhaft, absolut grauenhaft«, erwiderte Alex. »Stell dir das schlimmstmögliche Ergebnis vor, und das dann mit sieben Millionen multipliziert.«

»Oh nein, ihr habt also miteinander geschlafen!« Lucy wirkte bestürzt.

»Nein, wir haben nicht miteinander geschlafen!«, entgegnete Alex, wohl ein bisschen zu laut, denn die Hirten und Engel sahen alle zu ihr hinüber. Allein Josef ignorierte geflissentlich, was sie da gesagt hatte.

»Gott sei Dank«, erwiderte Lucy mit echter Erleichterung. »Ich hatte gehofft, dass du dich besinnst, ehe das alles zu weit geht.«

»Aber wenn du es für eine so schlechte Idee gehalten hast, warum hast du dann nichts gesagt?«, fragte Alex. »Warum hast du mir dieses Kleid geliehen?«

»Weil, na ja, weil ich keinen Moment lang geglaubt habe, du würdest es so weit kommen lassen«, sagte Lucy. »Und weil ich glaube, dass du eine etwas eingeschränkte Sicht auf dich selber hast, nicht dass diese Sicht schlecht wäre, sie ist sogar toll, aber du unterschätzt dich, Alex. Es ist fast ein bisschen so, als würdest du in deinem eigenen Schatten leben.«

»Nööö.« Alex schüttelte den Kopf. »Keine Ahnung, wovon du da redest.«

»Kommt schon!« Sue klatschte rasch in die Hände. »Ich schwöre bei Gott, wenn Rory – egal unter welchem Stein er sich auch verstecken mag – nicht in den nächsten drei Sekunden auftaucht, dann werde ich …«

»Hier bin ich, mein Schatz. Sorry, der Ruf der Natur«, meinte Rory. Er wandte sich an die versammelten Darsteller. »Sorry, sorry wegen meiner Verspätung. Wir legen die Strecke heute Nacht zu Fuß zurück, weil wir die Anwohner nicht aufwecken wollen. An der Tür gibt es jede Menge Regenschirme, bitte nehmen Sie sich doch einen, und ich hoffe, Sie haben alle Ihre Thermounterhosen an, denn da draußen ist es arschkalt.«

»Ich wette, die echte Jungfrau Maria hat sich nie fast die Zehen abgefroren«, meinte Marissa, die in diesem Moment an Alex' Seite erschien und ihr das Requisitenbaby überreichte.

»Wo warst du? Sue war wahnsinnig sauer auf dich«, sagte Alex und versuchte, das Baby ein paarmal überzeugend zu halten, ehe sie es sich wie einen Rugby-Ball unter den Arm klemmte.

»Es ist drei Uhr früh am Heiligabend, und ich bin todmüde, bin überhaupt nicht ins Bett gekommen. Sie hat mich eine Ewigkeit an der Umgestaltung unserer Scheiß-Website arbeiten lassen, als würde da irgendwer einen Blick drauf werfen. Ich hab in der Wäschekammer ein Nickerchen gemacht, so lange es ging. Die Welt ist sicher nicht untergegangen, nur weil ich nicht da war.« Marissa legte den Kopf schief, und Alex musste sie bewundern, dass sie nach einem so langen Tag derart perfekt aussah, die Haut glatt und glänzend, das Haar modisch zerzaust, die Lippen natürlich gerötet. »Also, Ruan, du bist der sexieste Josef, den ich je gesehen habe.«

»Ich glaube, das grenzt an Gotteslästerung«, sagte Alex.

Ruan grinste. »Ich gebe es zu, das Küchenhandtuch steht mir«, meinte Ruan, Marissa zulächelnd, während Sue die Tür öffnete, und ein Schwall eiskalter feuchter Luft hereingefegt kam und alle erschaudern ließ.

»Das ist mein schlimmster Albtraum«, sagte Marissa. »Ich habe keine Ahnung, warum wir das tun.«

»Kopf hoch«, meinte Ruan, »Wenigstens morgen können wir uns ein bisschen ausschlafen.«

»Oh, das klingt ja wie eine Einladung.«

»Vielleicht ist es ja eine …«

Alex biss sich auf die Lippe, als sie Marissa und Ruan beim Flirten zuhörte, und war dankbar, als Sue ihr die Route in die Hand drückte sowie ein sehr ausführliches Verzeichnis darüber, wer was wo und wann zu tun hatte. Zum Glück schien Alex ja nicht zu viel zu tun zu haben, außer jungfräulich zu wirken, was ihr irgendwie leichtfiel.

»Warte mal!« Lucy trat neben sie.

»Nein, nein, nein«, sagte sie, nahm Alex das Baby ab und

schob ihr kurzerhand ein Kissen unters Gewand, das sie mit einem Gürtel befestigte. »Du hältst das Baby erst dann, wenn wir das Rathaus erreichen. Den ganzen Weg bis dorthin bist du schwanger.«

»Wie?« Entsetzt starrte Alex auf ihre neueste Ausbuchtung.

»Oooh, Schwangersein steht Ihnen«, kicherte Marissa. Sie haben einfach die Figur, die so was gut aushält. Gebärfreudiges Becken und so.«

»Ja«, sagte Ruan. »Du gibst wirklich eine schöne Schwangere ab.«

Weder Alex noch Marissa antworteten; keine von beiden wusste, was sie darauf sagen sollte.

Zwar hatte sich Alex von der nächtlichen Wanderung in eisiger Kälte und fast völligen Schweigen über die steilen Gassen von Poldore nichts versprochen, tatsächlich aber war sie auf merkwürdige Weise unterhaltsam und die beste Ablenkung von ihrem Beinahe-Desaster mit Marcus, die sie sich nur wünschen konnte. Poldore war in diesen ersten Morgenstunden besonders hübsch, obwohl der Mond sich hinter silbrig konturierten Regenwolken verbarg; die pitschnassen Straßen schimmerten und die jede Gasse schmückenden Lichterketten waren in feinen Dunst gehüllt.

Sues Befehl, dass dabei absolute Stille herrschen müsse, machte es noch besser, erstens, weil Alex sich nicht überlegen musste, was sie zu Ruan sagen sollte, der die ganze Zeit neben ihr an der Spitze des Festzugs ging, und auch weil sie sich von der rundum sich abspielenden stillen Pantomime unversehens verzaubert fühlte. Immer wieder hielten sie an einer Straßenecke an, lasen ihre Anweisungen für diesen Ort und spielten sie verstohlen durch.

In ihrem ganzen bisherigen Leben hatte Alex nichts Eigenartigeres gemacht als dieses So-Tun, als werde sie von einem stummen Engel besucht, was wahrscheinlich auch das erste Mal war, dass sie mehr als fünf Sekunden in Sues Gesellschaft verbrachte, ohne dass Sue etwas sagte. Oder als sie schweigend aus Nazareth auszogen – das heißt in Wirklichkeit aus Linda Leightons Lebensmittelladen, der später mit bemalten Spanplatten verkleidet werden sollte, damit er mehr nach einer orientalischen Stadt aus längst vergangenen Zeiten aussah. Wenn die Zeit kam, würde Alex – hoffte sie – auf einem robusten Eselmodell sitzen, das sie aus einem Seitpferd aus der Turnhalle gebaut hatten. Doch vorerst wanderte sie schweigend, Seit an Seit mit Ruan dahin, während sie aufs Rathaus zuhielten, das bald schon ein verschneites Bethlehem sein würde, wobei der Stern auf der Spitze des Christbaums für den Stern von Bethlehem stand. Irgendwie machten die Kälte und die Feuchtigkeit Alex nichts aus, als sie und Ruan unter vereinzeltem gedämpftem Hüsteln und gelegentlichen Niesern so taten, als ob sie an verschiedene Türen klopften, nur um stets mit ernstem Kopfschütteln beschieden zu werden, dass kein Platz in der Herberge sei. Schließlich lud sie der Herbergsvater mit dem Stall, der von Brian Davies gespielt wurde, ins Rathaus hinein. Sobald sie drinnen waren, wo bereits das Bühnenbild fürs Krippenspiel auf sie wartete, kicherten und schwatzten plötzlich alle los wie eine Schar ungezogener Kinder, die sich nach dem Zubettgehen zu einer Mitternachtsparty fortgeschlichen haben. Ruan und Alex lächelten sich an in dem Trubel, den Sue jedoch in Nu zum Verstummen brachte.

»Das Christkind ist noch nicht mal geboren!«, brüllte sie durch ein Megafon, und man sah, dass es sie gejuckt haben musste, es zu benutzen. »Konzentration, bitte! Bleibt in eurer Rolle! Heilige Drei Könige, wenn das da Bier ist, was du da mitgebracht haben, Eddie, es ist noch nicht zu spät, dich zu feuern.«

Schließlich senkte sich so etwas wie Schweigen über den Saal.

»Also, Josef, Maria, kommt bitte auf die Bühne.«

Während Alex an Ruans Seite den misslichen Gang durch den Saal antrat, blaffte Sue plötzlich einen Befehl durchs Megafon, der sie zusammenzucken ließ. »Also wirklich, ihr zwei, ihr sollt verliebt ineinander sein. Maria, du erwartest dein erstes Kind, und nicht nur dein erstes Kind, sondern das Kind schlechthin! Du bist nichts als Staunen und Verwunderung, und Josef, du geleitest diese kostbare, kostbare Fracht. Leg den Arm um sie, schau sie bewundernd an. Alex, schmieg dich an ihn.«

»Sue«, sagte Ruan verlegen, »ich bin Bootstouren-Veranstalter und nicht Robert de Niro.«

»Wenn du es nur wärst«, sagte Sue und wirkte einen Moment lang geradezu sehnsüchtig. »Nun, aber du bist ein Mann, nicht wahr? Und Alex ist eine hübsche junge Frau. Ich bin mir sicher, dass es nicht allzu schwer sein dürfte, wenigstens so zu gucken, als wärst du scharf auf sie.«

»Das ist lächerlich«, brummte Ruan und legte den Arm um Alex' Taille.

»Tut mir leid«, sagte Alex, die zu müde und immer noch zu verkatert war, um auch noch höflich zu sein, vor allem jetzt, wo sie drinnen waren und die elektrischen Lampen grell auf sie herunterbrannten. »Ich hatte keine Ahnung, dass ich so abschreckend bin.«

»Ach, Himmelherrgott.« Ruan verdrehte die Augen. Und als sie sich der Bühne näherten, fühlten sich seine Finger auf ihrer Hüfte verkrampft und unnatürlich an. »Jedenfalls hast du vorhin nicht viel unternommen, um Marcus abzuschrecken.«

»Sehr nett«, sagte Alex. »Sehr nette Gespräche mitten in einem Krippenspiel.«

»Du bist unmöglich«, zischte Ruan sie an, als sie hinter den gemalten Kulissen von Heuballen und einem Baum vorbeigingen und Lucy Alex' Kissen unter ihrem Kleid hervorriss und ihr die Plastikpuppe reichte. »Warum fühlst du dich überhaupt angegriffen?«

»Ich weiß nicht«, blaffte Alex zurück. »Liegt es vielleicht daran, dass du mich wie eine Pestkranke behandelst?«

»Du willst also, dass ich dir an die Wäsche gehe«, fragte Ruan, »genau wie dieser Idiot Marcus, der dich vor aller Augen betatscht? Stehst du auf so was?«

»Oh mein Gott!«, sagte Alex. »Was geht das denn dich an, worauf ich stehe oder nicht? Ich stecke meine Nase ja auch nicht in deine kleinen Geheimnisse, oder?«

»Leute.« Undeutlich bekam Alex mit, dass Lucy etwas sagte, doch erst als die ihre Lautstärke erhöhte, verstummte sie. Lucy nickte in Richtung des Heuballens, hinter dem nun vollständige Stille herrschte, und hob die Augenbraue. Die halbe Stadt hatte ihren Streit mitbekommen.

»Falls ihr eure kleine Etüde in ungelöster sexueller Spannung langsam beendet habt«, sagte Sue, »dann können wir ja vielleicht weitermachen, und diese Farce vor Tagesanbruch zu Ende bringen!«

Und so hielten ein finster grollender Josef und eine schmollende, rotgesichtige Maria Hof vor den inzwischen beschwipsten Heiligen Drei Königen, die in Wirklichkeit nur zwei waren, da Harry Forsythe auf die Herrentoilette gegangen und nicht mehr zurückgekehrt war, sowie einem Lumpenpack von Hirten, von denen einer resolut seinen iPod eingestöpselt hatte.

Als sie die letzte Szene zu Ende brachten, nach der am eigentlichen Heiligabend das Singen der Weihnachtslieder beginnen würde, starrte Alex mürrisch auf das Plastikbaby und wünschte sich, sie wäre stattdessen unter ihrer Daunendecke geblieben. Sobald Sue »Und Szene« brüllte, schmiss sie die Puppe in die Krippe und stürmte hinter die Kulissen, wo sie bereits von Lucy erwartet wurde.

»Hey, was ist denn los?«, fragte Lucy, als Alex sich aus der blöden Tunika herauszuwinden versuchte und sich ein paar grässliche Sekunden zu lang in ihren furchtbaren weißen Falten verhedderte, ehe Lucy sie schließlich daraus befreite. »Was ist denn da draußen passiert? In der einen Minute wart ihr das hinreißendste Pärchen der Welt, und in der nächsten seid ihr euch gegenseitig an die Gurgel gegangen.«

»Wir sind kein Pärchen«, blaffte Alex. »Wie kommst du bloß darauf, dass zwischen mir und Ruan etwas sein kann, wenn ich kurz vorher praktisch splitternackt mit einem anderen Mann in meinem Schlafzimmer war?«

Und geradezu zwangsläufig wanderte nun Lucys Blick über ihre Schulter, und Alex wusste, dass Ruan hinter ihr stand. Sie schloss die Augen, er hastete an ihr vorbei und drückte Lucy im Vorbeigehen sein Kostüm in die Arme.

»Na ja, das hat ihm einen Dämpfer versetzt«, meinte Lucy und legte sorgfältig das Kostüm zusammen. »Wenn es das war, was du wolltest«, fügte sie hinzu und ließ Alex stehen.

Es war noch immer stockfinster, als Alex die unversperrte Tür zu ihrem Cottage aufdrückte, wo hinter dem orangegelben Vorhang noch immer tapfer die kleine Lampe schien. Sie war froh, zu Hause zu sein und freute sich auf den so kostbaren freien Tag.

Als sich eine Dame in langem Pelzmantel und einer Chanel-Sonnenbrille auf dem Scheitel des platinblonden Haars aus dem Sessel erhob, glaubte Alex zunächst, dass Erschöpfung, Müdigkeit und ein Restkater sie halluzinieren ließen. Und als Buoy die Frau dann anknurrte, dachte sie, das das schon ein komisches Gespenst sein musste, dessen unglaublich glamouröser Geist sich in dieses winzige Cottage verirrt hatte.

»Hallo, Liebling«, sagte das Gespenst und lächelte. »Ich bin's, deine Mutter.«

16

Heiligabend

»Wie bitte?« Alex spie die Worte geradezu aus, und zwickte sich in der Hoffnung, dies werde sie wieder zur Besinnung bringen, gleichzeitig in den linken Arm. »Autsch!«

»Ich weiß, dass das wahrscheinlich ein kleiner Schock für dich ist, dass ich plötzlich einfach da bin und mitten in der Nacht in deinem Cottage sitze … aber …«

»Ich rufe die Polizei«, sagte Alex zu der Fremden. »Das ist Einbruch.«

»Das glaube ich nicht«, erwiderte die Frau freundlich. »Denn deine Tür war nicht abgesperrt.«

»Wer sind Sie?«, fragte Alex. »Warum haben Sie sich ausgerechnet mich ausgesucht? Sind Sie irgendwo ausgebrochen, aus einem Irrenhaus oder so? Gefängnis? Sind Sie eine entflohene Massenmörderin?«

Die Frau schmunzelte.

»Schon als sehr kleines Mädchen hattest du eine überaus lebhafte Fantasie. Erinnerst du dich an deine Fantasiefreundin Rebecca Constantinople? Einmal hast du darauf bestanden, dass ich dich zu ihr zum Tee fahre, hast darauf beharrt. Obwohl sie gar kein Haus hatte und überhaupt nicht existierte, aber nein, du wolltest zu ihr zum Tee, auf Teufel komm raus. Ich musste dich stundenlang rumfahren, bis du schließlich eingeschlafen bist. Als du wieder erwachtest, erzählte ich dir, was für eine herrliche Zeit wir gehabt hätten, und du hast dich ganz genau an alles erinnert!«

Fassungslos starrte Alex die Frau an. Rebecca Constantinople war tatsächlich eine erfundene Person. Nämlich eine, die Alex sich ausgedacht hatte, und bis zu diesem Augenblick hatte sie geglaubt, dass es auf der ganzen Welt nur zwei Menschen gäbe, die von ihr wussten – nämlich sie und ihr Vater. Nicht einmal Marcus hatte sie davon erzählt.

»Warum wissen Sie das?«, fragte Alex.

»Weil ich deine Mutter bin, Alex«, sagte die Frau, und irgendwo hinter ihrer transatlantischen Aussprache meinte Alex *vielleicht* die Andeutung eines schottischen Akzents herauszuhören. Aber nur vielleicht.

»Das kann nicht sein.« Alex versagte die Stimme, während Buoy, der neben ihr stand, noch immer knurrend seine Missbilligung kundtat. »Seit fünfundzwanzig Jahren habe ich weder etwas von meiner Mutter gehört noch gesehen. Sie können nicht meine Mutter sein. Meine Mutter weiß nichts über mich – nicht, wie ich aufgewachsen bin, nicht, wie ich in der Schule war, noch, was ich beruflich mache, und ganz sicher nicht, dass ich nach Cornwall gezogen bin.«

Die Frau überlegte kurz.

»Du bist zu einem anständigen, fleißigen Mädchen herangewachsen, bist in die Fußstapfen deines Vaters getreten, arbeitest in der Schifffahrt und hast, praktisch ohne einen Blick zurück, eine Männerdomäne erobert«, sagte sie. »Du hattest hervorragende Noten, lauter Einsen außer in Mathe und Geschichte, wo du auch Einsen bekommen hättest, hättest du am Vortag nicht eine Magen-Darm-Grippe gehabt und dich elend gefühlt. So bekamst du zwei Zweien. Du hast sehr lange mit deinem Vater in Grangemouth gearbeitet und bist dann vor wenigen Wochen – aus Gründen, die ich nicht kenne – hierher gezogen und Cornwalls erste Hafenmeisterin geworden.«

»Woher wissen Sie das alles?«, fragte Alex benommen. Sie fühlte sich ein bisschen wie eingefroren, als ob all der emotionale Aufruhr, den sie hätte verspüren müssen, irgendwo darauf warte, mit einem Mal durchzubrechen und sie mit sich fortzuspülen.

»Ich habe dich vielleicht verlassen, Alex, aber ich habe nie aufgehört, an dich zu denken«, sagte die Frau, und plötzlich klang ihre Stimme angespannt. »Es gibt da jemanden … eine Freundin der Familie. Sie hat mich all die Jahre auf dem Laufenden gehalten. Du kennst sie.«

»Wer?«, wollte Alex wissen. »Wir haben keine Freunde, Dad und ich. Es gab immer nur uns beide, ein paar Kollegen von der Arbeit und ihre Familien und … Sie meinen Mrs O'Dowd, nicht wahr?«

»Ja, Eleanor.« Die Frau nickte. »Dein Vater weiß es zwar nicht, aber wir sind all die Jahre miteinander in Kontakt geblieben …«

»Aber sie …«

»Ja, sie ist die Liebe seines Lebens«, erwiderte die Frau ruhig, obwohl Alex meinte, eine wehmütige Traurigkeit aus ihren Worten herauszuhören. »Ich weiß. Ich habe es kurz nach deinem dritten Geburtstag erfahren. Als er sich in sie verliebte, war sie schon verheiratet, also heiratete er mich, die nächstbeste. Und nie hat er daran gedacht, dass es vielleicht gescheiter wäre, in ein Haus zu ziehen, das nicht direkt neben dem Haus *der* Frau steht, die er nicht haben konnte. Aber das war dein Vater, wie er leibte und lebte, er war halt immer so praktisch. Und bildete sich wohl ein, er könne das aushalten. Schließlich ist er, wie du ja weißt, ein Experte im Verbergen seiner Gefühle. Und dann starb Mr O'Dowd. Ich weiß nicht, wie lange sie noch gewartet haben, nachdem ihr Mann unter der Erde war, aber ich vermute, nicht allzu lange.«

Sie lächelte kurz. »Tja, du bist ein vernünftiges, logisch denkendes Mädchen, Alex. Ich denke, du wirst mir jetzt glauben, dass ich deine Mutter bin, oder? Es ist fast Morgen, und du wirkst erschöpft, und ich muss gestehen, dass auch ich ziemlich müde bin. Geh zu Bett. Ich schlafe in diesem Sessel, neben dem Kamin, und wenn du aufwachst, können wir weiterreden.«

Alex bewegte sich nicht und starrte die Frau an, die ihre Mutter war, in ihrem Pelzmantel und ihrer unwahrscheinlichen Sonnenbrille. So viele Fragen, so viele Gedanken schossen ihr durch den Kopf. Warum hatte sich ihre Mutter ausgerechnet diesen Tag ausgesucht, um in ihr Leben zurückzukehren? Wann immer sie sich dieses Szenario ausgemalt hatte, war sie überzeugt gewesen, dabei unzählige Emotionen zu durchleben – Wut, Verrat, Verletztheit –, aber bis jetzt empfand sie immer noch: nichts. Nichts außer müder Erschöpfung und einer gewissen Ergebung, dass es natürlich genau so hatte kommen müssen. So und zu dieser Zeit ihres Lebens, weil der Umzug nach Poldore etwas von einem Umzug ins Zentrum des Universums hatte, und alle Momente ihres Lebens an diesem Ort aufeinanderprallten.

»Okay«, sagte sie, weil sie einfach nicht die Energie besaß, noch etwas zu sagen. »Gute Nacht.«

Ohne weiteres Wort ging sie nach oben und legte sich auf ihr Bett, wo sich im nächsten Augenblick Buoy zu ihr gesellte und sich an ihrem Rücken zusammenrollte. Und ehe Alex auch nur einen Moment über das Geschehene nachsinnen konnte, war sie in tiefen traumlosen Schlaf gesunken.

Heiligabend – tagsüber

Alex erwachte vom Duft röstenden Specks und merkte, dass Buoy sich nicht mehr an ihrer Seite befand. Sie warf einen Blick auf den Wecker und sah, dass es schon fast Mittag war, sodass sie aufstand und durchs Fenster spähte. Dicke schwere Regenwolken versprachen einen stürmischen Heiligabend. Der Wetterbericht hatte schwere Regenfälle und starke Winde vorhergesagt, wenn auch nichts, das eine Unwetterwarnung gerechtfertigt hätte. Eigentlich war dies ihr freier Tag, der einzige, an dem sie sich keine Gedanken ums Wetter zu machen brauchte, doch sie überlegte, bei nächster Gelegenheit rasch im Büro vorbeizuschauen – nur für den Fall, dass sie Steve aus St Austell, der sie vertrat, womöglich nicht alles Nötige mitgeteilt hatte. Doch es bestand keine Eile, und es gab Speck. Und da erinnerte sich Alex, dass es wohl ihre Mutter sein musste, die da unten den Speck briet.

Sie hatte schon gehofft, das Ganze nur geträumt zu haben, aber nein, als sie die Treppe hinunterstieg, saß ihre Mutter an dem kleinen Klapptisch und fütterte Buoy mit Speck, den sie ihm mit lackierten Fingern reichte. Irgendwie hatte sich in den Stunden, die Alex geschlafen hatte, alles in dem winzigen Wohnzimmer verändert. Verschwunden war der graue, schmuddelige Teppich, und die Dielen waren gewischt und schimmerten matt. Die trostlosen vergilbten Stores waren abgehängt, die orangegelben Vorhänge mit lila Band zurückgebunden. Im Messbecher auf dem Tisch stand ein Stechpalmenstrauß mit leuchtenden Beeren, und sämtliche Oberflächen waren abgestaubt und poliert – für Alex ein kleiner Schock, da sie nicht einmal gewusst hatte, dass sie irgendwelche Putzmittel besaß.

»Morgen, mein Schatz«, sagte Gloria, als Alex auf dem Stuhl ihr vis-à-vis Platz nahm und ihre Mutter im trüben Licht des bleiernen Tages anstarrte. »Was für ein regnerisches olles Weihnachten das wieder mal ist, was? Es gibt noch Speck, falls der alte Seebär dir was übrig gelassen hat, hast du das, Schätzchen, hast du doch, oder?« Und Buoy schnurrte fast, als Gloria ihm die Ohren kraulte, und drückte begeistert seinen Kopf in ihre Hand. Merkwürdigerweise fühlte sich Alex geradezu verraten. Dennoch zog sie den Teller mit dem noch brutzelnden Speck heran und häufte ihn zwischen zwei dicke Brotscheiben.

»Ich war mir eigentlich ziemlich sicher, dass ich nichts zu essen im Haus habe«, erzählte sie Gloria.

»Hattest du auch nicht«, meinte Gloria. »Ich bin, während du noch schliefst, mit deinem Boot rüber in die Stadt gefahren und hab uns mit Vorräten eingedeckt, die bis nach dem zweiten Weihnachtsfeiertag reichen dürften, inklusive Unmengen von Wein und einem kleinen Truthahn, und das war gut so, denn ich habe deinen Backofen geputzt, und der ist wirklich winzig.

Als Alex einen Bissen ihres Sandwichs zu kauen begann, drehte sich ihr vor Hunger fast der Magen um, und sie merkte, dass sie seit beinahe vierundzwanzig Stunden nichts mehr gegessen hatte. Vielleicht war Gloria ja, wie sie da in schulterfreiem weißem Mohairpullover und bronzefarbenen Leggings vor ihr saß, doch eine Hungerfantasie; bloß dass Alex nicht glaubte, dass Fantasiegebilde so intensiv nach teurem Parfüm riechen.

»Ich sehe und höre also fünfundzwanzig Jahre meines Lebens nichts von dir, und dann machst du mir ein Speck-Sandwich und äh … Weihnachtsessen und alles ist wieder in Ordnung?«, fragte Alex und legte das Sandwich auf den Teller zurück, obwohl ihr Magen geradezu danach gierte.

»Nein«, sagte Gloria sachlich, nahm ein Päckchen Zigaretten aus ihrer Manteltasche und klopfte sich eine heraus. »Nein, natürlich nicht. Sicher bist du unglaublich wütend auf mich. Und verletzt. Du denkst, du bist ohne Mutter aufgewachsen …«

»Ich bin ohne Mutter aufgewachsen«, schnitt Alex ihr das Wort ab.

»Die sich aber um dich gesorgt hat«, fügte Gloria rasch hinzu. »Ich weiß, dass das nur schwer zu verstehen ist, Alex, aber obwohl ich gegangen bin, habe ich nicht aufgehört, mich um dich zu sorgen und dich zu lieben. Es ist nicht leicht zu erklären, aber was ich getan habe, habe ich für dich getan.«

»Ach ja?« Alex beobachtete, wie ihre Mutter mit einem schweren goldenen Feuerzeug herumspielte. »Wie freundlich von dir.«

Sie biss wieder in das Sandwich, musterte eingehend und

ungeniert das Gesicht ihrer Mutter in dem wenig schmeichelhaften Licht. Sie war jetzt fast sechzig, rechnete Alex aus, und ihre Haut hatte eindeutig professionelle Behandlung genossen. Vor nicht allzu langer Zeit hatte jemand die Falten auf ihrer Stirn geglättet, und ihr Teint zeigte keine jener durch Sonnenbäder oder Rauchen bewirkte Flecken und Verfärbungen, die man bei einer Frau in gewissem Alter, die offensichtlich ziemlich gebräunt war, erwarten konnte – von der ebenso offensichtlichen Nikotinsucht ganz zu schweigen. Sie hatte Knitterfältchen um die Augen – braunen Augen, ganz anders als die von Alex –, Augen von einem kräftigen dunklen Toffeebraun, und ihre Haare besaßen einen dunklen Goldton, der höchstwahrscheinlich aus der Tube stammte, obwohl Alex keine grauen Ansätze erkennen konnte. Nichts in Glorias Gesicht erinnerte Alex an sie selbst, und abwesend fragte sie sich, ob das vielleicht der Grund gewesen war, warum sie sie nicht mitgenommen hatte – weil sie so durch und durch die Tochter ihres Vaters war?

»Warum bist du gekommen?«, fragte Alex. »Mitten in der Nacht, so als wolltest du dich einschleichen.«

»Ich habe mich gerade von meinem derzeitigen Ehemann getrennt«, gestand Gloria, während sie sich die unangezündete Zigarette zwischen die Lippen schob und dann im Mundwinkel hängen ließ. »Wir waren auf seiner Jacht. Wir hatten geplant, Weihnachten in Cannes zu verbringen, allerdings konnte er meiner Liaison mit dem ersten Schiffsjungen nichts Erheiterndes abgewinnen, und nun wird unsere kurzlebige Verbindung bald zu Ende sein und ich wünsche mir, ich hätte diesen gottverdammten

Ehevetrag nie unterschrieben. Ich habe ehrlich geglaubt, das sei nun endgültig der Richtige.«

Alex sagte nichts, sie wartete nur.

»Na ja, er drohte mir, mich auf hoher See auszusetzen, mit nicht mal einem Rettungsboot, aber wir haben einen Kompromiss geschlossen und uns auf Plymouth geeinigt. Wirklich geschmerzt aber hat mich, dass der Schiffsjunge seinen Job behalten durfte. Ich wurde gefeuert. Ich kam also sehr spät in Plymouth an und besaß nur noch das Bargeld, dass ich aus seinem Safe schmuggeln konnte, und da dachte ich an dich. Cornwall ist schließlich nur einen Katzensprung von Plymouth entfernt, und ich dachte, das ist Schicksal. Alexandra ist so nah, und es ist fast Weihnachten. Heuer komme ich endlich dazu, es mit dir zu verbringen.«

»Und du dachtest, das geht so ohne Weiteres?« Alex fragte es nicht wütend, sondern eher verwundert über die schiere Chuzpe ihrer Mutter.

»Nun, ich sitze hier, und wir frühstücken zusammen, oder etwa nicht?«, meinte Gloria achselzuckend und zündete sich endlich ihre Zigarette an.

Alex gönnte ihr einen langen Zug, ehe sie sie ihr zwischen den Lippen hervorzog und im Teesatz auf Glorias Untertasse ausdrückte. »Wenn du rauchen möchtest, dann bitte draußen.«

»Aber ich kann doch bleiben?«, fragte Gloria und nahm sich eine zweite Zigarette. »Ich meine, willst du mich wirklich rausschmeißen, ohne einen Penny, raus in diese Weihnachtswelt, mit nichts als einem Koffer voll Geld, den ich aus seinem Safe geklaut habe – statt die Chance zu ergreifen und zu gucken, ob du mich nicht doch ein kleines bisschen magst? Ich weiß schon, dass wir nie das engste Mutter-Tochter-Verhältnis der Welt haben werden, aber vielleicht, wer weiß, können wir ja Freundinnen werden.«

»Der einzige Schlafplatz hier ist dieser Sessel«, erwiderte Alex. »Und der ist nicht sehr bequem.«

»Das ist nicht so schlimm, wenn man so ein Leopardenfellimitat hat, das einen nachts warm hält«, meinte Gloria. »Und die Füße hab ich auf den Hocker gelegt, sodass es ganz gemütlich war.«

»Ich dachte, du wärst Fünf-Sterne-Luxusjachten gewöhnt?«, wandte Alex ein.

Gloria lächelte. »Mein Leben ist nicht immer so gewesen«, sagte sie. »Das ist erst eine Entwicklung neueren Datums, und zwar eine, die offenbar jetzt vorbei ist. Ich bezweifle, dass ich noch die Zugkraft habe, um mir einen weiteren Millionär zu angeln, angesichts so vieler jüngerer, strafferer Anblicke.«

Alex erwiderte nichts.

»Ich will ja nicht bei dir einziehen«, meinte Gloria. »Aber was hältst du davon, wenn ich diese Nacht noch bleibe und den ersten Weihnachtsfeiertag mit dir verbringe? Das wenigstens könnte ich tun.«

»Ich habe morgen schon was vor«, sagte Alex, obwohl es gar nicht stimmte.

»Oh, musst du arbeiten? Na ja, ich könnte dir ein Weihnachtsessen einpacken und vorbeibringen«, meinte Gloria vergnügt.

»Und heute Abend bin ich auf dem Weihnachtsfestzug.«

»Ach ja?« Gloria war begeistert und klatschte in die

Hände wie ein kleines Mädchen. »Ich habe dich nur einmal in einem Stück gesehen, als du im Kindergarten warst, und du warst so entsetzt darüber, dass alle dich anstarrten, dass du dir deine Nikolausmütze übers Gesicht gezogen hast und nicht mehr darunter hervorgekommen bist. Welche Rolle spielst du denn?«

»Die Maria«, antwortete Alex widerwillig und erinnerte sich an ihren seltsamen und ziemlich öffentlich ausgetragenen Streit mit Ruan vom Vorabend, was sie wiederum an das nur wenige Stunden früher zwischen ihr und Marcus Vorgefallene erinnerte, das ihr an sich schon genügte, um hinaus in den Garten zu spurten und von der Klippe zu springen.

»Die Maria! Die Hauptrolle! Ich bin ja so stolz, vielleicht hast du ja doch was von mir«, meinte Gloria. »Wahrscheinlich hat dein Vater dir nicht erzählt, dass ich mal Schauspielerin Schrägstrich Model war, oder? Vor unserer Heirat habe ich drei Werbefilme gemacht, und eine Statistenrolle bei *Coronation Road* war im Gespräch. Leider habe ich für die Liebe alles aufgegeben, was, angesichts des Resultats vielleicht nicht gerade meine klügste Entscheidung war.«

»Du kannst bis zum Sechsundzwanzigsten bleiben«, sagte Alex.

Gloria strahlte, und Alex fand sich unversehens in einer parfümierten Umarmung wieder.

»Danke, Liebes, danke. Du wirst es nicht bereuen.« Gloria stand auf, schlüpfte in ihren riesigen Mantel und ließ ihre Zigaretten in eine der tiefen Taschen gleiten.

»Komm, Buoy, meine Junge«, sagte sie zu Buoy, machte die Tür auf und holte hinter einem großen Koffer einen hellrosa Regenschirm hervor, der mit einer dreifachen Rüsche besetzt war.

»Wo willst du denn hin?«, fragte Alex und war überrascht, dass die Aussicht, sie könne gehen, sie mit Panik erfüllte.

»Da du mich zwingst, draußen zu rauchen, kann ich dazu doch ebenso gut dieses hübsche Kerlchen mitnehmen, nicht wahr? Mach dir keine Sorgen, wir sind gleich wieder da.«

»Ich hab mir keine Sorgen gemacht«, log Alex, weil sie genau das seltsamerweise getan hatte.

»Ich sag dir was, in dem Köfferchen da – »sie deutete auf einen kleinen Handkoffer, der zum großen passte – »findest du die größte Schachtel feinster Pralinen, die du in deinem Leben gekostet hast. Warum machst du sie nicht auf, während wir weg sind. Abgesehen von Speck sind sie das Beste gegen einen Kater.«

Alex wartete, bis sich die Tür hinter Gloria geschlossen hatte, ehe sie endlich wieder ausatmete und all die Anspannung, mit der sie im Sessel gekauert hatte, von sich abfallen ließ. Was war das nur für eine Frau, dachte sie, ihre Mutter? Worauf ihr vorerst nur einfiel: eine Art Mischung aus Joan Collins und Mary Poppins.

17

»Also wenn du mein diesjähriges Weihnachtsgeschenk bist, muss ich ja ein *sehr* braves Mädchen gewesen sein«, rief Gloria, während sie die Haustüre aufriss, und ihr stürmisches Gelächter sich mit dem echten Sturm draußen vermischte, der eiskalte Luft ins kuschlige Cottage blies. Erst dachte Alex, sie unterhalte sich mit dem pitschnasssen Buoy, doch es war Marcus, der Gloria ins Haus gefolgt kam.

»Sieh mal, was für einen attraktiven Burschen ich da draußen aufgegabelt habe, sieht aus wie ein begossener Pudel«, meinte Gloria. »Und wie sich herausstellt, ist es der kleine Marcus Duffy, den du im Kindergarten immer verdroschen hast. Ist ja wirklich süß, dass ihr zwei Freunde geblieben seid, manche würden sogar sagen ›romantisch‹.«

Gloria zwinkerte Alex zu.

»Hat Marcus dir erzählt, dass er demnächst heiraten wird?«, fragte Alex.

»Oh, das hat er«, meinte Gloria. »Aber du weißt ja, wie es so schön heißt: Das letzte Wort ist noch nicht gesprochen. Ich lass euch ein bisschen allein.« Sie zögerte einen Moment. »Komm, Hund, wir zwei machen noch einen Spaziergang.«

Buoy, der gerade eine Pfütze vor dem vor sich hinglimmenden Feuer hinterließ, warf ihr einen Blick zu, welcher ziemlich eindeutig besagte, *Darauf kannst du lange warten*, und schloss fest die Augen.

»Geh doch nach oben«, sagte Alex. »In meinem Schlafzimmer stehen ein paar Bücher rum.«

»Oder ich könnte deine Garderobe durchsehen, gucken, ob ich nicht was finde, um deinen Look ein bisschen aufzupeppen.«

»Komischerweise«, sagte Alex, die registrierte, wie Marcus in dem ganzen winzigen Zimmer herumguckte, nur um sie nicht ansehen zu müssen, »denke ich, dass ich jetzt genug Umstylings hatte, die mir fürs ganze Leben reichen.«

»Verstehe«, meinte Gloria. »Nun, amüsier dich, Schätzchen, tu nichts … ach, vergiss es.«

Alex wartete, bis sie das Knarren der Dielen über sich hörte.

»Unter den gegebenen Umständen«, sagte sie, »sollte ich wohl besser nicht deine Trauzeugin werden. Vielleicht sollten wir unsere Freundschaft überhaupt mal für eine Weile auf Eis legen.« Sie hielt inne und kämpfte gegen das jähe Entsetzen an, als ihr plötzlich wieder einfiel, was in der Nacht zuvor zwischen ihnen passiert war. »Ich finde es einfach schwierig, dich so zu sehen, wie ich es früher getan habe. So, du weißt schon, Frohe Weihnachten und all so was. Lass von dir hören, man sieht sich und in dem Stil.«

»Ich werde Milly nicht heiraten«, sagte Marcus.

»*Wie* meinst du, du wirst Milly nicht heiraten?«, fragte Alex. »Ich meine, ich weiß, es war dumm, was wir getan haben, und egoistisch und eigentlich fies, und ja, wir haben uns nackt gesehen und an Stellen berührt, wo wir es wahrscheinlich nicht hätten tun sollen, aber wir haben es ja nicht wirklich ›gemacht‹, sodass du Milly meiner Meinung nach immer noch relativ guten Gewissens heiraten kannst.«

»Mag sein«, sagte Marcus. »Aber ich kann sie nicht heiraten, wenn ich in eine Andere verliebt bin.«

»Welche Andere denn?«, fragte Alex frustriert.

»Dich, Alex«, erwiderte Marcus. »Ich bin in dich verliebt, du blöde Kuh.«

»Nein, bist du nicht«, sagte Alex und ging wütend auf ihn zu. »Du bist nicht in mich verliebt.« Sie stieß ihn heftig vor die Brust, und schockiert stolperte er ein, zwei Schritte nach hinten. »Oh, mein Gott, das ist ja so typisch für dich, du kriegst einen Ständer, und glaubst, es ist Liebe.« Alex stieß ihn wieder an und drängte ihn noch ein paar Zentimeter weiter zur Tür. »Und du bildest dir ein, es ist in Ordnung, einfach mit mir rumzumachen, mit unserer Freundschaft rumzupfuschen, als wäre sie ein Spielzeug, nach dem man greifen kann, wenn man gerade Lust dazu hat. Und das willst du Liebe nennen?« Sie verpasste ihm einen weiteren Schubs. »Du liebst mich nicht, Marcus.«

»Woher willst du das denn wissen?«, fragte Marcus und wappnete sich, sodass der nächste Rempler nichts bewirkte. »Woher willst du wissen, was in meinem Kopf oder meinem Herzen vorgeht und wie konfus ich bin, oder wie ich gestern, nachdem ich im Pub ankam, die ganze Nacht wach gelegen und an dich gedacht habe, Alex – drüber nachgedacht habe, wie sehr ich dich will. Du kannst mir sagen, dass du mich nicht liebst, aber du kannst mir nicht erzählen, dass *ich* dich nicht liebe. Das weiß nur ich.«

»Ich pack das nicht«, sagte Alex. »Ich kann nicht mehr. In ein paar Stunden muss ich die Jungfrau Maria spielen, und es zieht ein Sturm auf. Ich muss mich auf meine Rolle vorbereiten!«

Sie starrten sich ein paar Sekunden lang an, dann verzog Marcus lächelnd die Mundwinkel.

»Wage es nicht, jetzt zu lachen«, drohte ihm Alex, doch unvermittelt zitterte ihr selbst die Stimme vor unterdrücktem Gelächter. »Das ist nicht lustig!«

»Das ist schon ein bisschen lustig«, widersprach Marcus.

Alex schüttelte den Kopf und musste lächeln, als sie sich hinsetzte. Wenn sie noch miteinander lachten konnten, konnten sie ja vielleicht doch Freunde bleiben?

»Okay, vielleicht ist es ja ein bisschen lustig, aber in einer Sache habe ich recht: Ich pack das jetzt nicht.«

»Warum nicht?«, fragte Marcus. »Hast du nicht dein ganzes Leben lang drauf gewartet, dass ich mich in dich verliebe? Nun, es ist passiert, Alex, es passiert gerade jetzt.«

»Du bist wirklich unglaublich arrogant«, sagte Alex. »Aber du hast recht, mein ganzes Leben lang habe ich darauf gewartet, dass du dich in mich verliebst. Nur …« Alex zuckte die Achseln. »Nur weiß ich nicht, ob es nicht ein bisschen zu spät war.«

»Du meinst, du hast nicht mehr dieselben Gefühle für mich?«, fragte Marcus.

»Ich weiß überhaupt nicht, was ich fühle«, sagte Alex. »Und ich will auch nicht darüber nachdenken. Hast du die Frau eben gesehen, die die Treppe hochgegangen ist, Marcus? Das war meine Mutter. Du weißt schon, die Mutter, von der ich die meiste Zeit meines Lebens nichts gesehen habe? Ist einfach aus heiterem Himmel aufgetaucht, und du hast kein einziges Mal nach ihr gefragt.«

»Aber nicht, weil es mir egal ist«, sagte Marcus. »Natürlich beschäftigt mich das, und natürlich weiß ich, dass du momentan total am Ausflippen bist, aber ich bin gekommen, weil ich dir sagen will, dass ich dich liebe. Ich hab die ganze Nacht lang geübt, und als ich dich gesehen habe, musste ich es sagen, eh ich mir den Schneid abkaufen lasse. Weil ich dich liebe, Alex. Was zum Teufel will deine Mutter eigentlich hier?«

»Ich weiß es nicht«, sagte Alex. »Aber ich muss einfach … ich muss mich da erst mal drum kümmern. Solltest du nicht zurückfahren? Solltest du nicht mit Milly zusammensein? Morgen ist Weihnachten!«

»Ich heirate Milly nicht, ich hab's dir doch gesagt. Und ich gehe nirgendwohin, bevor du mir nicht eine Antwort gibst.«

»Eine Antwort worauf?«, fragte Alex. »Du hast mir ja nicht direkt 'ne Frage gestellt.«

»Komm zurück, Alex, komm mit mir nach Schottland zurück. Ich werde Milly alles erklären, und wir bringen das mit deinem Vater wieder in Ordnung. Wir werden zusammen sein und eines Tages heiraten wir und kriegen einen Stall voller Kinder. Komm mit.«

Alex spürte, wie sich ihre Augen mit Tränen füllten. So viele Jahre hatte sie sich nach genau diesen Worten gesehnt, aber jetzt? Vor nicht allzu langer Zeit hatte Marcus wahrscheinlich fast das Gleiche zu Milly gesagt, zu Milly, die in seliger Unwissenheit über die Streiche ihres Verlobten noch immer Blumen für ihre Traumhochzeit aussuchte.

»Ich pack das einfach nicht, schließlich muss ich auch noch den Festzug und Weihnachten überstehen.«

»Okay, du brauchst Zeit. Das ist cool. Ich werde warten. Die machen da im Pub ein Weihnachtslunch, zu dem für eine Dreißig-Pfund-Pauschale jeder kommen kann. Eddie meinte, er könnte mich da noch unterbringen. Ich reserviere für uns.«

»Ich arbeite, und werde mit meiner Mutter im Büro essen«, beschied ihm Alex. »Geh zurück zu Milly.«

»Ich geh nicht zurück«, sagte Marcus. »Ich warte. Ich seh dich später beim Festzug, okay?«

Alex zuckte die Achseln und ließ sich, sobald sich die Tür hinter ihm schloss, auf den Teppich sinken, vergrub das Gesicht in Buoys feuchtem Fell und heulte.

18

Es war schon nach drei, als Alex endlich aus dem Cottage und von Gloria wegkam, die trotz aller Unschuldsbeteuerungen einige von Alex' Klamotten aufs Bett gelegt, aber bei Weitem die meisten in eine Mülltüte gestopft und an die Tür gehängt hatte.

»Du kannst doch nicht einfach hier reinkommen und meine Klamotten wegwerfen!«, protestierte Alex.

»Liebes, ich kann und ich habe es getan«, entgegnete ihr Gloria. »Ich musste. Ich mag es ja versäumt haben, dich als Kind zu kleiden, aber es ist meine Pflicht, es heute zu tun; zumal ich in der Modebranche gearbeitet habe, Liebes. Auch wenn du nicht meine Tochter wärst, könnte ich nicht zulassen, dass du dich weiterhin so völlig falsch kleidest. Diese Jeans sind eine Nummer zu groß, der BH offensichtlich in der Weite eine Nummer zu groß und von der Körbchengröße her zwei Nummern zu klein. Eine einzige Katastrophe!«

»Ich bin einfach nicht so«, versuchte Alex ihr zu erklären. »Ich maschele mich nicht gern auf. Gestern Abend hab ich mich aufgestylt und mich nur blöd gefühlt, und … na ja, wie ein Stück Fleisch.«

»Ich nehme an, du sprichst von diesem *Fummel.*« Gloria hatte das Wort voller Abscheu ausgesprochen. »Ja, Liebes, darin würdest du alles zeigen, was du hast. Es ist eigentlich für eine schmalere, flachbrüstigere Frau gedacht.«

Alex dachte an Lucy mit ihren zarten Kurven und ihrer hochgewachsenen Eleganz, und vermutete, dass sie sich ziemlich was vorgemacht hatte, als sie sich einbildete, sie könnte in eins ihrer Kleider schlüpfen und gut aussehen. Sie hatte sich wohl eher hineingezwängt, wobei eine Menge wieder oben herausgequollen war.

»Ich sehe dich eher in was Klassischem, sagte Gloria. »Du weißt nur noch nicht, wie es geht. Also, um die Hüften hast du etwa die gleiche Größe wie ich, oben ein bisschen mehr …« Ein paar Minuten später kam Gloria mit einer schwarzen hautengen Jeans und einem weichen grauen Lambswool-Pullover mit tiefem V-Ausschnitt zurück.

»Ich trage keine Hüftjeans«, erklärte Alex und guckte die Hose an, als ob sie sie beißen könnte.

»Aber warum denn nicht?«, fragte Gloria.

»Äh, weil ich Hüften habe?«, wandte Alex ein. »Ich hab keine Lust, mit solchen Bauchspeckröllchen rumzulaufen.«

»Oh mein Gott, was siehst du denn, wenn du in den Spiegel guckst!«, fragte Gloria aufgebracht. »Hier, zieh das mal unter deinem Top an. Ich hab es in meiner üblichen Größe gekauft, aber es ist ziemlich groß ausgefallen, sodass ich glaube, dass es dir prima passen dürfte.«

Alex nahm den schwarzen Bügel-BH aus Spitze. »Sexy Unterwäsche bringt mich nur in Schwierigkeiten«, murrte sie wie ein trotziger Teenager.

»Genau dafür ist sie ja auch da, Darling«, gluckste Gloria. »Na, nun mach mal.«

Nicht bereit, sich vor ihrer Mutter auszuziehen, raffte Alex die Kleiderspenden zusammen und begab sich ins Bad, um widerwillig Glorias Wünschen zu entsprechen.

Wenn sie sich wie eine Puppe von ihr herausputzen ließ, konnte sie ihr vielleicht entkommen und bei St-Austell-Steve im Büro vorbeischauen. Das Wetter draußen war grauenhaft, und Alex konnte nur hoffen, dass der Sturm zu ihrem Festzug-Debüt nachließ.

Sie zog die Jeans an und war überrascht, wie gut sie um die Hüften herum passte und dass sie den Reißverschluss zubekam. Auch der BH schien ihr, als sie ihn zuhakte, gar nicht übel. Auf alle Fälle umschloss er ihren Busen viel effizienter, als der, den Lucy ihr geliehen hatte. Der Pullover war weich und zumindest angenehm zu tragen. Alex stapfte in ihr Schlafzimmer zurück, wo Gloria auf dem Bett saß und in den Regen hinausstarrte. Einen Moment lang wirkte sie so traurig, dass Alex sie am liebsten umarmt hätte, doch dann erinnerte sie sich, dass Gloria ja praktisch eine Fremde war, und sie nie zu denen gehört hatte, die Fremde umarmten. Nicht einmal in Poldore.

»Gut.« Ihre Mutter nickte und klopfte neben sich aufs Bett.

Ein wenig misstrauisch ging Alex zu ihr hin und setzte sich, und Gloria legte ihr die Hand unters Kinn und zog ihr Gesicht zu sich heran.«

»Schau mal nach oben«, befahl sie ihr und ahnte nicht, dass die mütterliche Berührung Alex völlig überrumpelte. Plötzlich schmolzen fünfundzwanzig Jahre zu einem Moment zusammen, und Alex saß im Gras neben dieser traumschönen blonden Frau, die das Butterblumenspiel mit ihr spielte, sprich ihr eine Butterblume unters Kinn hielt, deren gelbe Lichtreflektion auf der Haut angeblich bewies, dass man Butter mochte.

»Du hast wirklich Glück«, sagte Gloria, ohne etwas von den aufwallenden Gefühlen zu bemerken, die diese flüchtige, ihre Tochter noch immer in ihrem Bann haltende Erinnerung, ausgelöst hatte. »Deine Haut ist makellos – weil du nicht zu viel Zeit in der Sonne verbringst. Im Grunde brauchst du nur ein bisschen Eyeliner, um diese blauen Augen zur Geltung zu bringen, und vielleicht einen Hauch Wimperntusche.«

Alex wartete, bis ihre Mutter fertig war; dann legte Gloria zu ihrem Entsetzen die Hand an ihre Wange.

»Du bist so schön«, sagte sie. »Ich habe so viele Jahre verloren.«

Alex wollte etwas sagen, denn während ihre Mutter sie berührte, spürte sie diese unerwartete Verbindung, die bis zu dem kleinen Mädchen auf der Butterblumenwiese zurückreichte, und auf einmal war da so viel, das sie sagen, fragen, verstehen wollte, und am überraschendsten vielleicht, Alex merkte zum ersten Mal, dass ihr schon seit Jahren, wirklich Jahren die Berührung ihrer Mutter gefehlt hatte.

»Geh und sieh in den Spiegel«, sagte Gloria, rutschte von ihr weg und gestikulierte zu dem alten, stockfleckigen länglich ovalen Spiegel hin, der in die mittlere Tür des Kleiderschranks eingelassen war. Alex erhob sich und guckte. Und sie musste zugeben, dass ihr Spiegelbild inzwischen beträchtlich leichter einzuschätzen war, nachdem ihre Mutter die Staubschicht abgewischt hatte, die sich schon lange vor Alex' Einzug darauf angesammelt hatte. Und so sah sie sich dann. Gloria hatte recht gehabt, die Kleidungsstücke saßen perfekt, betonten die großzügigen Kurven ihrer Hüften und ihre schwellenden Brüste. Und nachdem der dunkle Haarvorhang aus dem Gesicht gebürstet war, erkannte Alex überrascht, dass ihre strahlenden blauen Augen in der Düsternis dieses Nachmittags buchstäblich zu leuchten schienen.

»Was hältst du davon?«, fragte Gloria.

»Ich … ähm, gefällt mir«, erwiderte Alex erstaunt.

»Also, nun sollten wir aber ganz schnell zu deinem Büro und zum Umzug losfahren, Liebes, oder?«, fragte Gloria. »Ich zieh mir nur schnell was Festliches über, dauert nicht lang.«

»Du kannst nicht mitkommen«, meinte Alex bestürzt. »Stell dir mal vor, wie viel ich da zu erklären habe.«

»Na ja, hier kann ich auch nicht bleiben«, entgegnete Gloria. »Irgendwie muss ich rüber nach Poldore, und allein in diesem kleinen Boot rechne ich mir keine guten Chancen aus, nicht im Dunklen. Ich fahre mit dir rüber, schaue mal ins Pub rein und lerne dort ein paar von den Einheimischen kennen. Marcus hat mir erzählt, das es hier eine ganze Menge Geld gibt – und wer weiß, vielleicht angle ich mir ja doch noch einen klapprigen Millionär.«

Alex musste lächeln, als Gloria hinter der offenen Schranktür verschwand, ihre bronzefarbenen Leggings über der Schranktür erschienen, gefolgt von ihrem flauschigen Pulli.

»Darf ich dich etwas fragen?«

»Klar«, antwortete sie unter Stoffschichten – was immer es war, das sie sich gerade überstreifte – hervor.

»Warum hast du eigentlich Dad geheiratet? Ich meine, du warst dieses Model, diese Schönheit. Was hast du in

Dad gesehen, vor allem, das er ja schon in Mrs O'Dowd verliebt gewesen sein muss, als du ihm begegnet bist?«

»Nun, das hat er mir geschickt verheimlicht«, erwiderte Gloria nachdenklich. »Er wusste, wie er mit mir umgehen musste, Alexandra, er hatte eine Art, wie ich sie von keinem anderen Mann kannte. Er war so sanft, so respektvoll. Er behandelte mich wie eine Kostbarkeit. Er hörte mir zu, meine Meinungen waren ihm wichtig. Vor ihm hatte es nie jemanden interessiert, ob es jenseits meiner Haare oder Beine noch etwas gab … Ich liebte ihn so. Ich dachte, wir gründen eine kleine Familie, und ich werde die perfekte Ehefrau und Mutter sein. War schon ein ziemlicher Schock für mich, als ich diese alte Schlampine Eleanor O'Dowd nicht ausstechen konnte. Die hatte so gar keinen Schick! Aber so ist es nun mal, Liebe macht blind.«

Gloria trat hinter der Tür hervor und drehte sich um die eigene Achse. »Jetzt sag mir, was du denkst?«

Alex dachte zwei Dinge.

Erstens, dass ihre Mutter fantastisch aussah.

Und zweitens, dass sie Lucys rotes Kleid anhatte.

»Nun«, meinte Gloria, »wenn es dich in Schwierigkeiten gebracht hat, vielleicht klappt es ja auch bei mir.«

Als sie in ihrem schaukelnden, tief eintauchenden und mit dem Wellengang (dem höchsten seit Alex' Ankunft) kämpfenden Boot über den Fluss setzten, hegte Alex keine große Hoffnung, dass eine von ihnen trocken bliebe. Nicht einmal Buoy hatte ins Freie gewollt, sondern kletterte auf den Sessel, drehte sich dreimal um die eigene Achse, um sich – wohl schon für die Nacht, dachte Alex – darin einzurichten. Wenigstens konnte sie Gloria überreden, in Gummistiefel und einen ihrer Parkas zu schlüpfen – obwohl die sich nach Kräften dagegen wehrte.

»Das einzige Fashion-Statement eines Parkas besteht doch darin«, meinte sie mürrisch, »dass die Chance auf spontanen Sex verschwindend gering wird.«

Sodass Alex ihrer Mum erleichtert aus dem Boot half, als sie kurz vor fünf wieder festes Land betraten.

Sie blickte in den stürmischen Himmel hinauf, der Wind zerrte an ihrem Haar. »Oh je, hoffentlich ruiniert uns das nicht den Festzug«, sagte Alex. »Sue plant ihn schon seit Januar.«

»Nun hör auf, nach dem Regen zu gucken, Darling, bring mich lieber raus aus dem Regen«, meinte Gloria. »Wo ist das nächste Pub?«

Alex graute bei der Vorstellung, was ihrer Mutter womöglich einfallen würde, sobald sie sie am *Silent Man* absetzte. Aber da sie in den letzten fünfundzwanzig Jahren ja auch nicht gewusst hatte, was sie vorhatte, war es wohl sinnlos, sich ausgerechnet jetzt Sorgen zu machen. Stattdessen schaute sie rasch im Büro vorbei, wo sie den auf den Radar starrenden St-Austell-Steve vorfand.

»Und wie ist es?«, fragte sie ihn.

»Ziemlich grauenhaft«, gab er zurück. »Aber geht schon. Im Hafen gibt's praktisch keine Bewegung, weil Weihnachten ist, und jeder wegen des Festzugs an Ort und Stelle bleibt. Es ist eher so eine Art Babysitten, nichts Besonderes.«

»Besteht denn irgendeine Aussicht auf einen Wetterumschwung, was meinen Sie?«, fragte Alex.

Steve wirkte wenig zuversichtlich, während er den ständig sich aktualisierenden Wetterschirm auf dem Computermonitor betrachtete. »Hängt davon ab«, meinte er, »ich sehe da einen winzigen Umschwung, genau in der Mitte, der, wenn wir Glück haben, womöglich zu uns kommt, aber nur, wenn der liebe Gott Kunstschnee zur Geburtstagsfeier seines Sohnes gutheißt, nicht wahr?«

»Sie sind also bereit?«, lachte Alex.

»Ich bin bereit, und habe es hier herinnen warm und gemütlich. Sie sind diejenige, die rausmuss!«

»Wünschen Sie mir Glück«, sagte Alex. »Und wenn ich Sie vorher nicht mehr sehe: Frohe Weihnachten!«

Der Wind riss Alex die Kapuze vom Kopf, als sie nach Castle House hinauflief und sich freute, als sich Lucy in Kapuzenschal und purpurrotem Mantel bei ihr einhängte und neben ihr Tritt fasste.

»Hey«, sagte Lucy. »Ich habe noch ein Hühnchen mit dir zu rupfen. Da kommt eben diese Frau ins Pub, hat mein Kleid an und sieht besser darin aus als du und ich!«

»Oh ja … Das ist meine Mutter«, erwiderte Alex und musste die Stimme heben, um sich bei dem Wind Gehör zu verschaffen.

»Aber ich dachte immer, du hast deine Mum seit Jahren nicht mehr gesehen?«, brüllte Lucy zurück.

»Ich weiß, sie ist einfach aufgetaucht«, schrie Alex. »Ich weiß nicht, was es mit diesem Ort auf sich hat, es ist fast, als würden sich, kaum dass ich hier angekommen bin, all meine ungeklärten Fragen wie durch Zauberei lösen.«

»Du bist nicht die Erste, die das von Poldore behauptet«,

erwiderte Lucy und klang plötzlich viel zu laut, da der Wind unerwartet nachließ. »Vor langer, langer Zeit, noch ehe das Christentum zu uns fand, war Poldore ein Wallfahrtsort der Druiden, ein Ort der Heilung für Leib und Seele. Manche Leute glauben noch heute dran. Stacey Arthur, die im Buchladen arbeitet, geht manchmal noch in die Wälder und macht solche heidnischen Sachen, tanzt ohne Kleider im Mondschein herum, du weißt schon, so was.«

»Ehrlich?«, fragte Alex.

Verblüffenderweise rissen nun die Wolken auf, und Castle House wurde in den gelblichen Schein der letzten Sonnenstrahlen getaucht, der die roten Ziegel für einen flüchtigen Moment in Bronze verwandelte.

»Ja«, sagte Lucy. »Und es gibt noch etwas Magisches in Poldore.«

»Elfen?«, flüsterte Alex mit aufgerissenen Augen.

»Noch besser«, versetzte Lucy. »Seit sechshundert Jahren wurde der Festzug noch nie wegen schlechten Wetters abgesagt.« Und sie lächelte, während sie unter dem Fallgitter hindurchschritten, in den plötzlich freundlichen Himmel hinauf.

19

Unter dem Fallgitter durchzugehen war fast wie ein Zurückgehen in eine frühere Zeit, eine Zeit vor vier- oder fünfhundert Jahren. Der Hof war voller Leute, viele davon bereits in ihren Kostümen, und Sue stand auf der Pritsche eines kleinen, als Pferdegespann dekorierten Lastwagens und wandte sich mit ihrem Megafon an die Menge. Während sie Sues Heiligenschein und fließende weiße Gewänder in sich aufnahm – von dem prächtigen, fast bis zum Nabel reichenden falschen Bart ganz zu schweigen –, dachte Alex einen glorreichen Moment lang, Sue habe sich selbst in der Rolle Gottvaters besetzt, was ihr – offen gesagt – völlig einleuchtete. Doch dann entdeckte Alex die steifen, golden gestrichenen Pappeflügel und ihr fiel wieder ein, dass Sue den Engel Gabriel verkörperte, was, vermutete sie, wohl nach Gott das Nächstbeste war, vor allem auch, da sie Jesus ja nun wirklich nicht spielen konnte.

»Hier entlang«, sagte Lucy und führte sie durch eine Schar von Kindern, von denen viele tatsächlich Sues eigene waren und die man als diverse Bauernhoftiere verkleidet hatte. Bei der Generalprobe waren die Kinder nicht dabei gewesen und offenbar trieben sie Sue bis an den äußersten Rand ihrer himmlischen Grenzen.

»Wollt ihr kleinen Scheißer wohl mal die KLAPPE HALTEN!«, brüllte Cordelia sie so heftig an, dass ihnen das schließlich doch einen Dämpfer versetzte. Als Alex Lucy durch einen Torbogen folgte, der ihr vorher nie aufgefallen war, hörte sie das leise Stimmchen eines Lämmchens flüstern, »Cordy, ich hab Pipi in mein Fell gemacht.«

»Ist das immer so?«, fragte Alex Lucy, die sie sehr weit weg vom eigentlichen Geschehen ins Innere von Castle House zu führen schien, was ihr ein bisschen merkwürdig vorkam. Als sie das letzte Mal in ihr Kostüm geschlüpft war, waren etwa fünfzig weitere Leute dabei gewesen.

»Immer«, erwiderte Lucy fröhlich. »Vor der Ruhe herrscht immer Chaos, und am Ende scheint dann doch immer alles zu klappen. Hier lang, hier hinein.« Sie öffnete eine alt wirkende Kassettentür aus Eichenholz. »Garderobe für die Stars.«

Als Alex hineinsah, entdeckte sie Ruan, der gerade sein Hemd abgestreift hatte und dabei war, die erste Schicht seines Josefskostüms anzulegen. Sein Anblick verschlug ihr und Lucy momentan die Sprache. Ruan war ein äußerst gelungenes Exemplar der männlichen Spezies. Wenn auch nicht ganz so groß und breit wie Marcus, besaß er jedoch noch einmal eine völlig andere Qualität, und Alex hatte ihn noch nie unbekleidet gesehen. Um es ganz schlicht zu sagen, er war wirklich schön, von der Halskuhle bis zu den perfekten Muskeln von Oberkörper und Armen, die aussahen, als könne er ebenso gut Balletttänzer sein wie Bootsunternehmer. Und in den wenigen Sekunden, die Alex sich der Betrachtung seiner dunklen Haut und der schwarzlockigen, bis zum Nabel und weiter hinunterreichenden Haarlinie hingab, erlangte sie die Gewissheit, dass er sie, wenn er wollte, ohne Weiteres in seinen Armen hochheben könnte, als sei sie leicht wie eine Feder, um sie fortzutragen … nun, im Grunde konnte er sie überall hintragen, es war ihr egal.

»Und«, unterbrach Lucy den wolllüstigen Moment mit einem einzigen wehmütigen Wort. »Ihr müsst euch fertigmachen, ihr beiden. Zieht eure Kostüme an, macht euch bereit, und sobald ihr hier heraustretet, will ich, dass ihr beste Freunde seid. Wir wollen ja nicht, dass das Christkind ein Trauma davonträgt, oder?«

Lucy schubste Alex in den winzigen Raum, eigentlich eher eine Zelle, die nur von einer nackten Glühbirne erhellt wurde, und schloss die Tür hinter ihr. Alex und Ruan musterten sich misstrauisch, als das Schloss einrastete.

»Sie hat uns eingesperrt!«, sagte Ruan. Er musste an Alex vorbei, als er zur Tür ging, um dagegen zu hämmern. »Du kannst mich nicht einsperren, Lucy, ich hasse enge Räume. Ich war als Kind mal in einer Schatztruhe eingeschlossen.«

»Was bist du eigentlich, Pirat?«, rief Lucy zurück. »Tut mir leid, so lautet Sues Anweisung. Ich bin nur ein kleines Stück weiter unten in der Halle, klopft einfach, wenn ihr wieder auf dem richtigen Weg seid mit eurer Heirat.«

Ruan seufzte, ließ den Kopf hängen und drehte sich ein wenig um, sodass Alex seine herrlich geformten Brustmuskeln sehen konnte. Plötzlich hatte sie einen trockenen Mund und wollte sich unbedingt setzen, doch es gab keine Sitzgelegenheit, sodass sie sich an eine riesige alte Holztruhe lehnte, die so alt war, dass sie durch die Spuren des jahrelangen Gebrauchs fast schwarz wirkte.

»War es die Truhe da, in die du eingesperrt warst?«, fragte sie, und die Schwäche, die sie in den Knien verspürte, übertrug sich auf ihre Stimme. Das war etwas Neues für sie, dieses jähe körperliche Hingezogensein zu einem Mann. Das hatte sie noch nie erlebt, dieses Begehren, das einem den Wunsch eingab, den anderen, na ja, von Kopf bis Fuß abzuschlecken. Nicht einmal bei Marcus hatte sie das verspürt. Alex errötete über die für sie so *un*typische Unanständigkeit und senkte ruckartig das Kinn, sodass ihre Haare nach vorn fielen und den roten Kopf verbargen.

»Zieh dir ruhig was über«, sagte sie.

»Sorry.« Ihrem Blick ausweichend griff Ruan nach der ersten Schicht seines Gewands und zog es sich über den Kopf, was sie gleichzeitig als erleichternd und beschämend empfand.

»Nein«, sagte Alex. »*Mir* tut es leid. Ich habe gestern völlig überreagiert. Ich hatte einen wirklich langen und verwirrenden Tag, ich war müde, und auch ein bisschen verkatert. Ich meine, du hattest recht. In der Bibel steht schließlich nichts davon, dass Maria und Josef miteinander rummachen, oder?«

»Nein, mir muss es leidtun«, meinte Ruan. »Ich habe erst später gemerkt, wie unhöflich ich war. Es muss ja geradezu so ausgesehen haben, als würde ich mir lieber den Arm abhacken, als ihn um dich zu legen, und so empfinde ich das gar nicht. Ganz und gar nicht.«

Ein kurzes Schweigen entstand, und ihre Blicke trafen sich. Alex machte keinen Mucks, da sie sich sicher war, dass schon ein Schnaufer Ruan von dem, was er als nächstes sagen wollte, abschrecken konnte.

»Ich habe dir die Geschichte von Merryn noch nicht zu Ende erzählt«, sagte er.

Dies waren nicht die Worte, die Alex sich erhofft hatte,

obwohl sie sich nicht sicher war, welche sie eigentlich erwartet hatte. Hatte sie sich gewünscht, dass Ruan sie schwungvoll und leidenschaftlich umarmte, um sie gleichzeitig um ihren jungfräulichen Zustand zu bringen?

Nein, sagte sie sich entschieden, nein, natürlich nicht. Es gab viel zu viele andere Dinge, an die sie momentan denken musste, und hatte sie nicht erst einen Tag zuvor mehr oder weniger dieselbe Sache mit Marcus verhindert? Weil sie sich – wie ihr dabei klar geworden war – wünschte, dass ihr erstes Mal wirklich etwas bedeutete. Wenn sie nun den armen, trauernden Ruan begehrte, war sie im Grunde nicht besser als Marcus am Vorabend, der bereit gewesen war, ihre lebenslange Freundschaft zu riskieren, nur um mit ihr zu schlafen. Es sei denn natürlich, dachte Alex, Marcus liebte sie tatsächlich.

»Merryn ist aufs Meer rausgefahren und nie mehr zurückgekehrt – das ist der Teil der Geschichte, den alle kennen«, erzählte er nun. »Aber es gibt noch etwas anderes. Etwas, das ich nie jemandem erzählen konnte.«

»Was denn?«, fragte Alex, und sofort waren alle Gedanken an nackte Oberkörper und Marcus' Liebeserklärung verscheucht. Sie spürte, dass Ruan ihr etwas wirklich Wichtiges sagen wollte.

»Merryn hatte mich verlassen«, erwiderte er schlicht. »Deswegen hatten wir uns gestritten. Ich glaube, ich hatte es schon seit Langem gespürt. Ich kämpfte dagegen an, klar. Ich liebte sie, wie ich sie immer geliebt hatte. Nur, ich blieb derselbe, während sie sich veränderte.« Er blickte zu Alex auf, die seinem Blick standhielt und ihn damit zum Weitersprechen ermutigte. »Ich liebe diesen Ort so sehr«, fuhr er mit einer Leidenschaft fort, die sie fast körperlich ergriff. »Alles hier – die Berge, die Felsen, das Gras, den Himmel, die Wellen, die auf die Felsen krachen. Ich liebe all diese Dinge, und da habe ich von den Gebäuden oder den Menschen noch gar nicht angefangen. Es ist, na ja, es ist, als seien ich und dieses Land dasselbe, miteinander verwachsen. Klingt doch irgendwie total traurig, oder?«

»Nein«, sagte Alex, und ihre Stimme klang ein wenig heiser. »Nein, ich finde es wunderbar, eine so starke Heimatverbundenheit zu empfinden – wie du.«

»Ich wollte nie weg«, sagte Ruan. »Das ist mir einfach nie in den Sinn gekommen. Aber Merryn wollte ihren Horizont erweitern. Sie wollte die Welt sehen, in einer großen Stadt leben, wollte einen Job, bei dem man Hosenanzug und hochhackige Schuhe trägt, wie meine Schwester Tamsyn, nehme ich an. Aber ich wollte das einfach nicht. Ich wollte hier bleiben, mit Booten arbeiten und eines Tages eine Familie gründen.« Sein dünnes Lächeln wirkte so traurig, dass Alex' Hand unwillkürlich nach oben flog, die kleine Kluft zwischen ihm und ihr überbrückte und seine ergriff.

Ruan schaute sie zwar nicht an, aber er zog auch nicht die Hand zurück.

»Aber das war halt nicht, was Merryn sich wünschte. Und der Tag, an dem sie mit dem Boot rausfuhr, war genau der, an dem sie mir gesagt hatte, dass es vorbei sei mit uns. Sie wollte nach London gehen, um bei einer Freundin zu wohnen und Arbeit zu suchen. Ich sagte ihr, es würde ihr noch leidtun, sie würde es nie schaffen und mit eingezogenem Schwanz wieder heimkommen, und ich würde nicht auf sie warten.«

Als Ruan Alex ansah, glänzten seine dunklen Augen vor unvergossenen Tränen.

»Ich war schrecklich zu ihr, Alex, nicht, weil ich den ganzen Mist wirklich glaubte. Ich wusste, Merryn würde alles schaffen, was sie nur wollte, sie war großartig. Sondern weil ich mich so todunglücklich und beraubt fühlte. Ich wollte sie nicht verlieren, niemals.«

Ein Schweigen entstand, er wandte sich ab, und Alex vermutete, er wolle sich sammeln, ehe er weitersprach. Immer noch waren ihre Finger ineinander verschränkt, und sie ertappte sich dabei, wie sie mit dem Daumen seinen Handrücken streichelte.

»Sie war so sauer auf mich, dass sie das Boot nahm, um sich wieder zu beruhigen. Das machte sie ständig, hatte sie schon getan, seit sie ein kleines Mädchen war. Es war ein windstiller Tag, die See lag völlig glatt, sodass ich mir auch keine Sorgen machte, als ich merkte, dass sie keine Rettungsweste dabeihatte. Wir vergaßen das beide andauernd, es ist so eine Art Aberglaube, nicht? So wie in der guten alten Zeit die Matrosen nie Schwimmen lernten, weil sie glaubten, wenn sie es täten, hieße das, sie würden über Bord gehen, nicht wahr?« Schließlich zog Ruan seine Hand zurück. »Sie ist nie zurückgekehrt. Und alle behandelten mich wie einen trauernden Liebhaber, und das war ich ja auch. Nie hab ich jemand von unserem Streit erzählt, nicht mal ihren Eltern. In all den Jahren, die seither vergangen sind, waren sie wie eine Familie für mich und Cordy. Jedes Jahr, wenn ich an Merryns Grab gehe, treffe ich sie dort. Wir essen zusammen. Und deswegen …« Ruan hielt inne. »Und deswegen habe ich manchmal das Gefühl, als könnte ich es nie hinter mir lassen. Nie Gefühle für einen anderen Menschen entwickeln, Gefühle, die so stark und so unerwartet sind, dass sie mir Angst machen. Es ist, als würde ich – wenn ich solchen Gefühlen nachgäbe – Merryn im Stich lassen und ihre Familie enttäuschen.«

»Ich kenne Merryns Verwandte ja nicht«, sagte Alex, »und ich glaube nicht, dass ich sie schon kennengelernt habe. Aber wenn sie dich gern haben und sich Sorgen um dich machen, dann wollen sie sicher auch, dass du glücklich bist? Oder?«

»Weißt du«, fuhr Ruan fort, »bis vor Kurzem musste ich mir darüber keine Gedanken machen. Bis vor Kurzem gab es einfach niemand, der … *solche* Gefühle bei mir geweckt hätte.«

Einen quälenden Moment lang fragte sich Alex, ob er jetzt über Marissa redete, oder vielleicht … konnte es sein? Gab es auch nur die leiseste Chance, dass er von ihr sprach? Oder wurde sie jetzt langsam größenwahnsinnig und bildete sich ein – nachdem ihr ein Mann seine Liebe erklärt hatte –, dass ihr alle verfallen waren? Wie lächerlich, sagte sich Alex, und daran änderten auch ein hübsches Top und ein bisschen Eyeliner nichts. Wenn es auf eine Entscheidung zwischen ihr und Marissa hinauslief, dann war das doch gar kein echter Vergleich. Marissa mit ihrem mühelosen Stil und ihrer zarten Schönheit würde immer den Sieg davontragen.

»Ich habe *vertragen* gesagt, nicht *Liebe machen*«, unterbrach sie Lucy und riss so geräuschvoll die Tür auf, dass beide zusammenzuckten. »Verdammt noch mal, zieht euch an und kommt da raus. Sue dreht gleich durch!«

Alex und Ruan schreckten auf, als hätte man sie aus einer Trance geweckt. Alex zog ihre Tunika an, und Ruan stand dicht neben ihr, um ihr zu helfen, die blaue Schärpe umzubinden und schließlich auch noch den Schleier mit Haarklemmen festzustecken.

»So«, meinte er und sah ihr, letzte Hand anlegend, in die Augen. »Du wärst dann so weit.«

»Oh Gott!« Als sie die Tür öffneten, stand Sue vor ihnen. »Wehe, ihr habt eure Differenzen nicht im Griff. Der Umzug beginnt in zehn Minuten. Hier, Alex, hier ist unser Jesulein.«

»Alex war entsetzt, als Sue ihr ein dick eingepacktes, überaus reales und großes Baby in die Arme drückte.

»Wo ist denn die Puppe?«, fragte sie und hielt den Säugling auf Armeslänge von sich weg, als könne er sie womöglich beißen. »Was soll ich denn damit?«

»Mit *ihm.* Wiegen Sie ihn ganz andächtig«, sagte Sue. »Machen Sie sich keine Sorgen, Sie müssen ihn erst im Arm halten, wenn wir ins Rathaus kommen, aber ich wollte Ihnen ein wenig Zeit geben, sich mit ihm anzufreunden, damit er nicht gleich in Tränen ausbricht, wenn wir ihn später in Ihre Arme legen.«

»Wie ein Neugeborenes sieht er ja nicht gerade aus«, meinte Alex, das kreischende Kind beäugend, das sich aus ihrem Griff zu winden versuchte. »Sieht mir eher wie sieben aus.«

»Ach, nun machen Sie sich nicht lächerlich«, meinte Sue, und ihr Bart zitterte, während sie sprach. »Er ist neun Monate alt. Momentan haben wir kein Neugeborenes in Poldore. Das heißt, wir hätten schon eins, Suzanne Eddy hat gestern ein Kind gekriegt, aber sie meint offenbar, dass die historische Genauigkeit hinter dem Wohl eines Neugeborenen zurückstehen muss. Also wirklich, wie etepetete Erstgebärende manchmal sind. Und jetzt knuddeln sie den Armen mal ein bisschen. Sie haben noch acht Minuten, um eine Beziehung zu ihm aufzubauen, ehe der Festzug beginnt, und ich möchte, dass Sie Punkt siebzehn Uhr auf diesem Esel sitzen. Jetzt muss ich nur noch diese Marissa lokalisieren.«

Sue, deren Flügel in Gefahr waren, aus ihrem Gummiband zu flappen, marschierte mit Lucy im Schlepptau davon.

»Hier.« Ruan lachte leise, nahm das Baby aus Alex' Armen und wiegte es an seiner Brust. Eindeutig erleichtert, sich in den Händen eines Menschen zu befinden, der wusste, was er tat, entspannte sich das Baby sofort und beobachtete Alex argwöhnisch aus großen blauen Augen. »Babys wollen sich nur sicher fühlen. Halte ihn so, als wäre er was wirklich Kostbares und red mit einer ganz dutzidutzi-dummen Babystimme, ja? Du magst doch dutzidutzi-dumme Babysprache, nicht wahr?«

Der Anblick des taffen, düsteren, grüblerischen Ruan, der Baby-Sprech brabbelte und das größte Baby wiegte, das sie je gesehen hatte, genügte ihr, um in lautes Gelächter auszubrechen.

»Dann probier doch selber mal, Schlaumeierin«, meinte Ruan, grinste und hielt ihr das Baby hin.

»Ich kann das nicht«, sagte Alex. »Ich habe keine Ahnung, was man mit so was macht.«

»Es ist ein Baby, kein Außerirdischer«, sagte Ruan. »Und

jetzt legst du sein Hauptgewicht auf deine Armbeuge, siehst du, und dann nimmst du den anderen Arm, um ihn am Popo zu stützen.«

Als Alex das Baby diesmal in die Arme nahm und dabei vorsichtig Ruans Beispiel folgte, fühlte sie sich schon ein wenig sicherer, und als der Kleine, offenbar neugierig geworden, den Kopf zurücklegte und sie ansah, lächelte sie instinktiv.

»Hallo, mein Häschen«, begann sie in einer Art Singsang. »Hallo, kleines Zuckerschnütchen.«

Das Baby lächelte zurück, und es war wie Alchimie – Alex war augenblicklich verliebt. »Ach, du bist mir ja ein Schätzchen, du kleines Dickerchen.«

»Er heißt Horatio«, erzählte ihr Ruan. »Sein Vater ist ein Fan von Admiral Nelson.«

»O je, du armer, armer, kleiner Wonneproppen, mach dir nichts draus, du bist so, so süß, dass alle Mädels dich trotzdem lieben werden, es sei denn, du stehst auf Männer, was auch völlig okay wäre.« Während der Kleine ihr in die Augen starrte, schien er sich mit erstaunlicher Aufmerksamkeit auf sie zu konzentrieren, was Alex zunächst hinreißend fand und dann ein wenig alarmierend, da sich sein normaler rosiger Babyteint plötzlich puterrot verfärbte. Und dann stieg ihr der Geruch in die Nase, und sie begriff, was passiert war.

»Oh Gott, er hat A-a gemacht«, sagte sie und hielt Horatio auf Armeslänge von sich gestreckt, sodass er gleich wieder zu heulen begann. »Hilfe, er hat A-a gemacht, ruf jemanden, die Polizei, den Krankenwagen, irgendwen!«

»Du bist vielleicht ulkig«, meinte Ruan und lachte leise,

als er ihr das Baby abnahm. »Komm schon, wir haben ungefähr drei Minuten, um dem Kleinen die Windel zu wechseln und ihn seiner Mum zurückzugeben, bevor der Umzug beginnt. Zum Glück haben Sue und Rory genügend Nachwuchs, sodass immer Windeln im Haus sind. Komm mit.«

Das Baby lachte, während es auf Ruans Schulter herumwackelte, und Alex merkte, wie glücklich sie war, neben dem Mann und dem großen Baby herzugehen. Ja, dass sie sich vielleicht noch nie so leicht und froh und voller Lachen gefühlt hatte.

Was hatte das alles zu bedeuten?

»Hier.« Ruan führte sie in einen Raum, der wohl das Spielzimmer sein musste, da mehr Spielsachen herumlagen, als Alex in ihrem ganzen bisherigen Leben gesehen hatte. In der Ecke stand eine Wickelkommode, die ein ganzes Windelsortiment enthielt. Alex sah zu, wie Ruan dem Kleinen fachmännisch die Windel wechselte und ihn – als er ihn mit einem Zungenschnalzer auf den Bauch küsste – zum Glucksen brachte, ehe er ihn wieder einpackte, sodass er gegen die Kälte gewappnet war.

»Hier.«

Alex nahm den beträchtlich angenehmer riechenden Horatio wieder auf den Arm und freute sich, dass er sich nach ihrem »gemeinsamen Moment« gern in ihre Halsbeuge schmiegte. »Wenn wir hier durchgehen«, sagte Ruan, »und die Abkürzung durch Sues Büro nehmen, müssten wir es eigentlich pünktlich schaffen.«

»Ruan, kann ich dich etwas fragen«, begann Alex, als sie ihm durch eine düstere Bibliothek folgte, deren sämtliche

Wände vom Boden bis zur Decke mit Büchern bedeckt waren. »Ist es Marissa?«, fragte sie ihn schließlich. »Ist es Marissa, für die du was empfindest?«

»Marissa?«, sagte Ruan, während er eine weitere Tür öffnete und dann wie angewurzelt stehen blieb. Alex musste nicht lange warten, um zu sehen, warum er stehen geblieben war, denn ihnen war gelungen, was Sue versagt geblieben war: sie hatten Marissa gefunden.

Marissa saß auf der Kante eines großen Schreibtischs, den Rock hochgeschoben, sodass man die oberen Enden ihrer Strümpfe sah, und mit aufgeknöpfter Bluse, die die kleinen perfekten Brüste freigab – wobei eine von der Hand des begeisterten Rory Montaigne umklammert wurde, während sein weißer Hintern sich wie ein Kolben zwischen ihren Schenkeln bewegte.

Marissa entdeckte sie als Erste.

»Rory«, sagte sie und tippte ihm eindringlich auf die Schulter. »Rory.«

»Oh, Marissa«, stöhnte er. »O ja, Baby, o ja.«

»Rory, geh weg, verdammt!«, zischte sie und stieß ihn von sich, sodass er in seiner auf halbmast hängenden Hose rückwärts stolperte, über einen Zeitschriftenständer fiel, auf den Teppich stürzte und bei Alex einen unzweideutigen Eindruck hinterließ, den sie nie wieder loswurde. Ohne auch nur nachzudenken, hielt sie Horatio die Augen zu.

»Ruan«, sagte Marissa und versuchte sich eilig zu bedecken. »Es ist nicht, wonach es aussieht.«

»Dafür haben wir jetzt keine Zeit«, erwiderte Ruan und nahm Alex bei der Hand. »Komm.«

Alex war sprachlos, als Ruan über Rory hinwegstieg und

sie durch den Schlosseingang hinausführte, gerade als die Uhr vom Glockenturm fünf Uhr schlug.

»Ah, bravo.« Sue strahlte sie an, und eine rosige Blondine trat hinzu und nahm Horatio aus Alex' Armen.

Ruan half Alex auf den Motivwagen und in den Damensattel des improvisierten Esels.

»Nur ein paar Worte, ehe es losgeht«, sagte Sue, und die Menge brummte gutmütig.

Aus dem Augenwinkel registrierte Alex Marissas Erscheinen.

»Sind dir die Worte immer noch nicht ausgegangen?«, tönte eine Stimme aus der Menge, die – da war Alex sich ziemlich sicher – Eddie gehörte. Leises Lachen hallte durch den Hof.

»Ich weiß, ich weiß. Ich war, na ja, ein bisschen eine Tyrannin in den letzten paar Wochen«, begann Sue. »Ich weiß, ich habe euch alle rumkommandiert und dazu gebracht, Dinge zu tun, die ihr normalerweise nie tun würdet. Doch jetzt habe ich Gelegenheit, mich zu bedanken. Danke euch allen, die ihr Poldore zu einer so lebenswerten Stadt macht. Und auch für die Teilnahme an diesem Festzug und dafür, dass ihr die Geschichte und Traditionen von Poldore hochhaltet.« Sie hielt inne, als die Menge ihr zujubelte, und Alex biss sich auf die Lippe, als sie Rory seinen Platz an der Seite seiner Gattin einnehmen sah. Entzückt ihn zu sehen, küsste Sue ihn auf die Wange.

»Ich mag zwar den Leib eines schwachen, kraftlosen Weibes haben«, sagte sie, Elizabeth I. zitierend, die in Castle House (wenigstens laut Sue) einmal übernachtet hatte, »aber das Herz und die Seele eines sehr willensstarken und herrischen Weibes, und ich bin euch allen sehr dankbar, dass ihr mich aushaltet, sodass wir gemeinsam den Zauber des Poldorer Weihnachtsumzugs erschaffen können.« Diesmal war der Jubel wirklich laut, und wurde von der jenseits des Fallgitters wartenden Menge aufgegriffen. »Möge der vierhundertsiebenundachtzigste Umzug beginnen!«

20

Das Fallgitter wurde hochgekurbelt, Castle House' großes Holztor schwang auf und gab den Blick frei auf ein Sternbild, das aussah, als sei es vom Himmel herunter auf die Straßen Poldores gefallen.

Alex brauchte einen Moment oder auch zwei, um zu begreifen, dass diese Lichterfülle in Wirklichkeit aus Hunderten von Kerzen bestand, die von den vielen Menschen in der die Straßen säumenden Menge gehalten wurden und ein fantastisches Meer von winzigen tanzenden Lichtpunkten schuf. Als ihr Wagen schlingernd anfuhr, wäre Alex fast vom Esel gerutscht, doch Ruan hielt sie fest, indem er sie zu beiden Seiten des Kissenbauchs um die Taille packte und sie, einen Arm fest um ihre Mitte gelegt, in ihrer Sitzposition stützte.

Binnen eines benommenen, freudigen Augenblicks begriff Alex schließlich, was es eigentlich war, woran Sue und all die anderen während der letzten paar Wochen und schon während der Monate vor ihrer Ankunft in Poldore gearbeitet hatten.

War die Stadt bereits vor dem Umzug weihnachtlich geschmückt gewesen, erst jetzt schien es wirklich Weihnachten geworden zu sein. Unzählige Meter von Lichterketten waren über die engen Gassen gespannt, jedes Gebäude entlang der Umzugsroute mit sorgfältig gemalten Landschaftsbildern versehen worden, die die kleine kornische Stadt in eine Art Weihnachtskarte von Nazareth und Bethlehem verwandelten. Und als der Mond hoch über den sich teilenden Wolken dahinsegelte und ihr Motivwagen langsam zum Tor von Castle House hinauskroch, geschah das Wunderbarste überhaupt, Sues verrückter exzentrischer Filmregisseur lieferte, wie versprochen, den Kunstschnee, der irgendwie von irgendwoher (von wo, konnte Alex nicht sehen) herabgeweht kam und der – was das Allerallerwundersamste war – unter den gegebenen Umständen völlig passend erschien.

Die ganze Szene war absolut verrückt und voller Magie, und einen Moment lang fühlte sich Alex wieder in ihre Kindheit versetzt, erinnerte sich plötzlich, wie sie und ihr Vater jedes Jahr am zwölften Dezember die Fenster mit künstlichen Eisblumen besprüht hatten. Wann hatten sie damit aufgehört?, fragte sie sich.

In diesem Moment begegnete Alex' Blick dem Marissas, als diese vor den Motivwagen trat, um ein paar Aufnahmen zu schießen.

Und Alex dachte, hätte sie am Steuer des Jeeps gesessen, der sie zog, die Versuchung, kräftig aufs Gaspedal zu treten, wäre groß gewesen.

»Wir müssen es Sue erzählen«, flüsterte sie Ruan mit gedämpfter Stimme zu, die er wegen des Jubels der dicht gedrängten Menge entlang der Gassen nur hören konnte, wenn sie ihm direkt ins Ohr flüsterte, wodurch seine dunklen Locken ihre Lippen kitzelten. »Bei der ersten sich bietenden Gelegenheit. Wir können doch nicht zulassen, dass sie sie so zum Narren halten. Direkt vor ihrer Nase, es ist schrecklich.« Daran, wie Milly sich wohl fühlen würde, falls sie von Alex' eigenem Flirt mit ihrem Verlobten hörte, mochte sie gar nicht denken.

»Es *ist* schrecklich, aber das können wir nicht«, wisperte Ruan zurück. Diesmal streiften seine Bartstoppeln ihre Wangenknochen, während er ihr ins Ohr flüsterte. »Es würde sie umhauen, und alles, wofür sie so geschuftet hat, wäre zerstört. Und morgen ist Weihnachten. Und es gibt drei Kinder in diesem Haus, Alex, für die das der schönste und glücklichste Tag des Jahres ist. Wir können ihnen das an Heiligabend nicht antun.«

»Wir haben's doch nicht getan.« Heftig drehte Alex den Kopf zur Seite, sodass sie sich plötzlich Nase an Nase, Aug in Aug gegenüberstanden, was Alex aber nur eine Sekunde lang ablenkte von dem, was sie ihm sagen wollte.

»Bist du sicher, dass sie Jungfrau ist?«, rief irgendein Witzbold aus der Menge direkt vor der Bäckerei, die jetzt allerdings ein Gehölz schlotternder Palmen darstellte.

Aufgeregt und mit galoppierendem Herzschlag wandte Alex sich ab und brauchte einen Moment, um sich wieder zu fassen.

»Wir sind doch nicht die Schuldigen«, wiederholte sie, die Stimme ein wenig erhebend, da sie es viel zu gefährlich fand, ihre Lippen so nahe bei seinen zu haben. »Wir sind doch nicht die, die unter ihrem Dach, in ihrem Haus eine Affäre haben. Die tun das doch, und wir können ihnen das nicht einfach durchgehen lassen. Stell dir mal vor, wie sie sich fühlt, wenn sie das erfährt; wir müssen das sofort stoppen.«

Ruan schwieg einen Moment und verstärkte seinen Griff um ihre Taille, als sie holpernd um eine scharfe Biegung schlingerten. Auf der Treppe des alten Schulhauses sang der Schülerchor »*Away in a Manger*«, die Kindergesichter von Kerzen erhellt und so hoffnungsfroh und glücklich. Unter ihnen, an den feuerroten Locken leicht zu erkennen, stand Sues älteste Tochter Petal. Während die anderen Mädchen beim Singen engelhaft lächelten und jedes ihrer Worte voller Süße war, sang Petal mit besonderer Leidenschaft und Kraft, durch die ihre kräftige Stimme aus der Gruppe heraustönte, während sie finster »*the little Lord Jesus asleep in the hay*« zu Ende sang. Ruan hatte recht, Weihnachten würde grauenhaft werden, wenn sie Sue erzählten, was sie gesehen hatten. Es wäre furchtbar für sie und die Kinder, einschließlich Petals. Doch Marissa würde morgen quasi als Teil der Familie mit ihnen an der festlich gedeckten Tafel sitzen. Wahrscheinlich hatte Sue ihr ein Geschenk ausgesucht. Wäre es nicht viel schlimmer, wenn sie es alle nach Weihnachten oder an Neujahr oder in zwanzig Jahren nach einem ganzen Leben voller Lügen herausfinden würden? Denn wenn Alex eines wusste, dann dies: Die Wahrheit kam immer ans Licht, so oder so, und darauf zu warten, machte es nur noch schlimmer.

»Wir müssen es ihr sagen«, wiederholte sie, als sie Petal und den übrigen Chor hinter sich ließen. Alex rutschte auf dem Esel nach vorn, als sie begannen, die steile Gasse zur Bäckerei hinunterzufahren, die dann wieder Richtung Kirche bergauf führte. Während sie dahinfuhren, schlossen sich Leute, die an der Straße gestanden hatten, dem Zug an, sodass eine lange feierliche Prozession entstand. »Wenn du zu viel Angst davor hast, werde ich es eben tun.«

»Das kann ich nicht zulassen«, erwiderte Ruan. Irgendwie hatte er die Hand unter ihre Tunika und das festgegurtete Kissen geschoben, sodass sein starker Arm ihre Taille umfasste. Und in genau diesem Moment, dachte Alex, hätte sie ebenso gut in Ohnmacht fallen können, wäre sie nicht so wütend auf ihn gewesen. Dieses unerwartete körperliche Hingezogensein zu Ruan konnte nicht gut für sie sein; das war ja schlimmer als ihre jahrelange Schwärmerei für Marcus. Nicht nur, weil Ruan noch immer um seine verlorene Liebe trauerte, er hatte auch eben erst erfahren, dass die Frau, mit der er eine Art Flirt unterhielt, ihn mit einem Mann betrog, der senffarbene Hosen und Barbour-Jacken trug.

»Liegt es vielleicht daran, dass auch *du* durcheinander bist?«, fragte Alex, einen Tick schärfer, als sie beabsichtigt hatte. »Schau mal, ich weiß, dass zwischen dir und Marissa etwas war, und es muss dir einen Stich versetzen, wenn du siehst, wozu sie fähig ist, aber Sues Ehe ist doch sicher wichtiger als so ein Techtelmechtel.« Alex sog scharf die Luft ein, als ihr ein anderer Gedanke kam. »Es sei denn, da war doch mehr, stimmt's? Für dich zumindest, Marissa hat Gefühle in dir geweckt, die du meintest nicht haben zu sollen, oder?«

»Nein!«, protestierte Ruan entsetzt. »Nein, hast du so was geglaubt? Dass ich mit Marissa zusammen bin? Dass ich Marissa gemeint habe, als ich über diese Dinge, diese Gefühle und so weiter gesprochen habe?«

»Na ja, ja«, erwiderte Alex steif. »Ja, sie schien immer den Raum zu verlassen, wenn du rausgingst, und ihn nicht lange nach dir wieder zu betreten. Und du hast mit ihr geflirtet. Ziemlich heftig sogar.«

»Hab ich das?« Ruan wirkte ehrlich verblüfft. »Cordy erzählt mir immer, dass ich in puncto Flirten zu nichts zu gebrauchen bin. Dass ich die romantische Begabung eines Holzklotzes habe. Einerseits macht sie sich andauernd Sorgen, irgendeine Frau könnte mich ausnützen, andererseits meint sie, ich stelle mich mit Frauen so ungeschickt an, dass ich genauso gut Mönch werden könnte.«

»Ich glaube nicht, dass du so ungeschickt bist«, meinte Alex.

»Und ich denke, dass ich vielleicht bei dir nicht so ungeschickt bin«, erwiderte Ruan. »Mit dir kann man einfach gut reden.«

Alex seufzte innerlich; ihre ewige Rolle als burschikoser Kumpel und bester Freund hatte sie im Lauf der Jahre gelehrt, wie gut man mit ihr reden konnte, meist nämlich über andere Mädchen. Jemand zu sein, mit dem man gut reden konnte, war ihrer Meinung nach nicht so toll – es hieß einfach nur, dass sich der betreffende Mann rein gar nichts mit einem vorstellen konnte.

»Na ja, Marissa hat jedenfalls ziemlich deutlich gezeigt, dass du ihr gefällst«, bemerkte Alex ein wenig steif. »Fand *ich* jedenfalls, aber vielleicht warst du ja nur eine Art Täuschungsmanöver.«

»Na, wenn ich das war, dann offenbar ein gutes«, sagte Ruan. »Sie hat mich ständig gefragt, ob ich sie nicht treffen will. Eines Nachts ist sie mir sogar aus dem Pub gefolgt, war ziemlich beschwipst, sodass ich sie bis nach Castle House begleitet habe und …« Ruan hustete, während der Wagen wieder bergauf zu kriechen begann und der Motor des alten Jeeps ins Stottern geriet, als er mitsamt seinem schweren Anhänger auf die Kirche zuhielt, wo der Pfarrer wartete, um der ganzen Stadt den Weihnachtssegen zu erteilen. »Und, na ja, irgendwie hat sie sich auf mich gestürzt, und wir haben uns ein bisschen geküsst.«

»Ein bisschen«, sagte Alex. »Was soll das denn heißen?«

»Weshalb? Stört es dich?«, fragte Ruan.

»Nein«, erwiderte Alex, und zwar genau im selben Moment, in dem ihr klar wurde, dass es sie sogar sehr störte. »Was für eine Schlampe!«

Ruan lachte. »Ob das die angemessene Sprache für die Mutter Jesu ist, ich weiß nicht.«

Der Zug versammelte sich vor der normannischen Kirche Saint Piran an der Ecke dreier sich kreuzender Straßen, von denen eine bergauf, die beiden anderen zu beiden Seiten ins Herz der Stadt führten. Es war eine der wenigen Stellen in Poldore, wo überhaupt so viele Menschen auf einmal Platz fanden und sich auf dem Dreieck zusammendrängten, das die sich kreuzenden Straßen schufen. Langsam versammelten sich Bürger um die Motivwägen, und alle trugen sie Kerzen. Während die Menschen vor der Kirche warteten, verstummten sie allmählich, bis Alex ganz zart aus dem Kircheninnern einen sehr viel melodischeren Chorgesang zu hören begann als jenen von Petals Kindertruppe.

»Das ist der Fischerchor«, flüsterte Ruan ihr ins Ohr. »Sie üben zweimal die Woche mit dem Pfarrer. Er hat damit angefangen, als er letztes Jahr zu uns kam. In den letzten paar Monaten ist ein ziemlich großes Ding daraus geworden. Sie versuchen ständig, mich zum Mitmachen zu bewegen, auch wenn ich ihnen immer wieder versichere, dass ich keinen Ton halten kann.«

»Mensch, das ist wirklich schön«, sagte Alex, während sie den männlichen Stimmen lauschte, die das berühmte englische Weihnachtslied »In the Bleak Midwinter« sangen, Stimmen, die nun lauter wurden, als der Chor in langer Prozession aus der Kirche heraustrat. Der Pfarrer, ein überraschend junger Mann, führte sie an und ging an der Spitze.

Pfarrer – hatte Alex sich immer eingebildet – müssten alt, ja, sogar gebrechlich sein, auf jeden Fall alles andere als dieser ziemlich gut aussehende junge Mann. Er war in seinen Dreißigern, schätzte sie, hatte dichtes rotblondes Haar, das ihm in die Augen fiel, und eine Kinnpartie, deren sich auch ein männliches Model nicht hätte schämen müssen.

»Netter Pfarrer«, meinte sie anerkennend.

»Der Reverend Jed Hayward?« Ruan lachte leise. »So sieht das mit Sicherheit auch mindestens die Hälfte der weiblichen Einwohnerschaft von Poldore – seit seiner Ankunft verzeichnet die Gemeinde beträchtlichen Zulauf –, aber unser stattlicher junger Pfarrer ist nun schon mehr als ein Jahr bei uns – und hat immer noch keine Freundin.«

»Er wartet halt auf die Richtige«, meinte Alex. »Schließlich gibt es kein Gesetz, das verlangt, dass man sich in eine Beziehung stürzen muss. Manche Leute lassen sich eben lieber Zeit.« Zum Beispiel ihr ganzes Leben lang und machen trotzdem alles falsch, dachte sie bei sich.

»Poldore!« Der Pfarrer war wortgewandt und seine Stimme klar, als sie von einem kleinen tragbaren Mikrofon unterstützt über die Three Way Corner hinausdröhnte. »Als erstes möchte ich Ihnen allen ein Frohes Weihnachtsfest wünschen und Sie einladen, das Gleiche auch Ihren

Nachbarn zu wünschen. Ob Sie sie kennen oder nicht, teilen Sie die Weihnachtswünsche mit allen, die um Sie herumstehen.«

»Er steht auf diesen ganzen Gefühlskram und Körperkontakt«, meinte Ruan, ehe er Alex tief in die Augen schaute. »Frohe Weihnachten, Alex.«

»Frohe Weihnachten, Ruan«, sagte Alex, erwiderte seinen Blick und sein Lächeln, und alle Sorgen um Sue, Marcus und ihre Eltern waren, während er sie umarmte und ringsherum ein ganzer Chor von »Fröhliche Weihnachten« ertönte, in den Hintergrund gedrängt. Nur einen kurzen Moment lang lehnte sie sich an Ruans herrlichen Körper, beschwor für eine flüchtige Sekunde das Bild seines nackten Torsos, um sich gleich wieder von ihm zu lösen und die kalte, beruhigende Luft einzuatmen.

»Seit Generationen erzählt der Poldorer Weihnachtsfestzug die Geschichte von Christi Geburt«, hob Pfarrer Jed wieder an. »Und erinnert uns daran, worum es an Weihnachten wahrhaftig geht, nämlich um die Geburt Jesu Christi. Und jene unter Ihnen, die die wirkliche Weihnachtsbotschaft hören wollen, heiße ich später bei unserer Christmette herzlich willkommen. Jetzt aber, oder falls Sie es nicht mehr schaffen, biete ich Ihnen diesen Weihnachtssegen an.« Er hielt inne, um tief Luft zu holen. »Möge die Freude der Engel, der Eifer der Hirten, die Beharrlichkeit der Heiligen Drei Könige, der Gehorsam von Josef und Maria und der Frieden des Christkindes an diesem Weihnachtsfest der eure sein; und der Segen des allmächtigen Gottes, des Vaters, des Sohnes und des Heiligen Geistes weile unter euch und bleibe für immer bei euch. Amen.«

»Amen«, wiederholte die Menge, ehe sie in spontane Jubelrufe ausbrach.

»Ich hätte eigentlich gar nichts dagegen, in die Christmette zu gehen«, meinte Alex nachdenklich.

»Du und all die anderen ledigen Damen«, meinte Ruan ein wenig spitz. »So kriegt er seine Kirche voll.«

»Gegen ein bisschen Charisma ist doch nichts einzuwenden«, erwiderte Alex – die es insgeheim kränkte, mit »all den anderen ledigen Damen« in einen Topf geworfen zu werden –, als der Zug sich wieder in Bewegung setzte und zu seiner letzten, gemächlichen Talfahrt Richtung Kai und Rathausplatz startete. »Ich fand es wirklich schön.«

»Ja«, räumte Ruan ein. »Ja, war nett.«

Gerade als sie die steilste Stelle erreichten, frischte der Wind wieder auf. Nach oben blickend sah Alex, dass der Mond wieder hinter einer unheilvoll wirkenden Wolkenbank verschwunden war, und sie hoffte, das kleine Zeitfenster milden Wetters, das St-Austell-Steve auf dem Satelliten erspäht hatte, möge sich nicht gleich wieder schließen. Doch noch während sie ihre Hoffnung quasi in einem Stoßgebet gen Himmel schickte, zerschellte der erste schwere Regentropfen auf ihrer Nasenspitze, dem sich seine Kollegen rasch anschlossen und damit das, was ein kurzer Schauer hätte sein können, in einen ausgewachsenen Sturm verwandelten. Aus ein paar Tropfen wurde im Nu ein Wolkenbruch, und bald waren alle durchnässt und der Kunstschnee zerfloss unter den Rädern der Motivwagen zu glitschigem Matsch, während die Menge rannte und Deckung suchte, wo immer welche zu finden war.

Und dann rutschte Jeep, der sich ganz langsam den steilen Abhang hinunterbewegt hatte, plötzlich ein wenig und rollte so schnell, das Alex aufschrie und sich an Ruan klammerte. Und dann rutschte er, während die rasch anwachsende Regenflut um sie herum bergab zu brausen begann und die Gasse allmählich in einen reißenden Wasserfall verwandelte, noch ein bisschen mehr, nämlich gleich ein oder zwei Meter.

»Oh, Scheiße«, fluchte Ruan und hob Alex vom Esel.

»Was denn?«, fragte Alex und umklammerte seinen Hals, als der Jeep aufs Neue beschleunigte, und sie nach vorn gegen das niedrige Schutzgeländer stürzte, das einzige, was sie noch auf dem Anhänger festhielt.

»Sieht aus, als wären Bills Bremsen mal wieder im Eimer«, meinte Ruan und machte sich, als der Jeep erneut beschleunigte, auf alles gefasst.

»Was meinst du mit ›wieder‹?«, fragte Alex entsetzt, als ihr schlagartig klar wurde, dass – falls der Jeep außer Kontrolle war – nur noch die Flussmündung ihre Fahrt beenden konnte.

»Wir werden springen müssen«, brüllte Ruan.

Inzwischen hatte der Jeep beträchtlich an Fahrt gewonnen, Kai und Hafen kamen rasch näher. Aus dem Knacken und Jammern des Motors zu schließen, hörte es sich an, als tue Bill sein Bestes, um das Gefährt zu bremsen, indem er in niedrigere Gänge schaltete, allerdings ohne Erfolg. Alex begriff, dass sie guten Grund hatte, sich zu fürchten.

»Nein!«, brüllte Alex Ruan zu. »Wenn wir springen, sterben wir.«

»Besser, als zu ertrinken!«, rief Ruan.

Alex schüttelte den Kopf, da sie wusste, dass ein Absprung vom Motivwagen bei dieser Geschwindigkeit im besten Falle gebrochene Knochen bedeutete, vielleicht sogar Verletzte unter den Zuschauern, die bereits vor dem Jeep weghechteten und sich, während er vorbeirauschte, an Häuser und Mauern drückten. Und was war mit Bill – Bill konnte nicht aus dem Jeep springen. Und dann hatte sie eine Idee.

»Die Handbremse!«, sagte sie zu Ruan. »Die Handbremse.« Verblüffung erschien auf Ruans Gesicht, als er erkannte, dass Alex' Vorschlag der weit bessere war. In den wenigen Sekunden, die ihnen noch blieben, bemühte er sich nach Kräften, Bills Aufmerksamkeit zu erlangen, doch dem Fahrer ging es vor allem darum, niemanden zu töten, sodass er den Fußgängern in dramatischen Aktionen auswich, während das Fahrzeug immer stärker beschleunigte.

Als nur noch Sekunden blieben, streckte Ruan den Arm über die kurze Distanz, umklammerte das Jeep-Dach und überwand den Spalt zwischen Anhänger und Jeep. Irgendwie gelang es ihm dann – sehr zu Bills Überraschung – durch das zum Glück nicht verglaste Rückfenster zu rutschen und unter lautem Knirschen die Handbremse ziehen. Alex wurde nach vorn geschleudert, als der Jeep kreischend zum Stehen kam, das Lenkrad blockierte, und der Anhänger voll ins Heck des Jeeps krachte. Alex rollte nach vorn gegen das Geländer, an dem sie sich festklammerte, als die Welt um sie herum endlich wieder langsamer wurde und innehielt. Während Alex auf dem Rücken lag und es in Strömen goss, blickte sie hinauf zum Weihnachtsstern an der Spitze des Christbaums und sprach ihr persönliches kleines Dankgebet.

»Alex?«, hörte sie Ruan ihren Namen rufen, während er auf den Anhänger geklettert kam. »Alex?«

»Hier bin ich, alles okay.« Sie hob eine ziemlich schlaffe Hand, und eine Sekunde später kam Ruan übers Geländer gesprungen und hob sie hoch, als sei sie tatsächlich leicht wie eine Feder. Und Alex, die sich nicht mehr erinnern konnte, warum sie ihm je böse gewesen war, und zufällig auch wirklich guten Grund hatte, sich matt zu fühlen, fiel in Ohnmacht.

Einige Augenblicke später erwachte sie im Rathaus, an dessen roten und goldenen Teppich im Foyer sie sich dunkel erinnerte, ebenso wie sie die vielen besorgten Gesichter um sich herum wiedererkannte.

»Oh Gott, wie peinlich«, flüsterte Alex und setzte sich auf. »Es geht mir gut, ehrlich.

»Du isst einfach nicht genug.« Gloria tauchte neben ihr auf und klang genauso, wie eine Mutter klingen sollte. Sie kniete sich auf den Boden und begann, sie kräftig abzurubbeln.

»Mum, lass das«, wehrte Alex ihre liebevolle Fürsorge ab. Obwohl sie insgeheim einen kleinen Stich verspürte angesichts der Sorge ihrer Mutter und sich gleichzeitig auch äußerst bewusst war, dass Ruan auf ihrer anderen Seite kniete. Was für eine Situation!

»Das ist deine Mum?«, fragte er überrascht.

»Schwer zu glauben, ich weiß.« Gloria zwinkerte ihm zu. »Ich sehe eher wie ihre Schwester aus, stimmt schon. Und wer sind Sie? Ich hoffe doch, der Weihnachtsmann – und gekommen, um mir zu sagen, was für ein böses Mädchen ich war, und mir den Hintern zu versohlen!«

»Mutter, jetzt reicht es aber mit den weihnachtlichen Anzüglichkeiten«, stöhnte Alex.

»Oh, sie steigt mir schon wieder gehörig aufs Dach. Dann ist alles okay«, meinte Gloria und lächelte Alex an. »Es geht ihr gut. Danke, junger Mann, dass Sie sie gerettet haben.«

»Ehrlich gesagt weiß ich gar nicht, wer hier wen gerettet hat«, erwiderte Ruan.

»Sorry«, murmelte ein rundlicher silberhaariger Bursche, der, vermutete Alex, wohl Bill sein musste. »Nächste Woche muss ich nämlich zum TÜV, wissen Sie.«

»Sind alle anderen wohlauf?«, fragte Alex. »Haben wir niemanden überfahren?«

»Oh, da sind Sie ja.« Sue erschien, und sofort fiel Alex der grässliche Anblick in Sues Büro wieder ein. Die Ablenkung durch den Unfall war ihr im Grunde durchaus willkommen gewesen. »Zum Glück ist sonst niemand verletzt, aber es gießt wie aus Kübeln, und der Wind hat Sturmstärke, sodass ich denke, wir sollten mit dem Krippenspiel und den Weihnachtsliedern weitermachen, ehe alle aufgeben und nach Hause gehen. Sind Sie fit genug?«, fügte sie im Nachsatz noch hinzu.

»Ja, ich bin fit«, sagte Alex, die Sue nicht im Stich lassen wollte, obwohl sie irgendwie das Gefühl hatte, nach St-Austell-Steve schauen zu müssen – nicht weil sie glaubte, er sei der Aufgabe nicht gewachsen, sondern weil sie tief in der Magengrube spürte, das irgendetwas nicht stimmte. Sie versuchte sich einzureden, dass das albern war. Alle Boote lägen sicher im Hafen, hatte Steve gesagt, es gebe keinen Verkehr, nichts, worüber man sich Gedanken machen müsse. Er war erfahren, er wusste, was er tat, und dennoch konnte sie das nagende Angstgefühl nicht loswerden.

Sue und Gloria halfen Alex auf die Beine, und in der kleinen Menge erspähte sie Horatio und seine Mum. Das Baby quäkte leise, als es seine Ersatzmama erblickte, und sein pausbäckiges Gesichtchen leuchtete auf, als seine richtige Mum ihn nach vorn brachte.

Genau in dem Moment, als Alex ihn in die Arme nahm, fiel der Strom aus.

»Das war's«, meinte Sue verärgert. »Ich werde diesen Pfarrer feuern lassen.« Sie hob ihr Megafon. »Meine Damen und Herren, falls Sie Fackeln oder Kerzen haben, die noch brennen, dann benutzen Sie sie bitte und bleiben Sie, wo Sie sind. Es folgt nun eine kurze Pause, während der unser berühmter Bürgermeister den Ersatzgenerator starten wird. Eddie! Wenn du betrunken bist, hänge ich dein Gold, Weihrauch und Myrrhe als Deko an meinen Weihnachtsbaum.

»Ich laufe mal schnell rüber ins Büro, während die den Strom wieder zum Fließen bringen«, sagte Alex und ergriff die Gelegenheit.

»Bist du sicher, Liebes?«, fragte Gloria. »Es ist fürchterlich da draußen. Und du hattest doch gerade erst einen Unfall – zwar nur fast, aber trotzdem.«

»Doch, das ist mein Job, Mum. Es dauert nur eine Minute«, sagte Alex. »Wenn ich mich vergewissert habe, geht es mir besser.«

Mit hochgezogenen Schultern schob sich Alex durch die feuchte Menge im Rathausfoyer und hinaus in ein so wüstes Wetter, wie sie es noch nie – nicht einmal in Schottland – am eigenen Leib erfahren hatte. Sofort zerrte der Wind an ihren Kleidern, durchdrang mit eisiger Kälte ihr Kostüm, und falls Alex während der kurzen Zeit drinnen auch nur ein bisschen trocken geworden war, so war sie nach den wenigen Sekunden, die sie bis zum Büro brauchte, wieder durchnässt.

»Hi, Steve«, rief Alex, während sie die Bürotür gegen die Kraft des Windes von innen wieder zudrückte und sich das Kostüm über den Kopf zerrte. Doch es kam keine Antwort, und als Alex sich umsah, stellte sie fest, dass das Büro leer war. Vielleicht war er ja kurz rausgegangen, um sich ein Sandwich zu holen, dachte sie, setzte sich an ihren Schreibtisch und schaute auf den Monitor, um sich die jüngsten Wetterdaten auf Satellit anzusehen sowie die Plätze der Boote, die sicher im Hafen lagen. Trotz des extremen Wetters schien alles in Ordnung zu sein; nicht einmal Steves Abwesenheit vom Arbeitsplatz verdiente wohl die leise nagende Sorge, die sie immer noch quälte. Wahrscheinlich lag es an der ganzen grässlichen Geschichte mit Rory und Marissa, gefolgt vom Drama des Autounfalls. Reichte ja auch, um einem einen ganzen Sack voller Sorgen aufzubürden. Gerade als Alex sich nach einem Block umsehen wollte, um Steve eine Notiz zu hinterlassen, wehte die Tür auf, und Ruan trat ein.

»Alles okay hier?«, fragte er – ebenfalls schon wieder pitschnass. Und er war ein Mann, dem dies außerordentlich gut stand.

»Scheint so«, erwiderte Alex und wandte sich gleich wieder dem chaotischen Schreibtisch zu, um nicht den Eindruck entstehen zu lassen, sie gucke zu lange hin. »Obwohl

Steve nicht da ist. Wahrscheinlich ist er kurz mal rausgegangen oder so. Aber im Großen und Ganzen im Westen nichts Neues.«

»Gut.« Plötzlich wurde es, während draußen der Wind stürmte und an den Fenstern rüttelte, sehr still im Raum. Ruan stand neben der Tür, das triefende Haar hing ihm in nassen Wellen herunter, seine Haut glänzte von all den Wassertröpfchen. Alex saß in ihrem Stuhl und war sich intensivst bewusst, wie ihr der feine graue Pullover ihrer Mutter feucht am Leib klebte.

»Ähm, wir haben ein Handtuch, lass mich ein Handtuch holen«, sagte sie, stand auf, ging in die kleine Küche und hatte plötzlich das Bedürfnis, möglichst viel Raum zwischen sich und ihn zu legen.

»Hier waren wir doch schon mal«, sagte Ruan und folgte ihr zur Küchentür, wo er stehen blieb und zusah, wie sie ein dünnes und ziemlich zerschlissenes Handtuch vom Haken nahm.

»Oh ja«, erwiderte Alex. »An dem Abend, als wir uns kennengelernt haben.«

Sie wollte ihm das Handtuch reichen, ertappte sich aber stattdessen dabei, wie sie seinen feuchten Hals und alles, was von der prachtvollen Brust zu sehen war, abrubbelte – und bei jeder Bewegung den Atem anhielt.

»Dieser Kuss mit Marissa«, sagte er leise, während sein Mund dem ihren ganz nahe war. »Der hatte nichts zu bedeuten, und war sowieso unangenehm, nur Zahnfleisch und Zähne. War im Nu vorbei, und ich habe ihr schon damals gesagt, dass ich diesbezüglich kein Interesse an ihr habe.«

»Du musst das nicht erklären«, sagte Alex und sah zu, wie ihre Hand, als sei sie ein ihr fremdes, eigenständiges Wesen, erst einen, dann zwei, dann drei Knöpfe von Ruans Hemd aufknöpfte, um ihn auch etwas weiter unten sanft trocken zu reiben.

»Und der Grund«, sprach Ruan weiter und schluckte, als Alex mit dem Frottieren fortfuhr. »Der Grund, warum ich nicht den Arm um dich legen wollte, der hatte nichts damit zu tun, dass ich es nicht tun wollte. Sondern weil ich es dieses erste Mal nicht vor der halben Stadt tun wollte. Ich habe viel darüber nachgedacht, wie es sein würde, dich zu berühren, Alex, und *so* sollte es nicht sein.«

Alex stellte das Frottieren ein, ja stellte sogar das Atmen ein, und wäre sie geistesgegenwärtig genug gewesen, um es zu bemerken, hätte sie registriert, dass ihr Herz einen Schlag aussetzte, während sie ihm lauschte.

»Du bist es, Alex«, sagte er leise. »Du bist das Mädchen, das Gefühle in mir weckt, wie ich sie mir nicht mehr erwartet hatte. Nicht in hundert Jahren. Nein, stimmt nicht. Was ich für dich empfinde … das empfinde ich zum ersten Mal überhaupt. Und *du* hast diese Gefühle in mir erweckt.«

»Oh … ich …« Alex wusste nicht so recht, was sie eigentlich sagen wollte, doch es spielte keine Rolle, denn ehe sie ihren Satz beenden konnte, drückte Ruan ihr seine Lippen auf den Mund. Seine Arme umschlossen ihre Taille, sie küssten sich, und Alex verlor sich in etwas, das völlig neu für sie war, während sie – gleichzeitig mit seinen tastenden Händen – eine Welle der Lust nach der anderen in langen, köstlichen Schauern überlief. Hungrig erwiderte sie seinen Kuss, spürte, wie seine Hand ihren Hintern umfasste, hörte ein tief aus seiner Kehle aufsteigendes Stöhnen, während er ihre Hüften an sich zog und sein Verlangen ihres erwiderte.

»Mein Gott, du bist vollkommen«, flüsterte er, die eine Hand in ihren Haaren, während die andere sanft ihr Kinn anhob und er ihren Hals küsste. Dann ertastete er den Bund ihres Pullovers, und zog ihn ihr über den Kopf. Er betrachtete ihren Oberkörper. »Absolut vollkommen.«

»Danke«, hörte sich Alex – lächerlich höflich – erwidern. »Du siehst auch nicht übel aus.«

Er fuhr ihr mit der Fingerspitze das Kinn entlang, den Hals hinunter und über die Wölbung ihre Brüste.

»Oh, Alex.« Er zog sie an sich, und Alex hielt den Atem an, als Ruan ihren BH-Verschluss fand – und als er ihn aufhaken wollte, trafen sich ihre Blicke. Und dann flog krachend die Tür auf, und Ruan schob sie tiefer in die Küche – und für den Eindringling außer Sicht.

»Ruan, bist du da drinnen?«, rief eine männliche Stimme.

»Yep«, antwortete Ruan bemüht, seine Stimme zu kontrollieren, während er Alex noch immer mit Blicken verschlang.

»Wir lassen das Rettungsboot zu Wasser, wir brauchen dich, Kumpel!«

Alex keuchte, während Ruan den Kopf schüttelte, sich zusammenriss und hinausging, um den Mann zu begrüßen.

Alex schloss die Tür hinter ihm.

»Wer zum Teufel ist bei diesem Wetter draußen?«, hörte sie ihn fragen.

»Jugendliche – sind mit dem Motorboot ihres Vaters

rausgefahren, ohne es den Eltern zu sagen. Die Eltern haben es eben erst gemerkt, als sie heimkamen und das Boot fehlte, zusammen mit einem Kasten Bier, und eine Nachricht hatten sie ihnen auch noch da gelassen.

»Ein Motorboot bei diesem Wetter?« Ruan klang entsetzt. Genau in diesem Moment entdeckte Alex auf dem Fußboden einen feuchten, verschmierten Zettel. Sie hob ihn auf und konnte die in klecksiger Tinte gekrakelte Botschaft gerade so entziffern. »Rausgefahren, um einigen Kids zu helfen, die sich ein bisschen weit rausgewagt haben. Bin in zehn Minuten zurück. S x.«

»Steve ist auch rausgefahren«, sagte sie, nachdem sie ihre Würde hintangestellt und ins Büro gestürzt war. Sie hielt Ruan die Nachricht hin; der Mann, sah sie, war Andy von der Rettungsmannschaft. »Er muss wohl gedacht haben, es sei niemand sonst zum Helfen da. Er ist ihnen schon nachgefahren.«

Den Zettel ergreifend, rannten Ruan und Andy zur Tür hinaus, und Alex heftete sich an ihre Fersen, während sie zum Rettungsboot hinunterliefen. Binnen Minuten waren die Männer in ihre Schutzkleidung geschlüpft, und Alex, der es vor Sorge fast das Herz zerriss, beobachtete, wie Ruan zum Rettungsboot raste – Sekunden, ehe es zu Wasser gelassen wurde. Ihr einziger Gedanke war, dass nicht einmal ein Rettungsboot sicher genug schien, um dem ringsum tobenden Sturm zu trotzen.

»Oh nein.« Eingemummt in einen riesigen Anorak tauchte nun Eddie neben ihr auf. »Sue schickt mich, um euch zu holen, falls der Strom doch noch mal kommen sollte, aber ich schätze, nun wird es kein Krippenspiel mehr geben. Lieber Gott, hoffentlich bringen sie diese armen Seelen wohlbehalten nach Hause.«

»Ich wusste das nicht«, sagte Alex. »Ich wusste nicht, dass Ruan Freiwilliger ist.«

»Oh doch«, sagte Eddie. »Das ist er, seit damals, als er Merryn verloren hat.«

21

Eddie bestand darauf, dass Alex mit ihm zurück ins Rathaus kam, um auf Neuigkeiten vom Rettungsboot zu warten. Instinktiv hatte sie zuerst ins Büro zurückgehen wollen, um auf eventuell eingehende Funkmeldungen zu lauschen, doch Eddie führte sie zum Rathaus, wo ein großer Teil der Stadtbewohner wartete.

»Es muss jemand in der Hafenmeisterei sein«, beharrte sie.

»Die Nachricht kommt, wann sie kommt«, erklärte ihr Eddie. »Der Hafen ist geschlossen und sicher, dort können Sie nichts ausrichten. Es gibt keine gute Art, sich schlechte Nachrichten anzuhören«, sagte er zu ihr, »aber sie über Funk zu erfahren, dass ist die schlimmstmögliche Art.«

»Sie rechnen also mit schlechten Nachrichten?«, fragte Alex, die blauen Augen aufgerissen vor Angst, während die Sorge Kälte und Erschöpfung in den Hintergrund drängte und das Adrenalin sie auf den Beinen hielt.

»Ganz und gar nicht«, sagte Eddie. »Ganz und gar nicht, Alex. Sie dürfen das nicht so persönlich nehmen, Liebes. Sie haben nichts falsch gemacht, Steve hatte Dienst, und sobald er wusste, dass Jugendliche da draußen waren, hätte er neun neun neun anrufen und die Küstenwache verständigen müssen und nicht auf eigene Faust losfahren dürfen. Das weiß er.«

»Das Wetter war ruhig. Offenbar dachte er, es würde

lang genug halten, um die Kids wieder sicher in den Hafen zu bringen«, sagte Alex unglücklich. »Ich wette, er hat das gemacht, weil er wusste, dass alle Lebensretter am Festzug beteiligt waren. Er ist so ein netter Mann.«

»Na, na.«

Eddie führte Alex durch die fast gänzlich verstummte Menschenmenge zu ihrer Mutter, die ihr den Arm um die Schulter legte und sie auf die Schläfe küsste, eine zärtliche und bestärkende Geste, die Alex – nach den Höhen und Tiefen der letzten paar Stunden zu erschöpft, um sich zu fragen, welches Recht ihre abwesende Mutter eigentlich zu solch fürsorglichen Gesten hatte – mit allertiefster Dankbarkeit erfüllte.

Während sie Seite an Seite im inzwischen nur von Kerzen erhellten Foyer saßen, begann eine einsame männliche Tenorstimme zu singen, kein Weihnachts-, sondern ein Kirchenlied: *Amazing Grace.*

Als Alex aufblickte, sah sie Reverend Jed allein auf der verlassenen Krippenspiel-Bühne stehen, das Gesicht nur von der Fackel, die er in der Hand hielt, erleuchtet. Langsam aber sicher fielen andere Stimmen ein – erst drei, vier, dann zehn oder mehr, bis alle im Saal, die den Text auswendig kannten, mitsangen, und die, die ihn nicht kannten, mitsummten. Als die Musik dann anschwoll und jeden Winkel des Raumes erfüllte, konnte Alex es nicht mehr ertragen; sie musste sich einen stilleren Ort suchen, um zu heulen. Sie erhob sich, rannte beinahe den Mittelgang hinunter und hinaus ins dunkle Foyer, wo sie sich weiter tastete bis ins leere Rathausbüro, das von den Notlampen im Foyer schwach erleuchtet war.

Auf einen der Bürostühle sinkend, barg Alex den Kopf in den Händen und heulte.

Es konnte nicht sehr lange gedauert haben, als Gloria mit einer irgendwo aufgetanen Laterne kam und sie auf den Tisch stellte.

»Oh je«, sagte Gloria leise und setzte sich ihr gegenüber. »In den letzten paar Tagen hast du wirklich was durchgemacht. Was wenigstens teilweise sicher auch meine Schuld ist. Tut mir leid, Liebes. Das muss alles ein bisschen viel für dich sein.«

Alex sah zu ihr auf, ruhiger jetzt, da sich der in ihr aufgestaute Tränenstrom endlich Bahn gebrochen hatte. Ruhiger und müde, ach so müde. Wenn sie nur die Augen zumachen könnte, dachte sie, würde sie womöglich tausend Jahre schlafen.

»Eigentlich«, sagte Alex und beobachtete Gloria im Laternenlicht, in dem ihre Züge sich bei jedem Flackern leicht veränderten, »war ich sogar irgendwie froh, dass du da warst.«

Und Alex klang so überrascht über diese Feststellung, wie es ihre Mutter tatsächlich war.

»Sag mal, Alex«, meinte Gloria, »läuft da eigentlich was zwischen dir und deinem umwerfend attraktiven Bühnenpartner? Denn wenn der echte Josef so ausgesehen hätte, dann glaub ich nicht, dass Maria auf einen Engel gewartet hätte.«

»Mutter!« Alex konnte sich das Lachen nicht verkneifen. Was immer ihrer Mutter auch abgehen mochte, mit Sicherheit war sie eine lustige Nummer.

»Nun?«, fragte Gloria.

»Ich weiß nicht.« Sengende Hitze überlief sie, wenn sie an die paar Minuten in der Hafenmeisterei dachte, in denen sie Ruans Hände überall auf sich gespürt hatte und daran, wie eifrig ihre Hände ihn erkundet hatten. Wie er sie geküsst, sie seinen Kuss erwidert und sich das erste Mal in ihrem Leben keine Gedanken darüber gemacht hatte, wohin sie fassen musste oder wie es ging, und von nichts anderem wusste als ihrem Verlangen nach ihm. »Das heißt, schon möglich, aber … dann ist das hier passiert, und jetzt ist er da draußen, und das ist wirklich gefährlich, Gloria. Wirklich. Es könnte durchaus sein, dass keiner von ihnen zurückkehrt.«

Als Alex' Stimme stockte, streckte Gloria den Arm über den Tisch und tätschelte ihr die Hand. »Na, na, Liebes«, meinte sie beschwichtigend, »Wird schon gut gehen.«

»Aber auch wenn was zwischen uns wäre, was bedeutet das schon? Ich meine, vielleicht bedeutet es ja nur, dass er ein wirklich guter Küsser ist?«, meinte Alex. »Woher soll ich denn wissen, ob es irgendwas bedeutet?«

»Nun, wirklich gute Küsse hielten deinen Vater und mich bei der Stange, solange es zwischen uns lief«, meinte Gloria. »Wenn es schlussendlich auch nicht reichte, um sein Interesse an mir wachzuhalten.«

»Genau!«, sagte Alex. »Ich meine, er kann wirklich attraktiv und nett und lustig und sensibel sein und stahlharte Brustmuskeln haben …« Sie hielt einen Moment inne, um sich zu sammeln. »Aber, was, wenn das alles ist? Was, wenn körperliche Attraktivität das Einzige ist, das uns verbindet? Und überhaupt, was tue ich da eigentlich? Bis gestern war Marcus die offizielle Liebe meines Lebens. Wer bin ich eigentlich, wenn ich überzeugt bin, eine Person total und absolut zu lieben – und dann allein aufgrund von … na ja, ein bisschen Rumknutschen meine Meinung ändere?«

»Ich kann dir nicht sagen, was du fühlst oder nicht fühlst oder für wen du etwas empfindest«, sagte Gloria. »Aber ich kann dir versichern, dass die Liebe sehr viel unkomplizierter ist, als du denkst. Entweder bist du verliebt oder du bist es nicht. Und wenn du nur eine Sekunde innehältst und dich wirklich konzentrierst, weißt du, welcher von beiden es ist.«

»Warst du wirklich verliebt in Dad?«, fragte Alex.

»Ja«, erwiderte Gloria ohne zu zögern. »Ja, das war ich. Aber ich merkte bald, dass er eigentlich in Eleanor verliebt war. Er versuchte zwar, sich dagegen zu wehren, das muss ich ihm zugutehalten. Er hat sich bemüht, aber er kam einfach nicht dagegen an.«

»Hasst du ihn immer noch?«, fragte Alex. »Weil er dich im Stich gelassen hat?«

»Nein.« Gloria schwieg einen Moment. »Wenn ich eine Sekunde innehielte und mich wirklich konzentrieren würde, würde ich wahrscheinlich sagen, dass ich ihn immer noch liebe, sogar jetzt noch. Vielleicht ist das ja auch der Grund, warum ich mich so bemühe, beides zu vermeiden.« Ihr Lächeln war breit, tapfer, aber auch unerwartet schmerzlich.

»Warum hast du mich nicht mitgenommen?«, fragte Alex plötzlich. »Hast du mich nicht genug geliebt?«

Gloria entzog ihr die Hand, lehnte sich in ihrem Stuhl zurück und senkte den Blick. Die Schatten, die die Laterne warf, schienen ihr Gesicht zu einer Theatermaske der Trauer zu dehnen und zu längen.

»Ich verstehe, warum du verletzt und wütend warst«, sagte Alex. »Und weshalb du gehen musstest. Aber warum hast du mich nicht mitgenommen? Hast du mich nicht gewollt?«

»Natürlich hab ich dich gewollt.« Gloria blickte auf, beugte sich nach vorn. »Du warst mein Augapfel, mein Herzschlag. Der einzige Mensch, der mich geliebt hat und den ich mehr liebte als alles andere auf der Welt. Natürlich wollte ich dich, Alex. Natürlich wollte ich dich mitnehmen, aber ich konnte nicht.«

»Warum nicht, hätte Dad es nicht zugelassen?«, fragte Alex. »Hat er mich dir vorenthalten?«

»Nein.« Gloria schüttelte den Kopf. »Auch wenn dein Vater mich vielleicht nie wirklich lieben konnte, so grausam wäre er nie gewesen, weder zu mir noch zu dir. Ich war verletzt, unglaublich verletzt, als ich begriff, dass er und Eleanor zusammen waren. Deshalb musste ich gehen. Ich konnte keinen Moment länger bei ihm bleiben, aber ich hatte weder einen Job noch eine Ausbildung, mit der ich mich hätte bewerben können. Meine Zeit als Model war vorbei. Ich hatte keine Wohnung. Ich hatte keine Ahnung, wohin ich gehen oder was ich machen sollte. Ich erinnere mich an den Abend, als ich meinen Koffer packte. Ich erinnere mich, dass ich in dein Zimmer ging und du hast geschlafen – so schön geschlafen. An diesen lustigen kleinen blauen Oktopus gekuschelt, den du so geliebt hast. Einen Oktopus! Nie vor oder nach dir hab ich ein Kind mit einem Schmuse-Oktopus gesehen.« Alex verschwieg ihr, dass sich Oswald, der inzwischen nur noch sieben Beine besaß, nach einer ziemlich heftigen Begegnung mit Buoy nun sorgfältig verpackt in ihrem Koffer unter dem Bett befand. »Und ich wusste, dass ich dich nicht aus diesem schönen, sicheren warmen Heim herausreißen konnte, raus in eine kalte, feuchte Nacht und ohne auch nur eine Idee davon, wohin ich eigentlich wollte. Ich wusste ja wirklich nicht, was mit mir passieren würde. Mein Plan war immer, wegzugehen, mich einzurichten und wiederzukommen, um dich nachzuholen. Ich dachte, das würde ein, höchstens zwei Wochen dauern, vielleicht auch einen Monat.«

»Und nun hat es fünfundzwanzig Jahre gedauert?«, fragte Alex. »Und wie viele Ehemänner? Bestimmt hast du während der letzten fünfundzwanzig Jahre irgendwann mal in ausreichend guten Verhältnissen gelebt, um mir wenigstens eine Postkarte zu schicken.«

»Ich hab viel länger gebraucht, um Fuß zu fassen, als ich dachte«, erwiderte Gloria traurig. »Ich war hoffnungslos naiv. Aber fünfundzwanzig Jahre hat es nicht gedauert. Sondern ein Jahr. Nach einem Jahr kam ich zurück, um dich zu holen.«

»Nein, das stimmt doch nicht.« Alex schüttelte den Kopf. »Das ist nicht wahr.«

»Außer dass ich hübsch aussah, hatte ich keinerlei Qualifikation oder praktische Erfahrung«, sagte Gloria. »Also besorgte ich mir einen Job in einem Laden in Edinburgh, aber der war schlecht bezahlt. Ich fand keine Wohnung, die ich mir leisten konnte, sodass ich zunächst bei einer Freundin auf dem Fußboden schlief und dafür auch noch bezahlte. Ich brauchte Zeit, Zeit, um in der Modeabteilung aufzusteigen, Zeit, um ein bisschen mehr Geld zu verdienen. Damit ich mir ein eigenes Zimmer leisten konnte.

Und sobald ich eins hatte, kam ich, um dich zu mir zu holen.«

»Das ist doch nicht wahr«, insistierte Alex. »Wenn du es getan hättest, würden wir jetzt nicht dieses Gespräch führen.«

»Ich habe mich immer gefragt, ob du dich daran erinnerst«, sagte Gloria traurig. »Ich habe es immer gehofft, aber offensichtlich habe ich mich getäuscht. Ich bin zurückgekommen. Du hast im Hof, auf der Treppe vorm Haus gespielt. War ja nicht gerade ein Garten, nicht wahr? Nur ein paar Quadratmeter Beton mit einem Geländer außen rum. Du hast auf der Eingangstreppe gesessen und mit deinen Puppen Tee getrunken. Ich blieb stehen, wartete, dass du mich siehst und in meine Arme gelaufen kommst, aber das hast du nicht getan. Du hast aufgeblickt, gelächelt und mir eine Tasse Tee angeboten. Du hast mich nicht erkannt, und das hat wehgetan. Du hattest mich schon vergessen.«

Alex hielt den Atem an, und ihre Finger umklammerten die Tischkante. Zwar erinnerte sie sich nicht an den Besuch ihrer Mutter, aber sie erinnerte sich an die gelbe Dame, die Sonnendame. Die einst gekommen war, um mit ihr zu spielen und Tee zu trinken. Oder vielmehr erinnerte sie sich, ihrem Vater von ihr erzählt zu haben, und daran, dass ihr Vater noch heute über ihre imaginären Freundinnen Rebecca Constantinople und die Gelbe Dame scherzte, die zum Tee zu ihr kamen. Und wenn die gelbe Dame nun ihre Mutter gewesen war?

»Du hast so glücklich gewirkt«, sagte Gloria. »Du warst so glücklich, und du hast mich nicht erkannt. Wir haben ziemlich lange gespielt und ich rechnete eigentlich jeden

Augenblick damit, dass Ian herauskommen und uns entdecken würde. Ich hörte, dass das Radio lief, die Haustür stand offen, aber er kam nicht heraus. Schließlich hat Eleanor mich entdeckt. Sie kam zu ihrer Haustür heraus, wollte wohl einkaufen gehen und überraschte mich. Ich sagte dir, dass ich gleich wieder da wäre, und ging zu ihr.

»Sie wusste, dass du da warst, und hat meinem Vater nichts davon erzählt?«, fragte Alex verärgert.

»Sie bat mich, dich dort zu lassen. Ian lebe für dich. Er bestehe darauf, die Beziehung zu ihr geheim zu halten, um dich zu schützen. Wenn ich dich ihm wegnehmen würde, meinte sie, wäre nicht nur *er* am Boden zerstört, sondern auch du. Sie erzählte mir, wie gern du in deine Kita gingst. Dass du mit Jungs genauso spieltest wie mit Mädchen, dass du deine Meinung sagtest, obwohl du erst vier Jahre alt warst. Dass du vor nichts Angst hättest. Du seist völlig glücklich, und wenn ich wollte, würde sie mir helfen, alles mit Ian zu besprechen, um eine Möglichkeit zu finden, das Sorgerecht zu teilen. Wochenende und Ferien …«

»Aber das ging sie doch gar nichts an!« Alex schrie fast. »Das hatte doch gar nichts mit ihr zu tun!«

»Ich erinnere mich, dass ich mir damals dachte, sie muss Ian wirklich lieben, wenn sie mich bittet, dich bei ihm zu lassen. Wärst du nicht gewesen, hätte sie ihn doch viel leichter haben können. Aber sein Glück war ihr wichtiger als ihr eigenes.« Gloria nickte. »Eleanor hat dich immer gemocht, Alex, vielleicht aus einer gewissen Distanz, aber das war nicht ihre Entscheidung, sondern die deines Vaters. Mit seinem seltsamen Regelkanon und Verhaltenskodex. Ich war diejenige, die beschloss, die Verbindung abzubrechen. Du warst glücklich. Du warst in Sicherheit. Du wusstest nicht, wer ich war. Hätte ich dich da mitgenommen, und wenn auch nur an Wochenenden, hättest du das Gefühl gehabt, zu einer Fremden zu gehen. So redete ich mir ein. Redete mir ein, ich tue das Richtige, indem ich mich ruhig verhalte.« Gloria schüttelte den Kopf. »Tue das Richtige für dich.«

Alex starrte sie an. »Sein Kind zu verlassen, ist niemals das Richtige.«

»Ich weiß«, erwiderte Gloria schlicht, und plötzlich sah man ihr ihr Alter an. »Jetzt weiß ich das. Ja, schon seit etwa zwanzig Jahren weiß ich es, aber, schon damals schien es mir zu spät.«

»An diesem Tag habe ich dich ja vielleicht nicht erkannt oder mich nicht an dich erinnert – ich war ja noch keine vier Jahre alt!«, fuhr Alex fort. »Aber du hast mir gefehlt, du hast mir immer gefehlt. Jeden einzelnen Tag, und das Schlimmste daran ist … das Schlimmste ist, dass ich es nicht einmal gemerkt habe, bis du aufgetaucht bist. Sogar das hast du mir genommen. Sogar die Chance, dich zu vermissen.«

Alex erhob sich, unsicher, was oder wohin sie nun eigentlich wollte, nur dass in diesem Augenblick vom Saal her Jubelrufe ertönten. Sie wollte rennen, geriet ins Stolpern, stieß mit dem Oberschenkel gegen die Ecke eines Schreibtischs und raste dann noch gegen eine Türklinke in ihrer Eile, zu sehen, was es denn Neues gab. Es war das Rettungsboot, es war zurückgekehrt.

»Was ist passiert?«, fragte sie Horatios Mutter, die den Kleinen auf der Hüfte wiegte.

»Alle sind wohlbehalten zurück«, berichtete sie Alex glücklich. »Die Jungs und Steve verbringen die Nacht noch im Krankenhaus, aber morgen zum Truthahnessen sollten sie wieder zu Hause sein.«

Genau in diesem Moment gingen die Lichter im Saal wieder an, und alle jubelten ein zweites Mal.

»Oh Gott, was für eine Erleichterung«, sagte Alex, als sie, die Menge absuchend, Ruans Kopf im Gedränge entdeckte. Sie begann sich durch das Meer der Feiernden zu kämpfen, denn sie wusste: sobald sie ihm in die Augen sah, würde sie wissen, was genau zwischen ihnen lief.

»Tolle Neuigkeiten!«, sagte Lucy, ergriff ihre Hand und küsste sie auf die Wange.

»Wunderbar, nicht wahr?«, meinte Sue und klopfte ihr fest auf den Rücken, während sie sich zwischen ihr und Mrs Carmichael von der Touristeninformation durchzwängte.

»Gott sei Dank«, sagte Reverend Jed, fasste ihre Hand und lächelte sie einen Moment lang an, ehe er zum Nächsten weiterging.

»Alex, können wir uns kurz unterhalten?« Marissa stand direkt neben ihrem Ellbogen, den ihr Alex – versehentlich mit Absicht – leicht in die Rippen bohrte, und vielleicht einen Tick heftiger, als nötig war.

Dennoch drängte sie weiter, Ruan war schon – jenseits einer kleinen menschenleeren »Lichtung« – in Sicht, und dann passierte das Allerschrägste.

Mitten auf dieser freien Fläche tauchte plötzlich Marcus auf, stand direkt vor ihr. Alex versuchte, um ihn herumzugucken, doch irgendwie sprang er hin und her, bis er ihre volle Aufmerksamkeit hatte.

»Was soll denn das, Marcus?«, fragte sie ungeduldig.

Da begann er zu singen.

Als erstes fiel Alex die Kinnlade herunter, dann legten ihre Ohren Protest ein: Marcus hatte noch nie singen können, und am allerwenigsten den Madonna-Klassiker »Like a Virgin«. Doch genau das tat er. Er sang, und Alex war sich ziemlich sicher, dass sie nicht halluzinierte, denn der qualvolle Horror, plötzlich der Mittelpunkt von so viel Aufmerksamkeit zu sein, und das Gefühl, dass Ruans Blick – obwohl sie ihn nicht sehen konnte – ein Loch mitten durch Marcus' Brust brannte, war nur allzu real.

Und dann wurde es noch schlimmer.

Nach und nach fielen immer mehr männliche Stimmen ein, und Alex erkannte, dass Marcus, während Ruan und die anderen Männer draußen auf dem Meer waren und Leute retteten, die restlichen Mitglieder des Chores einschließlich Reverend Jed rekrutiert hatte, um bei diesem bizarren und nach Alex' Meinung höchst unpassenden Song seiner Wahl mitzuwirken, den er ihr nun aus Gründen, die sie nicht ganz nachvollziehen konnte, aufs Grässlichste und vor allen Leuten vortrug. Der Fischerchor versammelte sich um ihren besten Freund, steigerte sich zu einem Crescendo, das mit der schrägsten Vorführung jazzigen Händeklatschens endete, die Alex je gesehen hatte. Falls dies Marcus' taktloser Versuch einer Entschuldigung war, wollte sie nur, dass dieser Wahnsinn rasch endete, damit sie zu Ruan gehen und mit ihm reden konnte.

Dann aber bedeutete Marcus der jubelnden und lachenden Menge, sich zu beruhigen, und Alex begriff mit eisigem Grauen, dass er etwas sagen wollte. Es war nie gut, wenn Marcus öffentlich redete, vor allem nicht, wenn er ein bisschen getrunken hatte. Man musste sich nur etwa daran erinnern, wie er bei der Entgegennahme der Auszeichnung für den besten Nachwuchsspieler gesagt hatte, die Gattin des schottischen Rugby-Vereinspräsidenten habe wirklich große Titten.

Alex war also auf eine Demütigung im ganz großen Stil gefasst. Sie war darauf vorbereitet. Absolut nicht gefasst aber war sie auf das, was als Nächstes geschah.

Marcus sank auf die Knie.

»Alex Munro«, sagte er, »ich kenne dich schon, seit du ein ganz kleines Mädchen warst, das sich Buntstifte in die Nase gesteckt hat. Du und ich, wir sind miteinander aufgewachsen, wir kennen dieselben Orte, dieselben Menschen, waren immer zusammen. Du warst meine beste Freundin. Weswegen ich ein wahnsinniger Idiot war, nicht zu bemerken, dass du die sexieste Frau der Welt bist, o ja! Und: Dass ich dich liebe. Deswegen, Alex Munro, bitte! Willst du mich heiraten?«

Der Saal brach in spontane Jubelrufe aus, und Alex, aus deren Gesicht alle Farbe gewichen war, blickte auf und sah Ruan, der sie mit angespanntem, verschlossenem – und am schlimmsten – schmerzlich getroffenem Gesicht beobachtete.

»Ja! Ja! Ja! Ja!«, begann die Menge zu rufen.

Alex blickte wieder auf Marcus und sah ihn so, wie sie sich ihn die meiste Zeit ihres Lebens erträumt hatte: auf den Knien, das Herz auf der Zunge, ihr seine Liebe gestehend, und sie wusste nicht, was sie tun sollte. Vor wenigen Stunden im Büro mit Ruan hätte sie genau gewusst, was sie sagen musste, doch jetzt erschien ihr die Vorstellung, Marcus, ihren ältesten Freund, vor all diesen Leuten zu kränken, unerträglich grausam.

»Also, Alex«, fragte Marcus, hoffnungsvoll die Schultern hebend, »was meinst du?«

»Ähm … Marcus«, stotterte Alex. »Ich …« Verzweifelt überlegte sie, was sie als Nächstes sagen könnte, wie sie Marcus ihre Gefühle erklären sollte. »Marcus, ich liebe dich ja wirklich …«

Und die Menge geriet außer Rand und Band, übertönte das »aber«, während Alex noch immer am alles entscheidenden Halbsatz formulierte, der auf den ersten folgen sollte.

22

Erster Weihnachtsfeiertag

Alex saß bolzengerade im Bett und bereute es umgehend, weil ihr schwindlig war, ihr der Kopf hämmerte, und ihr Mageninhalt mit unplanmäßigem Wiedererscheinen drohte. Vorsichtig lehnte sie sich wieder ins Kopfkissen zurück und begriff in entsetztem Taumel, dass das Letzte, was sie vom vorigen Abend in Erinnerung hatte, Ruans verschwindender Hinterkopf war, als er, kaum dass sie versehentlich Marcus' blöden Heiratsantrag akzeptiert hatte, davonging.

Danach war eine Art allgemeine Jubelfeier gefolgt, und danach nichts mehr.

Alex schob Panik, so weit sie dazu in der Lage war, da jede plötzliche Bewegung Brechreiz auslösen konnte und sie fürchtete, dass sie die letzte Nacht nicht nur für den idealen Zeitpunkt gehalten hatte, einer Heirat mit einem Mann zuzustimmen, den sie vermutlich gar nicht liebte, sondern vielleicht auch für die richtige Zeit, um zum ersten Mal mit ihrem nunmehr Verlobten zu schlafen. Während sie die Augen aufschlug und ins grelle Licht blinzelte, wurde ihr zumindest klar, dass sie sich in ihrem eigenen Bett und in ihrem eigenen Cottage befand. Das war schon mal gut. Und als sie neben sich fasste, war ihr einziger Bettgenosse Buoy, und nicht einmal der schien besonders erpicht darauf, mit ihr zu kommunizieren, so wie er zusammengerollt und von ihr abgewandt dalag – und nicht zu ihren Füßen wie sonst.

Dennoch hatte dies nichts zu bedeuten, es konnte auch einfach nur heißen, dass Marcus bereits aufgestanden war. Höchst unwahrscheinlich zwar nach einer langen Nacht, aber nicht völlig ausgeschlossen. Sachte hob Alex die Bettdecke und schielte darunter. Die unermessliche Freude angesichts der Entdeckung, dass sie immer noch die Klamotten vom Vortag trug, überwog den entsetzlichen Kater und die fortwährend dämmernde Erkenntnis, dass sie in der vorausgegangenen Nacht den größten Fehler ihres Lebens begangen hatte.

Und um alledem die Krone aufzusetzen, war auch noch Weihnachten.

Sie stützte sich, diesmal ganz langsam, zunächst auf die Ellbogen, und als die Welt davon nicht unterging, setzte sie sich allmählich ganz auf. Es war kein allzu schlimmer Kater, dachte sie, während – augenblicksweise – verschwommene Erinnerungen an Tanzen und Trinken, ein richtiggehendes Gelage zurückkehrten. Zwar mochten die Bürger von Poldore ihren Festzug nicht ganz so gut hinbekommen haben wie in den letzten vierhundert Jahren, doch sie hatten jede Menge zu feiern, und waren entschlossen, sich nicht lumpen zu lassen. Irgendwie hatten sie die Rettung der Teenager und St-Austell-Steves sowie Marcus' verrückten Antrag zu ihrer Sache gemacht. Eddie öffnete die Bar im Foyer, und bald führte Reverend Jed sie bei einem ausgiebigen lärmenden Weihnachtssingen an. Es wäre eine herrliche Nacht gewesen, hätte sie nicht aus Versehen ihrer Verlobung zugestimmt. Seltsamerweise konnte sich Alex kaum erinnern, Zeit mit Marcus verbracht zu haben. Sobald er ihre »Liebeserklärung« gehört hatte, hatte er sie mit einer Art Schraubstockgriff hochgerissen und heftig auf die zusammengepressten Lippen geküsst, ehe er sie wieder absetzte. Und dann, nachdem sie ihm quasi sicher war, war er davonmarschiert, um sich mit seinen neuen besten Freunden, dem Fischerchor, männlich zu gebärden. Und Alex fand einfach keine Gelegenheit, ihm zu sagen: »Aber … ich will dich nicht heiraten, Marcus.«

Sie hatte ja wirklich die Absicht gehabt, sich mit ihm hinzusetzen und über alles zu reden, wie es sich gehörte, beziehungsweise, falls dies nicht gelang, heimlich und leise zu verschwinden, sich in ihrem Bett zusammenzurollen und zu sterben, doch man ließ sie einfach nicht. Immer wieder hielten Leute sie an, luden sie ein, umarmten und küssten sie, gratulierten ihr, und es wäre wirklich super gewesen, wäre nicht alles ein furchtbarer Irrtum gewesen.

Alex experimentierte, setzte erst den einen, dann den anderen Fuß auf. Und als es recht gut klappte, stand sie ganz langsam auf. Buoy reckte den Kopf und warf ihr einen Blick puren Abscheus zu, erhob sich dann und ging nach unten, als könne er es nicht mehr ertragen, mit ihr im selben Zimmer zu sein. Alex konnte es ihm nicht verdenken.

Vorsichtig einen Fuß vor den anderen setzend, tastete sie sich die Treppe hinunter, wo der Anblick ihrer Mutter in der kleinen Küche, den Arm bis zum Ellbogen in einem Truthahn, einen Würgereiz bei ihr auslöste. Sie riss die Haustüre auf und stürzte in den Garten hinaus. Die kalte feuchte Luft tief einatmend blickte Alex zum Himmel auf. Er war bewölkt und weiß, wirkte jedoch freundlich. Noch ein paar Schritte, und sie sah, dass das Wasser im Hafen ruhig und glatt war, und sich direkt hinter dem Stadtrand hoch und stolz Ruans Leuchtturm erhob.

Christtag, und sie hatte Dienst, aber nicht gleich. Alex warf einen Blick auf die Uhr. Es war kurz nach zehn, gar nicht so schlecht. Wenn sie es schaffte, in die Dusche zu steigen, sich anzuziehen und ein bisschen Toast runterzuwürgen, konnte sie um elf im Büro sein. Und das musste sie an diesem Morgen. Sie musste ins Büro und auf Monitore und Geräte starren. Sich verlieren in eine Welt der Symbole und Muster, wo keine echten Menschen dazwischenkamen und alles verkomplizierten.

Gloria erschien an ihrer Seite und trug ein meergrünes Kleid, und die Nägel hatte sie nach der intimen Begegnung mit den Innereien des Truthahns perfekt manikürt und gründlich gebürstet. Sie hatte sogar volles Make-up aufgelegt. Vielleicht war sie ja nicht die erfolgreichste Mutter der Welt gewesen, doch Alex wusste, in der vorausgegangenen Nacht hatte Gloria sie aufs Boot geführt, ihr sicher die Treppe hinaufgeholfen und sie zu Bett gebracht, und dabei die unerwartete Sensibilität gezeigt, Alex in ihren Klamotten schlafen zu lassen, auf dass sie nach dem Aufwachen nicht die schrecklichen Minuten durchleben und sich fragen musste, wer ihr wohl den Pyjama angezogen hatte. Alex war sehr froh, dass Gloria in der letzten Nacht bei ihr gewesen war, und lächelte sie nun an.

»Es gibt eine nicht ganz so tolle Nachricht. Eben hab ich mir den Truthahn angeguckt, von dem offenbar eine ziemliche Portion im Getümmel abhanden gekommen ist, wahrscheinlich hat Buoy sie verschlungen. Ich weiß nicht, wie er in den Kühlschrank gekommen ist, aber er war definitiv dran; es sei denn, es wäre schon immer ein einbeiniger Vogel gewesen. Tut mir leid, weil ich den doch für dich machen wollte.«

Alex zuckte die Achseln. »Macht nichts. Ich steh zwar nicht so auf das Mittagessen im Pub, aber wir können einfach Toast essen und heiße Schokolade dazu trinken, für mich wäre das okay, wenn nur diese entsetzliche, absolut grauenhafte Übelkeit weggeht.«

»Mir ist egal, was ich esse, solange ich mit dir zusammen bin«, säuselte Gloria ungemein sanft, während Alex sich mit jedem Atemzug kornischer Luft stärker fühlte. »Ich will ja nicht neugierig sein – das Recht dazu hab ich, weiß Gott, längst verspielt –, aber ich habe einfach das Gefühl, dass nicht alles in Ordnung sein kann, wenn eine Frischverlobte ihre erste Nacht nach der Verlobung nicht am selben Flussufer wie ihr Versprochener verbringt.«

»Ich wusste einfach nicht, was ich sagen sollte«, erwiderte Alex. »Alle haben geglotzt!«

»Du hättest nein sagen sollen, nein, ich liebe dich nicht, Marcus. Ich stehe auf den sexy Josef. Zum Glück war er nicht imstande, dich als Liebhaber zu beglücken, sodass es nicht allzu schwer war, dich ohne größere Peinlichkeiten mit nach Hause zu nehmen.«

»Danke«, sagte Alex, und die Erleichterung stand ihr ins Gesicht geschrieben.

»Schon okay. Tja, wäre sexy Josef noch irgendwo zu sehen gewesen, hätte ich ihn mitgenommen.«

»Er heißt Ruan, das ist ›Fluss‹ auf Kornisch«, sagte Alex leise, während sie zusah, wie die graugrünen Hügel aus dem Nebel stiegen. »Hat mir Jago erzählt, als er mich bei seiner offiziellen Einführung über all die Dinge informiert hat, die man als Bürger wissen sollte. Nächstes Jahr bringt er mir Kornisches Ringen bei.«

»Oder hast du das alles heimlich gegoogelt, weil du immer an ihn denken musst?«, fragte Gloria, doch Alex antwortete nicht.

»Es ist mehr als bloß eine Schwärmerei. Bis gerade eben, als ich rausging, war ich mir nicht sicher, und da habe ich über den Fluss geschaut und seinen Leuchtturm gesehen. Und begriffen, dass ich vielleicht in Grangemouth aufgewachsen bin, aber dass hier meine Heimat ist. Dies ist der Ort, den ich liebe, und einer der Gründe dafür ist, dass *er* hier ist. Und ich ihn liebe. Und solange er hier ist, werde ich hier nicht mehr weg wollen.«

Alex drehte sich um und sah ihre Mutter aus ängstlich, ahnungsvoll geweiteten Augen an. »Ich habe mich in ihn verliebt, wie ist das nur passiert?«

Gloria lächelte. »Auf die übliche Art. Obwohl sich die Tatsache, mein Schatz, dass du direkt vor seinen Augen den Antrag eines anderen angenommen hast, noch als Haken erweisen könnte.«

»Oh Gott.« Alex vergrub den Kopf in den Händen. »Ich werde das nie wieder geradebiegen können, oder? Und ich muss heute arbeiten!«

»Du bist wohl einer der fleißigsten Menschen, die mir je untergekommen sind«, meinte Gloria lachend. »Dir fliegt alles um die Ohren, und du machst dir Gedanken um die Verwaltung des verschlafensten Feiertags-Hafens, den ich je gesehen habe. Sogar ich weiß, dass du nicht verpflichtet bist, heute zur Arbeit zu erscheinen, du gehst nur, damit du dich mit all dem anderen Kram nicht beschäftigen musst.«

Gloria hatte recht. Als Alex auf die mit Booten und Schiffen aller Größen gesprenkelte Flussmündung hinabschaute, hätte sie ein Gemälde sein können, so ruhig und friedlich wirkte sie. Und selbstverständlich hatte Alex das Recht, sich den Feiertag wie alle anderen freizunehmen. Wenn sie arbeitete, war das allein ihre Entscheidung.

»Hör mal, wir machen Folgendes. Du gehst jetzt duschen und ziehst dich an. Ich hoffe, es stört dich nicht, aber als ich zum Einkaufen in der Stadt war, hab ich als kleines Weihnachtsgeschenk ein paar Sachen für dich mitgebracht; du findest sie in deinem Kleiderschrank. Und dann fahren wir rüber, du, ich und Buoy. Ich kann mich ins Büro setzen, du sagst mir, worauf ich achten muss, und wenn irgendwas passiert, was ich sehr bezweifle, kann ich dich holen. In der Zwischenzeit suchst du Marcus und löst deine Verlobung, und dann findest du Ruan und reißt ihm das Hemd vom Leib.«

Alex lachte, legte spontan die Arme um ihre Mutter und drückte sie. »Ich bin so froh, dass du da bist«, sagte sie. »Und sorry, dass ich dir kein Geschenk besorgt habe.«

»Oh«, machte Gloria und erwiderte ihre Umarmung, »du hast mir schon etwas geschenkt. Du hast mir eine zweite Chance gegeben.«

23

Kurze Zeit später ließ Alex ihre Mutter in ihrem Büro zurück, wo Gloria Tee trank, einen sehr schlüpfrigen Roman las und fürs Erste recht zufrieden wirkte. Während Alex in die Mitte des Platzes spazierte, schaute sie in beide Richtungen, zum *Silent Man*, wo Eddie und Becky sich langsam darauf vorbereiteten, Weihnachts-Dinner für die halbe Stadt zu kochen, und hinauf nach Castle House, wo Ruan und Cordelia sowie Reverend Jed eingeladen waren, um mit Sue und Rory zu Mittag zu speisen. Marissa würde ebenfalls anwesend sein, mit den Kindern Geschenke auspacken und sich mit ihnen um die verschiedenen Pralinenschachteln raufen.

Der Gedanke machte Alex ganz krank, aber war sie denn – wie die Dinge standen – auch nur um einen Deut besser? Milly hatte Marcus vertraut, als er hier runterfuhr, um Alex zu besuchen, obwohl er am ersten Weihnachtsfeiertag immer noch da war. Und während dieser ganzen Zeit hatten sie mehr als genug getan, um das arme Mädchen zu kränken, das nichts Schlimmeres getan hatte, als sich in diesen Hornochsen zu verlieben. Die ganze Zeit, und Alex hatte kaum einen Gedanken an sie verschwendet. Das ging doch wirklich gar nicht. Und das alles musste jetzt geklärt und in Ordnung gebracht werden.

»Wohin zuerst, Buoy?«, fragte sie den Hund, der hechelnd neben ihr stand. Buoy schien ernsthaft über die

Frage nachzudenken und trabte dann ein paar Schritte weiter in Richtung Pub.

»Recht hast du«, meinte Alex und kam zu dem Schluss, dass er ihr tatsächlich in seiner Rolle als Frauchens bester Freund dazu riet, und nicht nur, weil Eddie ihm immer einen Teller mit Würstchen hinstellte. »Sobald ich die Sache mit Marcus geklärt habe, kann ich zu Ruan gehen und ihm reinen Gewissens gestehen, was ich für ihn empfinde.«

»Ich würde sagen, das weiß er bereits«, meinte Marissa, die nun neben ihr auftauchte. »Den Heiratsantrag eines anderen Mannes anzunehmen, dürfte doch ziemlich eindeutig sein.«

»Na ja«, versetzte Alex und startete in Richtung *Silent Man*, »mit Exklusivität scheinen Sie ja auch kein Problem zu haben.«

»Alex, bitte, warten Sie, hören Sie mir zu.« Marissa legte eine lederbehandschuhte Hand auf Alex' Arm, die Alex abschüttelte.

»Was denn?«, fragte sie sie.

»Ich weiß, was Sie da gesehen haben, das sah wirklich schlimm aus«, sagte Marissa. »Es war auch wirklich schlimm, aber verstehen Sie doch, ich liebe Rory – und die Kinder. Wir wollten das nicht, es ist einfach passiert. Wir haben ja vor, es Sue zu sagen, aber zur richtigen Zeit.«

»Und wann ist die richtige Zeit, der Person, die Ihnen einen Job und ein Zu Hause gegeben hat, zu sagen, dass Sie unter ihrem Dach mit ihrem Mann schlafen?«

»Nun ja, heute jedenfalls nicht«, erwiderte Marissa. »Bitte, Alex. Ich habe mit Ruan gesprochen und …«

Alex verdrehte die Augen und setzte sich in Bewegung.

»Er sagt, wenn wir nach Weihnachten selber reinen Tisch machen, dann sagt er ihr nichts.«

»Sagt also Ruan, ja?«, fragte Alex. »Haben Sie eigentlich damals versucht, ihn zu küssen? Und nur interessehalber, was hält denn Rory davon, wenn Sie in den Gassen rumschleichen und andere Männer küssen?«

»Oh, Ruan hat Ihnen erzählt, dass ich ihn geküsst habe?«, meinte Marissa und hob die Augenbraue. »Oh nein, so war das nicht. Ruan hat *mich* geküsst. Ich habe ihm natürlich einen Korb gegeben. Wie gesagt, ich liebe Rory. Für Sue wird das alles ziemlich schwierig werden. Ich weiß. Aber sobald Castle House erst verkauft ist und Rory seine Hälfte des Geldes hat, wird sie sich sicher glücklicher fühlen, ja, ich bin überzeugt. Ich denke, die enorme Verantwortung für das Schloss hat sie wirklich belastet. Und war auch sicher einer der Gründe dafür, warum sie so ein grässliches Weibsstück ist.«

Etwa drei Sekunden lang fragte sich Alex, wie sehr sie sich hassen würde, falls sie Marissa eine Ohrfeige verpasste, und kam zu dem Schuss: eigentlich gar nicht. Aber irgendwie wusste sie auch: Hätte sie der wunderbaren Versuchung nachgegeben, hätte sich Marissa moralisch aufs hohe Ross geschwungen, was ihr nicht zustand, sodass Alex sie stehen ließ und zum Pub marschierte.

»Sie werden also nichts sagen?« Marissa ließ sich nicht abschütteln, und Alex fragte sich, ob Buoy, wenn sie ihm befahl, Marissa zu beißen, ihr wohl gehorchen würde. Irgendwie glaubte sie es nicht; Marissas dürres Gestell war nicht annähernd so verlockend wie ein Teller Speckstreifen.

»Was denn sagen und worüber?«, fragte Sue, die aus dem

Silent Man heraustrat und weiterging, ohne eine Antwort abzuwarten. »Ach, gut, dass ich Sie gefunden habe, Alex. Ich wollte gerade zu Ihnen ins Büro kommen. Ich wollte Sie und Ihren Verlobten nach Castle House zum Lunch einladen. Marcus habe ich es schon gesagt, aber man weiß ja, wie die Männer sind, zu nichts zu gebrauchen, sodass ich die Einladung wiederhole. Ich sage Lunch, aber wahrscheinlich wird es vor fünf nichts geben. Aber kommen Sie jederzeit, wir haben prasselnde Kaminfeuer, Geschenke, Schokoladen in Hülle und Fülle, es wird wunderbar werden! Natürlich ist auch Ihre bezaubernde Mutter willkommen. Der liebe Brian kommt auch vorbei, mir ist schon aufgefallen, dass sich die zwei auf der Party gestern Abend ziemlich gut verstanden haben.«

»Oh, tja, ich …«

»Ich habe Gloria doch eben mit Ihnen ins Büro gehen sehen, oder? Ich schaue gleich bei ihr vorbei und setze sie über unsere Vorkehrungen ins Bild. Sie sehe ich dann später, ab zwölf, jederzeit!«, meinte Sue glücklich. »Wir haben ja so viel zu feiern.«

Alex sah ihr nach, und blickte dann auf Marissa.

»Tja«, sagte sie. »Fröhliche Weihnachten, Marissa.«

Alex schwirrte der Kopf, als sie in die Wärme und Jovialität des Pubs eintrat. Schon jetzt war es brechend voll; eine Mischung aus Einheimischen und Touristen, Weihnachtskurzurlaubern, Gesichtern, die Alex von den Titelbildern der Klatschmagazine und Zeitungen kannte, saß dicht an dicht. Das Bier strömte, und Eddie befand sich ganz in seinem Element. Lucy trug ein Miss-Santa-Outfit und hatte Lametta im Haar, und sogar Becky trug ein winziges

Paar Christbaumohrringe, die an ihren Ohren baumelten und glitzerten.

»Da ist sie!«, rief Eddie, sobald er sie erblickt hatte. »Unsere sittsame künftige Braut. Stoßen wir auf sie an! Und alle gemeinsam!«

»Auf Alex und Marcus!«

Alex sah, wie Lucy ihren Vater in die Rippen stieß und ihm etwas ins Ohr flüsterte, während ihr das ganze Pub zu einer Verlobung zuprostete, die völlig irreal war und keine weitere zehn Minuten mehr bestehen würde, doch sie konnte nicht verstehen, was Lucy sagte, da sie ihr den Rücken zukehrte. Alex lächelte so höflich, wie es ihr möglich war, dankte den Leuten für ihre guten Wünsche und kämpfte sich durch ein Meer der Festtagsfreude, um die zu den oberen Zimmern führende Tür zu erreichen.

»Er ist auf Vier«, rief Lucy und wies sie mit einer ruckartigen Kopfbewegung hinaus in die relative Stille der hinteren Diele. Das unverkennbare Aroma des Festtagsbratens und seiner vielen Beilagen erfüllte den Hinterraum, und Lucy hörte Küchenchefin Mary Bramble in der Küche begeistert Bing Crosbys Weihnachtslieder mitschmettern. Überall ringsum läuteten nun die Glocken und verkündeten, dass Weihnachten war, doch Alex war in ihrem ganzen Leben noch nie unweihnachtlicher zumute gewesen.

»Alles okay?«, fragte Lucy.

»Na ja, ich bin zwar eine absolute, hundertprozentige Idiotin, die versehentlich vor der ganzen Stadt den Heiratsantrag eines Kerls, den sie nicht liebt, angenommen und dadurch einen anderen schwer irritiert hat, einen, für den ich mittlerweile sogar ziemlich viel übrig habe«, sagte Alex.

Wobei »ziemlich viel übrig haben« eine krasse Untertreibung war, doch sie war noch nicht bereit, der Welt ihre wahren Gefühle kundzutun, nicht, wo sie noch so frisch waren – ganz zu schweigen von der Wahrscheinlichkeit, dass sie – genau wie ihre zwanzigjährige Hingabe an Marcus – wohl zu Misserfolg und Vergeblichkeit verurteilt waren. »Oh, und ich hab auch einen entsetzlichen Kater. Aber abgesehen davon geht's mir gut.«

»Jedenfalls siehst du großartig aus«, meinte Lucy und umarmte sie. »Ich glaube, du hast deinen Stil gefunden.«

Alex schaute an sich herunter. Sie trug eine dunkelblaue Skinny-Jeans, superweiche hohe Lederschaftstiefel und ein dunkelgraues geripptes Jerseytop, mit mindestens fünfzig Ösen und Haken an der Vorderseite. Es war erstaunlich, dass ihre Mutter, die sie – als Erwachsene – seit kaum achtundvierzig Stunden kannte, in kürzester Zeit verstanden hatte, was sie tragen konnte, auch wenn es manchmal das komplette Gegenteil von dem war, was Gloria selbst anzog. Alex fühlte sich selbstbewusst, ja sogar ein bisschen sexy in diesem Outfit. Endlich lernte sie, ihre Kurven zu umarmen, und flüchtig dachte sie, wenn es doch auch nur Ruan täte.

»Nicht ich«, meinte Alex. »Sondern meine Mum.«

»Schon toll, dass deine Mum plötzlich aufgetaucht ist und ihr euch so gut versteht.« Lucy strahlte sie an. »Und mach dir keinen Kopf, wird sicher alles gut ausgehen mit dir und deinem Dreiecksverhältnis.«

»Bist du betrunken?«, fragte Alex. »Ich bin mir ziemlich sicher, dass mein Leben ruiniert ist. Obwohl es – zugegeben – auf eigenartige Weise angenehm ist, meine Mutter hier zu haben.«

»Soll ich dir ein Geheimnis verraten?« Lucy beugte sich weit nach vorn, um es ihr zuzuflüstern, obwohl sonst niemand da war. Doch auch wenn jemand da gewesen wäre, hätte er wohl nur sehr schwer hören können, was sie, Mary Brambles Vortrag von »White Christmas« übertönend, sagte.

»Klar«, meinte Alex, da sie spürte, dass jede andere Antwort sowieso ignoriert worden wäre.

»Erinnerst du dich an meinen Brieffreund auf dem Kreuzfahrtschiff?«, fragte Lucy. »Na ja, sein Schiff läuft morgen ein. Das erste Mal seit sechs Monaten kommt er in den Hafen. Wir treffen uns auf einen Drink.«

»Oh wow«, sagte Alex. »Oh wow, Lucy. Bist du denn aufgeregt?«

»Nein, ich bin echt, echt deprimiert deswegen.« Lucy verdrehte die Augen. »Natürlich bin ich verdammt aufgeregt. Aber ich habe auch Angst. Ich denke … es wird allmählich Zeit, ihm alles über mich zu erzählen.«

»Bist du dir sicher?«, fragte Alex.

»Ja, du nicht?« Lucys große blaue Augen blickten besorgt. »Was glaubst du, was er sagen wird?«

»Hör mal, Lucy«, sagte Alex. »Wenn ich an seiner Stelle wäre, mir würde es nichts ausmachen. Aber ich bin kein Ingenieur auf einem Kreuzfahrtschiff.«

»Tja, mit dir würde ich mich gerne treffen, aber du bist ja offensichtlich vergeben«, meinte Lucy, und ihr Strahlen verblasste ein wenig.

»Oh nein, verlier mir jetzt nicht den Mut«, sagte Alex. »Wie du gesagt hast, ihr habt euch die ganze Zeit geschrieben. Und geredet. Er kennt Lucy, die Person. Wenn er sich wirklich was aus dir macht, dann wird alles andere nebensächlich sein.«

»Das hoffe ich«, meinte Lucy. Ich hoffe, dass er sich was aus mir macht. Irgendwer sollte das doch, nicht wahr? Es muss doch einen Menschen auf dieser ganzen weiten Welt geben, der mich lieben kann, oder? Ich meine, abgesehen von Verwandten und Freunden.«

»Aber natürlich«, versicherte ihr Alex. »Jemand, der so wunderbar und freundlich ist wie du, verdient es, geliebt zu werden.«

Die beiden Frauen umarmten sich einen Moment, hielten einander fest.

»Und jetzt gehst du da hoch und machst Schluss mit dem Trottel?«, fragte Lucy.

»Ein Trottel ist er nicht!«, sagte Alex. »Er ist mein Freund. Ein Idiot ist er allerdings schon, wenn er meint, für ein Mädchen, das wirklich noch Jungfrau ist, *Like a Virgin* zu singen, wär die perfekte Art, sie zu umwerben. Na ja, er ist schon ein Trottel, aber einer mit gutem Herzen – und ja, ich geh jetzt da hoch, um Schluss mit ihm zu machen, auch wenn man etwas, das eigentlich nie begonnen hat, nicht wirklich beenden kann.«

»Trotzdem viel Glück. Soll ich dir eine Keule aufheben?«

»Oh, nein, anscheinend sind wir bei Sue eingeladen …«

»Oh, tatsächlich?« Lucy hob fragend die Augenbraue, worauf Alex jedoch nicht reagierte, sondern sich stattdessen wappnete und die Treppe hinaufstieg, um die Suppe, die sie sich selbst eingebrockt hatte, auch wieder auszulöffeln.

* * *

Die Tür zu Zimmer vier stand einen Spalt offen, und als Alex näher kam, hörte sie, dass Marcus telefonierte. Während sie da stand, wurde ihr auch rasch klar, mit wem er sprach.

»Ich weiß, Baby, ich weiß«, flötete er zuckersüß. »Ja, ich bin auch völlig frustriert, heute nicht bei dir zu sein. Wer hätte das auch ahnen können mit dem Sturm und diesen Kids, die fast ertrunken sind. Alex ist wirklich erschüttert. Ich konnte sie nicht alleine lassen, Babe, sie ist mein bester Kumpel. Verstehst du doch, Prinzessin, oder?« Alex ballte die Fäuste, während sie ihm zuhörte, unsicher ob sie erleichtert oder wütend sein sollte, und entschied sich kurzerhand für beides, erleichtert um ihrer selbst willen und zornig wegen Milly, die er nach Strich und Faden belog. »Ja, Baby, ja, ich war bei Tiffany, wie du es wolltest. Es steht ein Kästchen unter dem Baum, in Goldpapier gewickelt, nur für dich. Kannst dich richtig bedanken, wenn ich morgen wieder daheim bin … Oh ja, das ist die perfekte Art, mir zu danken.«

Alex stieß die Tür auf, legte am Türrahmen lehnend den Kopf schief, während sie darauf wartete, dass Marcus sie bemerkte. Als er es tat, rutschte ihm das Handy wie ein Stück glitschige Seife aus der Hand und schoss unters Bett. Alex guckte zu, wie er am Boden umhertastete und es wieder darunter hervorfingerte. »Sorry, Liebling, ich weiß nicht, was da passiert ist. Das Netz hier ist wirklich beschissen. Okay, okay, Baby. Frohe Weihnachten. Ja, ich dich auch.«

Marcus beendete sein Telefonat und starrte lange auf sein Handy, vielleicht in der Hoffnung, Alex möge einfach verschwinden. Und wenn es nicht um den letzten lumpigen Rest ihrer langen Freundschaft gegangen wäre, dann, dachte sie, hätte sie das womöglich auch getan. Die Wahrheit jedoch war: Auch wenn Alex Munro und Marcus Duffy ein grässliches Liebespaar abgegeben hätten, so verband sie doch eine wunderbare Freundschaft. Und die wollte Alex nicht aufgeben. Dennoch war sie nicht bereit, Marcus so leicht davonkommen zu lassen.

»Und wann willst du Milly erzählen, dass du jetzt mich heiratest?«, fragte Alex. »Oder wolltest du es ihr überhaupt nicht erzählen? Einfach einen kleinen Akt der Bigamie begehen, oder warte … Wir wären alle nach Utah gezogen, und du wolltest uns beide gleichzeitig heiraten?«

»Al«, sagte Marcus. »Ich hab es ein bisschen übertrieben.«

»Oh, aber du liebst mich doch, oder, Marcus? Ich meine, ich bin doch die *Einzige* für dich, oder? Der Fischerchor hat für mich gesungen und mich wissen lassen, dass du dich bei mir wie eine Jungfrau fühlst, was, wie ich dir aus eigener Erfahrung berichten kann, nichts anderes heißt, als dass du jetzt ziemlich sauer und sehr müde bist. Aber trotzdem kann es doch wohl nicht sein, dass du mir aus Versehen *vor der ganzen Stadt* einen Heiratsantrag gemacht hast, oder, Marcus?«

»Das ist … weißt du, die Sache ist einfach die. Ich liebe dich, das ist es ja«, stotterte Marcus und wand sich entsetzlich. »Wirklich. Und ich hab nur noch gesehen, dass du dich von mir entfernst. Du hattest ein neues Leben hier, und neue Freunde und Männer, und …«

»Neue Männer?«, spottete Alex. »Wen denn, Buoy?«

»Ist doch wohl offensichtlich, dass der verfluchte Ruan mit seiner grüblerischen Art und seinem Dreitagebart dich mag. Da bin ich eifersüchtig geworden, und dann kommst du in diesem Kleid an, dem, bei dem man fast alles von deinen ….« Er gestikulierte nach ihrer Oberweite. »Da bin ich eifersüchtig geworden, und hab nur noch mit meinem *du weißt schon was* gedacht. Vorher wär mir so was nie eingefallen, Alex.«

»Mensch, danke«, sagte Alex. »Vielen Dank.«

»Ich merkte, dass du und Ruan immer enger wurdet, und ich dachte, der doch nicht. Ich müsste das sein. Ich war doch all die Jahre dein bester Kumpel. Ich hab doch immer auf dich aufgepasst.«

»Falls es gerade um den geht, der qualifizierter ist, mich um meine Jungfräulichkeit zu bringen, dann tut es mir leid, aber diese Freundschaft ist vorbei«, erwiderte Alex traurig.

»Nein, davon rede ich nicht, ganz und gar nicht … vielleicht nur ein bisschen«, meinte Marcus. »Ich hatte doch keine Ahnung, dass du in deinem Alter noch Jungfrau bist. Rob Buckley hat behauptet, du hättest es auf der Neujahrsparty des Rugby Clubs vor drei Jahren mit ihm gemacht.«

»Was hat der behauptet?«, fragte Alex, momentan verwirrt. »Blödmann!«

»Ich hätte wissen müssen, dass er lügt, er hat ja auch allen erzählt, dass er die Fahrprüfung bestanden hat, obwohl er noch nicht mal mit den Fahrstunden begonnen hatte. Und ich dachte mir, fährt aber ziemlich oft Bus der Typ, dafür, dass er einen Porsche in der Garage stehen hat.«

»Oh Gott!« Alex stampfte mit dem Fuß auf. »Das reicht

jetzt. Ich mag über all das nicht mehr reden, aber eins will ich klarstellen, ja?«

»Okay«, meinte Marcus ein wenig unsicher und wirkte ziemlich eingeschüchtert.

»Du liebst mich, aber nicht *so*, jedenfalls nicht, sobald du wieder nüchtern bist und nicht mehr mit dem Penis denkst«, sagte Alex. Marcus nickte. »Und heiraten willst du Milly, denn mit Milly redest du wie ein liebeskranker Schulbubi, und da zwischen uns außer ein bisschen Küssen und Nacktheit nichts war, können wir beide wohl vergessen, was wir gesehen haben und nie wieder darüber reden.«

»Ich weiß nicht, ob ich alles vergessen kann, was ich gesehen habe«, sagte Marcus und starrte demonstrativ auf ihre Brüste.

»Marcus!«, brüllte Alex. »Konzentrier dich!«

»Oh jaa, ich meine, ja. Ich werde nie wieder an deine Brüste denken.«

»Gut. Und folglich werden wir auch nicht heiraten, wir werden wieder bei unserer alten Freundschaft anknüpfen und vielleicht kann ich ja immer noch zu deiner Hochzeit kommen.«

»Nur zur Hochzeit?«, fragte Marcus und hatte plötzlich diesen Hundeblick. »Nicht für immer?«

»Nein.« Alex schüttelte den Kopf. »Das Leben da oben war eigentlich nie wirklich meins. Nicht wie hier unten, hier kann ich ich selber sein.«

»Aber was ist mit deinem Dad?«, fragte Marcus. »Das kannst du doch nicht einfach so stehen lassen – das mit deinem Dad. Du kannst ihn doch nicht dafür hassen, dass er jemand liebt.«

»Marcus«, sagte Alex. »Ich hasse dich nicht dafür, dass du Milly liebst.«

»Ich hab nicht von mir geredet«, entgegnete Marcus und zögerte einen Augenblick. »Versprich mir, dass wir Freunde bleiben. Ich will, dass du meine Trauzeugin wirst.«

Irgendwie erstaunte es sie, wie leicht Marcus umschalten konnte, sie in einem Moment als potenzielle Braut sah, im nächsten wieder als Trauzeugin, aber andererseits: das war halt Marcus. Für ihn war das Leben immer möglichst unkompliziert; das war eines der Dinge, die sie immer an ihm gemocht hatte. »Wir bleiben Freunde«, beruhigte sie ihn. »Und dass ich das mit Dad nicht so stehen lassen kann, weiß ich. Ich weiß, dass ich mich bei ihm melden und mit ihm reden muss. Ich muss nur …«

»Au, Scheiße, wir versäumen den Frühschoppen-Saufwettbewerb«, rief Marcus, als sein Blick auf den Digitalwecker neben dem Bett fiel. »Also, alles klar zwischen uns, ja, und ich muss nicht zur schrecklichen Sue zum Mittagessen, ich kann im Pub bleiben und mir die Kante geben?«

»Alles klar«, sagte Alex. »Du darfst dich sinnlos besaufen, meinen Segen hast du.«

»Also, das toppt Millys Elternhaus, und nicht nur an Weihnachten.« Marcus drückte ihr im Vorbeigehen ein Küsschen auf die Wange. »Frohe Weihnachten, Al. Ich wollte dir noch ein Geschenk besorgen, aber ich hatte keine Zeit – aber ich lade dich später auf ein Pint ein.«

Alex wartete ein, zwei Augenblicke, ehe sie ihm nach unten folgte. War schon lustig, wie sich die jahrelangen selbstverschuldeten vergeblichen Liebesqualen genauso schnell verflüchtigten wie eine Kunstschneeflocke, die einem auf der Handfläche zerschmolz. In Wahrheit, dachte Alex, während sie sich aufs Bett setzte, hatte sie in den letzten Jahren genau dasselbe getan wie Marcus in den letzten paar Tagen. Sie hatte sich eingebildet, sie müsse verliebt sein, ihr Herz müsse jemandem gehören, ob der es wollte oder nicht, und sie hatte ja genug echte, liebevolle Gefühle für Marcus, um ihn zum Objekt ihrer Zuneigung zu machen. Aber nicht einmal die Tatsache, dass es – in all den Jahren – nie echte Liebe gewesen war, spielte nun noch eine Rolle für sie, denn sie erkannte, dass keiner dieser Augenblicke verschwendet war. Nicht, wenn jeder davon sie zu diesem Moment, dieser Entscheidung geführt hatte. Dem Moment, in dem sie nun nach Ruan suchen und ihm sagen würde, dass sie sich in ihn verliebt hatte.

24

Alex hakte sich bei Gloria unter, als sie durch die in das riesige Holztor eingelassene kleinere Holztür traten, die auf den Hof von Castle House führte.

»Meine Güte, ein richtiges Schloss«, rief Gloria. »Da wird es doch irgendwo in dieser Stadt auch noch einen Millionär geben, den ich heiraten kann.«

Brian Rogers, dachte Alex bei sich, die frühere Rocklegende aus den Siebzigern, war garantiert sogar mehrfacher Millionär. Doch Alex beschloss, das lieber unerwähnt zu lassen. Besser sie konzentrierte sich immer nur auf eine Sache, und der nächste Punkt auf ihrer Liste war Ruan.

Irgendwie hoffte Alex, die Nachricht vom Ende der kürzesten Verlobung aller Zeiten könne ihn schon erreicht haben, ehe sie bei Sue eintrafen, zumal sie, bevor sie das Pub verließ, noch hinter den Tresen getreten war, heftig die Glocke geläutet und allen verkündet hatte, dass Marcus und sie nicht, wiederhole: *nicht* heiraten würden. Doch als sie Gloria in die betriebsame Küche führte und dort Ruan entdeckte, den man als alten Freund der Familie zum Karottenschälen eingeteilt hatte, als sich sein Gesicht bei ihrem Anblick verdunkelte, zerschlugen sich all diese Hoffnungen.

»Da sind Sie ja!«, rief Sue glücklich und ganz in ihrem Element, und plötzlich auch viel entspannter, da der Festzug nicht mehr bevorstand. »Oh, gehen Sie doch einfach durch in den Saal. Dort prasselt ein riesiges Feuer, und Cordy ist da, zusammen mit Rory und Marissa, die sich an Brian ranschmeißt. Das Mädchen hat wirklich kein Schamgefühl.«

Alex und Ruan schauten sich kurz an, doch sein Blick blieb verhalten und düster.

»Also, wie auch immer, ich und Marcus werden auf alle Fälle nicht heiraten!«, sagte Alex, irgendwie an den gesamten Raum gewandt, den Blick aber auf Ruan gerichtet.

»Oh, nein!« Sue wirkte ehrlich bestürzt. »Was ist denn passiert, Alex?«

»Ich wollte ihn nie heiraten«, erklärte Alex. »Und auch er wollte mich nie wirklich heiraten. Aber er ist halt ein bisschen durchgedreht, und ich wusste nicht, wie ich vor all den Leuten *Nein* sagen sollte.« Noch immer starrte Alex auf Ruan, der weiter methodisch Karotten schälte. »Und wir waren auch nie verliebt, und es war einfach alles nur ein Riesenirrtum. Er liebt dieses Mädchen bei uns zu Hause, und ich …« Sie verstummte und blickte auf Gloria, die mitfühlend die Achseln zuckte.

»Kommen Sie, ich bring Sie rein. Was würden Sie denn gern trinken? Ich habe Petal zum Kellnern abkommandiert. Das ist wahrscheinlich illegal, aber sie macht wirklich hervorragende Cocktails.«

Es würde also nicht so leicht werden, wie sie es sich erhofft hatte, dachte Alex, als sie ihrer Mutter und Sue in den Saal folgte, obwohl der Anblick des weihnachtlich geschmückten Palas von Castle House doch einiges dazu beitrug, ihre Stimmung zu heben. Seine Verwandlung, seit Alex ihn als improvisierten Umkleideraum benutzt hatte, war erstaunlich. Er war mit Girlanden aus frischem Wacholder und Mistelzweigen geschmückt, und im offenen Eckkamin prasselte ein mächtiges Feuer. Irgendwann hatte man – seit den frühen Morgenstunden – im steinernen Bogen, der den geräumigen Saal teilte und dadurch viel gemütlicher machte, einen gewaltigen, mit Lichtern, Bändern und Kugeln geschmückten Baum aufgerichtet. Zwei abgewetzte, jedoch bequem wirkende rote Sofas waren um das Feuer gruppiert, und ein Teppich, auf dem Alex neben Pugwash und Pudeldame Duchess überrascht den lang hingestreckten Buoy entdeckte, war von zerfetztem Geschenkpapier, diversem Spielzeug und Kindern übersät.

»Harvey Wallbanger?«, fragte Petal. »Oder … ich mache auch Snowballs, und Baileys, obwohl das kein Cocktail ist, aber er schmeckt gut, bisschen wie Eiscreme, nicht dass ich ihn probiert hätte.«

»Ähm, einen Baileys bitte«, sagte Alex.

»Könntest du mir auch einfach nur einen Whisky mit Eis machen, Liebes, bitte?«, fügte Gloria ihre Bestellung hinzu.

»Denke schon«, erwiderte Petal und wirkte etwas deprimiert angesichts derart fantasieloser Erwachsener. Sie trabte davon zu einem Barschrank, der sich unter seiner Last förmlich zu biegen schien und vor verschiedenfarbigen Glasflaschen nur so strotzte.

»Brian«, säuselte Gloria dem älteren Mann mit den mehr als schulterlangen silbernen Ringellöckchen zu, der, von Kopf bis Fuß in Jeansblau gekleidet, in einem Sessel saß. »Ich sehe, du hast deine Gitarre dabei, spielst du uns was?«

Alex fand es zwar kaum fassbar, dass Gloria nicht wusste, wer Brian Rogers war, doch sie hielt es für möglich. Und während sich ihre Mutter von Brian auf dessen unbezahlbarer Gitarre, die er – wusste Alex aus trashigen Klatschmagazinen – als kleiner Junge mit seinem Vater gebaut hatte, einen E-Akkord zeigen ließ, nahm sie ihren Fingerhut Baileys von Petal in Empfang und setzte sich zu Meadow und Forest auf den Fußboden.

»Und, was hat euch der Weihnachtsmann gebracht?«, fragte Alex Forest, dessen kastanienbraune Locken ihm in die braunen Augen fielen. Er war ganz und gar Sohn seiner Mutter.

»Lego, Eisenbahnwaggons, Spielzeugautos und Klamotten, obwohl, ich glaub nicht, dass Kleidung als Geschenk zählt, oder?« Er sah sie an und verzog das Gesicht.

»Ich glaube, manchmal schon«, erwiderte Alex und begann ihm beim Bau eines Lego-Schlosses zu helfen, das seinem aktuellen Wohnort sehr, sehr ähnlich sah.

»Eigentlich müsste es oben auf diesem Turm eine Fahne haben«, erzählte Forest, »aber Pugwash hat sie gefressen, und jetzt müssen wir warten, bis sie hinten wieder rauskommt.«

»Oh.« Alex nickte und rümpfte die Nase. »Viel Glück dabei!«

»Alex?« Alex ertappte sich dabei, wie sie auf ein nagelneues Paar karierte Schlappen starrte, an denen hinten noch das kleine handgeschriebene Preisschildchen herunterhing. Sie schaute nach oben und erblickte Rory. »Könnte ich kurz mit Ihnen sprechen? Über ein … ähm …, eine Recherche, die ich gerade mache?«

»Daddy?« Forest zerrte an Rorys Hosenbein. »Daddy, bist du sicher, dass das alle Geschenke waren?«

»Ja, mein Schatz«, erwiderte Rory, hockte sich neben ihn und schaute dem Kleinen in die Augen. »Warum, hat der Weihnachtsmann denn etwas vergessen?«

»Ja«, sagte Forest, »und ich hab besonders aufgepasst, dass es auch auf die Liste kommt, Petal hat's mir versprochen!«

»Oh, hat sie das?« Rory warf einen Blick zu Petal hinüber, die in vollem Ernst mit einem Besteckteil des Familiensilbers die Knochen eines Tyrannosaurus Rex aus einem Gipsblock herauslöste. »Und was war das, mein Schatz?«

»Ich hab mir ein Hündchen gewünscht«, sagte Forest. »Eins, das nur mir gehört. Nicht Duchess, die Mummy gehört, oder Salty, die Petal gehört, oder Ginger oder Mutley oder Pugwash, die … einfach nur da sind. Ich will mein eigenes kleines Hündchen, Daddy. Ich hab's mir gewünscht und ich war ganz brav, glaube ich.«

Alex verkniff sich ein Lächeln, und Rory nickte ernst.

»Eigentlich wüsste ich nicht, warum das nicht gehen sollte«, meinte Rory. »Aber da musst du Mummy fragen.«

»Oh.« Forest stöhnte und verdrehte die Augen. »Darum hab ich ja den Weihnachtsmann gefragt. Mummy hab ich schon gefragt, und sie hat Nein gesagt!«

»Lass mich doch mal sehen, was ich tun kann«, meinte Rory. »Ich muss nur noch mit Alex reden, und dann, tja, man kann nie wissen …«

Widerwillig stand Alex auf und schlenderte an Gloria vorbei, die sich neben Brian auf einem der Sofas zusammengerollt hatte und – Whiskyglas in der Hand – verführerisch lachte, während Brian sie mit Geschichten von seinen Tourneen unterhielt.

»Und dann haben wir einen Fernseher zum Fenster hinausgeschmissen …«

Als sie merkte, dass Rory sie in Sues Büro geführt hatte, wo sie bei ihrem letzten Mal mehr von ihm zu Gesicht bekommen hatte, als ihr lieb war, machte Alex kehrt und wollte wieder zurück, doch Rory legte die Hand auf ihren Arm.

»Bitte, Alex, hören Sie mich an.«

Alex bedachte ihn mit einem Blick, der ihm bedeutete, mal lieber ganz schnell seine Hand da wegzunehmen.

»Was erhoffen Sie sich denn?«, fragte sie ihn. »Dass Sue Forest erlaubt, einen eigenen Hund zu haben, um wiedergutzumachen, dass sein Daddy ihre Sekretärin bumst?«

»Hören Sie, ich erwarte nicht, dass Sie das verstehen …«, begann Rory.

»Ich verstehe das durchaus«, sagte Alex. »Ich verstehe, dass Männer ihren Penissen Priorität einräumen, vor allem anderen.«

»Nein, damit hat es nichts zu tun«, erwiderte Rory ernst, und Alex sah, dass zumindest *er* überzeugt war, in eine große Liebesgeschichte von epischen Ausmaßen verstrickt zu sein. »Ich weiß, wie das von außen aussieht. Nämlich wie ein jämmerlicher älterer Typ, der den Reizen einer sehr viel jüngeren, straffen Sirene erliegt.«

»Oh, bitte«, sagte Alex.

»Aber es ist nicht so«, fuhr Rory fort. »Wenn Sie mir nur einen Augenblick zuhören würden und mich erklären ließen. Marissa liebt mich wirklich, und ich liebe sie. Und wir haben es versucht, haben uns wirklich bemüht, uns nicht zu verlieben, aber wir hatten keine Wahl, weil sich die Gefühle einfach manchmal einschleichen, wenn man nicht aufpasst; Sie haben das doch bestimmt auch schon erlebt?«

Alex nickte widerstrebend. »Wahrscheinlich«, räumte sie ein.

»Nun, so ist es auch bei mir und Marissa«, meinte Rory. »Lassen Sie uns daher ein bisschen Zeit, um den Schaden möglichst gering zu halten. Lassen Sie es mich Sue zu einem besseren Zeitpunkt selber sagen.«

»Ich fürchte nur, es wird nie eine gute Zeit geben, um es Sue zu sagen«, meinte Alex. »Ich meine, wann wäre denn eine gute Zeit, um ihr zu sagen, dass sie Castle House losschlagen muss, dass Sie sie zwingen werden, ihr Heim zu verkaufen – ein Heim, dass sich Jahrhunderte lang im Besitz ihrer Familie befand, und dass das Leben für sie und die Kinder nie mehr sein wird, wie es war, nur damit Sie mit Ihrem Flittchen zusammenziehen können?«

»Oh nein.« Rory legte die Stirn in Falten. »Das wird nicht geschehen. Das Haus, der Name, das Land, das alles ist aufgrund eines uralten Stiftungsvertrags fest aneinander gebunden; das bedeutet, dass es weder verkauft noch der Familie weggenommen werden kann. Sue wollte das zwar nicht so. Als wir geheiratet haben, suchte sie nach einer Möglichkeit, die Stiftung irgendwie aufzulösen, aber es ging nicht. Offenbar haben diese mittelalterlichen Rechtsanwälte sich auf ihr Geschäft verstanden. Deswegen habe ich ja auch Sues Familiennamen angenommen und deswegen werde ich, wenn Marissa und ich gehen, keinen Cent mitnehmen. Wir werden wie ein junges Paar ganz von vorn beginnen. Ich hoffe, wir können hier in der Gegend ein Cottage mieten, damit ich in der Nähe der Kinder sein kann, und da ich nicht damit rechne, dass Sue Marissa weiterbeschäftigen wird, wird sie sich was anderes hier im Ort, vielleicht droben im Hotel, suchen müssen. Die brauchen immer Kellnerinnen. Verstehen Sie, deswegen weiß ich, dass Marissa mich liebt, weil sie bereit ist, uns zu ernähren, während ich diesen Roman fertig schreibe.«

Von der gegenüberliegenden Ecke des Raums ertönte ein leiser erstickter Schrei.

»Marissa, Liebling?«, rief Rory aus, und Marissa erschien im Durchgang, in dem Alex und Ruan gestanden hatten, als sie zum ersten Mal Zeuge von Rory und Marissas Verhältnis wurden.

»Du hast mir nie gesagt, dass du keinerlei Anspruch auf das Geld hast«, schleuderte Marissa ihrem Liebhaber mit zusammengepressten Lippen und bleich vor Zorn entgegen.

»Aber du bist doch Sues persönliche Assistentin«, sagte Rory. »Du kümmerst dich doch um ihre persönlichen Angelegenheiten. Ich dachte, du weißt es.«

»Glaubst du denn, ich hätte dich …« Marissas Gesicht war eine Fratze der Wut. »Ich bin neunundzwanzig Jahre alt. Ich werde nicht in irgendeinem Hotel kellnern und mich abschuften, um einen gescheiterten, mittelalten und offen gesagt schauderhaften Schreiberling auszuhalten, der, auch wenn er mal ein Buch zu Ende brächte, nicht mal in einer Million Jahren veröffentlicht würde!«

Und sie machte auf dem Absatz kehrt, stürmte zur Tür hinaus und ließ Rory verwirrt, verletzt und verloren zurück. Alex hätte fast die Hand nach ihm ausgestreckt, doch der Drang, ihm eine zu schallern, war noch viel größer, sodass sie weder das eine noch das andere tat.

»Sie ist völlig durcheinander«, sagte er zu Alex. »Der ganze Stress hat sie mitgenommen. Sie kommt schon wieder zu sich. Ich gehe nur und vergewissere mich, dass es ihr gut geht.«

»Rory.« Diesmal war Alex an der Reihe, ihm Einhalt zu gebieten und ihm die Hand auf die Schulter zu legen. »Gehen Sie ihr nicht nach. Ich persönlich glaube Ihnen ja. Sie sind überzeugt, Marissa zu lieben. Aber ich denke nicht, dass Marissa dieselben Gefühle hegt. Sehen Sie, Sue hat mir erzählt, dass Marissa nach Cornwall kam, weil sie zu Hause irgendeinen Skandal am Hals hatte. Sie hatte eine Affäre mit dem Ehemann der besten Freundin ihrer Mutter.«

»Ich weiß Bescheid«, sagte Rory. »Er hat sie ausgenutzt, hat ihr Versprechungen gemacht, die er nie einhalten wollte …«

»Rory«, versuchte Alex es wieder, »Ihre wunderbare Familie, Ihre tollen Kinder sind nebenan. Ihre Frau ist in der Küche und kocht uns allen ein Weihnachtsessen. Bitte, bitte, laufen Sie Marissa nicht nach. Sie schert sich keinen Deut um das, was Sie für sie aufgeben, aber vielleicht ist es noch nicht zu spät und Sie können es noch retten.«

Rory zögerte kurz. Dann ging er Marissa nach.

»Du hast Jimi Hendrix gekannt?«, fragte Gloria gerade mit großen Augen, als Alex in den Saal zurückkehrte. Forest war auf dem Teppich vor seinem Lego-Schloss eingeschlafen, und Meadow verschönerte sein Gesichtchen mit Glitzergelstiften.

»Noch einen Drink!« Petal reichte Alex ein weiteres Gläschen Baileys, und hatte offensichtlich gar nicht gemerkt, dass Alex das erste noch nicht mal angerührt hatte. »Worüber haben Sie denn mit Daddy gesprochen?«

»Oh, ich habe ihm bei einer Recherche für sein Buch geholfen«, erwiderte Alex.

Petal guckte skeptisch. »Was wissen Sie denn über Drachen? Daddy schreibt ein Fantasy-Buch über Drachen. Es ist zwar nicht besonders gut, aber es hält ihn bei Laune, meint Mummy.« Alex fragte sich, wie oft Petal diesen Satz schon gehört hatte.

»Na ja, es gibt auch eine Stelle mit Booten darin. Und dabei hab ich ihm geholfen.«

»Richtig.« Sue erschien, immer noch in ihrer Schürze und mit Cordelia und Ruan im Schlepptau. »Das Essen dürfte in etwa einer Stunde fertig sein, lasst uns doch was spielen, während wir warten. Wie wär's mit Scharaden?«

Die Kinder stöhnten.

»Lieber Verstecken«, rief Forest und war irgendwie sofort hellwach und nicht im Entferntesten beunruhigt darüber, dass sein Gesicht nun zum Großteil glitzergrün war.

»Das glaube ich nicht«, sagte Sue. »Als wir das letzte Mal Verstecken gespielt haben, Forest, haben wir dich sieben Stunden lang gesucht.«

»Ich weiß!« Gloria klatschte in die Hände. »Wie wär's, wenn Brian uns was vorspielen würde. Er hat seine Gitarre mitgebracht!«

»Na ja.« Brian guckte bescheiden, als ob er seine unbezahlbare Gitarre genauso mit sich herumtrüge wie eine Brieftasche oder ein Handy. »Ich denke vielleicht, na ja, Cordelia, warum singst du nicht diesen Song, an dem wir gearbeitet haben?«

»Oh ja, warum nicht?« Cordelia mochte eine großartige Sängerin sein, als Schauspielerin allerdings war sie lausig – wenigstens wenn es darum ging, Spontaneität zu heucheln. »Das wäre nett, weil mein Bruder Ruan mich nämlich noch nie singen gehört hat.«

»Sicher nicht«, entgegnete Brian – und es klang sorgfältig einstudiert. »Wie denn das, wo du eine solche Engelsstimme hast?«

»Weiß ich auch nicht«, meinte Cordelia, als sie zu Brian trat, die Hände in die Hüften stemmte und Ruan einen herausfordernden Blick zuwarf. Ihr Bruder zuckte die Achseln.

»Okay, hab's schon kapiert. Tut mir leid, dass ich zu keinem deiner Auftritte gekommen bin. Ich war halt ein bisschen beschäftigt.«

»Ja, weil schlecht gelaunt aufs Meer hinauszustarren eine so furchtbar zeitraubende Angelegenheit ist«, sagte Cordelia, und Alex musste sich ein Lächeln verkneifen.

»Dann mach mal«, sagte Sue und setzte sich auf den Teppich neben Meadow und Forest, der sich instinktiv an sie lehnte. »Cordelia, Brian – wir warten auf euren großen Auftritt. Auch du, Ruan, du kannst doch nicht den ganzen Feiertag mit finsterem Blick in irgendwelchen Eingängen rumstehen. Hock dich da hin. Das ist der beste Platz im Haus.«

Alex fragte sich, ob Sue ihn absichtlich auf den Sofaplatz direkt hinter ihr dirigiert hatte, doch was auch immer ihr Motiv gewesen war, Ruan ging auf das Angebot ein, und Alex konnte fast spüren, wie seine Wade ihren Oberarm streifte, oder hätte es wenigstens gekonnt, wenn da nicht eine ganz feine Haaresbreite Abstand zwischen ihnen gewesen wäre. Oh, wie sie sich danach sehnte, sich zurückzulehnen, das Kinn auf seinen Oberschenkel zu stützen, während er ihr vielleicht übers Haar strich.

In Gedanken schalt sie sich. Warum um Himmels willen solltest du dir das wünschen, fragte sie sich. Was bist du denn – ein Hund?

Brian trödelte ein paar Augenblicke herum, stimmte seine Gitarre, zwinkerte Gloria dabei zu, während Cordelia auf der Lehne des Nachbarsessels hockte. Er nickte ihr zu und begann zu spielen.

Alex war sich gar nicht sicher, was sie sich erwartet hatte, als Cordelia zu singen begann, jedenfalls nicht den außergewöhnlichen Sound, der plötzlich den Raum erfüllte. Der Song war irgendwo zwischen Country, Folk und Rock anzusiedeln und handelte von einem Mann, der seine Liebe für immer verloren hatte. Man musste kein Quizkönig sein, um zu erraten, wer den poetischen Text inspiriert hatte, und Alex spürte das Unbehagen, das anfänglich von dem hinter ihr sitzenden Mann ausstrahlte. Doch dann, als der Song sich aufschwang, und Cordelias Stimme – rein, schön und wahr – mit ihm an Höhe gewann, gab es nichts mehr außer der Schönheit der Musik und des Augenblicks. Und als die letzten Töne verklangen, merkte Alex, dass sie weinte, nicht weil sie traurig war, sondern weil sie so nahe am Glück, am Genügen war, dass es wehtat.

Die Kinder jubelten, und Rory, der irgendwann während des Vortrags wiedererschienen war, klatschte.

»Das war ja toll«, sagte Alex zu Cordelia. »Haben Sie das selber geschrieben?«

»Na ja, Brian hat mir bei der Melodie geholfen«, räumte Cordelia ein, ganz rot vor Freude und ausnahmsweise mal nicht auf der Hut. Aber der Text – der ist von mir. Er handelt davon, wie einer sich einbildet, Leben und Glück wären für ihn gelaufen, was aber vielleicht gar nicht stimmt: Er müsste nur loslegen und sagen, was Sache ist.« Sie starrte Ruan an. »Und? Was meinst du dazu, Bruder?«

»Ich meine, dass du eine erstaunliche Sängerin bist«, erwiderte Ruan. »Wirklich, Cordelia, ich weiß nicht, woher du das hast; keiner sonst in unserer Familie kann auch nur einen Ton halten.«

»Aber?« Cordelia verschränkte die Arme.

»Aber es gibt Tausende von erstaunlichen Sängerinnen, und die meisten kommen nie über Pub-Auftritte hinaus. Ich will einfach nicht, dass du dir zu große Hoffnungen machst.«

»Warum nicht?«, fragte Cordelia. »Warum sollte ich mir keine großen Hoffnungen machen und nicht mein Bestes geben, um meine Träume zu verwirklichen? Ist das nicht besser, als nur rumzusitzen – gelähmt vor lauter Angst, eine Chance zu ergreifen, auch wenn es die eine Sache sein könnte, die einen glücklich macht?«

Ruan seufzte. »Cordy, wenn Tamsyn und Keira hier wären …«

»Aber sie sind nicht hier, oder? Sie sind weit weg und führen das Leben, das *sie* glücklich macht. Tamsyn ist in Paris und entwirft irgendwelche Sachen, für die hirnverbrannte Idioten Tausende von Euros hinblättern, und Keira ist eine glücklich verheiratete Lady, die mit ihrem BMW und einem Diamanten von der Größe von Castle House am Finger zu Mittag speist! Du hast ihnen auch nicht einzureden versucht, immer am selben Ort zu bleiben, dasselbe zu tun, wieder und wieder, Jahr um Jahr, obwohl es sie nicht glücklich macht, warum also versuchst du es bei mir? Ist es, weil du nicht allein sein willst?«

Sobald Cordelia die Worte entschlüpft waren – Alex konnte es sehen –, taten sie ihr leid, doch es war zu spät. Es wurde still im Raum, man hörte nur noch das Knistern des Feuers und Buoys Schnarchen.

»Kennst du *The Wheels on the Bus go Round and Round and Round?*«, fragte Forest Brian, worauf alle lachten und froh waren, den so peinlichen Moment überspielen zu können.

»Ich kenne *Puff the Magic Dragon,* reicht das?«, fragte Ruan.

»Bist du okay?«, fragte Alex und drehte sich herum, als Brian gerade wieder zu spielen begann.

»Mir geht's gut«, nickte Ruan, dessen Hände steif auf seinen Knien ruhten.

»Ruan ...«

Genau in diesem Moment ging die Tür auf, und Reverend Jed steckte den Kopf herein. »Ah, schön, dass Sie da sind!«

Sue sprang auf, um ihn zu begrüßen. »Was für ein wunderbarer Gottesdienst das war heute Morgen, Herr Pfarrer! Wie Sie für die geretteten Leben gedankt haben und dem Rettungsteam Tribut gezollt haben! Sehr berührend, nicht wahr, Ruan?«

Ruan nickte, und Alex musste zugeben, sie war etwas überrascht, dass er am Weihnachtsmorgen in die Kirche gegangen war, nachdem er sich am Vortag so skeptisch geäußert hatte.

»Es tut mir leid wegen Meadow«, sagte Sue. »Sie ist furchtbar enthusiastisch.«

»Bedauern Sie niemals Enthusiasmus in Glaubensdingen«, beschwichtigte Jed. »Auch wenn er in der Form von Steptanz daherkommt. Haben Sie schon zusammen gesungen?«

»Wie wär's denn mit dem da«, meinte Brian und nickte Gloria zu. »Lust auf ein Duett?«

Brian und Gloria begannen wild zu flirten, während sie das Duett *»Baby, It's Cold Outside«* miteinander sangen. Was Alex' Mutter an Talent fehlte, machte sie mit Begeisterung wett, und Alex beobachtete sie teils entsetzt, teils bewundernd bis hin zu dem Moment, als sie ihre Nasen aneinander rieben … dann murmelte sie etwas von muss mal in die Küche, um nach den Karotten zu sehen.

Sie goss sich gerade ein großes Glas Wasser ein, als sie jemanden hinter sich eintreten hörte. Sie wandte sich um, hoffte, es sei Ruan, doch er war es nicht. Cordelia war ihr gefolgt.

»Sie haben eine wunderbare Stimme«, wiederholte Alex ihr Kompliment.

»Ich weiß«, erwiderte Cordelia.

»Ich glaube nicht, dass Ruan Sie hier festhalten will«, sagte Alex. »Er versucht wohl nur, Sie auf seine Art zu beschützen.«

»Auch das weiß ich«, sagte Cordelia.

»Oh, ähm … tja, Tasse Tee?«

»Sie haben ihm wehgetan«, meinte Cordelia. »Er redet

nicht mit mir. Er erzählt mir nicht, was los ist, hat er nie getan. Nicht mehr seit … na ja, seit Merryn. Der Tag, an dem sie draußen blieb, das war der Tag, an dem er sich verändert hat. Er hat sich abgekapselt, eingeigelt. Ja, er ist noch derselbe große Bruder, mit dem ich aufgewachsen bin. Flachst immer noch im Pub rum, hat sein Herzblut in diesen Leuchtturm gesteckt. Aber das Strahlen, das er früher hatte, hier.« Sie deutete auf ihre Augen. »Das war verschwunden. Bis Sie kamen. Sie haben ihn wieder angeknipst, und zwar strahlender, als er es je gewesen ist.«

Unfähig zu sprechen, umklammerte Alex die Kante der Marmorplatte.

»Ich weiß nicht, was zwischen Ihnen passiert ist«, fuhr Cordelia fort. »Aber ich kenne meinen Bruder, und ich weiß, was immer er Ihnen gesagt hat, es hat ihn viel gekostet. Dieses Wagnis, noch mal die Hand auszustrecken, hat ihn fast alles gekostet. Und Sie … Sie haben ihn vor der ganzen Stadt zurückgewiesen.«

»Aber …«

»Dabei spielt es keine Rolle, ob die Stadt das womöglich gar nicht weiß. Ruan weiß es, und er ist verletzt, zutiefst verwundet. Ist wieder genauso verschlossen und wütend, und ich könnte … ja, ich könnte Sie dafür verprügeln, wenn ich ein gewalttätiger Mensch wäre.«

»Sind Sie ein gewalttätiger Mensch?«, fragte Alex leise.

»Nein«, erwiderte Cordelia. »Aber ich denke, es ist am besten, Sie ziehen weiter. Seine Wunden müssen verheilen. Wieder mal. Ihr Anwesenheit hier macht alles nur noch schlimmer.«

»Nein«, sagte Alex. »Nein, ich gehe nicht weg. Denn die

ganze Geschichte mit Marcus, das war nur ein dummer Fehler, eine lächerliche Reaktion wegen des Gruppenzwangs. Und die Sache ist erledigt. Vorbei. Marcus und ich waren einfach nie füreinander bestimmt.«

Cordelia zuckte die Achseln. »Ich sehe nicht, was das ändert.«

»Was es ändert, ich …« Alex presste die Hände auf ihr Herz. »Oh Gott, ich bin wirklich verliebt in Ihren Bruder, Cordelia. Wirklich, wahrhaftig, wahnsinnig verliebt in ihn. Und wenn er dasselbe für mich empfindet, wenn nur sein blöder Stolz und sein bescheuerter Charakter uns daran hindern, zusammen zu sein, dann gehe ich nirgendwohin. Nein. Nicht bevor ich ihm klargemacht habe, dass wir zusammen sein können. Und ich kann sehr hartnäckig sein. Das ist eine *meiner* Charaktereigenschaften. Ich kann das Licht wieder anknipsen.

Cordelia musterte Alex einem Moment lang mit ihrem dunklen eindringlichen Blick, dann lächelte sie. »Eigentlich sind Sie ganz in Ordnung«, meinte sie.

»Echt?«, sagte Alex und verspürte jähe Erleichterung.

»Ja, ich mag Sie«, sagte Cordelia. »Ein bisschen jedenfalls, und es könnte sehr viel mehr werden, wenn Sie es schaffen, meinen Bruder glücklich zu machen. Sie lieben ihn also, sagen Sie?«

»Ja, wirklich«, meinte Alex verwundert. »Eigentlich nervt es mich auch. Ständig denke ich dran, ihn anzufassen.«

»Hoppla!« Cordelia hob die Hand. »So genau wollte ich es gar nicht wissen!«

»Sorry!«, erwiderte Alex. »Ich wollte nicht …«

»Hören Sie«, sagte Cordelia, »ich bin mir ziemlich sicher,

er liebt Sie auch. Sonst würde er nicht so ein Gesicht ziehen.«

Ein Küchenwecker in Eiform rasselte auf der Arbeitsplatte.

»Hier.« Cordelia reichte Alex einen Stapel dunkelroter Leinenservietten. »Gehen Sie in den Speisesaal. Der Tisch ist schon fast gedeckt, aber es fehlen noch Servietten und Gläser. Ich wollte die Kinder beauftragen, aber Sie können das auch.« Sie tippte sich an die Nase. »Ich schicke Ihnen noch jemand mit den Gläsern.«

Alex blinzelte sie an.

»Ich schicke Ruan mit den Gläsern, Sie Dummerchen. Hoffnungslos, ihr beiden.« Cordelia verdrehte die Augen und verließ den Raum.

Der Speisesaal war eine Art Galerie und lag ein Stockwerk höher; von der Küche führte eine steinerne Wendeltreppe in den hinteren Teil dieser Galerie, und zwar durch eine Tür, die – vermutete Alex – einst nur für Diener gedacht war. Der lange schmale Saal, ein elisabethanischer Anbau, besaß einen polierten Parkettboden und, das war das Verblüffendste, raumhohe Rautenfenster, die in gebogte Steinrahmen eingelassen waren. Durch sie flutete nicht nur Licht in den Raum, sie gestatteten auch den herrlichsten Blick auf den Hafen. Den Serviettenstapel auf dem Arm, trat Alex vors Fenster und blickte hinaus aufs Meer, sah zu, wie die Wellen über die zerklüfteten Felsnasen brandeten.

»Oh.« Eine Männerstimme unterbrach ihre Gedanken.

Sie drehte sich um und sah Ruan mit einem Tablett voller Gläser hereinkommen.

»Ruan, bitte …«

Alex setzte ihren Serviettenstapel ab und trat zu ihm. »Ich muss einfach …«

»Hör mal«, schnitt Ruan ihr den Satz ab. »Ich hatte gehofft, das hier um Sues willen zu vermeiden. Doch, da wir allein sind, bringen wir's hinter uns. Gestern Abend im Büro vor dem Notruf, als wir …« Ruan senkte einen Moment lang den Blick. »Ich hab mich dir völlig ausgeliefert, Alex. Hab mit keinem meiner Gefühle hinterm Berg gehalten. Ich habe dir erzählt, welche Gefühle du in mir weckst, wie sehr ich mir wünsche, mit dir zusammen zu sein, dich zu berühren und …« Er hielt erneut inne. »Weil ich halt so bin. So ein Typ. Ich stürze mich nicht halbherzig in irgendwelche Sachen, ich kann das nicht. Es ist lange, wirklich lange her, seit ich überhaupt zu hoffen wagte, je wieder solche Gefühle für einen anderen Menschen zu haben. Und das Gefühl für dich, das war so stark. Na ja – es war ein Fehler. Ich hab dir gesagt, wie es mir ging, ganz offen. Und du hast mir alles um die Ohren gehauen.«

»Hab ich nicht!«, protestierte Alex. »Das ist es ja, das hab ich nicht. Na ja, ich meine, irgendwie schon, aber es war ein Irrtum und ein Missverständnis, weil alle wollten, dass ich *Ja* sage, und ich deswegen was zu erklären versuchte; aber keiner hörte mir zu und … ich wusste nicht, was ich tun sollte. Aber das ist jetzt vorbei. Es ist erledigt. Es war ein alberner Fehler, der inzwischen geklärt ist.«

»Kapierst du es denn nicht?«, fragte Ruan. »Wenn du dasselbe für mich empfunden hättest, was ich für dich empfinde, mit derselben Leidenschaft und … Gewissheit, dann hätte es keine Rolle gespielt, wer alles im Saal war.

Dann hättest du da nie mitgespielt. Du wärst zu mir gekommen, egal was war.«

Ruan streckte die Hand aus.

»Und daher hoffe ich, dass wir irgendwann Freunde sein können, obwohl, bitte, verzeih mir, wenn ich für eine Weile auf Distanz gehe.«

»Warte.« Alex holte Luft. »Du willst mir also erzählen, dass du all die Leidenschaft und Gewissheit darüber, wie viel du für mich empfindest, jetzt zu den Akten legst, weil ich dich im Stich gelassen, dich enttäuscht habe? Du sagst also, dass das ein einmaliges Angebot von dir war, und ich bin schon über die erste Hürde gestolpert, und jetzt ist die Sache geplatzt?« Ruan sagte nichts. »Herrgott, Ruan, wenn du Gefühle für mich haben willst, dann musst du doch kapieren, dass ich auch nur ein Mensch bin. Ich bin nicht perfekt. Ich bin vielleicht Jungfrau, aber halt nicht die Jungfrau Maria.«

Alex hielt inne, als sie merkte, dass sie vielleicht mehr gesagt hatte, als sie eigentlich vorhatte. Da sie Ruan nicht ins Gesicht blicken konnte, holte sie erst einmal tief Luft. »Ich will nicht bloß mit dir befreundet sein. Und es macht mir was aus, wenn du auf Distanz gehst. Weil ich das einfach nicht will. Ich will mit dir zusammen sein, und ja, ich meine, richtig mit dir zusammen sein. Ich will dir die Kleider vom Leib reißen und … dich küssen, überall. Glaub ich. Ich weiß nicht, ich habe auf diesem Gebiet wirklich nicht allzu viel Erfahrung, aber während ich das jetzt laut sage, kommt mir das doch ziemlich verlockend vor. Ich will dich. Ich will dich so, wie ich dich gestern Abend im Büro wollte. Und ich will dich zum Lachen bringen, will dich lächeln sehen und dich glücklich machen. Und außerdem, Ruan, ich habe nie für einen Menschen so was empfunden, noch nie. Und wenn du jetzt einfach aufhören würdest, dich wie ein Volltrottel zu benehmen und begreifen würdest, dass es hier nicht um mich, sondern um deinen Stolz und um deinen blöden schrägen Lebenskodex geht, der nichts zu bewirken scheint, als dich unglücklich zu machen, dann würdest du auch sehen, dass wir super zusammenpassen. Wir wären wirklich ein Wahnsinnsteam, wir zwei.«

Schließlich nahm Alex allen Mut zusammen, guckte ihn an, und stellte fest, dass er ihren Blick erwiderte. Lange standen sie so da, während die Wintersonne durch das jahrhundertealte Glas hereinflutete, und während sie wartete, fragte sich Alex, wie viele Gespräche wie das eben geführte diese Mauern im Laufe der Zeiten schon gesehen hatten. Letztendlich war ihre Geschichte gar nicht so einzigartig, einzigartig war sie nur für sie selbst, und was Ruan als Nächstes sagte, würde den Ausschlag geben.

»Ich pack das jetzt nicht«, sagte Ruan. »Ist mir zu viel. Tut mir leid.«

Sprachlos sah Alex zu, wie er das Tablett mit den Gläsern vorsichtig auf dem Tisch abstellte und den Saal verließ. Etwa eine Minute später sah sie ihn über den Hof stiefeln und durch die kleine Tür im großen Tor verschwinden.

»Doch nicht nach Plan gelaufen?«, fragte Cordelia, als sie zu Alex ans Fenster trat.

»Tja, ich hab meinen Gefühlen freien Lauf gelassen, und er ist irgendwie ausgeflippt«, sagte Alex, und langsam, Molekül für Molekül, wich ihr Schmerz dem Zorn. »Ich meine, steht einfach da und erzählt mir, er sei so ein Typ, für den es nur alles oder nichts gibt, und ich habe buchstäblich alles gegeben, und er … haut ab.«

»Er ist ja so bescheuert«, brummte Cordelia. »Und ich weiß auch, woran es liegt. Er ist völlig überfordert. Er muss das erst mal auf die Reihe kriegen. Sie müssen ihm nur nachgehen. Gehen Sie – und bis Sie ihn eingeholt haben, hat er es kapiert, und wir können uns vor lauter Happy Ends nicht mehr retten.«

»Glauben Sie wirklich?«, fragte Alex. »Weil, ich meine ja nur, bis jetzt haben Ihre Ratschläge nicht so ganz ins Schwarze getroffen.«

»Oh mein Gott, Sie zwei werden nie zusammenkommen.« Cordelia warf genervt die Hände in die Höhe. »Und deswegen kapiert Ruan auch nicht, dass ich versuchen will, als Sängerin Erfolg zu haben, weil Sie und er – trotz allem, was Sie mir schon erzählt haben – zu denen gehören, die beim ersten Anzeichen von Schwierigkeiten den Schwanz einziehen. Tja, da kann ich nur sagen, Sie sind füreinander geschaffen, wenn Sie das auch nie herausfinden werden, weil er zu beschäftigt damit ist, loszustürmen, und Sie sich darauf versteifen, ihm nicht nachzulaufen.«

Alex blieb noch ein paar Sekunden stehen, dann begann sie zu laufen, die kleine Wendeltreppe hinunter, durch die Küche, über den Hof und zur kleinen Tür hinaus. Sie raste die steile Gasse zum Kai hinab, und kam gerade rechtzeitig, um Ruan noch in seinem Motorboot aufs Meer hinaussteuern zu sehen, wohl, um zum Leuchtturm zurückzukehren. Dachte sie.

Sie zögerte einen Moment, da die praktische Hafenmeisterin in ihr sich absolut sicher war, dass das kleine Boot nicht geeignet war, um sich darin auf die offene See hinauszuwagen. Eine andere Stimme in ihr aber flüsterte, dass es ja nur eine kurze Strecke sei rund um die Landzunge mit ihren tückischen Felsen und der gefährlichen Strömung. Sogar nur eine sehr kurze Strecke, und obwohl der Wind immer noch stark und die See immer noch aufgewühlt war, dachte Alex, so schlimm könne es ja nicht werden, wenn sie sich nur so nah wie möglich an der Küste hielt.

»Wer nicht wagt, wird den grantigen, zur Übertreibung neigenden aber echt sexy Mann nicht gewinnen«, sagte sie sich. Dann zog sie ihre Rettungsweste über und wollte gerade ins Boot springen, als Buoy aufkreuzte.

»Nein, Buoy, zurück«, befahl ihm Alex. »Du hast keine Rettungsweste und es ist wirklich stürmisch da draußen.« Doch Buoy ignorierte sie, kam die Stufen heruntergehopst, sprang ins Boot und bezog wie üblich am Bug Stellung, wo er trotz Alex' Versuchen, ihn zurück ans Ufer zu scheuchen, sitzen blieb.

»Schön«, sagte sie. »Ich hoffe bloß, dass du gut hundepaddeln kannst.«

25

Als Alex merkte, dass das Hinausfahren in ihrem kleinen ungeeigneten Boot trotz der kurzen Strecke wahrscheinlich ein Fehler gewesen war, war es zu spät zum Umkehren.

Die See war hier draußen viel rauer, noch rauer als sie aussah, und mit jedem Satz und jedem Zucken, das ihr Boot auf den großen Wellen vollführte, lief es ein paar Zentimeter mehr mit Wasser voll. Was hieß, dass das Boot mit jeder Sekunde, die verging, ein wenig tiefer im Ozean lag. Alex blickte zurück zum Kai, wo das letzte Tageslicht beinahe verschwunden war, und sie wusste, dass sie es so weit nicht mehr schaffen konnte, ohne zu sinken. Die einzig verbliebene Option war, weiter um die Landzunge herumzufahren und zu hoffen, dass sie es bis zu Ruans Privatstrand schaffte.

Als eine jähe mächtige Dünungswelle Buoy und sie umriss, sodass sie nach hinten stürzte und sich den Kopf am Bootsrand anschlug, bekam sie es das erste Mal mit der Angst zu tun.

Plötzlich erkannte sie, wie furchtbar schief das alles gehen konnte und dass sie in Lebensgefahr schwebte. Sie versuchte, sich zu beruhigen und suchte den Horizont ab. Es war schon fast dunkel, und ihre Taschenlampe war nicht stark genug, um mehr als ein paar Meter weit zu leuchten, und auch da änderte sich sekündlich alles, was sie sah, und änderte sich wieder. Alex hoffte, Ruans Boot zu entdecken, ihm irgendwie signalisieren zu können, dass er zurückkommen solle, doch sie konnte es nirgends sehen, was ihr Sorgen bereitete – weil sie nicht glaubte, dass er einen so großen Vorsprung hatte. Wenn er aber sein Boot schon festgemacht hatte und zum Leuchtturm hinaufsteuerte, dann steckte sie wirklich in Schwierigkeiten.

Und dann bellte Buoy, und Alex sah etwas Weißes, das sich im Strahl ihrer Taschenlampe verfing. Was war das, der Kamm einer Welle? Ein Felsen? Ihre Angst beiseiteschiebend, suchte Alex, während Buoy wieder bellte, aufs Neue den Horizont ab, und dann wieder, und erfasste das Objekt beim dritten Mal erneut. Es war der Rumpf eines gekenterten Boots. Und Alex musste nicht den an der Seite aufgemalten Namen sehen, um zu wissen, dass es Ruans Boot war.

Furcht stieg in ihr auf, während sie versuchte, ihr kleines Boot auf den Schiffsrumpf zuzusteuern, wenn auch die Strömung aufgrund ihres unzulänglichen Motors anderes mit ihr vorhatte. Bei jedem Versuch, näher heranzukommen, gaben sich die Wellen alle Mühe, sie noch weiter abzutreiben.

»Reiß dich zusammen«, sagte Alex laut und zwang sich innezuhalten und nachzudenken. »Du bist die Hafenmeisterin, du weißt, was zu tun ist.«

Ihre Finger waren eisig und taub, doch sie erinnerte sich an die wasserdichte Notfall-Box hinten im Boot und holte sie heraus. Buoy zog den Kopf ein, als sie sämtliche Leuchtgeschosse, die sie besaß, in die Luft jagte. Während ihr kleines Boot immer tiefer ins Wasser sank, stand sie auf, richtete die Lampe aufs Wasser und suchte Ruan in den Wellen.

Wie viele Schreckensminuten lang sie die Dunkelheit nach ihm absuchte, wusste sie nicht, aber sie wusste, dass ihr nicht mehr viele blieben, ehe sie selbst ins eisige Meer stürzen würde. Doch was, wenn niemand die Leuchtgeschosse sah, oder wenn man sie für weihnachtliches Feuerwerk hielt? Was, wenn keine Hilfe kam?

In diesem Augenblick entdeckte Alex Ruan, der sich im Wasser auf und ab bewegte und dessen Rettungsweste ihn aufrecht hielt. Aber er war bewusstlos, und Alex wusste, dass die eisige Temperatur des Wassers womöglich bereits zum Herzstillstand geführt hatte. Einmal, zweimal, drei Male versuchte sie ihr Boot zu ihm hinzusteuern, doch sie wusste, dass es nicht klappen würde, und auch wenn es klappte, würde es dennoch nicht reichen. Ruans Strand schien so quälend nahe. Würde sie ihn gegen die Flut anschwimmend mit Ruan im Schlepp erreichen können? Alex wusste nicht, ob sie eine ausreichend gute Schwimmerin war; ihre üblichen zwanzig Bahnen im örtlichen Schwimmbad hatten sie für einen solchen Fall nicht vorbereitet. Das Wasser würde eiskalt sein, und wenn sie sie beide nicht innerhalb weniger Minuten an Land brachte, bestand die Möglichkeit, dass sie beide erfroren, ehe ihnen jemand zu Hilfe kam. Doch was konnte sie sonst tun? Sie musste es probieren. Es gab keine Alternative.

»Mach dir keine Sorgen«, sagte Alex zu Buoy und umarmte ihn rasch. »Hilfe ist schon unterwegs. Ohne mein Gewicht wird das Boot viel länger oben bleiben. Bleib sitzen, ja, dann wird dir nichts passieren. Ich liebe dich, Buoy.«

Sie sprang ins Wasser, der Kälteschock raubte ihr den

Atem, und mehrere entsetzliche Sekunden lang fand sie sich in eine schwarze, fremde und luftlose Welt gesperrt, wusste nicht mehr, wo oben und unten war. Dann erfüllte die Rettungsweste ihre Aufgabe, und Alex wurde aus der frostigen Umarmung des Wassers wieder in die eisige Luft katapultiert, wo es lange quälende Sekunden brauchte, bis ihre Lungen reagierten und die Luft einsogen. Während sie sich im Wasser drehte, entdeckte sie Ruan und schwamm zu ihm. Die Furcht, dass sie es nicht zu ihm hin schaffen könnte, war nun zumindest gebannt. Eine andere Furcht ersetzte sie, sobald sie den Arm um ihn legte. Er sah schlecht, ja, totenbleich aus, und Alex war sich nicht sicher, ob er noch atmete.

Verzweifelt versuchte sie, die Küste zu erreichen. Immer wieder kämpfte sie gegen die Strömung, um ihn näher ans Ufer zu bringen, und spürte, wie jeder Versuch die wenige ihr noch verbliebene Energie aufzehrte. Alex hielt einen Moment inne und blickte zum Himmel und auf den Horizont. Von einem Hubschrauber war nichts zu sehen, ebenso wenig wie von einem Rettungsboot. Sie wusste nicht, waren es Sekunden, Minuten oder Stunden, die sie nun schon mit den Wellen kämpfte. War das der Ort, an dem sie sterben würde? Wo sie ihrem Dad doch noch nicht gesagt hatte, dass sie ihn immer noch liebte.

Und dann spürte sie, dass etwas sie streifte und hörte ein schrilles, ängstliches Bellen. Buoy war bei ihr im Wasser. Er hatte seine Zähne in ihre Rettungsweste geschlagen und begann verzweifelt in Richtung Küste zu paddeln. Nie hatte Alex sich dankbarer, geehrter, demütiger gefühlt als in diesem Augenblick. Und nie hatte sie so verzweifelt um ihr

Leben gekämpft, inspiriert von einem alten Hund, der sich dem Meer nicht kampflos ergeben wollte.

»Und noch mal, Buoy«, schrie sie, und gemeinsam strebten sie der Küste entgegen und zogen Ruan hinter sich her. Wie Äonen kam es Alex vor, dass sie und ihr Hund gegen Wasser, Felsen und die Trümmer des zerborstenen Schiffsrumpfs gekämpft hatten, und jede Arm- und jede Beinbewegung schmerzte sie mehr als die vorige, Kälte drang in ihren Körper und verstärkte ihren Griff um ihr Herz. Wie lange es tatsächlich dauerte, sollte Alex nie erfahren, plötzlich jedoch spürte sie weichen Sand unter den Füßen und sie befanden sich in seichtem Wasser. Dies hätte der leichteste Moment zum Aufgeben sein können, um sich von der Flut wieder hinaus aufs Meer tragen zu lassen, doch Alex kämpfte weiter, zerrte Ruan mit Buoys verbissener Hilfe zum Strand, bis sie schließlich wirklich das rettende Ufer erreicht hatten.

Unkontrolliert zitternd hörte Alex noch, wie Buoy wild in den Himmel bellte, sah, wie Lichter sie blendeten und hörte ein dröhnendes, donnerndes Geräusch.

26

Abend des ersten Feiertags

Als Alex erwachte, wusste sie nicht, wo sie sich befand, nur, dass sie lebte, atmete und es warm und trocken hatte. Ihr ganzer Körper fühlte sich geprellt, gezerrt, zerschunden und zerschlagen an. Einatmen schmerzte, bei jedem Atemzug brannten ihr die Lungen, wenn sie gegen den fragilen Brustkorb drückten. Doch sie war nicht tot, und das war definitiv mehr, als sie erwartet hatte. Und dann erinnerte sie sich an Ruan.

»Ist er tot?«, fragte sie ins Zimmer hinein. Es war ganz still, irgendwo über ihr summte ein schwaches gräuliches Licht, und nun, da Alex daran dachte, registrierte sie den stetigen Piepston zu ihrer Linken, der, vermutete sie, irgendwie mit ihrem Herzschlag zu tun haben musste.

»Liebes.« Glorias Gesicht erschien: müde, erschöpft, die Haut dünn und durchscheinend, da ohne Make-up. »Hallo, mein tapferes Mädchen.«

»Ist er tot?«, fragte Alex erneut und mit einiger Anstrengung. Sie hatte auf ein sofortiges und definitives Nein gehofft, und das Ausbleiben einer Antwort seitens ihrer Mutter führte dazu, dass das Piepsen der Maschine sich ein wenig beschleunigte.

»Nein.« Lucy war ebenfalls da, saß auf der anderen Bettseite. »Nein«, wiederholte sie beschwichtigend. »Sieht ganz so aus, als hättest du ihm das Leben gerettet, Alex. Keiner kann sich erklären, wie du es geschafft hast, aber du hast ihn an Land geschleppt. Als die Hubschrauberbesatzung landete, hattest du das Bewusstsein verloren und Buoy, sagten sie, hätte dich geleckt, um dich warm zu halten. Ruan hatte einen Herzstillstand erlitten.«

Alex rang nach Luft, was einen brennenden Schmerz in der Brust und einen heftigen Hustenanfall auslöste.

»Aber das war okay«, meinte Lucy beruhigend. »Die Hubschrauber-Crew hat es wieder in Gang gebracht und euch alle ins Krankenhaus geflogen. Sogar Buoy …«

»Es geht ihm also gut. Ruan ist okay.« Alex benötigte weitere Aufklärung.

»Alle Anzeichen sind gut, Liebes«, beschwichtigte Gloria. »Er war stark unterkühlt, sodass sie ihn in künstlichem Tiefschlaf halten, während sie ihn langsam aufwärmen. Aber die Kälte, meinen sie, könnte im Grunde dafür gesorgt haben, dass er keinen Gehirn- oder Organschaden erleidet. Natürlich weiß niemand, wie lange der Herzstillstand gedauert hat, sodass wir noch eine kleine Weile abwarten müssen.«

»Aber alle sind sehr zuversichtlich«, sagte Lucy. »Wirklich. Du bist eine Heldin.«

»Bin ich nicht«, widersprach Alex. »Ohne Buoy hätte ich es nie geschafft. Er hat mich gezogen, und ich hab Ruan gezogen. Ich glaube, ohne ihn hätte ich aufgegeben …« Alex schöpfte Atem und konnte einen Moment lang nicht sprechen, da die Ungeheuerlichkeit dessen, was sie da überlebt hatte, ihr erst jetzt bewusst wurde.

Alex sah den Blick, den Gloria und Lucy über ihren Kopf hinweg miteinander tauschten.

»Was?«, fragte Alex. »Was ist passiert? Wo ist Buoy? Oh Gott, ist er tot?«

»Er ist bei Vicky Carmichael«, erzählte Lucy. »Unserer Tierärztin. Er war ziemlich übel dran, Alex. Er hat sich selber verletzt – wahrscheinlich am kaputten Schiffsrumpf oder einem Stück Treibholz. Er hatte ein paar schlimme Verletzungen, hat viel Blut verloren, und natürlich ist er alt … die Kälte und der Stress haben ihm zugesetzt, Vicky meinte, um das zu tun, was er getan hat, und mit dir an die Küste zu schwimmen, muss er wohl das größte und tapferste Herz haben, das sie bei einem Tier je erlebt hat.«

»Er wird sterben.« Alex sprach die Worte aus wie eine Feststellung.

»Vicky tut für ihn, was sie nur kann«, versicherte ihr Lucy. »Und sie ist die beste Tierärztin im Umkreis von Meilen. Wenn jemand ihn retten kann, dann Vicky.«

»Sie haben mich angerufen, mich gefragt, was sie tun sollen«, sagte Gloria. »Die nette junge Dame dachte offenbar, es sei womöglich humaner, ihn sterben zu lassen, aber ich hab Nein gesagt. Dieser Hund ist noch nicht bereit zu sterben, ein Hund, der so heftig um sein Leben kämpft, kann nicht dazu bereit sein. Und außerdem liebt ihn meine Tochter. Also machen Sie ihn wieder gesund. Die Kosten spielen keine Rolle.«

Alex hatte das Gefühl, sie müsse sich aufsetzen, als ließe sie, wenn sie im Bett lag und an die Decke starrte, Buoy im Stich. Entschlossen, nicht um Hilfe zu bitten, umklammerte sie die Bettkante, doch jede Bewegung war eine Qual.

»Und ich?«, fragte sie ihre Mutter und unterdrückte ihre Tränen, denn nun war nicht die richtige Zeit dafür. Sie schien keine Verbände oder Pflaster zu haben, obwohl große blaue Flecken ihre Beine und Arme bedeckten.

»Du hast schlimme Blutergüsse erlitten«, erzählte Gloria. »Und eine Zeit lang hat man innere Blutungen befürchtet, falls auch du mit dem Wrack zusammengestoßen wärst. Aber man hat dich untersucht, und es war alles in Ordnung. Du musst dich nur ausruhen und deinen Körper ausheilen lassen.«

Die Nachricht, dass sie im Grunde nur leicht verletzt war, spornte Alex zusätzlich an und sie schwang die Füße aus dem Bett.

»Alex!«, rief Lucy. »Hast du gehört, was deine Mutter gesagt hat?«

»Ja.« Alex hielt inne, um nach dieser Kraftanstrengung wieder Atem zu schöpfen. »Sie hat doch gesagt, bei mir ist alles okay, und ich muss zu ihm, Lucy. Bitte!«

Lucy schaute zu Gloria, die nickte.

»Okay, du bleibst hier, ich hole dir einen Rollstuhl.«

»Ich brauche keinen Rollstuhl, ich bin völlig in Ordnung.« Alex versuchte aufzustehen und setzte sich gleich wieder hin, da ihre Beine unter ihr nachgaben. »Gut, hol mir einen Rollstuhl.«

Ruans Zimmer lag ein Stück weiter unten am Korridor. Es war ruhig und dunkel. Als Lucy Alex hineinrollte, maß ihm gerade eine Schwester die Temperatur. Sie lächelte. »Er hat sich sehr schön erwärmt. In den nächsten paar Stunden sollte er zu sich kommen, und dann werden wir mehr wissen.«

Alex nickte, während Lucy sie neben das Bett schob.

Sehr still lag Ruan da, und er wirkte so jung. Jemand hatte ihm die Bartstoppeln rasiert, die langen dunklen Wimpern berührten die Wangenknochen, und Alex fragte sich, ob er wohl aufwachen würde, wenn sie ihn küsste?

Jemand betrat den Raum, und Alex blickte auf. Es war eine Frau in den Fünfzigern, blond, füllig, mit türkisgrünen Augen. Als sie Alex sah, blieb sie stehen.

»Sie müssen Alex sein«, sagte sie, und ein Lächeln breitete sich über ihr Gesicht. »Ich bin Amy Sceptre. Ich bin …«

»Merryns Mutter«, sagte Alex. »Ich weiß nicht weshalb, aber ich wusste es sofort, als ich Sie sah. Ist es okay für Sie, wenn ich mit Ihnen warte?«

»Aber natürlich, Sie haben ihm das Leben gerettet«, erwiderte Amy. »In mehr als nur einer Hinsicht.«

Einen Moment lang stand sie bei der Tür, dann trat sie näher, setzte sich neben Alex und ergriff deren Hände. »Ruan und meine Merryn, sie waren so reizend zusammen. So glücklich. Dachten immer, sie würden zusammen bleiben, nicht wahr. Wie das halt so ist bei jungen Leuten. Ich wusste, es hält so lange, wie es hält. Wusste, dass meine Merryn ans Weggehen dachte, obwohl sie, denke ich, noch keinen Weg gefunden hatte, es Ruan zu sagen, damals … als dieser Unfall passierte. Und er hat so viele Jahre seines Leben in der Erinnerung an sie verbracht. Doch jetzt wird es Zeit für ihn, wieder zu leben. Ich hatte noch keine Gelegenheit, Sie kennenzulernen, Alex, aber Cordelia hat mir erzählt, sie sei sich sicher, dass Sie ihn lieben, und als hätten wir noch einen Beweis gebraucht, haben Sie sich jetzt fast selber umgebracht, um ihn zu retten. Gewiss, er ist stolz und stur und unvernünftig. Aber ich weiß, Sie werden ihn glücklich machen. Enttäuschen Sie mich nur nicht, ja?«

Alex schüttelte den Kopf. »Ich werde mein Bestes tun, wenn er mich will …«

»Und wenn nicht, werden wir alle wissen, dass er einen Gehirnschaden hat«, meinte Amy und betrachtete Ruan mit zärtlichem Lächeln. »Komm, Lucy, was hältst du davon, wenn wir zwei mal nach Cordy schauen und sie zu einer Tasse Tee einladen?«

Sobald sich die Tür hinter ihnen schloss, griff Alex nach Ruans Hand und drückte sie sanft. *Und wenn ich jetzt … ich meine, kann ich denn, wo ich es ja nie wirklich getan habe …* Alex schloss die Augen und begann zu beten. Obwohl sie weder wusste *wie*, noch *zu wem*, schloss sie die Augen, legte die Wange auf Ruans Handrücken und wünschte sich mit aller Macht, er würde zurückkommen, so nervig, unvernünftig, stur und lächerlich hitzköpfig zurückkommen, wie sie ihn kannte.

»Du hast mich gerettet.« Die Worte waren so leise, kaum ein Flüstern, dass Alex fast glaubte, sie habe sie sich nur eingebildet. Aufblickend sah sie Ruan, der seine schläfrigen Augen auf sie gerichtet hielt. »Die lästigste Person, der ich je begegnet bin, hat mich gerettet. Das wird mir ewig nachhängen.«

»Na ja, besser blamiert und lebendig – als tot«, erwiderte Alex lächelnd und versuchte, ihre Emotionen in Zaum zu halten. »Hast du sie denn noch alle auf dem Christbaum?«

»Zur Zeit schon«, erwiderte Ruan. »Aber offenbar nicht, als ich bei Sue abgehauen bin. Nach allem, was du mir erzählt hast, hätte …«

»Schhhh.« Alex bremste ihn. »Schon okay. Lass uns nicht darüber reden. Nicht jetzt. Nicht, wo ich voller Blutergüsse und du schwach wie ein junges Kätzchen bist.«

»Vergleiche nie einen Mann mit einem Kätzchen«, meinte Ruan lächelnd. »Das mögen wir nicht.«

Ihn lächeln zu sehen, war derart herzerfrischend für sie, dass sie die Tränen nicht mehr zurückhalten konnte. Ihr Gesicht in der Bettdecke vergrabend, heulte sie, und bei jedem Schluchzer hoben und senkten sich ihre Schultern. Nach einer Weile spürte sie Ruans Hand auf dem Kopf, spürte, wie er ihr sanft übers Haar strich.

»Schon gut«, sagte er. »Schon gut. Dank dir haben wir es geschafft.«

»Und dank Buoy«, sagte Alex, »und dank meines lieben Buoy.« Unter Tränen erzählte sie ihm die Geschichte von Buoy, wie er ins Wasser gesprungen war und ihr geholfen hatte, ihn an Land zu ziehen, und wie Buoys Impuls, ihrer beider Leben zu retten, ihn nun wahrscheinlich das eigene kosten würde. Ruan streckte die Hand aus und wischte ihr mit dem Daumen eine Träne unter dem Auge fort.

»Soll ich dir ein Geheimnis verraten?«, fragte er.

»Welches denn?«, fragte Alex, und war sich überhaupt nicht sicher, ob sie das wollte.

»Buoy ist keiner, der kampflos aufgibt. Als ich so wütend aus Castle House weggestürmt bin, hab ich ihn in der Speisekammer mit Duchess überrascht. Sagen wir einfach, sie haben so eine Art Wiedervereinigung gefeiert. Buoy gibt nicht auf, er ist nicht der Typ dazu.«

»Oh mein Gott!« Cordelia trat ins Zimmer. »Du bist wach!«

Cordelia sah aus, als wolle sie sich auf das Bett stürzen, überlegte es sich aber gerade noch rechtzeitig und umarmte ihren Bruder stattdessen und busselte ihn ab.

»Und *du.*« Sie umarmte Alex überschwänglich. »Du bist meine Heldin. Wärst du nicht gewesen, ich hätte ihn verloren. Offensichtlich bist du ein Glücksbringer, ein Talisman. Er sollte dich definitv immer bei sich haben, du bist großartig.« Sie sah Ruan an. »Findest du nicht?«

Ruan nickte. »Ich gebe es nicht gerne zu, aber ja, das ist sie.«

»Und du scheinst doch keinen Gehirnschaden erlitten zu haben«, meinte Cordelia und musterte ihn mit zusammengekniffenen Augen. »Obwohl es ehrlich gesagt schwierig wäre, das festzustellen.«

»Ha, ha«, machte Ruan.

Die Krankenschwester kehrte zurück, diesmal mit Arzt.

»Tut mir leid, meine Damen, wir müssen Sie jetzt bitten hinauszugehen, solange wir ein paar Tests durchführen, okay?«

»Okay«, sagte Cordelia. »Aber bemühen Sie sich erst gar nicht, ihn auf Gehirnfunktionen zu testen, er hatte nie welche.«

Der Arzt lachte. »Vielleicht könnten Sie ja so nett sein und Miss Munro zurück in ihr Zimmer bringen? Eigentlich sollte sie noch nicht unterwegs sein.«

»Okay.« Cordelia küsste ihren Bruder noch einmal. »Bin gleich wieder da.«

Als Cordelia sie zurück in ihr Zimmer schob, hörte sie Marcus' vertraute, dröhnende Lache.

»Bist du immer noch da?«, fragte Alex.

»Klar«, erwiderte er. »Konnte ja nicht sang- und klanglos verschwinden, wo du dem Tod gerade noch mal von der Schippe gesprungen bist, oder? Jetzt, wo ich weiß, dass du auf dem Weg der Besserung bist, kann ich getrost nach Hause fahren.«

»Danke, Kumpel.« Alex lächelte ihn an und war zugegebenermaßen dankbar, dass er Cordelia dabei half, sie wieder aufs Bett zu hieven – ehe die sich diskret entfernte.

»Alex.« Marcus stockte. »Du bist mein bester Kumpel auf der ganzen Welt, das weißt du doch, oder?«

»Doch«, sagte Alex. »Und ich bin froh, dass wir all unsere Streitpunkte ausgeräumt haben.«

»Und, oh, übrigens, da gibt's noch ein paar andere Besucher, werden gleich da sein.«

»Wer denn?«, fragte Alex. Doch Marcus musste nichts weiter sagen, denn als sie über seine Schulter blickte, sah sie sie schon. Ihr Dad war gekommen, und gleich hinter ihm stand Mrs O'Dowd.

27

»Ian.« Alex' Mutter erhob sich und schenkte ihrem Vater ein liebenswürdiges Lächeln. »Wie schön, dich zu sehen.«

»Gloria.«

Alex beobachtete ihren Vater, wie er sich steif nach vorn beugte und ihre Mutter auf die Wange küsste.

»Und Eleanor.« Gloria lächelte auch Mrs Dowd an, die ein beträchtliches Stück kleiner, runder und grauer war als sie und dennoch für Alex' Vater die Liebe seines Lebens.

»Gloria.«

Die beiden Frauen sahen sich einen Moment lang an und umarmten sich dann, und Alex merkte zum ersten Mal, dass tatsächlich Freundschaft die beiden verband und nicht nur eine vor langer Zeit getroffene Abmachung. Eine Freundschaft, die trotz ihres Vaters und nicht wegen ihm überdauert hatte.

»Alexandra.« Ihr Vater trat an ihr Bett und blickte auf seine Tochter hinunter, deren dunkelviolette Blutergüsse auf Armen und Beinen nicht zu übersehen waren. »Geht es dir gut?«

»Ja, Dad.« Alex nickte. »Ja. Na ja, in Anbetracht dessen, dass ich fast ertrunken wäre.«

»Jawoll«, sagte er. »Hätte wohl schlimmer kommen können.«

Nach allem, was sie durchgestanden hatte, konnte Alex sich das Lachen nicht verkneifen, und das tat weh. Doch auch wenn die geprellten Rippen Protest anmeldeten und die schmerzenden Lungen röchelten, sie konnte nicht aufhören.

»Oh Dad«, sagte sie. »Es ist ein Wunder, dass ich so normal geworden bin! Mit einer Mutter, die mal eben für fünfundzwanzig Jahre abtaucht, und einem Vater, der so wenig über seine Gefühle reden kann, dass er sich im Nachbarhaus eine heimliche Geliebte hält, und zwar länger, als die meisten Leute verheiratet sind! Und da soll man normal und erwachsen werden. Kein Wunder, dass ich weder das eine noch das andere bin.«

Ian sah Gloria an, die die Achseln zuckte und Eleanor zulächelte.

»Ich finde dich eigentlich ganz wunderbar«, meinte Eleanor. »Hab ich immer gefunden. Und ich habe es deinem Vater auch immer wieder gesagt. Und deiner Mutter. Und seit ich mit deinem Vater zusammen bin, habe ich ihm fast jeden Tag eingebimst, er soll dir von uns erzählen. Aber er wollte nicht. Wollte dir nicht wehtun. Und jedes Mal, wenn Gloria sich unter einer neuen Adresse meldete oder ich ihr etwas Neues von dir berichten konnte, hab ich sie gebeten zurückzukommen, dich zu besuchen, und sie wollte auch immer, hatte aber solche Angst, du würdest sie nicht mögen. Natürlich wird sie dich mögen, hab ich immer gesagt. Du bist ihre Mutter.«

Ian hatte sich umgedreht und starrte Eleanor nun überrascht an.

»Oh ja«, meinte Eleanor. »Ich hab vergessen, dir das zu erzählen: Dass ich während all der Jahre nicht nur deine heimliche Geliebte, sondern auch Glorias heimliche Freundin war. Ich weiß, ich sollte jetzt sagen, es tut mir leid, tut es aber nicht. Irgendwer musste ja was für das arme Mädchen tun, um die Verbindung zu den Eltern aufrechtzuerhalten, und da ich sah, dass ihr beide dem nicht gewachsen wart, hab ich getan, was ich für das Beste hielt.« Sie schniefte.

Zum ersten Mal hatte Alex den Eindruck, dass auch Eleanor O'Dowd bei dieser Scharade zu Schaden gekommen war, und sie stellte fest, dass die mausgraue, unscheinbare Nachbarin, der sie – bis sie sie mit ihrem Vater ertappte – nie große Beachtung geschenkt hatte, tatsächlich eine leidenschaftliche und fürsorgliche Frau war. Eine Frau, die sie – dachte Alex – sogar recht gern haben könnte, falls sie sich die Mühe machte, sie kennenzulernen.

»Ich will mir nicht anmaßen, dir diesen oder jenen Umgang zu empfehlen«, sagte Ian. »Noch habe ich es je getan.«

»Oh Gott, Dad«, sagte Alex. »Bitte hör auf, alles in dich reinzufressen, das bringt doch nichts, oder? Du musst alles mal rauslassen, wenigstens ab und zu. Du musst den Leuten, die dir was bedeuten, auch mal zeigen, dass dir was an ihnen liegt, bevor du sie von dir wegstößt oder ganz verlierst. Manchmal geht es nicht darum, wie etwas aussieht, Dad, sondern vor allem darum, wie es sich *anfühlt*.«

»Ich glaube, Eleanor, wir sollten vielleicht eine Tasse Tee trinken«, meinte Gloria.

»Ich glaube, da könntest du recht haben«, erwiderte Eleanor und lächelte Alex freundlich zu. »Bläu diesem Dummkopf doch mal ein bisschen Vernunft ein, Liebes, okay?«

»Alexandra«, sagte Ian, die Hände hinter dem Rücken

verschränkt. »Ich … na ja, ich denke, ich muss mich entschuldigen dafür, dass ich dir vor diesem Abend, als du unerwartet nach Hause kamst … nichts von meinem Verhältnis mit Mrs … mit Eleanor erzählt habe …«

Alex schüttelte den Kopf. »Dad, das ist hier doch keine Aussage vor Gericht. Ich bin's, deine Tochter. Komm, setz dich und sprich mit mir.«

Ian setzte sich, und seine langen Beine ragten ungelenk aus dem niedrigen Krankenhaussessel.

»Alex«, sagte er. »Es tut mir sehr leid. Ich hatte viel Zeit zum Nachdenken, seit du hier runtergezogen bist. Als du ein kleines Mädchen warst, dachte ich, ich beschütze dich. Du erinnerst dich vielleicht nicht, aber deine Mummy hat dir sehr lange gefehlt. Wochenlang hast du geheult und geheult. Wahrscheinlich hätte ich sie damals suchen sollen. Sie wenigstens zu *dir* zurückbringen sollen. Auch wenn ich sie nicht lieben konnte, wie sie es wollte, ich hätte sie in deiner Nähe halten sollen. Wenn ich kontaktfreudiger gewesen wäre. Und sie unbeirrbarer und standhafter. Aber irgendwie dachte ich dann doch, so ist es am besten, und als dann die Jahre vergingen, schien es einfach nie eine günstige Gelegenheit zu geben, um dir von mir und Eleanor zu erzählen. Du und ich, wir standen uns immer so nah. Ich hätte es niemals ertragen können, dich zu verlieren. Aber dann bist du da reingeplatzt und hast uns gesehen, und … na ja, jetzt lebst du am anderen Ende des Landes. Ich wollte dich halten und hab dich dabei verloren – wie unschwer zu erkennen ist.«

Er streckte die Hand aus und legte sie auf die von Alex. »Und jetzt … wo ich erkannt habe, wie nah dran ich war, dich für immer zu verlieren …« Er verstummte, und Alex wusste, dass er vorerst nichts mehr sagen konnte.

»Schon okay, Dad«, sagte sie. »Ist gut. Ich habe mich verändert seit meiner Ankunft in Poldore. Poldore ist ein Ort, der die Menschen verändert. Und wenn ich hier eins gelernt habe, dann das: Keiner ist vollkommen. Jeder kann sich irren. Du hast einen Fehler gemacht, aber aus Liebe. Ich verstehe das. Mum machte einen Fehler, indem sie all die Jahre wegblieb und sich einredete, es sei zu spät, etwas zu ändern. Aber weißt du, was ich kapiert habe? Nur, weil man etwas so viele Jahre lang falsch gemacht hat, heißt das nicht, dass man so weitermachen muss. Man kann damit aufhören, kann die Vergangenheit hinter sich lassen und von vorn beginnen. Und man kann glücklich sein. Und nichts anderes wünsche ich mir für dich und Mum und Mrs O'Dowd und mich. Ich will nur, dass wir glücklich sind und uns auch am Glück der anderen freuen.«

Einen Moment lang musterte Ian Munro seine Tochter, dann beugte er sich vor und küsste sie auf die Stirn. »Ich weiß nicht, woher du diese Weisheit hast«, sagte er leise. »Von mir oder deiner Mutter hast du sie nicht.«

»Ich glaube, das ich ziemlich viel davon einem Hund verdanke«, erwiderte Alex und dachte an Buoy und seinen unerschütterlichen Kampfgeist, als er sie und Ruan ans sichere Ufer gezerrt hatte.

»Nun«, meinte Ian, »diesen Hund würde ich gern irgendwann kennenlernen. Den Hund, der dir das Leben gerettet hat.«

»Ich hoffe, du wirst dazu Gelegenheit haben«, erwiderte Alex traurig. »Das hoffe ich wirklich.«

»Alex«, sagte Ian und berührte ihre Wange, »kommst du mit uns nach Hause?«

»Ich kann nicht zurück, Dad«, sagte Alex lächelnd. »Verstehst du das nicht? Ich bin schon zu Hause.«

Etwas später, als ihre Familie gegangen war – Ian und Eleanor ins Hotel, Gloria zurück zum Cottage, um auf Nachrichten von Buoy zu warten – hievte sich Alex aus ihrem Bett und marschierte – wenn auch recht steif – den Korridor hinunter, um Ruan einen weiteren Besuch abzustatten. Seine Tür war geschlossen, als sie ankam, und als Alex hineinsah, schlief er friedlich und die neben ihm auf dem Stuhl dösende Sue nickte zu allem, was ihr ihr iPod auch mitzuteilen hatte.

»Hallo«, sagte Sue und traf sie unvorbereitet.

»Oh, Sue«, lächelte Alex – ein wenig traurig. »Er schläft. Wahrscheinlich lässt man ihn da am besten in Ruhe.«

»Wahrscheinlich«, erwiderte Sue, Alex unterhakend, als die wieder ihren langsamen Rückweg zu ihrem Krankenzimmer antrat. »Eigentlich bin ich gar nicht gekommen, um Ruan zu besuchen. Ich habe gehört, dass er sich langsam erholt. Ich wollte zu Ihnen und mich bedanken.«

»Bedanken? Bei mir?«, fragte Alex. »Weil ich Ruan gerettet habe? Ich glaube, das geht hauptsächlich auf Buoys Konto.«

»Na ja, ja, ich meine, nein«, sagte Sue. »Ich wollte Ihnen danken, dass Sie Rory wegen dieser Marissa-Geschichte ein bisschen den Kopf zurechtgerückt haben. Und nicht überreagiert haben, als Sie es entdeckt haben. Es hätte Weihnachten für die Kinder ruiniert, wenn ich ihn zur Rede hätte stellen müssen, und das wollte ich nicht. Gestern Abend war er bei mir und hat mir alles gebeichtet, auch wie Sie ihm klargemacht haben, wie viel er zu verlieren hat. Deswegen, danke.«

»Für eine Frau, die gerade erfahren hat, dass ihr Mann eine Affäre hat, wirken sie sehr gelassen«, sagte Alex.

»Du meine Güte, ich habe es nicht gerade erst erfahren. Ich weiß es schon seit Wochen.« Sue stützte Alex, als die sich langsam aufs Bett niederließ. »Aber da ich den Festzug organisieren musste und Weihnachten vor der Tür stand, konnte ich mich einfach nicht damit befassen, nicht zu diesem Zeitpunkt. Und nach *meiner* Erfahrung ist Rory stets im letzten Moment noch zur Vernunft gekommen.«

»Nach Ihrer Erfahrung?«, fragte Alex.

Sue setzte sich auf den Besucherstuhl und wirkte plötzlich sehr traurig. »Wir haben uns mal geliebt, damals, als wir geheiratet haben. Wir haben uns sogar sehr geliebt. Und manchmal müssen wir uns immer noch ziemlich lieben, sonst hätten wir ja nicht so viele Kinder, oder? Aber Rory ist ein schwacher Mann, und auch eitel. Es braucht nicht viel, um ihm den Kopf zu verdrehen. Obwohl ich glaube, dass Marissa die bisher ernsthafteste Bedrohung war. Jünger, schön; und er war, wenigstens in ihrer Einbildung, eine tolle Partie mit seinem imaginären Vermögen. Sie war ja so sauer, als sie rausfand, dass er gar nichts hat.« Sues Lächeln war bitter und voller Schmerz. »Tja, sie ist weg, er ist noch da, und er hat mich gebeten, ihm noch eine Chance zu geben.«

»Und was wollen Sie tun?«, fragte Alex.

»Ich muss sie ihm geben«, sagte Sue. »Ich habe keine

Wahl. In achthundert Jahren hat es bei den Montaignes noch nie eine Scheidung gegeben, und die Zeiten, in denen ich ihn in einen Turm hätte einmauern lassen können, sind leider vorbei. Nein, es gibt keine andere Möglichkeit. Ich muss ihn zurücknehmen.«

»Ich weiß nicht, wie Sie das schaffen«, sagte Alex.

»Wegen der Kinder«, sagte Sue. »Und weil ich ihn liebe, sogar jetzt noch. Er ist so ein Narr, er begreift nicht, dass er jetzt schon viel mehr hat, als er eigentlich verdient. Also, danke. Danke, dass Sie alles für sich behalten und nicht zugelassen haben, dass es den Kindern Weihnachten verdirbt, und dass sie ihn wieder auf den richtigen Kurs gebracht haben. Oh, und, ich wollte es Ihnen schon die ganze Zeit sagen, aber ich bin einfach nie dazugekommen, im Namen der Montaignes von Cornwall und der Menschen unserer Stadt – willkommen, Alex, in Poldore.«

28

Silvester

Es war ein eisiger aber strahlender Morgen, an dem sich Alex durch das die Landseite des Leuchtturms umgebende Buchengehölz kämpfte und die selten benutzte einspurige Straße hinaufwanderte, froh, dank Cordelia im Besitz der Codes zu sein, mit denen sie in den Leuchtturm gelangen würde.

Noch an diesem Tag sollte Ruan aus dem Krankenhaus kommen, und Cordelia, deren Band in Newquay spielte, hatte sie gebeten, zum Leuchtturm zu gehen, um die Heizung einzuschalten und dafür zu sorgen, dass sich etwas Essbares für Ruan im Kühlschrank befand, was Alex nur allzu gerne tat. Seit ihrer Entlassung hatte sie Ruan noch ein paar Male besucht, und es hatte sich eine lockere, freundliche Vertrautheit zwischen ihnen entwickelt. Es war, als ob sie sich gegenseitig umkreisen würden, wobei aber beide in jeglicher Hinsicht zu lädiert und geschlagen waren, um zu irgendwelchen größeren Gefühlsäußerungen bereit zu sein. Was allerdings nichts an Alex' Gefühlen für Ruan änderte, nicht im Geringsten. Jede in seiner Gegenwart verbrachte Sekunde, ob sie plauderten oder sich mit einem Kreuzworträtsel beschäftigten, bestätigte ihr, wie wahnsinnig verliebt sie in ihn war. Was er ihr gegenüber empfand, da er dem Tod so nahe gewesen und wieder zurückgekehrt war, konnte sie nicht mit Sicherheit sagen. Er freute sich stets, sie zu sehen, und er hatte etwas an sich, das Alex früher nicht an ihm aufgefallen war, eine Art Glück und Lockerheit – eine neue Sanftmut. Und als er sich erholte und sie mehr Zeit mit ihm und Cordelia verbrachte, sah sie ihn auch immer öfter lachen. Doch nach jenem ersten Tag im Krankenhaus hatte er nie wieder versucht, sie zu berühren oder etwas auch nur im Entferntesten Romantisches zu ihr zu sagen, nicht einmal wenn sie allein waren, was häufig der Fall gewesen war.

Und deswegen war Alex froh, zum Leuchtturm zu gehen und ihn für Ruan vorzubereiten, denn sie hatte das Gefühl, ihm hier näher zu sein, auf eine Weise, wie es im Krankenhaus nicht möglich gewesen war. Als Alex vor den weiß gestrichenen, zum Leuchtturm hinaufführenden Stufen anhielt, drehte sie sich um. Sie hatte ihren Wagen ein paar Hundert Meter weiter oben an der Straße geparkt, da die Tierärztin gemeint hatte, Buoy solle seine Wiederherstellung mit kurzen, leichten Spaziergängen beginnen. Und genau das hatte Alex vorgehabt, nur dass Buoy ganz andere Vorstellungen hatte, und sobald er eine Witterung aufgenommen hatte, war er weg. Alex pfiff nach ihm, und nach einer Weile kam er mit leichtem Hinken, das ihm bleiben, und einem Auge weniger, was ihn anfällig für Zusammenstöße machen würde, aus dem Gebüsch gezottelt. Dennoch trug er die Halskrause mit erstaunlicher Würde. Er war ein richtiger Piratenhund, und Alex hätte ihn nicht mehr vergöttern können, als sie es schon tat.

»Komm jetzt. Long John Silver«, sagte sie, während sie den Code eintippte, der ihr Einlass in den Turm verschaffte.

»Jetzt.« Sie öffnete die Waschküchentür, wo Ruan eine

alte Decke nur für Buoy aufbewahrte. »Ich werde dich zu deinem eigenen Besten hier einsperren. Du bleibst hier und ruhst dich aus. Ich bleib nicht lange weg; da ist Wasser, und ein paar Hundekuchen, schau. Ich kann dich momentan nicht treppauf, treppab springen lassen.«

Durchaus dankbar ließ Buoy sich nieder, während Alex die mitgebrachten Einkäufe im Kühlschrank verstaute und die Heizung einschaltete. Doch sie konnte nicht widerstehen und lief rasch die beiden Treppen bis zu Ruans Schlafzimmer hinauf. Sie setzte sich aufs Bett, strich mit den Fingern über die frischen sauberen Laken und legte sich dann zurück. Sie schloss die Augen, stellte sie sich vor, wie es wäre, wenn Ruan in diesem Moment hereinkäme und sich neben sie legte. Sie malte sich aus, wie sie ihm das Hemd ausziehen, mit den Händen über seine Haut streichen würde und dann … Sie stand auf, trat zu seinem großen Schrank, öffnete die Tür und nahm eines seiner Hemden heraus. Warum sie ihr eigenes Oberteil auszog und stattdessen in Ruans Hemd schlüpfte, wusste sie nicht; es war wohl einfach eine sehr alberne, törichte Art, ihm nah zu sein, um sich ein wenig besser vorstellen zu können, wie es wäre, wenn sie in seinen Armen läge. Wieder legte sie sich auf das Bett, wand sich dann aus ihren Jeans und genoss das Gefühl der kühlen Baumwolle an ihren nackten Oberschenkeln, während sie sich in das Daunenkopfkissen kuschelte und sich fragte, wie es wohl sein würde, diesen herrlichen Sixpack zu küssen …

Unten schlug eine Tür, und Alex saß bolzengerade im Bett.

»Hallo? Cordelia? Cordy?«

»Scheiße«, flüsterte Alex bei sich. Ruan war zurück, und sie war nicht nur halbnackt, sondern befand sich in seinem Hemd, in seinem Schlafzimmer, auf seinem Bett. Für einen so reservierten Mann wie Ruan wahrscheinlich ein völlig unakzeptables Verhalten.

»Cordelia!« Ruan rief erneut den Namen seiner Schwester. »Wieder mal weggegangen, ohne abzusperren? Als keine Antwort erfolgte und Alex noch immer in seinem Schlafzimmer stand und ihre Kleider in der Hand hielt, antwortete er sich selbst. »Ich interpretiere das mal als Ja.«

Sie hatte sich einen unausgegorenen Plan zurechtgelegt, sich schnell anzuziehen und eine Entschuldigung dafür auszudenken, warum sie hier oben war, doch der wurde rasch vereitelt, als sie Ruan langsam die Treppe heraufsteigen hörte. Sie sah sich um und kletterte – die List und Schläue eines besonders dämlichen Igels an den Tag legend – in den Schrank und zog die Tür zu. Alex schloss die Augen, als sie Ruan ins Zimmer kommen hörte. Es konnte nur eine Sache von Minuten sein, bis er die Schranktür aufmachte, sie entdeckte. Und dann würde er glauben, und zwar mit ziemlich gutem Grund – seien wir ehrlich –, dass sie verrückt geworden war, und alles wäre verloren.

Doch Ruan machte die Schranktür nicht auf. Alex hörte, wie das Bett knarrte, als er sich daraufsetzte, und dann das Piepsen einer Handy-Tastatur, während er eine Nummer wählte. Nach wenigen Sekunden begriff sie, dass das Vibrieren in ihrer Jeans bedeutete, dass er sie anrief.

Offenbar musste ausgerechnet hier in Ruans Kleiderschrank der einzige Ort in ganz Poldore sein, an dem sie Empfang hatte. So leise, wie sie nur konnte, drückte sie den

Anruf weg, hielt gleichzeitig den Atem an und fragte sich, wie sie ihm erklären sollte, dass sie keine Anrufe entgegennehmen konnte, weil sie sich in seinem Kleiderschrank versteckte.

»Hi, Alex, ich bin's. Ruan. Ich … tja, ich bin eben nach Poldore zurückgekehrt. Ich bin daheim und alles tut noch ein bisschen weh, aber ansonsten bin ich ziemlich fit und … na ja, Cordelia scheint nicht da zu sein, und ich hab mich gefragt, was du für Pläne hast? Vielleicht könnten wir uns ja treffen, einen Film angucken …« Drinnen im Schrank nickte Alex, da sie fand, dass das wunderbar klang, oder klingen würde, wenn sie ihn nicht quasi stalken würde. »Wie auch immer. Du weißt schon, ruf mich an!«

Ruan beendete seinen Anruf und einen Moment lang herrschte Stille.

»Weißt du was, Kumpel«, sagte Ruan, und Alex brauchte eine Sekunde, um zu begreifen, dass er jetzt ein Selbstgespräch führte. »Du kannst das nicht mehr aufschieben, du musst die Frau suchen und ihr sagen, dass du sie liebst – ehe alles zu spät ist.«

Und in diesem Moment kippte Alex aus dem Schrank.

»Fuck!«, rief Ruan und sprang auf, während Alex ihm lediglich mit seinem Hemd und ihrer Unterhose bekleidet, vor die Füße purzelte. »Was zum Teufel?«

»Ähm.« Alex schob sich die Haare aus dem Gesicht und lächelte. »Hallo!«

»Warum bist du in meinem Schrank und siehst so … Warum hast du nichts an?«

»Ganz ehrlich?«, fragte Alex zurück und stieß ihre nächsten Worte in einem einzigen Atemzug hervor. »Cordelia hat mich gebeten, vorbeizuschauen und die Wohnung für dich vorzubereiten, und das hab ich getan, und dann kam ich hier hoch, und ich … oh, du hast mir gefehlt, Ruan, und ich hab erst in ein paar Stunden mit dir gerechnet, also dachte ich, ich zieh einfach eins von deinen Hemden an und … Oh Gott, schön, ich hab von dir fantasiert, okay? Auf deinem Bett. Und dann bist du reingekommen, ich hab mich geschämt und in deinem Schrank versteckt, und dann hast du gesagt, dass du mich liebst. Hast du doch gesagt, oder? Das hab ich nicht fantasiert, oder?«

Ruan blinzelte. »Das war wahrscheinlich das Sexieste, was je eine Frau zu einem Mann gesagt hat«, meinte er.

»Echt?« Alex wirkte unsicher. »Weil, ich hab mir Sorgen gemacht, dass ich dir irgendwie schräg vorkommen könnte.«

»Du hast über mich fantasiert?«, fragte Ruan, und die Überraschung in seinen Zügen wurde immer intensiver.

»Ja«, sagte Alex und trat noch einen Schritt auf ihn zu. »Aber wahrscheinlich bist du momentan noch ein bisschen zu empfindlich, um das zu tun, was ich mir vorgestellt habe.«

»Mir geht's gut, da bin ich mir ziemlich sicher«, sagte Ruan, schob die Finger zwischen die Knöpfe an seinem Hemd und zog sie zu sich her. »Und empfindlich ist noch so ein Wort, dass du für einen Mann nicht verwenden solltest.« Langsam begann er sie auszuziehen. Doch Alex legte ihre Hand auf seine.

»Warum hast du, als wir noch im Krankenhaus waren, nicht so was zu mir gesagt oder getan?«, fragte sie ihn. »Ich dachte, du hättest schon wieder genug von mir.«

»Weil ich dich – nach dem letzten Mal in der Hafenmeisterei – nicht als Nächstes in einem Krankenhaus küssen oder streicheln wollte«, sagte Ruan und sah ihr in die Augen.

»Und nur um das klarzustellen, das, was du eben gesagt hast – meinst du das ernst? Nicht das mit der Einladung ins Kino, sondern dass du mich liebst?«

»Ja, das habe ich ernst gemeint, Alex. Ich liebe dich, sehr sogar, und noch ein bisschen mehr, seit ich dich halbnackt in meinem Schrank entdeckt habe.«

Alex hielt den Atem an, als Ruan die restlichen Knöpfe aufknöpfte und ihr das Hemd über die Schultern schob, während sein Blick langsam über ihren Körper nach unten wanderte.

»Und du bist dir sicher, dass dir das alles nicht schaden wird?«, fragte Alex. »Wo du doch ein bisschen ähm ›empfindlich‹ bist?«, neckte sie ihn.

»Ich bin mir sicher, ›das alles‹ nicht zu tun, würde mehr Schaden anrichten«, sagte Ruan. »Ich bin so verrückt nach dir, Alex.«

Worauf Alex losquiekte – nicht gerade das Verführerischste oder Sexieste, das einem in so einem Moment einfallen konnte –, aber so war es nun mal.

»Bist du dir sicher, dass du es auch willst?«, fragte er. »Denn es muss ja nicht jetzt sein, kann auch nächste Woche, nächstes Jahr sein, wann immer du bereit bist. Ich liebe dich, Alex, ich warte.«

»Oh, Ruan.« Alex lächelte, als sie die Arme um seinen Hals schlang und sich an ihn presste. »Ich liebe dich auch, und sag, wie war das wieder mit der Halbnackten, die sich in deinem Kleiderschrank versteckt und aussieht, als sei sie nicht zu allem, was jetzt gleich kommt, bereit?«

Epilog

Ostersonntag

Narzissen tanzten vor den frisch geweißelten Mauern von Alex' Cottage, als sie und Buoy die zu ihrem Boot führenden Stufen hinunterstiegen. Sobald sie das kürzlich reparierte und blau gestrichene Tor erreichten, beugte Alex sich nach unten und hob den neuesten Mitbewohner des Hafenmeister-Cottages hoch, den Pudel-Promenadenmischungs-Mischlingswelpen Skipper nämlich.

Wie sich herausgestellt hatte, war auch Buoys letzte Liaison mit Sues Pudelhündin Duchess nicht ergebnislos geblieben, da Duchess neun Wochen später, gerade als der Februar sich seinem Ende zuneigte, stolze Mutter von sechs kleinen lockigen Bastardwelpen wurde – oder auch »Promi-Pus«, wie Sue sie nannte. Sue hatte den Skandal mit Fassung getragen, vor allem nachdem die Nachrichten von Buoys Heldentat die Nachfrage nach dem Wurf enorm steigen ließen und sie für die Welpen fast ebenso viel kriegte, wie sie für reinrassige Exemplare bekommen hätte. Was aber Buoy anging, er hatte geradezu gestrahlt vor Stolz – angesichts seiner Zeugungskraft.

Alex war sich sicher, hätte er die Worte »Seht ihr, immer noch Leben in dem alten Köter« aussprechen können, er hätte es getan.

Alex hatte man nicht lange überreden müssen, Skipper bei sich aufzunehmen, und eines der Weibchen war an den begeisterten Forest gegangen, der es umgehend auf den Namen Mike taufte.

Buoy schien den Welpen jedenfalls gern um sich zu haben, obwohl der sich die meiste Zeit zwischen den Beinen seines Vaters verhedderte oder wütend knurrend an einem von dessen Ohren hing. Und das Beste: Seit der Kleine eingezogen war, hatte Buoy sich sogar daran gewöhnt, im Wohnzimmer vor dem offenen Kamin im gemeinsamen Hundebett zu schlafen, wo er sich um den kleinen Skipper herumrollte. Ja, Alex hatte definitiv neuen Schwung im Hinken des alten Burschen bemerkt, seit die Welpen da waren. Vielleicht wurde Buoy ja doch noch zwölf oder gar älter.

Der Tag war heiter und kalt, aber sehr sonnig, das Meer jenseits der Flussmündung so blau, wie Alex es nur je gesehen hatte, und sein Glitzern eine zarte Verheißung von Sommer. Alex freute sich auf den bevorstehenden Tag, und nicht nur, weil an diesem Tag das uralte und historische Poldorer Passionsspiel stattfand, bei dem, so wurde gemunkelt, Sue Montaigne tatsächlich Gott spielen würde, sondern weil dieser Tag ein ganz besonderer sein würde. Es war der Tag, an dem alle Menschen, die ihr etwas bedeuteten, zum ersten Mal an einem Ort versammelt sein würden.

Niemand war überraschter gewesen als Alex, als Gloria ihr Anfang Januar eröffnete, sie wolle ihr letztes Geld aus dem Koffer für eine Anzahlung auf ein kleines Cottage in der Stadt verwenden, und … man habe ihr einen Job in einer sehr schicken kleinen Modeboutique auf dem Castle Place Hill angeboten.

»Du planst also, dich hier niederzulassen?«, hatte Alex verblüfft gefragt.

»Ja«, hatte Gloria erwidert. »Ja, wenn es dir recht ist. Fünfundzwanzig Jahre deines Lebens sind mir ja schon entgangen, und jetzt – tja, will ich nicht noch mehr versäumen. Ich meine, ich verspreche dir, mich nicht *zu* sehr einzumischen. Oder mit diesem hinreißenden jungen Mann zu flirten, von dem du dich seit Neujahr nicht mehr trennen kannst, na ja, nicht allzu oft jedenfalls. Und ich will auch zugeben, dass meine »Gitarrenstunden« bei Brian ein zusätzlicher Bleibeanreiz sind. Aber ich bleibe nur, wenn du sagst, dass es dir recht ist. Denn mir geht es dabei vor allem darum, dich kennenzulernen.«

»Ja«, sagte Alex schlicht. »Ja, bleib. Ich würde mich freuen, Mum.«

Das also war eine Überraschung gewesen, allerdings eine angenehme.

Und so hatte es sie auch kaum schockiert, als ihr Dad sie zwei Wochen früher angerufen hatte, um ihr zu sagen, dass Eleanor und er gern übers Osterwochenende kämen. Nun, da alle Beziehungen aufgedeckt und allgemein bekannt waren, telefonierten Eleanor und Alex' Mutter mindestens zweimal die Woche miteinander. Und sogar ihr Vater schien inzwischen mehr mit ihr zu reden, als er es früher getan hatte, als sie noch bei ihm lebte. Es war wohl einfach so, erkannte Alex, dass – solange sie in einem Haus gelebt hatten – nur selten eine Notwendigkeit dazu bestanden hatte und sie in ein fast wortloses Nebeneinander verfallen waren. Jetzt aber floss, wenn sie sich am Telefon unterhielten, das Gespräch zwischen ihnen munter wie nie zuvor dahin. Alex erzählte ihrem Vater von ihrem Arbeitstag, von Buoys Streichen und zuweilen sogar von ihrem Leben mit Ruan, obwohl sie eine Heidenangst davor hatte, ihr Glück zu beschreien, indem sie irgendwem zu viel davon verriet. Und da ihr Vater dahintergekommen war, dass sie mit der Rocklegende Brian Rogers gut stand, erzählte er ihr auch immer mehr von seiner Liebe zur Musik. Sodass Alex sich überhaupt keine Sorgen darum machte, ihre Eltern und deren jeweiligen Beziehungspartner um sich zu versammeln. Ja, sie freute sich sogar darauf.

Erst als Milly anrief, um ihr zu sagen, dass sie und Marcus einen romantischen Osterausflug Richtung Süden planten, hätte Alex um ein Haar Ruan und die Hunde geschnappt, um aufs nächste auslaufende Kreuzfahrtschiff zu steigen und nie mehr zurückzukehren. Zwischen ihr und Marcus war seit seiner Rückkehr nach Schottland alles bestens, und ziemlich schnell hatte sich ihr Verhältnis wieder normalisiert – er schickte ihr per SMS blöde Witze, sie telefonierten etwa jede zweite Woche und er hielt sie über die Fortschritte bei den Vorbereitungen zur Hochzeit auf dem Laufenden – die übrigens inzwischen stattgefunden hatte, und zwar samt Cinderella-Pferdekutsche und dem größten Prinzessinnenkleid, das Alex je gesehen hatte. Die Hochzeit war super gewesen, ja, richtig schön; nie, nicht ein einziges Mal kamen sie auf das Debakel des nackten Zwischenfalls zurück, und mit Milly, die entweder an ihrem enormen Kleid herumzupfte oder mit ihren vielen Brautjungfern Tanzeinlagen zu klassischen Disco-Nummern vorführte, hatte Alex kaum ein Wort gewechselt.

Und dann rief Milly sie aus heiterem Himmel an.

»Oh mein Gott, Alex, du hast uns ja nie erzählt, dass du Riley Rivers kennst!«, begrüßte Milly sie.

»Ich … äh … wen?«, fragte Alex, und überlegte, ob es zwischen dem Namen, der irgendwie vertraut klang, und Millys Wunsch, hierherzukommen und ihr sämtliche Haare auszureißen, weil sie mit ihrem Mann rumgemacht hatte, irgendeinen Zusammenhang geben konnte. Vielleicht war das ja der Name des Auftragskillers, den Milly angeheuert hatte, um ihr den Garaus zu machen.

»Riley Rivers, oh mein Gott, wo warst du denn, Frau, zwischen zweitausend und zweitausendzwei? Erinnerst du dich nicht an *Ominous*, die sexieste Boygroup aller Zeiten? Riley Rivers war der Hübsche, das heißt, bis er wegen seiner nicht unter Kontrolle zu kriegenden Doughnut-Abhängigkeit in eine Entzugsklinik musste. Ich habe mich immer gefragt, was aus Riley geworden ist, na, und wie sich herausstellt, ist er jetzt Schauspieler, lebt da unten bei euch und spielt ›bloß‹ den Jesus in eurem Passionsspiel! Riley Rivers, Al, du kennst einen Promi!«

Alex hatte schon eine Vorstellung von dem Mann, der den Jesus spielte: er war ein liebenswürdiger Typ Ende dreißig, den Alex womöglich für durchaus sexy gehalten hätte, wenn Ruan sie nicht für andere Männer – tja – verdorben hätte. In Poldore nannten ihn alle Lee, nicht Riley. »Oh, du bist also ein Fan von ihm?«, hatte Alex Milly gefragt. »Von Lee – ich meine, Riley?«

»Ja, sobald Marcus mir die letzte Fortsetzung eures Poldorer Blogs gezeigt hatte, hab ich gesagt, ›wir fahren‹; ja, ich und Marcus kommen zum Passionsspiel. Ich dachte, es wär nett, weißt du, unser erster Kurzurlaub als Ehepaar nach den Flitterwochen. Und wir drei könnten uns mal treffen und quatschen. Alle zusammen.«

»Oh ja.« Alex hatte versucht, Begeisterung zu heucheln. »Ja, das wäre toll. Super.«

»Und übrigens, ich bin froh, dass ihr das endlich hinter euch gebracht habt.« Milly hatte die Bombe platzen lassen, als Alex sich gerade in Sicherheit gewähnt hatte.

»Was denn?«, hatte Alex, plötzlich nervös geworden, gefragt.

»Die seit fast dreißig Jahren ungelöste romantische Spannung zwischen euch beiden«, meinte Milly ganz sachlich.

»Ähm, habe ich dir von meinem Freund erzählt …?«

»Hör mal, ist schon okay. Das heißt, nicht direkt … als ich Marcus schließlich soweit hatte und er zugegeben hat, dass ihr zwei miteinander rumgeknutscht habt, habe ich ihn fast umgebracht mit meinen Prada-Stöckeln, die er mir zum Trost, weil er Weihnachten nicht da war, kaufen musste. Aber ich hab immer gewusst, dass da was im Schwange war zwischen euch beiden. Ihr wart so lang befreundet, irgendwann musstet ihr ja entscheiden, ob ihr nun aufeinander steht, und deswegen war ich froh, dass es vor der Hochzeit passiert ist und dass die Antwort ›nein‹ lautete.«

»Und zwar ein absolutes und eindeutiges Nein«, hatte Alex ihr versichert. »So ein ›Oh mein Gott, ich glaub, ich muss kotzen‹-Nein.«

»Ich bin kein zorniger Mensch, Al«, fuhr Milly fort. »Ich mache Yoga, ich mache Pilates. Ich bin mehr der Zen-Typ.«

»Das ist schön«, hatte Alex erwidert. Wenn sie mit Milly auch eher Studiobräune und blonde Extensions assoziierte als Zen. »Das habe ich mir immer gedacht bei dir, wie unglaublich zenmäßig du wirkst.«

»Aber merke dir, sollte ich je davon Wind kriegen, dass wieder irgendwas Unpassendes zwischen dir und meinem Ehemann im Gange ist, dann reiß ich dir die Augen aus, hörst du, die *Augen*. Und dann werde ich sie auf den Stöckeln meiner Prada-High-Heels aufspießen und zur Schau stellen.«

»Okay!«, meinte Alex fröhlich. »Ist völlig nachvollziehbar.«

»Wunderbar, dann sehen wir uns also in zwei Wochen, wir gehen doch mal mittagessen, oder? Und wenn du ein Treffen mit Riley arrangieren und mir ein Autogramm verschaffen könntest, wär das fantastisch. Bis später, Süße!«

Wegen alledem musste Alex schon zugeben, dass sie der Begegnung mit Milly ein wenig nervös entgegenblickte. Trotzdem, sollte es zum Schlimmsten kommen, hatte Buoy wenigstens eine Augenklappe übrig, die er ihr leihen konnte.

Das Passionsspiel war ein Riesenerfolg gewesen, und es gab weder Monsterstürme noch Autos mit versagenden Bremsen. Reverend Jed hatte auf dem Marktplatz eine großartige Ostersonntagspredigt gehalten und Riley Rivers war mannhaft in seiner Rolle geblieben, obwohl eine Busladung ziemlich in die Jahre gekommener *Ominous*-Fans jedes Mal, wenn er etwas sagte, kreischte und tobte. Sue allerdings hatte als Gott wirklich brilliert, wenn sie auch – dachte Alex – in vieler Hinsicht einfach nur dem Rollentypus entsprach. Das Beste aber war: statt selbst mitspielen zu müssen, durfte sie sich das Ganze mit Buoy zu Füßen und Skipper unterm Arm angucken. Ruan umfasste ihre andere Hand und zog sie an sich, sodass sie das Kinn auf seine Schulter stützen und so die bei der Ostereiersuche fast ausflippenden Poldorer Kinder beobachten konnte.

Nachdem sich ein Großteil der Menge verlaufen hatte, begannen Alex und Ruan, gefolgt von Alex' Familie, Marcus und Milly, die mehr oder weniger wie eine Stripperin gekleidet war aber dennoch umwerfend aussah – wenn man auf Plexiglas-Absätze und Haar-Verlängerungen stand –, nach Castle House hinaufzugehen, wo sie bei Sue zum Mittagessen eingeladen waren.

Sie waren fast oben, als plötzlich Lucy auftauchte und, neben ihr Michael, ihr Ingenieur. Auch für Lucy war es ein großer Tag – der Tag, an dem »ihr Freund« ihre Freunde und ihre Familie kennenlernte, und der arme Mann wirkte geradezu paralysiert.

Alex erinnerte sich nur zu gut daran, wie Lucy ihr von ihrem ersten Date erzählt hatte. Es war auf der Rückfahrt vom Krankenhaus gewesen. Inzwischen war so viel passiert, Alex hatte völlig vergessen, dass ja auch Lucy, während sie und Ruan den lebensgefährlichen Unfall hatten, potenziell lebensverändernde Ereignisse durchlebte.

Im Auto hatte Alex sich gescheut zu fragen, hatte Angst, dass womöglich alles schiefgelaufen war.

»Mensch, verdammt noch mal, kann ich es dir jetzt erzählen?«, hatte Lucy gefragt, als sie an ihrem Cottage ankamen.

»Ja!« Alex hatte sie darum gebeten. »Was war denn, wie hat er es aufgenommen?«

»Er war wahnsinnig ruhig«, hatte Lucy gesagt. »Als ich

ihm gesagt hatte, dass ich mal ein Junge war, blieb er sehr lange sehr, sehr still. Ich wartete auf eine wütende, erschrockene oder verletzte Reaktion, aber nichts passierte. Er saß nur da, saß mir am Tisch gegenüber, und sprach – eine Ewigkeit lang – kein Wort. Sodass ich nach einer Weile dachte, er weiß einfach nicht, was er darauf sagen soll. Das ist sein Problem. Er wartet darauf, dass ich gehe, und ich dachte, okay, wenn ich nicht erwünscht bin, dann bleib ich nicht, also stand ich auf, wollte gehen, und dann …« Nie würde Alex das ruhige Lächeln reinen unverhofften Glücks vergessen, das sich über Lucys Züge breitete, als sie sich an diesen Moment erinnerte. »Dann hat er meine Hand genommen.«

»Oh!« Alex hatte die Hände vor den Mund geschlagen.

»Und er hat gesagt: ›Lucy, an dich habe ich all die Monate geschrieben, mit dir habe ich gesprochen, von dir geträumt, und du bist immer noch dieselbe. Deswegen danke, dass du es mir gesagt hast, aber wenn du selbst damit klarkommst, können wir dann nicht einfach so weitermachen? Weil … ich dich einfach umwerfend finde.‹ Er hat wirklich umwerfend gesagt!«

»Lucy, das ist ja das Beste überhaupt!«

Alex hatte ihre Freundin fest umarmt, obwohl das mit den Verletzungen immer noch wehtat, und sie hatte an Ruan gedacht, der damals noch im Krankenhaus lag, und oh, wie sie sich danach gesehnt hatte, Ruan möge den Arm so nach ihr ausstrecken und ihre Hand genauso in die seine nehmen.

Und nun war Michael da und bereit, die guten Leute von Poldore kennenzulernen. Nur dass er nicht aussah, als ginge er zu einem Mittagessen, sondern eher zu einer Hinrichtung. Nämlich seiner eigenen.

»Meinst du, Eddie wird Michael freundlich aufnehmen?«, fragte Alex Ruan, als er sie unterm Fallgitter durchführte.

»Ich denke, er wird auf seine väterliche Art sicher sein Bestes geben, ihn zu Tode zu erschrecken«, erwiderte Ruan. »Und anschließend wird er ihn mit Freundlichkeiten überhäufen.«

Alex hatte im Speisesaal beim Tischdecken geholfen, als Ruan sie fand.

»Hallo«, meinte er, während er sie von der Tür her beobachtete. Er hielt eine große mit Bändern verzierte Schachtel in der Hand, und Alex hoffte, dass es Pralinen waren. »Hätte ich dich bloß geküsst, wie ich es mir so gewünscht habe, dann hätte es kein Drama, kein Nahtod-Erlebnis, kein Krankenhaus gegeben.«

»Na ja, warst halt ein Idiot«, sagte Alex, legte den eben polierten Löffel beiseite und trat zu ihm. »Aber ein sehr, sehr sexy Idiot, weswegen ich dir wohl noch mal verzeihen kann.«

»Ich weiß ja nicht, wie das bei dir ist, aber die letzten vier Monate, die waren …« Er grinste und errötete dabei. »Einfach toll. Ich bin so glücklich, ich werde nie wieder etwas vor dir verheimlichen oder mir was verkneifen, das ich gern mit dir anstellen würde.«

»Oh toll, machen wir doch gleich mal wilde und leidenschaftliche Liebe unter Sues Esstisch aus dem siebzehnten Jahrhundert«, meinte Alex hoffnungsfroh.

»Gute Idee«, sagte Ruan. »Nur, dass wir in fünfzehn Minuten zu Mittag essen, wir viel länger dazu brauchen würden und ich dir dieses Geschenk machen will.«

Er überreichte Alex die Schachtel, die, wie sie gleich bemerkte, viel zu schwer für Pralinen, Schuhe oder Dessous war. Ein unkonventionelles Geschenk also, wogegen Alex ganz und gar nichts einzuwenden hatte. Sie stellte die Schachtel auf den Tisch, löste das rosa Geschenkband und ließ es zu Boden gleiten. Vorsichtig hob sie den Deckel. In ein Bett aus rosa Seidenpapier schmiegte sich ein sehr großer geschmiedeter Eisenschlüssel.

»Aber …« Alex blickte zu ihm auf. »Ist das …?«

»Ja«, erwiderte Ruan stolz. »Ja, ich habe dir deinen eigenen Schlüssel zum Leuchtturm machen lassen, damit du weißt, dass du dort stets, solange du willst und jederzeit willkommen bist. Und in absehbarer Zeit vielleicht sogar für immer.«

»Ruan.« Alex starrte auf den riesigen schwarzen Schlüssel, der so unhandlich und unelegant aussah, und empfand ihn als das schönste Geschenk, das sie jemals bekommen hatte.

»Ich musste zu Danny, um ihn in der Schmiede eigens anfertigen zu lassen, er hatte noch nie zuvor einen Schlüssel gemacht und hat elf Versuche dafür gebraucht! Aber der funktioniert jetzt, ich hab ihn getestet.«

»Danke«, sagte Alex. »Ich habe nur ein Osterei für dich mit deinem Namen drauf, aus Zuckerguss, und es ist noch nicht mal dein Name, sondern Ryan, aber das Schwänzchen vom Ypsilon hab ich aufgegessen und gehofft, du merkst es nicht.«

»Der Schlüssel hat dir also keinen panischen Schrecken eingejagt?«, meinte Ruan, schlang ihr die Arme um die Taille und drückte die Nase an ihre Wange. »Und du willst nicht am liebsten die Beine in die Hand nehmen und gleich wieder Schluss machen? Es geht dir nicht alles viel zu schnell?«

»Nein.« Alex schüttelte den Kopf, drehte ihm das Gesicht zu und küsste ihn auf die Wange. »Nein, es geht mir nicht zu schnell. Und wenn du wirklich wissen willst, was ich denke, dass die Zukunft für uns bereithält, dann will ich's dir sagen. Ich glaube, das ist erst der Anfang.«

Danksagung

Danke an das wirklich geniale Team bei Ebury, besonders an meine wunderbare Lektorin Gillian Green und die fabelhaften Mitstreiterinnen Emily Yau und Hannah Robinson.

Ein Riesendankeschön an die großartige Lizzy Kremer, beste Agentin der Welt, an Harriet Moor, Laura West und alle bei David Higham Associates Ltd., die sich so toll um mich gekümmert haben.

Danke an die Leserinnen Clare Boret, Catriona Merryweather, Michelle Powell und Adelle Hopkins für ihre fantastischen Einfälle bei der Benennung der Hauptfiguren!

Und an das gesamte Team des herrlichen Fowey Hall Hotel: ganz, ganz herzlichen Dank, dass Sie sich so wunderbar um mich gekümmert haben, als ich bei Ihnen war, um *Just for Christmas* zu beenden.

Zu guter Letzt, danke an all die Menschen in Fowey, Cornwall, die mich bei jedem meiner Besuche so herzlich und gastfreundlich aufgenommen und mich bei der Beschreibung der Stadt und der Bürger von Poldore inspiriert haben, vor allem und in erster Linie aber an meine gute Freundin Melissa Love.